夏都知青

◎主编

人民东方出版传媒
東方出版社

策　　划：张文勇
责任编辑：柯琳芳
封面设计：刘芷涵　王海河

图书在版编目（CIP）数据

夏都知青 / 刘会远主编．—北京：东方出版社，2018.11
ISBN 978－7－5207－0673－5
Ⅰ．①夏…　Ⅱ．①刘…　Ⅲ．①纪实文学—作品集—中国—当代 Ⅳ．① I25
中国版本图书馆 CIP 数据核字 (2018) 第 263804 号

夏都知青

XIADU ZHIQING

刘会远　主编

東方出版社 出版发行
（100706　北京市朝阳门内大街 166 号）
北京盛通印刷股份有限公司印刷　　新华书店经销
2018 年 11 月第 1 版　2018 年 11 月北京第 1 次印刷
开本：710 毫米 ×1000 毫米 1/16　印张：23.5
字数：356 千字
ISBN 978－7－5207－0673－5　定价：79.80 元
邮购地址 100706　北京市朝阳门内大街 166 号
人民东方图书销售中心　电话（010）65250042　65289539

《夏都知青》编委会

前　言

夏县，中国第一个王朝的古都，位于晋南，今属山西省运城市。20世纪60年代末，北京、天津等地1300余名知识青年踏上这片古老而神奇的土地，开启了漫漫的人生旅程。

知青，刻着时代的印记，我们共同的名字；夏县，魂牵梦绕，我们共同的故乡。值此我们夏县插队50周年之际，我们再次相聚，缅怀我们共同的芳华；我们再次相约，唤起我们共同的50年的记忆。

回首50年，往事如烟。一代人的命运，在这烟云中颠簸，在这烟云中拼搏，在这烟云中涅槃。

回忆过往，是为了不忘那刻骨铭心的岁月，不忘夏都大地上曾经的青春，不忘北京站那个泪别的瞬间，不忘田野中挥汗如雨的昨天。

回忆过往，是为了不辜负母亲缀扣子那被扯断的针线，不辜负夏县父老乡亲那沾满泥土双手的老茧，不辜负我们是共和国的同龄人，不辜负我们当年那颗稚嫩的心和执着追求的信念。

与其说人生如梦，不如说人生非梦。50年来，我们坚实的脚步始终在追梦的路上。

与其说有悔无悔，不如说人生无憾。我们生逢其时，担当了历史赋予我们这一代人的责任和重担。

今天，我们又站上了人生新的起跑线，步入一个未知的、但又铺满阳光的人生时段。我们生命的旅途还有多远？我们是否还能有所担当？一切都不得而知，但我们仍愿负重前行。

坚定地相信未来吧，真诚地热爱生命吧，以我们知青的名义。

目　录

上篇　岁月留痕

似水流年

热血华章

乡俗·情·趣

中条记实

续写人生

源远流长

沧海拾贝

上篇　岁月留痕

我在地图上找到你，一座被称作父亲山的山；我在地图上找到你，一条被称作母亲河的河；我在中条山和黄河的召唤中走向了你，我的第二故乡——夏县。从共和国的首都，踏上夏都这片神奇的土地，穿越了数千年……

似水流年

那年，那月，那山，那水，那袅袅的炊烟，那夕阳余晖下的柴门，那洒向大地的汗水，那被风干的眼泪，都滞留在遥远的记忆……

插客歌

李丹钢

关于插队，过去了半个世纪，很多事在记忆中淡化。好在从初二开始我有了作诗填词的兴趣，每逢激情，便以之抒发或宣泄情感。

一、落脚夏县阴庄（调寄卜算子，1968 年 12 月）

昨眺玉泉云，今赏中条雪。雪景迷茫又似云，众客千山越。

旧事远天边，异地风和月。老汉扬鞭古道狭，村舍灯昏灭。

火车终于停下来。我们在水头车站下车，分成一群一群的，围着行李堆儿聚起，等待分配。一拨又一拨的学生被拉走，好像一开始是汽车，后来是马车。太阳要落了，只剩下几个没有被拉走的学生群了。我望着远山，老乡后来告诉我那叫中条山，再后来我又知道那里曾经发生过惨烈的抗战战役。远山蒙蒙，披着雪，这让我想起小时经常看见的万寿山和玉泉山上的云。

记得在火车上，那天时近傍晚，石战中忽然跑到我和张嘉林的座位旁，附近还有袁进文。石战中说，有人在找军宣队，要求分到富裕的平原地区，让把咱们分到贫穷的山里，问我怎么办。我说："那我们就要求分到最深最远最艰苦的山区去，让他们去富裕的平原。"张嘉林和袁进文也同意。石战中、贺宣化又去找邹建平、迟柯达他们商量，大家想法一致。这样，临时结成了一个境遇相似、经历相同、又有共识的群体。我们去找军宣队表态：好地方让他们去，我们去最差的。军宣队负责分配的人有点错愕，反复问每个人的意见，然后慎重地把我们的要求记了下来。因为有这段插曲，所以此刻站在水头站，我们所预期的，自然是去深山老沟的车了。

太阳只剩半个脸时，好像就剩我们这一堆人了，接我们的马车终于到了。邹建平要我代表大家向老乡表态，推辞不掉，又缺乏豪言壮语的底气，说了几句应景的话，大家就上车了。马车在丘陵古道上颠簸，老汉时不时扬起马鞭晃一晃，天色渐渐暗下，月亮爬上来。月亮的面孔与在北京看到的一模一样，但是看月亮的人已经在北京西南千里之外了。我们也不知道马车摇摇晃晃走在哪里，好像时间不算太长，刚才还在模模糊糊的山丘小道上行进，不一会儿，就沿着平原土道进入了一个村子。村头人家的大门还没有关上，可以透过窗纸看见土坯房子里一闪一闪的昏暗灯光，昏灯在萧瑟寒冷的冬季，透出一丝生气和温馨。我被这古老的村景所吸引。

马车停下来，我们到了知青点。

我一时回不过味来：这不是深山老沟啊，这好像是丘陵和平原的交汇处。

第二天早晨，我们登上村北的凤凰岭山腰，才发现这个村子坐落在平原，或说坐落在很大的盆地北面，村北是丘陵，丘陵南是平原，远远的南面，卧着隐隐约约的中条山。后来又知道，这个村壮劳力一天的工分能达到1元多，是丰产棉花和小麦的富裕村。

我们掉进了福窝。

我们做的是最坏的思想准备，得到的却是颠覆性的意外。

到农村的第一天，命运的大门就开始发生微妙的变化。

这个村叫阴庄，属于尉郭公社，当时叫阴庄大队。我给哥哥写信，落款阴庄大队，哥哥夸我会开玩笑，暗示到了阴间。我越发誓说是真的，他越不信。我的看法是，"阴"或许是"殷"的误写，也许这里与商殷有什么历史渊源，比如周打败殷后，曾把部分殷民安置在这个村落。但我一直没有考证过。

二、安顿在农家（七绝，1969 年 1 月）

远离两载伤心地，隐忍民风醇厚家。

日落而归鸡叫起，躬耕田亩客天涯。

一开始，大队支书让我们住在专为知青盖的集体宿舍里，按梁算男生宿舍大概是五六开间。屋里是东北那样的大通炕，不算挤。好像紧南头睡的是陈广汉、袁平生，然后是张嘉林、我和袁进文的铺，往北还有池柯达、邹建平、贺宣化、石战中、马小林、刘戈平等，具体谁挨着谁，记不大清了。反正都是小子，谁也不嫌别人脚臭。后来，忘了是怎么回事，又让我们搬进了老乡家。

我们的房东是张虎。他是木匠，30 岁左右。他家的院子里有两座房子，一座是老房，对着院门，是正房；一座是新房，在老房南侧，是厢房；无论新老，都是标配的三间格局。张虎只有一个儿子，新房是给儿子盖的，应当是孩子娶亲用的，现在居然腾出来，借给知青暂住。村里分配袁进文、张嘉林和我住在张木匠家。

我们搬进新居。三开间的房子，两间空空荡荡，堆了些坛坛罐罐，一间是炕，炕被隔断封闭着，隔断在炕沿中间开有一个小门洞，人由此上下炕。门洞不高，宽窄限于一个人，外挂着布帘。当时是冬天，炕外冰凉，里面却暖乎乎的。我忽然想到，这不就是《红楼梦》里说的“暖阁”吗？只不过《红楼梦》里的是豪华版，老百姓家的是简约版而已，但基本结构大体一样。这种暖阁格局，我在北京的老乡家里没有见过，很有新鲜感。

张虎一家三口住在老房子里。三人非常热情，常到我们住的厢房聊天。张虎长得少兴，张虎的儿子已经十几岁了，白净脸。有一次张虎老婆拉着张虎和儿子对我们笑：“像不像兄弟俩？”连煤油灯都随着大家的笑声忽闪忽闪的。张虎还卷大炮，点着塞给我们，呛得我直咳嗽，张嘉林也咳嗽，袁进文则若无其事，吸得有滋有味。

那时不懂事，每天睡在温暖的热炕上，就没有想到这炕是需要有人烧的，烧炕的柴是需要上山打的。扫扫院子、挑挑水，就以为是在继承老八路传统了。

新的生活就这样开始。我用陶渊明的目光打量环境，虽然简陋、贫瘠，但有浓郁的乡土气息和朴实真情。我们重新体验到了人间的温暖，心头的伤痕渐渐抚平。我欣赏这里的一切，包括生活的简单甚至简陋。食以果腹，衣以蔽体，简单的生活习惯从此养成，并保持终生。

三、春播（调寄西江月，1969 年春）

桃李春风晓日，耕田耙地摇耧。同心籽点漫山沟，人比籽根深否？

才饮清甜井水，又抒粗犷歌喉。学装脱却舞锄头，已是活脱农友。

农村的作息时间与城市不一样，不按点钟，完全跟着太阳走。早晨天蒙蒙亮就起炕，起来先下地，干一段再吃早饭，吃完继续下地，干到太阳当头时回家，吃完午饭休息一段，然后继续干活，到夕阳西下。每天干三段活，吃三顿饭。

一开始，觉得干活时间那么长，日头死钉在天上不肯移动。日子长了，也习惯了。每天活动筋骨，感觉血脉通畅，浑身舒坦。

“春耕”这个词，小学就学过，但从来没有体验过。至于耕后要耙地，耙后要摇耧（播种），这都是过去没有听说过的细节，到了阴庄才知道。学耙地 、摇耧，我还真费了点劲。有的大田很长，从这头到那头，累得胳膊腿酸软。活计虽累，但都是慢节奏，不慌不忙，慢慢悠悠，熟悉了甚至有点悠然自得的快乐。

我后来悟到，脚踏实地，是我在插队学到的人生第一课的精髓。

四、夏收（调寄虞美人，1969 年夏）

风推麦海翻金浪，布谷声声亮。挥镰浪际似蛟龙，欲扯雪云擦汗大田中。

天涯但使青春在，苦累能何奈？艳阳涂色黝重重，脸上越黑插客血弥红。

农村也有快节奏，那就是夏收。小麦灌浆后成熟，显出金黄色，这时需要尽快收割。阴庄收割小麦的时间比北京早半个月，征候也是布谷鸟叫。不巧老天爷偏爱添乱，特别喜欢在这几天耕云播雨。本来就是急茬儿，加之阵雨不时光顾，变得急上加急。村里青壮年挥舞镰刀，从地这头割到地那头，不带直腰的。我一会儿就觉得腰酸得不得了，直起身，离地头还远着呢，真想擦擦汗歇口气。但看着越落越远，不得不忍着继续干。其实越慢越累，人家割完一垄，可以在地头上歇口气，我们割得慢的，还没到地头，人家又去割另一垄了。我们到了地头也没法歇，只能喘口气，接着割。还有打麦、扬场、堆麦垛，从早干到晚，几乎连轴转，天黑了点上煤油灯继续干。半夜还要在麦垛上护场。一周下来，累个半死，找个机会就想睡。

五、会友（七绝，1969 年 7 月）

飞雪寒松邂逅知，春来猛醒未为迟，

十年之后邀相见，许是剖心报效时。

忘记什么时候，也不知道什么原因，村里的知青分灶了。有人问我去哪个灶，我选了池柯达，因为选灶嘛，当然选会炒菜的了。此外，还因为我喜欢他的性格：乐天、达观、大气，待人宽厚。无论遇到什么事，他都兴冲冲去做，很能感染大家，传播信心。小林和嘉林也选择了柯达。在这个灶吃饭的还有张东升、池丽珠和蓝明。有时遇到连阴雨，没有菜了，我们就跑到邻队的菜地里“顺”点黄瓜、西红柿等，回来还向女生详细描述偷菜历险记。一伙人过得其乐融融。

大约是 7 月，有一天刘会远来村里，到南灶找到邹建平，又到北灶找到我，畅聊一番。聊天中，他提到与安育中几个人在办一个油印刊物，是县知青办支持的，用现在的话说，就是办一个“知青论坛”或“知青笔会”。到了做事的时候吗？我不确定。但我们聊得非常开心，尽欢而散。

六、秋收（调寄摊破浣溪沙，1969 年）

雁队匆匆云际间，棉堆朵朵若云般。试问雁飞曾误路？地天连。

十五银霜秋夜月，促膝围坐讲从前。夜半孤灯思旧事，涌波澜。

秋收，给我印象最深的是收棉花。村里的棉花地都在坡下的平地。夏天给棉花“脱裤”，钻进棉花地里被蒸得很热。秋天，摘棉花是个细致活，老爷们儿壮劳力这时都不如妇女了，大姑娘、小媳妇，摘得又快又干净。但是记工分还是女的六七分，男壮劳力十分。每当摘棉花，老娘们儿多有意见，休息时说个不停，要求按活计评分，还把妇女摘的单独堆一堆，突显老爷们儿的弱势。老爷们儿技不如人，除了个别人说几句开玩笑的风凉话，大多数都不吭声。三个女人一台戏，何况全队的女劳力叽叽喳喳一起上，我要是老队长，也头大。作为旁观者，我倒觉得她们说的有道理，但是按活计评分，又极其繁琐，到底怎么把握粗细程度？说说容易，操作起来难。是否按斤过秤好一些？又不好作为统一的规则。好在这是没有几天的事，棉花摘完，时过境迁，风波也自动平息了，没有人再提意见。估计老队长那几天吧嗒烟锅子笑眯眯不吭声，打的就是这个主意。

摘下的棉花堆成堆，躺在上面，如同躺在云彩上，望着上面的蓝天白云，时间停止了，全身空空的，整个人成为大自然的婴儿，惬意得很，真想把太阳就此钉住，永远沐浴在秋天暖洋洋的阳光下。也许这就是传说中神仙才有的感觉吧。

还有柿子，爬到树上摘柿子的时候，仿佛回到调皮捣蛋的童年。

七、冬忙（调寄忆秦娥，1969 年冬）

晨哨唤，寒风汗雨红旗乱，红旗乱，梯田阶比，雪花迷漫。

西山落日烧天半，收工归路山巅站，山巅站，眉舒目展，风流云幻。

本来是冬闲的，但是上面有要求，所以队里组织社员挖地、修梯田。大田变成了工地，还插了很多彩旗，弄得十分热闹。我是推小车的，他们铲上土，我就推。那时推的是独轮车，刚开始东倒西歪，土又重，不好掌握平衡，特别是在挖松了的地方很难推，靠一股冲力。袁进文和张嘉林膀大腰圆，干起来风驰电掣，与村里的壮小伙有一拼。我是小车不倒尽管推，盲目推，慢慢推。女的铲土，男的推，大冬天常常弄得一身是汗。有时下着小雪也干活，雪花零散，眼前飞舞，别是一种感受。

收工回来，太阳正在下山，风景让人流连。我常站下来，欣赏一会儿流动的晚霞。我喜爱晚霞，不仅因为它美丽，还因为它有变幻多姿的魅力。晚霞能随风变幻，变化孕育希望，每当看见变化的云霞，我都从中想象着未来和希望。

冬忙过后，快到春节。队里上半年给我评 9.0 分，下半年给我评 9.8 分，我知道这是老乡宽厚，但也喜滋滋的。刨去已经分的实物如粮食、西瓜、柿子等，年底还分到 100 多块钱。我花了 20 多元买了一支派克钢笔，到鄢陵林业部五七干校，送给了老妈，开玩笑说供她写检查用。她还在牛棚，不过她人缘好，管理松了很多，可以到处走动，愿意干点什么就干点什么。我和妈妈坐在墙根晒太阳，聊了一个下午。

春节前，家家户户油炸麻花。阴庄人，平时省吃俭用，舍不得吃点油花，省钱就办两件大事：娶媳妇、埋老人。但春节前他们却舍得大炸麻花，数量多到必须能吃到正月十五。我们入乡随俗，也炸了不少，作为节日期间游山玩水的果腹之物。初五，我们背上麻花走到县里，跟干部要到县志，半文言的，看了起来，知道夏县原来不简单，历史悠久。现在史界不承认中国有夏朝，理由是没有实物证据的支持，夏县的存在，应当算“实物留存”的证据吧？县志还说，夏县有八大景，我们从中拣熟知的历史故事，查禹王台和司马光坟的位置，就徒步去游览一圈。可惜因为破“四旧”，没有看到什么有意思的东西，但历史的沧桑感扑面而来。

李丹钢　1947 年 12 月出生，北京工业学院附中 1967 届高中毕业，1968 年 12 月到 1971 年 1 月到夏县尉郭公社阴庄大队插队。退休前为中允兴资产评估事务所所长。

相信未来——定格在赤子之心

杨家川知青口述　马小冈记录整理

1968年12月下旬，我们北航附中一群同学随着大批的北京知识青年被安排到了山西夏县插队落户。此前我本来打算到山东老家插队，但有要事需跟刘会远、王继华商量，便紧跟着追到了夏县。

我在他们落户的大庙公社沟东大队杨家川生产队逗留了两个多月，也曾打算一起落户，因种种原因未能办成。但我一直关注着这个集体户，他们也视我为自己人。在纪念上山下乡50周年之际，我接受委托采访并向大家介绍这个集体成长的过程。换句话说，是他们口述历史，我来整理成文。因篇幅所限，我想主要记录这个知青点在县里影响比较大的几件事情和相关的人。

著名诗人郭路生（笔名食指）曾从他插队的山西汾阳县杏花村专程来杨家川看望曾同属于一个文艺爱好者沙龙的刘会远、张小红、黄元、范希耿等。后来成为八一电影制片厂文学部主任的著名编剧李平分和著名摄影家王文澜等人也来过杨家川。他们上山下乡时还带了钢琴（夏县的第一部钢琴）、手风琴等各种乐器，可以说这里是全县最有文艺气息的一个知青点。他们也做了一些富有诗意的事情，况且郭路生还在这里留下了一首诗《杨家川》，虽然没有他的代表作《相信未来》《鱼群三部曲》那样影响深远，但依然可以成为中条山区这个富有诗意的小村庄的一个标志。

我采访的第一个人是郭华，她曾创办杨家川的小学校，后又担任赤脚医生，插队两年后入伍，转业后一直在中共中央统战部工作，退休前是局长兼中华海外联谊会副秘书长。

马：郭华，你好！你们集体户的负责人刘会远建议由我来记录或整理你们的历史，坚持让你第一个谈。

郭：会远的意见是，如果我们每个人都写自己的，可能有些片面。你虽然最终没有在这里落户，但大家都是老同学，也都把你看作集体户的成员，你来统一采访整理，应该比较客观。

马：一定尽力做到这一点。

郭：看过你网上有一篇关于知青的文章，写得很有感情，以该文泣告咱们逝去的一位同学，也使我们很感动。

马：谢谢！我记得2010年北航附中五十周年校庆活动中有一个重头戏，就是把你们1970年创办的山村小学的师生代表请到了校庆会场。

郭：是的，这是我们知青点同学的心愿，得到了附中领导的支持，会远和气虹费了很多的精力和辛劳。之后，还陪孩子们观看了天安门和名胜古迹，山里的孩子很开心，长了见识。这个山村小学是我们插队后的第二年创办的，以前山沟里没有学校，小孩子念书要走很远的山路，辍学率比较高。有了这个学校后，学生们可以就近读书，家长们放心，也便于照顾。

德欣欣曾在窑头和杨家川担任小学教员，这是她和她的学生们准备演出时的照片

马：共有4名知青当过老师吧？

郭：是的。我是第一个，教了半年以后，村里又安排我做赤脚医生。刘会远又接手教了半年，他于1970年底被贫下中农推荐入伍后，由李气虹

接手。一年后，因气虹的父母在五七干校身体不好，需要照顾，她便转到五七干校去了。之后，是德欣欣一个人教了多年。可以说我们教育了这个山沟里的一代青少年。

马：你们都是北航附中毕业生。

郭：对，我们前三位是高中的，德欣欣是北航附初中生。她本身就是北航的子弟。

马：所以当你们回村捐建新校舍时，给这个小学正式命名为“蓝天希望小学”。

郭：是的。我们都曾经有献身航空航天事业的理想，被“文化大革命”耽误了。就想把这个理想传递下去。

马：所以你们请中国宇宙飞船总设计师戚发轫院士题词时，他非常痛快地题写了“志在蓝天”四个字。

郭：戚院士本身就是北航毕业的，对我们传递理想非常支持。我们把他的题词做了两个匾，就在五十周年校庆仪式上，一个赠送给了蓝天希望小学，一个赠送给了我们的母校北航附中。

马：希望小学的校名是革命前辈柴泽民[①]题写的吧？

郭：柴老前辈是我们的邻县闻喜人，抗战时期就在我们中条山区领导游击队打日本，在当地的影响很大，听说我们捐建希望小学的事也非常支持！

马：可以说是寄托了两代人的希望！

郭：没有什么比穷山沟里传来朗朗的读书声更让老一辈释怀的事情了。

马：你们四个人是依次接替做教师的，也就是说学校里只保持有一名教师，能教得过来吗？

郭：是一年级至四年级混合教学，因为每个年级的学生都不多，在同一间教室里不同的时段教不同的年级。

马：这种教学方式效果是否打了折扣呢？

① 柴泽民（1916 — 2010），中美复交后首任驻美大使。

2010年在北航附中建校50周年校庆活动中，向母校赠送戚发轫院士的题词“志在蓝天”，图片左侧两个小学生和他们身后的老师是夏县蓝天希望小学的代表

1999年蓝天希望小学建成时，在校门前合影。校名由柴泽民前辈题写。左一郭华，左四王青，左五刘会远，左六是当年村里放羊少年李建国，左七王文波。右一、左二是郭华等教过的学生

郭：这一点我不否认。村里只有这个条件，只有一间教室，其实是一间很破旧的窑洞，课桌是砖头垫起的破木板，椅子是孩子们从自家背来的小板凳，歪歪斜斜的。队里很穷，只有这个条件，也养不起很多的民办老师。

马：这就要求你们下更多的功夫来备课，并加强课外的辅导了。

郭：是。那时我们青春年少，朝气蓬勃，上下午都给孩子们上课和辅导。不同时段留下不同班级的孩子们讲解，也就是现在提倡的课后辅导班。我们虽然是民办小学，也要接受教育局的领导，会经常有人来检查教学的进度和质量的。

马：同时你们也要满足村里，也就是生产队的要求吧？

郭：没错，这也是我们愿意做的，比如夏收夏种农忙时，小学生背着自己的弟弟妹妹们来上学，以便让母亲腾出手去参加麦收等非常紧急的农

活。我们的小学又成了幼儿园，这也是我们知青老师受到乡亲们爱戴的原因。

马：是啊，如果不在暴雨前抢收已成熟的麦子，庄稼很可能就毁了。

郭：所以课程安排会受影响，我们只能用其他的方式来弥补，多用课余时间，付出一些辛劳。

马：这样你们也要付出更多的精力了。

郭：不管怎么说，比起在田间付出艰苦劳动的社员和知青同学来，当老师还是相对轻松的。

马：但责任重大啊。

郭：还真的是要很用心，很投入。

马：北京知青当老师在推广普通话方面有优势吧？

郭：没错。那时没有电视，农民家里也没有收音机，只有有线广播的电线所连接的公社、大队、生产队（村里）的大喇叭，和村民家家户户都有的“话匣子”（有线广播的喇叭）。各种电话会议传达上级文件，播放各种通知都是用地方话说的，娱乐方面也大多播地方戏。所以小孩子没有学说普通话的好环境。而且那时候学校老师也大多用地方话教书，甚至有的语文老师汉语拼音都发不准。因此，当教育局的领导来视察，发现我们的汉语拼音教得非常精准，学生普通话进步迅速时，便决定要推广我们的经验，建议各村都可以考虑安排知青教语文。

1999 年神头岭蓝天希望小学落成时，知青又返回该小学，在杨家川村民组的分校舍与乡亲们合影

托起明天的"太阳"

——北京插队知青为"家乡"捐资建校

1999 年《山西画报》第六期对杨家川知青捐建希望小学的报道。图片说明有误差，左上角应为杨家川（只有初小的）小学，图中间才是有了高小的神头岭蓝天希望小学

马：能具体讲一点你的事迹吗？

郭：嗨，我只是第一个，后面三个同学接着教会有更成熟的经验。

马：后来为什么又把你换下来呢？

郭：我父亲是保密单位的干部，"文革"没受到多少冲击，也就是说政治上可靠，这一点在当时来说还是挺被看重的。加之，我这个人做事认真努力，对针灸有兴趣，下乡时父母为我准备了一些必备药，不但应了知青同学的一些急，也医好了一些乡亲的病，于是我又被推荐担任赤脚医生。

马：你在统战部担任中华海外联谊会副秘书长期间，从 2000 年初开始，利用海外赞助的善款，在贫困地区捐建了几百所"海联小学"、几千所"海联卫生室"，这跟你曾经当过山村教师和赤脚医生的经历有关吧？

郭：当然了，有过知青的经历，深切体会到贫困山区教育的落后和缺医少药的情况。

马：知青们与农民建立了深厚的感情。从这个层面上来讲，有利于他们后来的工作。比如说你组织的中华海外联谊会的慈善活动。恐怕你对夏县也是关照了的吧?

郭：夏县曾经是全国贫困县，但毕竟是中华文明的摇篮，有较好的文化传统。“海联小学”主要建在更偏远、文化更落后的地方。我安排给夏县捐了二十几所“海联卫生室”，在总共捐的几千所“海联卫生室”中，这个比例占得很小。

马：我为你的情怀而感动!

郭：在村里我当赤脚医生后，学校的事情就交给刘会远了。虽然他父亲被造反派攻得很厉害，甚至被诬陷为叛徒、特务，但他把生产队的一群牛放得非常好，赢得了乡亲们的信任。

第二个受访者是刘会远。他做过生产队的牛倌，当过民办教员，1970 年底被贫下中农推荐入伍，曾任中国铁路文工团话剧团创作员，1985 年创办深圳大学大众传播专业，90 年代转而研究区域经济、地缘政治，现为中国地理学会世界地理专业委员会副主任、深圳市九藤文化教育基金会理事长、深大汇网(www . vivicity . net) 工作室学术顾问。

马：会远，你好! 当初未能留下来一直感到很遗憾!

刘：主要是我们这个自然村很小，是一个相对孤立的生产队，一共十几户人家，一下子来了近二十个知青，有点难以承受了，而且我知道当初你为什么没有同我们一起报名，你父亲是宣传系统的老领导，陈伯达够狠，要把宣传系统的一大批老干部和知识分子赶到农村去当农民，所以你要考虑怎么照顾父母的问题。

马：谢谢你的理解! 你们集体户创办了山村小学，你放牛也摸索出一些门道，成绩很突出，而且还总结出土豆要适时晚播的经验，还有集体户的文体人才也比较多，在县里也比较出名。刚才郭华已介绍了创办山村小学的经历，你能否谈谈当牛倌的体会?

刘：首先我得对郭华的事迹做些补充，她谈得很谦虚，中央电视台几年前不是评过最美山村教师嘛，我觉得郭华，还有后来李气虹、德欣欣的事迹完全可以媲美那几个国家级的最美山村教师。我就举一例，下雨天，村里是一地泥泞，孩子没有雨鞋，年龄小的都是她们一个个背到教室里的。

马：你没有背吗？

刘：我是男生，这点事算什么。

马：好，那就请你重点谈一谈放牛的事吧！

刘：好的。经过一年的锻炼，我们已基本学会了各种农活，有时候也可以独当一面了。我们队里共有五十多头牛，分两群，有两个牛倌负责放牧。当时一位老牛倌病了，队里便对这群牛采取了轮流放牧的办法。人都有私心，轮到放牧时都不愿意把牛群往远处水草丰美的地方赶，就是在附近的坡上随便放放，而把主要精力用来砍柴。

马：你能否说得更仔细一点？杨家川附近的山坡上没有什么自然生长的大树可供砍柴呀？

刘：是的。其实是在放牛的同时，用镢头连根刨山上的野生酸枣树。

马：这对生态是一种破坏了。

刘：另一群牛的牛倌、还有羊倌很有意见，因为本来有默契，两个牛群和一个羊群在晴天的时候都要尽量往远处赶，把近处坡上的草留着雨雪天放牧。但轮流放牛，没有一个固定的人负责任，近处的草场很快就被牛啃秃了，一些对草场有保护作用的酸枣荆棘等也都被一扫而光。在这种情况下，队长张榜招牛倌，迟迟没有人报名。

马：因为这个工作很苦啊！

刘：是的。队里没有储备饲料，雨雪天都得把牲口赶到山上去，山上的草场就是我们的资源，只能让牛羊吃山上自然生长的草，所以放牧的人就很辛苦了。

马：大家是老同学了，我也直率地问一个问题：你主动报名干这个苦差事，是不是跟你的女朋友当兵走了，对你的刺激有关？

刘：1968 年她父亲已经给她办好了入伍手续，但她坚持要走自己的路，跟同学们一起来插队了。我们村的知青有点特别，同学中在“文革”时期家庭受冲击的比较多，另外还有其他学校好几位所谓走资派、有历史问题的老干部的子女投奔我们一块来的。但是她家里没受过冲击，与这些当时被称为“可教育好的子女”感受不同，大家有些不同意见也不足为怪。问题在于，她当兵后来的第一封信说：当兵就是参加革命了……那我们在农村就不革命了吗？而且这也是当初她自己的选择呀！

马：所以你选择了当苦行僧，要证明点什么吧！

刘：没办法，对于一个“黑帮子弟”占了相当比例的集体户来说，我这个领头的必须用自己的行动来争取农民的承认。

马：我记得山区所谓的牛圈其实都是窑洞，跟一大群牛住在一个窑洞里，你怎么能入睡？

刘：开始是感到很痛苦的。牛圈，说得不好听一点，同时也就是牛的厕所，臭气熏天不说，牛的尿泡很大，撒尿的时间长，下面很快就聚了一摊水，哗……哗……，声音越来越大，最后膀胱的收缩跟我们人一样要重复多次，哗哗，哗哗，哗，哗，哗，哗。你要等着它最后尿完，再爬起来用垫圈土把那一大滩尿垫上。

马：就好像有个传统相声里说楼上一个人动静很大，每天都要等他回来脱掉靴子消停下来后才能安睡一样。

刘：臭气、噪音是次要的，最可怕的是跳蚤。在知青的宿舍我们可以不断打药除害虫，在牛圈不可能，只能忍着。渐渐也就适应了。

马：是皮变得糙了，还是神经越来越不敏感了？这些事情跟现代的年轻人说起来他们会觉得你有点受虐倾向。

刘：你要知道我每天有多大的工作量，就不会担心我的睡眠问题了。每天要把牛赶到山上放牧一天，晚上回来后还要到土崖上刨一些用来垫圈的干土，如果不经常垫圈，牛排出的尿和粪就和稀泥了。第二天把牛赶出来时，牛身上粘着粪尿和泥巴，是会被社员们批评的。

马：垫圈也关系到农家肥的产量吧？

刘：对。

马：起圈工作量可很大！

刘：起圈队里会另外派工，待我把牛群赶出去后，他们会来清走近一尺厚的粪土，堆在牛圈外面，再过一阵，会由一个老弱的劳动力来溜粪，就是把起圈的块状的粪土敲碎，然后再堆成另一个粪堆。这是比较标准的堆肥制作过程，让厌氧菌和需氧菌都发挥作用，使肥料充分腐熟。

马：再把它运到田间地头，又会倒腾一次。

刘：每天晚上我还需要铡一些玉米、谷子、麦子等作物的秸秆，添到食槽里。

马：这就是俗话说马无夜草不肥了。

刘：牛也一样。这些秸秆没有山上的青草有营养，但聊胜于无。

马：所以要尽早把牛赶到山上去。

刘：天蒙蒙亮我就把牛群赶往远山水草丰美的地方，待上午10点左右，再把牛往回赶一点，在离本队最靠大山的地头的树林里，让牛午休反刍。

马：对，牛是反刍动物，有四个胃对吧？

刘：对，有四个胃室，分别为瘤胃、网胃、重瓣胃和皱胃，不过一般人只知道牛会先把左边的肚子吃鼓起来，而后将混合了胆汁和各种有益菌群的半消化的食物反刍，再次咀嚼后倒腾到右边的胃里进一步消化，脱水。最后送入小肠进行吸收。

马：那为什么要赶回到地头的树林里呢？

刘：为了积肥呀，那时候种地是没有化肥的，牛粪是宝贵的肥料。

马：赶到树林里是为了遮阳吧？

刘：对，特别在夏天，要给牛营造一个反刍的环境。待它们左边的肚子瘪下去，右边的肚子鼓起来，再尽量把牛群赶远一点找它们更喜欢吃的草。

马：为什么需要更好一些呢？

刘：牛已经吃得半饱了，去找它们喜爱的植物，才能刺激起食欲。

马：比如呢？

刘：原来在村边放牧时，看到牛比较喜欢吃当地话叫“禾梢”的一种植物，我以为这是草，因为在村边长得比较矮小。但是到远山的牧场，发现禾梢能长一米多高，其实是一种丛生的灌木，茎有大拇指粗，已成褐色，完全木质化了。牛只能吃到大丛禾梢边上的，而且也都长老了。我会把这些灌木丛按我的需要进行修剪，周边的砍到只剩下十公分，中间留的约一尺高。过半个来月把牛赶到那，它们就能吃到爱吃的新长出来的禾梢嫩枝了，以前够不着的树丛中间的也能吃到。

马：那你放牛的同时也顺便砍了柴了。

刘：是啊。对于新砍下来的柴，我会编草绳或用榆树等比较软的枝条临时捆成捆，堆在向阳的地方晒，等过一段时间干透了，再用牛皮绳重新把柴捆紧，担着或背下山来。

马：不担心被别人顺手牵羊拿走吗？

刘：山民都很朴实，我放牛的远山顶，多有邻村的牛倌也来放牛，大家也认识，他们不会做这种事。他们的柴在山上晒着我也不会动。

马：刚才说到下午尽量帮牛找更好的草场。

刘：对，下午让牛把左边的肚子再吃鼓起来。当披着晚霞回村的时候，村民看到这群牛迈着沉重的步伐，肚皮的两边都鼓鼓的，纷纷竖起大拇指，用当地话赞道："架势了嘛！"

马：就是夸你像这么回事，是吧？

刘：差不多吧。

马：也就是说你用艰苦的劳动赢得了乡亲们的信任。

刘：隔一两天赶牛回村时，还会顺便担回一担上好的干柴。村里的小媳妇会指着柴对后生说："那（读 wo）柴美！美匝啦！"

马：激自己的丈夫呐，要他们以你为榜样。

刘：这标志着我基本上融入了当地的文化，在当地女人的眼里，既能在生产队挣高工分，同时又顾家的男人才是好男人。

马：这是你付出艰辛后，在精神上得到的回报。

刘：其实适应了以后，放牛也是一件蛮有诗意的事情。

马：你会带着书到山上看吧？

刘：当然啦，但也差点出过事。

马：怎么啦？

刘：那还是我刚开始做专职牛倌的时候，心想我这么辛苦把牛赶到远山的好牧场，牛一定吃得饱，就没有仔细观察。结果回来后被老牛倌发现了，子牛和个别母牛肚子比较瘪。

马：子牛？是牛犊吗？

刘：当地话，子牛是种牛，是牛群中唯一没有被骟的公牛。晋南话跟陕西话很接近，对家畜家禽的幼崽称“娃”或“苗”。

马：从这个角度来理解，子牛还真是“传宗接代”的种子。

刘：子牛一般更高大强壮，所以被我忽略了。

马：那它应该能争抢到更好的草，为什么肚子瘪呢？

刘：据老牛倌分析，在接近森林的牧场有狼出没，子牛为了保护它配出来的儿女们，警惕性很高，随时防范，一旦有情况会勇敢地率领母牛把小牛围起来，与狼对峙，甚至用牛角向狼发起进攻。

马：真到了这么大阵仗你应该能看到啊！

刘：就是还没有到这一步，我没有发现隐藏在树丛中的狼，但小牛的亲爹亲妈发现了，它们长时间处于防范状态，影响了采食。

马：后来你看到狼了吗？

刘：白天在牧场上还真没有看到，但老牛倌的分析是可信的。牛群里有好几个牛犊，它们是狼的目标。村里的少年羊倌李建国也提醒过我，他的羊群是绝对不敢往那赶的。

马：小羊更容易受到攻击。

刘：是的，从此我就很注意了，不敢带小说到山上看，只是揣着成语字典之类的，背几条再观察观察山上的情况。

马：对，成语字典有袖珍本。

刘：是“大跃进”时，某大学的中文系突击编的那个早期版本的再版本。

马：我也有那个版本，现在的成语字典可是丰富多了。看来你学习和劳动都不耽误啊。

刘：我这群牛因为曾经历过一段时间轮流放牧，搞得都比较瘦，当地话叫“下下”（haha），但很快追上了另一群牛。收麦时用牛拉车运麦，种秋粮驾着牛耕地，两群牛轮换着用。我刚才讲过，村里不可能有额外的饲料，只能两群牛轮着用，我这边原本的“下下”牛反而比另一群更强壮，更耐用。

马：毛主席说牛是农民的宝贝，你把宝贝饲养得强壮了，自然也就赢得了农民的心。

刘：也得感谢社员的信任和支持！有一件事我是铭记在心的，要知道山上荆棘丛生，特别费鞋，不仅仅是费鞋底，鞋帮更容易刮烂，村里长发他妈给我做了一双不分左右脚的鞋，不但鞋底纳得厚实，鞋帮也是好几层布密密的针脚纳到一起的。

马：这样被荆棘刮到不会一片一片掀起来。

刘：配套的还有布袜子，这样脚脖子也不会被荆棘刮伤。

马：都是土布做的吧？

刘：用现在的话来说绝对绿色。穿着特别舒服，袜子和鞋都是纯棉的，吸汗。所以，尽管顾不上洗脚，脚也不会臭。

马：不分左右脚的鞋能跟脚吗？

刘：是按我脚的尺寸特制的，绝对跟脚。我们一般穿的尖口鞋，鞋底的顶端会向大脚趾这边凸出一点，另一边则是倾斜的。而不分左右脚的鞋两边都凸出，感觉有点方头，只要长短合适，鞋是很跟脚的。

马：不分左右脚的鞋可以防止磨偏。

刘：对，人正常走路，外脚侧着地，磨损更多，两边换着穿，鞋的寿命更长。

马：我记得那时候村里的成年人还都穿缅裆裤，不分前后，所以裤子的寿命也挺长。你没有农民化到这个程度吧？

刘：没有，与工农相结合不能单纯追求形式。为什么后来公社把我和郭华都推选为学习毛主席著作积极分子？因为放牛这事体现了集体经济的优势，只有集体经济才能安排专门的牛倌，赶着上规模的牛群到远山放牧。改革开放后推广包产到户了，但集体经济并不是没有长处，否则现在也不会重新兴起专业合作社。其实，在公社和县里的会上，我更愿意推广我们适时晚播土豆的经验。不过这方面还是让王文波来介绍吧。

第三个受采访者是王文波。他在杨家川插队四年，是县篮球队队员，也善于拉手风琴和摄影。后被部队文工团录用，复员后在北京市旅游局从事专业摄影。与其兄王文泉，其弟王文澜（曾任两届中国摄影家协会副主席）、王文扬被称为摄影界的“王氏四杰”。

马：文波，会远让你讲讲你们种土豆的事，可以吗？

王：你知道，我是十三中的，但常跟北航附中的朋友一起玩摄影、听音乐……

马：那现在给大家交流一下种土豆的体会吧！

王：我记得那是插队的第一个春天，春播大忙，大家都实在太累了。队里已安排我们知青养了猪，也分给了我们几分饲料田。农民都很在意不能误农时，在忙队里的活时，起早贪黑也早把自家的自留地和饲料田都种上了。但会远看集体户里一个个每天出工都很累，不好意思安排同学们再摸黑种饲料田。终于，队里的地都种完了，大家也都要求休息一天洗洗衣服。可是村民们认为，饲料田空在那里还没有种就休

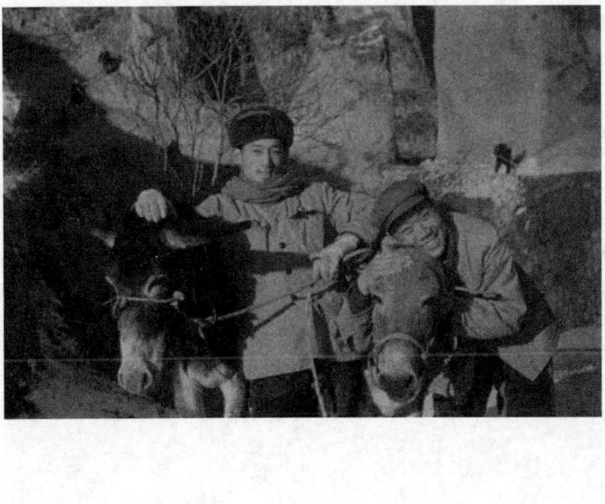

插队初期王文波（右一）与王纪华抱着毛驴合影。背景是典型的黄土高坡地貌。村民正在从土崖上取土筑沟里的淤地坝（在当时是学大寨造梯田的一种措施）。由马小冈摄影

息，是懒怂！在一片笑骂声中，会远拉着我把知青厕所的粪施到饲料地里，好歹种了些土豆，土豆仔直径只有大拇指指甲大小。即使种上了，社员还是笑我们。

马：他们是不是认为你们已经耽误了农时，庄稼长不好？

王：是啊。我们那块饲料田本来就不是什么好地，在山坡上，有坡度，还有些背阴，所以发芽也慢。刚长出三四片叶时，又闹了场虫灾，别人种的土豆秧都长二十多公分高了，叶子有些老，虫子吃的少。而我们的嫩苗却遭到了灭顶之灾。

马：被吃光啦？

王：上面两三片嫩叶被吃光了。种土豆跟种别的庄稼不一样，不是种种子，而是种的小土豆。它还会再发芽。但村里人都摇着头说，等着看这帮懒怂秋后的笑话吧！

马：我猜想，最后一定是戏剧性的结果。

王：是啊！秋后，村里其他地里土豆秧干了，刨出来的土豆鸡蛋大小。等我们的土豆拉秧时，刨出来的土豆一般都像鸭蛋般大，有些大的超过鹅蛋。村民们都惊讶地张大了嘴：这帮懒怂怎么种出了这么特[①]的土豆！

马：应该说退化了的土豆品种经你们的手复壮了。

王：经向农业技术人员请教，原来马铃薯原产地是美洲北温带，秋凉时期最适合其生长。

马：有道理，看来一定要按自然的规律办事才能种好地。

王：会远很喜欢在外面开会时介绍适时晚播土豆的经验，这很实用啊！可以提高土豆产量。但组织活动的有的领导不高兴，觉得我们懒惰的意外收获，难以用当时的“政治正确”来解释。

马：你们的晚播土豆经验，其实符合毛主席的《实践论》，实践出真知嘛！

王：确实是！我们再也不能搞“文革”中那套可笑的形式主义的东西了！

马：杨家川的集体户很有意思，没有人去搞紧跟，因为大家对“文化大革

① 当地方言，大的意思。

命”中“四人帮”的倒行逆施内心很抵触。但你们又做了很多其实是很上进的事，而在做这些事的时候，常常是以一种嬉笑、调侃的态度来完成。

王：因为我们内心有追求、有定力，相信未来！

马：我想这跟教养、跟文化程度也有关系。

王：的确，从某种角度来看，我们这儿就是一大帮文艺青年。最上进的应该是刘会远了吧。因为他是集体户负责人，得对这一帮大部分是“黑帮子弟”的同学们负责任。

马：是的，他必须带领大家得到领导和乡亲们的承认。

王：他是最农民化的一个，头上系着白毛巾，放牛时脚上穿着他在村里交的好朋友王长发的母亲给做的不分左右脚的鞋。

马：农民化到这个地步，需要一些勇气，或者说要达到一定的境界。

王：对了，这体现了他作为文青的一种追求。他崇拜司汤达，就是那个《红与黑》的作者。

马：我明白了，司汤达生前给自己拟好了墓志铭：“生活过，写作过，恋爱过。”会远的农民化就是在体现司汤达的“生活过”，也就是说既然到了农村，就要真正地体验地道的农民是怎么生活的。

王：现在的文青们大都知道司汤达墓志铭这件事，当时会远是从苏联作家爱伦堡的《人·岁月·生活》中读到的。

马：当时是内部出的黄皮书，我知道那时出的内部书，不管文艺类的黄皮书还是政治类的灰皮书，会远他爸爸是每本必买的。“文革”中好几个大学的造反派去抄他们家，有些就是冲着书去的。

王：爱伦堡认为司汤达是现代文学的先行者，他注重心理描写，事件的过程却写得比较简单。

马：他的作品不多，但都是自己认真生活、深刻思考的产物。比如《红与黑》反映的是波旁王朝复辟的那个时代，于连·索黑尔这个木匠的儿子不可能像前一代那样在拿破仑的旗帜下穿着红色的军装靠军功来改变地位。如果不甘心生活在底层，就只有披上黑色的修道士服装，到神学院去学习，将来成为神职人员，或有幸被推荐给贵族当秘书。

王：你看，我们这些爱读书的高中生一讲《红与黑》就能讲到点子上。

马：我估计你们当时探讨过这本书。

王：是的，当时会远、张小红、王青、黄元等都带了不少书，不少名著都记不清是谁带的了，就在集体户传看。

马：别的村知青也来借书吧？

王：是的，特别是北航附中的老同学们。记得陈村一位到会远那一下子抱走好几本，包括比较珍贵的《脂砚斋重评石头记》。

马：那可是老版本了！看来杨家川散发着浓厚的书香。

王：咱们再回到《红与黑》。

马：你们当时就讨论过，所以现在言犹未尽。

王：是的。现在已成为电视文学学会会长的高满堂，他的电视连续剧《北风那个吹》，其中也贯穿着《红与黑》这本书，不管是剧中的上级领导还是点上那些文化程度并不高的知青，都把《红与黑》当黄色小说来看。

马：好了，文学的探讨先到这。杨家川最著名的是因为知青的到来而成了音乐之乡。

王：对。会远在百万庄的邻居张小红带了一台钢琴来，这在县里轰动一时，还有黄元、范希耿带的48贝司的手风琴等，让其他知青点的音乐爱好者都羡慕不已，我们也都感觉挺自豪的。黄元是从小就练的，又能弹钢琴又能拉手风琴，什么《小苹果》(俄)、《少女波尔卡》(捷克)、《红梅波尔卡》(芬兰)、单簧管波尔卡（波兰）、探戈舞曲等等，还有莫扎特的《土耳其进行曲》，尤其是《土耳其进行曲》这个快板部分，他弹得特别的流畅，你就见他这个手指在键盘上飞动着，曲调特别的动听，又特别的悠扬。我还喜欢他在钢琴上弹的贝多芬的《月光奏鸣曲》，会使我陷入沉思，回想起在北京与（北航附中）杨松林他们聚会时，用留声机听过这些乐曲的情景。

马：你和李小平人高马大的，学习音乐的劲头也都被调动起来了。

王：我们到处借唱片听的一些古典的名曲，黄元几乎全都会，所以就被紧紧地吸引住了，我、谷永胜先学手风琴。李小平后来兴趣也来了，开始练钢琴。但是学琴就得要先抄谱子，抄这个谱子，你要学五线谱。我们专门找来抄五线谱的本子抄这个曲子，在抄五线谱的时候逐渐就熟悉了高声部低声部，这些音乐的符号就全都明白了。因为你要弹这个键盘乐啊，不管是什么乐器，你必须得会五线谱。我们就是在那个土窑洞里面没事儿就抄这五线谱的曲子，有手风琴曲，还有钢琴练习曲。除了刚才谈过的波尔卡啊、探戈啊，还有一个就是尼古拉·里姆斯基·科萨科夫的《野蜂飞舞》，这个《野蜂飞舞》也是世界名曲。

马：看来你们还真下了不少功夫！

王：张小红最有毅力，钢琴是他带来的，可是缺乏黄元那样的童子功，但非常投入，他喜欢肖斯塔科维奇的第十二交响乐（副标题：十月革命），硬是从黄元那将这一长达一个小时的交响乐总谱，手抄了一份。

在进城参加知青的活动时，王文波（右）与张小红正在准备节目

马：佩服！

王：对于我这个所谓“可教育好的子女”来说，掌握一门手艺有利于将来解决出路的问题。所以我练得也苦，白天得出工，晚上就在咱们那个窑洞里就着煤油灯微弱的光看着那个五线谱就练上了。练得实在太困了，会进入一种半睡半醒的状态，蒙眬中我能看到，哎哟，这手还在键盘上移动着呐，下巴已经是磕到了这个手风琴边上了，下巴都磕疼了，但是我的手还在继续练着。

马：多数同学主要还是从兴趣出发吧？

王：对，黄元也要照顾大家的情绪，有时会弹唱一些比较流行的歌曲，主要是苏联歌，像《山楂树》《喀秋莎》《莫斯科郊外的晚上》等。在刚下乡的那个寒冷的冬天，《士兵圆舞曲》比较符合我们的心境，让大家感动：

西伯利亚白茫茫，无边无际。

我是多么热爱你，俄罗斯大地。

你是多么寒冷，辽阔又广大。

在这黑夜，我常想念我的家。

我是多么热爱她，我的好友。

我俩友情多深厚，情意相投。

我就要回到家乡，回到她身旁。

我相信她，我的姑娘，在盼望。

马：可以说黄元是你们这一批音乐爱好者的宠儿。

王：对了，王青也有一个重要贡献，张小红托运钢琴时忽略了琴凳，王青做了一个单腿的凳子，加上人的两条腿，也可以“三足鼎立”了。

马：那也只能是对付，不过这倒也有点象征意义。

王：但是等到两年之后，被推荐走的或有门路走的一个个离开，出路问题就不能不考虑。

马：那你练得也就越来越苦了。

王：在会远当兵走了以后，我是为了这个继续练手风琴的。我也学他放牛。背着琴把牛放到了山坡上，我就对着美丽的大自然练起了手风琴。练的时候呢，这个牛啊静静地吃着草，对这个琴声好像是有所感悟似的，一边吃着草，一边就聚拢过来了，在我的周围不时发出哞哞的叫声。

马：那真成“对牛弹琴”了。

王：后来有的记者采访我的时候也说过这话，对牛弹琴，没错，还真是对着牛拉手风琴了。

马：看来牛也可以成为“知音”，音乐有利于牛的生长。

王：这个牛过了一段时间，个个吃得膘肥体壮的。村民觉得很奇怪，但也很赞赏。

马：这杨家川的知青用北京话讲是尽出幺蛾子了。那边厢耽误了农时的、比较差的饲料地里长出了大个土豆，你这放牧的草山上，听着音乐的牛也长得壮。

王：嗨！咱主要还是为了抢时间练手风琴嘛，对吧，所以我就说呀，练琴是相当的艰苦啊，在那个环境。

马：文波你是个全才，不仅手风琴拉得好，篮球也打得好。你和李小平都是县篮球队的成员，能讲讲你们在县里打篮球的事吗？

王：打篮球的事还是让李小平说吧，他在北航附中就是校篮球队成员，不仅个子高，还非常灵活，在县篮球队也是主力。

第四个接受采访者是李小平。他是杨家川集体户最后一个离开夏县的知青，被推荐读山西大学。毕业后，又分回到夏县化肥厂，后又转至夏县新药厂工作，直到后来知青大返城才回北京。

马：小平，咱俩是同班同学了，大家都知道你篮球打得好，能讲讲在县里篮球队的故事吗？

李：我们全县知青有个篮球队，后来也基本上由这些人代表县里参加比赛。但我最想谈的是我们插队第一年，我和刘会远为村里的年轻人挣来一个篮球场的事。

马：是的，原来村里是没有篮球场。

李：原来村里只有一个初中毕业生杨水龙爱玩篮球，所以他爸爸生产队长杨振国肯定不会为自己的儿子修篮球场的。

马：知青来了，会打篮球的就多了。

李：队长很精明，他利用了我们的自尊心，采取了激将法。

马：有意思。

李：男女同工同酬，在我们杨家川那样的山村做不到。一般一个工是10个工分吧，但妇女出一天工只记8个工分。

马：因为妇女有些重活干不了？

李：不但有些重活干不了，妇女还会提前半个多小时下工回家做饭。

马：这倒也是，不同工嘛，就难以同酬。

李：而一等男劳力一天挣14个工分，二等男劳力一天挣12工分。

马：这就比女劳力多出差不多一半了。

李：所以就有知青中的女同学和村里年轻气盛的姑娘不服气。

马：有些活男女之间的效率差不多，像锄草啦、割麦子啦。

李：说起割麦子，我们男生可能还不如女生呢。男生的肩膀宽，上肢肌肉发达，所以弯腰割麦时，腰很容易累。而女生体形是枣核状，中间宽上面窄，割麦时腰部不费什么劲。

马：那倒也是。

李：我和会远、文波有条件冲击头等劳力。队长看出来了，也想利用我们的积极性，因为队里还有很多重活要我们几个特汉[①]卖力气，怕我和会远在割麦时腰不给力，便大张旗鼓地给了我们一个可怕的任务。

马：什么重活能用上"可怕"这个词?

李：你知道麦收的程序是：先割下麦子，再运回打谷场，通过牲口拉石碾子碾压等办法，使麦粒从麦穗上脱落。

马：对。

李：这就要求打谷场的土地够坚硬，否则麦粒都被碾到土里去了。但冬天冻土膨胀，春天化冻时打谷场上的土地就软了。所以每年麦收时，要先把打谷场犁一遍，用水浇透，平整后再用碾子压实。我和会远就要承担把整个打谷场浇透的任务。

马：这活是够重的。

李：你在我们村待过，也挑过水，那口井只够全村喝水。浇场院的水要从五六十米深的山沟的泉水处去挑，山坡的坡度大概有50度。

马：我知道，在那个陡坡上挑水，走之字形小路，必须不断换肩膀。

李：对，不换肩膀是绝对拐不过来的，必然导致水撒桶翻。

---

① 特汉，大汉的意思。

马：水桶往山下滚，就算砸不到人，水桶本身摔坏了也是不小的损失。

李：所以必须保证扁担与山坡这个面平行。要不断换肩膀，让身体不靠近山坡的那个肩膀来挑担子。比如我们走“之”形小路是从右侧这边往山路上走，担子就在右肩上。到拐弯的时候要往左边拐了，扁担和水桶基本不动，只是稍微往上掂一下，人迅速转向左，同时把扁担换到左肩。

马：麦收时你们插队已经好几个月了，挑担子换肩膀应该已经学会了吧？

李：是学会了，但是还不够熟练，还没有练成铁肩膀。而且这段路窄小陡峭，还是要格外小心。

马：队长选中你们俩算是有眼力。

李：在学校我是校篮球队队员，会远是田径队队员。1965 年的暑假……

马：咱们是老高二，高中时期就过了这一个暑假。

李：我们俩假期都是在学校里集训，那也可以称得上是魔鬼训练了，就体能来说我们俩是有基础的。

马：但工作量还是太大了！

李：所以队长就用激将法啦，说我俩完成了任务，打场过后就把这个打谷场当篮球场用。所以我们拼了命地担水呀，天黑了，山上割麦的人下来了，年轻人都不回家吃饭，过来给我们帮忙加油。

马：后来队长的承诺兑现了吗？

李：兑现了，不过不是标准的篮球架，队里出很少的钱买了两个钢圈，篮板是队里的木匠做的，钉在两根立柱上。

马：这种没有向前伸出的篮板，是有危险的。

李：所以啦，比如上篮等动作就要格外小心，很容易撞到立柱上。

马：有了篮球场，村里的年轻人都会很开心了。

李：知青的威信也有了提高。

马：当然啦，是你们挣下来的篮球场。

李：而且他们学篮球也得请我们当师傅啊！

马：你爸爸是教育界的，是北京经济学院的党委书记。我父亲也是理论、宣传界的老干部，这两部分人在“文革”中是最容易也最先受冲击。

李：所以我们村我离开得晚。

马：你这个人体育上的风头劲，用现在的话说，很博眼球，而且出身又好，所以中学时就懒于做政治上积极表现的事，下乡后也是牢骚不断，反正什么活都能干，谁也不能把你怎么样。

李：我们集体户还有王青这种因反对中央文革而坐过牢的人，政治队长领着我们早请示。王青那个时刻总在胸前画十字，嘴里喃喃低语：感谢上帝赐我早餐。

马：队长当时对这种恶搞也弄不明白吧？

李：是的。

马：就是现在中国人也不太习惯黑色幽默。

李：是啊，在我们村知青们不可能主动干那种挥舞小红书的形式主义的事，王青这张嘴就饶不了你。

马：我觉得从这一件一件事上看，你们虽然嘴上不唱高调，但没有忘了革命后代的梦想和尊严！

李：郭路生的《相信未来》你还记得吗？

马：“当蜘蛛网无情地查封了我的炉台，当灰烬的余烟叹息着贫困的悲哀，我依然铺开失望的灰烬，用孩子的笔体写下：相信未来……”

李：对，你背的还是当年那个老版的《相信未来》。后来路生正式发表时，这一段改成了“用美丽的雪花写下……”

马：那个时代的很多诗歌都是标语口号式的，路生的诗是地道的形象思维，最后推敲成“用美丽的雪花写下……”

李：但对于当时的我们来说，“用孩子的笔体写下……”已经定格了。

马：我明白了，在苦难中，你们依然保持着赤子之心。

原计划第五个采访黄元，他 1972 年被宁夏歌舞团录取，后下海做国际贸易。因为身在澳大利亚一时赶不回来。不过他倒是提供了一些自己写的回忆片段，特摘录一部分。

“庆祝九大”及知青朋友们的往来

（马小冈按语：九大是中国共产党在“文化大革命”中极不正常的情况下召开的一次全国代表大会，来自“文革”受害者家庭的黄元，不可能发自内心地“欢庆”。他们只是当作长期繁重的体力劳动中的一次休息机会，又可结识其他集体户的文艺青年。而“欢庆”之后知青们的聚会，才真正反映了他们的心境，也展示了知青们的艺术才能。以下摘录的部分，除中间省略一自然段外，前后都衔接，只做了少许改动，题目是后加的。）

生活总是要进行下去的。年轻人的生活就更是如此。正如食指（郭路生）在他的诗中所说的那样：

我们年轻、纯洁、一身光明，
就像早晨的露珠一样的晶莹。

农村虽然艰苦，也看不到什么希望，但大家的精神状态却是颇为阳光的；年轻是最大的本钱，我们有的是时间，也坚信一定能等到正常社会的复归。那时，一首法国诗人艾吕雅的诗深受我们喜爱：

你好，哀愁，
你是写在天花板的线条上，
你是写在情人的眼睛里。
但你也并非一切都是苦难，
因为一个微笑，
可怜的嘴唇也在揭露你。
你好，哀愁。①

1969年4月，广播里突然宣布“中国共产党第九届全国代表大会”的召开，并于几天后“胜利闭幕”。大概是我们这个带着钢琴去插队的知青点，在县里已经声名远扬，故一个电话从县知青办直接打到了我们的村里，要求我们派几个擅长文艺的知青到县里参加“庆祝九大胜利召开”的活动，并为此编排一台有歌舞的节目演出。这是只劳心不劳力的活计，县政府提供吃喝，算是一件

① 引自法国诗人保尔·艾吕雅的《不变的面孔》，国内现在有不同的翻译版本。

"美差"。

我们村里四个沾得上文艺边的知青，被派下山参加这一重大的庆祝活动。其中我是主力，女友蓬蓬因能唱歌也算为一员。还有张小红和王青帮助编排音乐和做些文字工作。我们一行四人，扛着我从北京带来的48贝司的小型手风琴，高高兴兴地来到县城报到。从其他知青点调来参加庆祝活动的知青也纷纷聚集到了县城。其中有来自于平原富庶之乡——禹王公社的旋姑娘，也有来自深山老林、贫瘠之地——泗交公社的邵姑娘和小张——一个擅长舞蹈的小伙子。大部分人在北京都有过参加各类文艺宣传队的经历。

邵姑娘很快就编排了当时颇为有名的舞蹈《洗衣歌》，这是一个以西藏的音乐风格，表现藏族姑娘为解放军洗衣服，以军民鱼水情为主题的舞蹈。旋姑娘既担任伴唱，又在其他节目里担任独唱，我则担任全场的手风琴伴奏。那是一段十分悠哉的日子。白天我们参加演出，晚上则用廉价茶叶泡上一杯清茶，听旋姑娘用小声唱着各种歌曲：《送我一枝玫瑰花》《草原之夜》等表现爱情的民歌。旋姑娘有极好的音准，在夜晚静谧的环境里，其小声的音色十分优美动人，如怨如慕、如泣如诉。

历时将近一个月的庆祝活动终于结束了，我们也只好各自返回自己的村庄。临行前，旋姑娘相约要到我们这个有钢琴的知青点来看望我们。

果然，这年秋天，旋姑娘带着邵姑娘和小张来了，还带来了一瓶白酒和一本带有钢琴伴奏的《意大利歌曲集》。几位客人到来的那一天刚好是中秋节，我们杀了一头猪，准备美餐一顿。

晚上，我们在桌子上铺上了白桌布（用一张白床单代替）。在一个我带来的俄罗斯式古典风格的蜡烛台上点上了蜡烛。将劣质白酒稀释后，兑上了蜂蜜——我们给这种酒起了个美丽的名字：蜜沉沉。晚宴在我弹奏的莫扎特名作——《土耳其进行曲》中开始。大碗肥嫩的红烧肉，甜美的蜜酒，万里晴空的中秋圆月，营造出一个我们来到农村后最为美丽的夜晚。

那天的月亮很亮、很圆，颇有李后主的词中"晚凉天静月华开"的意境。

入夜，大家围坐在一起聆听旋姑娘唱的意大利歌曲，有热情奔放的《我的太阳》，委婉伤感的《明亮的窗户》，有撕心裂肺的《负心人》，以及伤情怀旧的《重归苏莲托》。钢琴伴奏的和声非常丰富，完美地烘托起音乐的旋律，与歌曲的氛围融为一体，在那“地僻无音乐，终岁不闻丝竹声。……岂无山歌与村笛，呕哑嘲哳难为听”的贫瘠之地，有“如听仙乐耳暂明”的感觉。

……

进入插队的第二年，各地的知青们开始互相走动。旋姑娘等三人走后，不断有人不远万里，来访我们的知青点。其中大部分是各位的旧友，互相探望、叙旧，犹如走亲戚一般。也算是当年的一种旅游形式吧。所不同的是那时极少有人买火车票，或买得起火车票，大部分人是逃票混火车而来。也有人用消字灵，或是漂白粉等自制的配方，将火车票的日期改掉，一张火车票便可重复使用多次。居然也有人一分钱不花，用这种假票走遍了大半个中国。

第二年春天，诗人食指来到了我们的杨家川。食指的父亲是出身于山东农村的老干部，故此，食指大概是从父辈那里遗传了浓厚的农村情结。他对未来的憧憬也是：自己坐在炕头上写诗，一位安娴的农村妇女在一旁一边纳鞋底，一边脉脉含情地望着他。

食指插队的地方离我们不远，是位于晋中地区大名鼎鼎的、“牧童遥指”的“杏花村”汾阳，那里盛产举国闻名的汾酒。这次，他一到我们的知青点，便立即被青山绿水的杨家川所陶醉，思如泉涌，一首将杨家川比喻为妙龄少女的诗歌便一挥而就：

绿的水，青的山，
水洗山托杨家川。
杨家川这姑娘长得俏，
春风一路百里传。
……

当时，这首诗完全没有引起我的兴趣。在我们眼里杨家川是块贫寒苦地，哪里有什么“水洗山托”的感觉？食指到来之后，既不用下地干活，也不用砍柴做饭，每天蹲在山坡观风景，自然便有了雅兴。我们则每天要在田中劳作，汗滴禾土，没有兴致，也没有感悟出杨家川的天然之美。况且，杨家川也从来不是出美人的地方。30年之后，食指成了名扬四海的诗人，听说《杨家川》一诗亦进入了语文课本，被视为20世纪文学中的一首佳作。现在，远离劳作和艰辛，看着北京的雾霾，有时反倒会怀念起杨家川那清丽的山光水色。

马小冈　1948年8月出生，北航附中1967届高中毕业，1968年到山西下乡，1969年参军，1978年考入中国人民大学。先后任中国经济信息公司总经理、中国经济信息杂志社社长、中国经济音像出版社总编辑、拓日新能监事会主席，已退休。

杨家川

郭路生（食指）

绿的水，青的山
水洗山托杨家川
杨家川这姑娘长得俏
春风一路百里传

长长的柳枝梳成辫
草绿的春衣百花鲜
扑扑的红晕一朵霞
明亮的目光两道泉

头裹白云白毛巾
腰缠公路十八盘
脚踏中原站得稳
歌声笑语入云天
吹响号角干劲大
擂起战鼓手不酸

去冬苦战乱石岗
斗大的石块双手搬
一鼓作气斗春旱
扁担挑龙上高山

磨破了手掌压肿了肩
撂下轻松挑艰难
杨家川这姑娘腰板硬
日月在肩也敢担

姑娘的容颜比春美
姑娘的青春似火焰

姑娘长大十八变
杨家川变成米粮川
铺开的阳光是收不完的谷
满天的星斗像摘不尽的棉

肥肥的叶子长长的蔓
红薯一个劲拱地面
苞米娃娃怀里抱
露着牙儿笑得甜

高粱一熟一大片
好似山野里红旗展
红旗开路向前进
杨家川又在最前面

（1969年9月）

郭路生 笔名食指。与杨家川集体户的刘会远、张小红是百万庄的发小，与黄元等同为文艺爱好者，原商量好随北航附中同学一起到夏县插队，但最后因其父坚决要求他与在人大附中的弟弟郭新生一起随人大附中到山西汾阳插队，与杨家川集体户有往来。

坡上没有退步

孙大虹

人生，是一部沉甸甸的日记，每一页都烙印着不平凡的足迹。

不知走过了多少风雨坎坷、也不乏鲜花和掌声的路，对我们这些年近七旬的老知青来说，20 世纪 60 年代末 70 年代初那一段激情燃烧的岁月，尤其不平凡。

我的祖籍在夏县，父亲孙雨亭 1926 年加入中国共产党，是中共夏县县委的第一任书记，民主革命时期，宣传真理，深入农村，发动群众开展武装斗争，为新中国的建立做出了杰出的贡献；社会主义建设时期，长期担负重要工作，“文革”前，担任云南省委常委、省委书记处书记等职。

我的母亲闫南君也是在夏县参加革命，1937 年入党。他们都是从夏县这块土地上走出来的老共产党员。当时，父母在“文革”中被“造反派”打倒，我虽然没有参加任何一派，也遭遇不幸，被毒打、陷害。“造反派”扬言要将我押送到边疆农村改造。正好 1968 年底毛主席发出“知识青年到农村去”的号召，我便主动与家乡的大哥联系，得到家乡基层组织的来函和支持。在躲过“造反派”的监视后，1969 年 1 月我和弟弟孙小虹来到老家夏县大侯村插队，成为一名夏县知青。在我们插队几个月后，我的母亲就被“造反派”迫害折磨病故。

1970 年孙大虹在村里摇耧播种麦子，前面牵驴的是其弟孙小虹

插队第一天，生产队长安排我们哥俩到苹果园栽树，让我负责看树栽得直不直。我是近视眼，从口袋里掏出眼镜戴上，老乡们全乐了，队长说“大虹这娃是个捣怂（土话捣蛋鬼）”，当时我还莫名其妙。从此，每天哥俩在农村的田间地头劳动，从犁地、摇耧、种麦、割麦、脱粒、磨面这些农活做起，从将麦粒种到地里到生产成熟，收割入仓磨成面粉吃到嘴里，每一道工序都学会了，还学会了擀面条、烙饼、蒸馒头做北方饭。这时才深深体会到“谁知盘中餐，粒粒皆辛苦”的真正含义。

第一年夏天参加收割麦子，因为没有割过那么长时间，不久握镰刀的右手上就磨起了血泡，继而血泡破了后是钻心的疼。不管我和弟弟怎么用力，总是赶不上其他社员，我们被远远地甩在了割麦队伍的最后面。第二年收割麦子时，我和弟弟有了进步，感觉没那么吃力了，手上的血泡破了，变成厚厚的茧子，也逐渐掌握了割麦子的要领。第三年收割麦子时，我们哥俩割麦子的速度大大加快，超过了所有割麦的队伍而遥遥领先，令社员们刮目相看。

当时最考验人的是参加队里用人力板车为大队油坊拉煤炭。煤场在远离大侯村 15 公里外的水头镇，来回路上要爬司马村坡和坡底村两个近 800 米陡坡。我拉着装满几百公斤煤炭的板车用力往坡上爬，任凭汗流浃背、气喘吁吁却不敢松一口气。我心中只有一个信念，人力拉车在坡上没有退步，必须一鼓作气把煤车拉到坡顶。否则，一旦松懈，连车带人都会快速倒退回到坡底，不但前功尽弃而且极易发生危险，这才真正体会到“不进则退”的深刻含义——大概，这就是人生路上永远不可或缺的坚持！每次拉煤，中午都回不来，午饭就是找个路边的小饭馆买碗菜汤泡玉茭面窝窝馍，一碗汤一毛五分钱，如果稍加两片肉每碗两毛钱，不带菜的骨头汤是免费的。为了省钱我们都舍不得喝带菜和带肉的汤，就喝免费的骨头汤。只要碗里有馍，老板就会给你添汤。有一次，由于天气热流汗太多，我连喝了七大碗免费汤，才将馍咽下去。老板已瞪着大眼嚷开啦：“只能加滚弗（开水）！”

生产队长为了照顾我们哥俩，有时会安排些所谓轻活，比如说和妇女们一起去“脱棉花裤”。每年麦子收割完，地里的棉花苗就绿油油齐刷刷地长起来了。这时就需要将棉苗出土时长出的第三至四片叶子抹去，从而保证棉花新长出的荷叶有效生长，这就叫“脱棉花裤”。6月中旬的太阳火辣辣的热，我们和社员们一起每人两垄，圪蹴在地里一株株地脱。说是照顾我们与妇女们一起干轻活，实际上这活比出力气的活都累人。弟弟小虹的个子比我高，棉花苗又矮，蹲下去时间长了，棉花地里又闷又热，一会儿工夫热得一身大汗，累得腰酸腿疼直不起腰杆儿，弄不好还误把荷叶也脱掉了。在生产队长的耐心指导下，我和小虹很快地掌握了技术，分清了什么是荷叶，什么是次生叶。经过一个夏天的磨炼，我们比心灵手巧的大姑娘小媳妇们干得还要快，长达800米的田垄，用了不到两个小时就到了地头。棉花裤脱完后，在以后的一个多月时间内，还要精细地进行棉田管理，剥棉芽，打农药（防治蚜虫、红蜘蛛、棉铃虫），浇水和施肥。每到摘棉花的季节，望着白茫茫无边无际的棉花地，心里充满了自豪感。

我是高中毕业生，懂得电的知识，就用小灯泡拼装成一个吊灯挂在炕头上，一开电闸灯便亮了起来，在黑夜中闪闪发光，吸引了不少乡亲或邻居前来观看。生产队长说我懂电，就安排我当了队里的电工，工作就是在抽水井旁值班、浇地。这对于我是个极好的学习机会，在不耽误值班和工作的前提下，我每天可以抽空看书学习，使我有计划地阅读了大量的书籍，学会了写诗、作词和写剧本。

每年麦子收割完进场后要用脱粒机脱麦子，值班照看脱粒机的任务就是我这个电工的活儿。提起脱麦子粒那可是一件又脏又累的苦活儿。一是为了抢农时需要白天黑夜连轴转；二是麦秆上带有许多尘土，打一场麦子下来人脸上布满了灰尘，人们相互只能看到对方的双眼和嘴唇；三是要掌握技术，把麦捆放进机器时，既不能多，也不能少，多了，塞进不去，脱粒机被卡住会发出怪怪的吼声，还白白浪费电；少了，误工误时脱出的麦粒少，任务难于完成。有一天晚上，一个年轻人图快，一次就放进去四捆麦子，脱粒机被卡住了，发出了刺耳的吼叫声，我立即赶过去纠正了他的做法。第二天，我在生产队的小黑板上写了一篇《脱粒机的吼叫声》短文，讲清了脱粒机的操作技术和使用安全要求，受到乡亲们的好评。

后来，根据我的表现和工作能力，社员们把我选为生产队的政治队长，主要任务就是组织社员学习党的方针政策和毛主席著作。有一段语录很长，共有209个字，这对不认字的农民来说，要背下来，谈何容易！我想出个好办法，试着自谱乐曲，把这段语录编成语录歌教社员唱。由于曲调中听，社员们唱了几遍就学会了，居然将209个字的语录全记住，并能熟练地唱出来，从而夺得几个生产队学习背诵毛主席语录比赛的第一名。

当年练双杠照片

为迎接党的九大召开，公社组织各大队搞庆祝游行活动。大队委派我担任队列总指挥，组织全村三百多名团员、青年民兵分别组成舞蹈、葵花扇、标语牌、红旗和锣鼓五个方队，每天在村里的麦场上进行演练。我吹着哨子，做着示范动作……从队形的变换到动作的设计，从举旗抬标语到走队列步伐，每天都认真操练。结果在参加县城的庆祝表演中夺得了全公社第二名。

为了活跃农民的文化生活，我就教社员们演唱流行的样板戏片段和革命歌曲。逢年过节，农村是以唱戏作为主要娱乐活动，但让农民演样板戏难度太大，传统旧戏又不能演。根据当地的风土人情，我把村里发生的新人新事，把社员们身边发生的故事编写成山西蒲剧和眉户戏的剧本，让农民们自扮自演。这既活跃了农村的文化生活，又逼着我自学诗词平仄、押韵等文学知识，学习编写戏词、谱曲，提高了我的文化知识水平。

为了教社员唱《长征组歌》，我动手将《长征组歌》的歌词刻成腊版，油印成歌本发给大家。当时，社员看到歌本上栩栩如生的毛主席画像，都啧啧称奇，竖起大拇指夸奖我有艺术细胞和画画的天赋。

2008年5月，时光已过去了近40年，夏县老家的农民老乡来昆明看望我，出人意料地把我当年亲手刻写腊版印制的《长征组歌》歌本作为礼物带来给我。看到珍藏了近40多年的歌本，看到当年我亲手刻印出的毛主席像仍栩栩如生，毛主席书法潇洒不拘、刚劲有力，虽然歌本的纸张已经发黄，但是这份礼品更显得弥足珍贵，使我眼前又浮现出在农村当知青的一幕幕情景。这本歌本也是那段知青岁月的记录和见证。

那时我有一把 60 贝司的手风琴，是我们从昆明来山西当知青前卖掉了两辆自行车买的。每到夜晚来临的时候，劳作了一整天的我，就用手风琴的黑白键盘演奏我心中的歌，琴声奏响了那些激情燃烧的青春岁月。《草原上的红卫兵见到毛主席》《游击队之歌》《花儿与少年》等乐曲，成了村里社员们熟悉的旋律……

我拉琴的名声不胫而走。有一天，20 多里外的几个北京知青相约来到我们村，这次来的还有两个女知青，其中一位大眼睛的女知青见院子里放着手风琴，抱起琴就拉。一位男知青立即制止她："你别在关公面前耍大刀啦！让大虹给你露一手。"我拉起了北京知青都熟悉的《山楂树》《小苹果波尔卡》《马刀舞》，琴声婉转悠扬，荡气回肠，余音绕梁……他们全被我的琴声征服了，陶醉在激情奔放的手风琴声中。当最后一个音符还在空中缭绕时，那位大眼睛的姑娘首先给予我热烈的掌声，其他几位北京知青也情不自禁地鼓掌，他们叹服了我的琴技。大眼睛的北京姑娘临走时还向我借了一本书，这时我才知道她的芳名叫"玲玲"，这是我认识的第一位北京女知青，也是以后一直交往的唯一的北京女知青。

在兵团拉手风琴照片

玲玲在苏州医学院照片

与玲玲在当知青时的合影

与玲玲的结婚照片

玲玲——这个大眼睛的漂亮女知青，心地善良，听说我们家遭遇不幸，母亲去世了，不仅没嫌弃我们，而且经常来安慰我和弟弟，给我们送来她亲手做的面食、点心，鼓励我们要坚定人生信念。玲玲每次来，都要听我拉琴；她喜欢朗诵诗歌和散文，每次朗诵都特别投入，表情丰富，情真意切，一对大眼睛炯炯有神，在我们目光对视的刹那，爱情之花已在心中悄悄绽放。

1971 年底，我们离开夏县去兰州生产建设兵团陕西六师纺织厂工作，报到时在师部招待所练琴，被师部宣传干事发现，动员我留在师部宣传队，专职拉手风琴和吹奏黑管。玲玲说我“干起了卖艺的生涯”，好在师部就在陕西大荔县，与山西夏县很近，她农闲时就来看我。她的美丽善良、活泼率真、正直单纯深深地吸引着我，我思想敏锐、性格阳刚、多才多艺也使她难于割舍，我们一直保持着通信联系。她在夏县村里当民办教师，过了六年的知青生活，后来她考取了苏州医学院。

我母亲闫南君“文革”前是云南省委监察委员会副书记，生前患有严重的血栓病。我们在夏县插队时，被造反派在农场批斗折磨以致血栓病复发病故，造反派为逃脱罪责反而制造假案污蔑母亲是“自杀”。我们哥俩为给母亲平反昭雪，多年来一直给中央写信，每年回云南都四处奔走，好容易才搞到母亲临终前的“抢救病历”。我将“抢救病历”带到苏州医学院托玲玲帮忙，她咨询了医学专家和教授，终于搞清了我母亲的真实死因。1976 年初和 1978 年夏天云南省委曾两次通知我们为母亲召开平反昭雪的追悼会，玲玲作为查清案情的“有功之臣”都被邀请参会。可是，1976 年遇上“反击右倾翻案风”，追悼会被取消，我们只好返回单位。1977 年玲玲大学毕业后，主动要求分配到云南工作，并照顾我年迈的老父亲，这使我非常感动！我们不仅是夏县插队相遇相识、患难与共的知青战友，而且经过了近十年的磨砺、考验，当时，我仍在建设兵团工作，她主动放弃回北京的机会，毅然决然来到云南照顾老人。这样品德高尚、善良贤惠的姑娘，世上无双，天下难求。1979 年 5 月我们终于走进了婚姻的殿堂，开始了我们幸福的人生之旅……

我在夏县插队时，有一天村里有个男社员半夜莫名其妙地掉到井里，被人救起后本人吓坏了，说老婆半夜把他叫醒告诉他家里的水桶掉到井里了，他到井边捞桶不慎掉进了井里。他老婆没有叫人救他，反而是跟另一个男人跑了。因有重大作案嫌疑，这对逃跑的男女被公安带了回来。公安询问时，她说丈夫是半夜挑水不小心掉到井里淹死了，那位男的说“半夜遇上她，她说家里闹鬼害怕”才一起跑出了村子。两人说法不一，各执一词。当时大队抽我到专案组协助公安人员调查。调查中群众反映女的生活作风有问题，平时就与那个男人有奸情。我也觉得事情蹊跷，谁会在半夜里去挑水呢？我在村旁的水井边，反复琢磨、分析，认为这对男女涉嫌谋杀的疑点较大。关键问题是要搞清楚：井里有没有他们家的水桶？如果井里没有水桶，那么，他老婆说的一定是假话。我不顾井水冰凉刺骨，多次下到井底捞桶，却怎么也捞不到。公安人员传讯了这名妇女，当她知道我下井捞桶时，终于如实招出了她与情人合谋将其丈夫推下井的作案事实。公安人员结合调查取得的其他证据，将这起奸情谋杀案侦破。村里的老乡说：“大虹这娃佳是着呢（土话厉害）！会破案！”没想到，真被他们说中了，以后我真的干起了公安工作，而且一干就是 30 多年。

在夏县插队 3 年、生产建设兵团工作 7 年以后，我于 1978 年底调回云南省公安厅工作，退休前曾担任云南省委防范和处理邪教办主任、党组书记，省公安厅副厅长，省人民政府参事，省政协委员。我从一个普通的侦查员到厅级领导干部，在省级公安机关多个警种和部门工作过。不管做什么工作，我一直保持着饱满的精神状态和高昂的斗志，对公安英烈和身边的英雄群体始终充满无尽的怀念和崇敬，前辈和英模的革命精神给予我拼搏与前进的力量。

我的父母从当年在学校闹学潮开始，到投身革命参加共产党，就是响应毛主席号召走与工农相结合的道路，我们又继续走他们曾经走过的道路，在广阔天地历练成长，十年的风风雨雨，摔打磨砺，形成了我们做人的信念、精神和品质。

我怀念、感恩父母的养育、老师的教诲、妻子的关爱、乡亲和同事朋友们的帮助、大自然的恩赐和时代的赋予，也怀念、感恩夏县这片土地的养育和磨砺。正是因为这些，我渡过了一个个难关，一步步走向成熟和成功。

“坡上没有退步！”我会永远努力，砥砺前行！

孙大虹 云南省昆明市第一中学1967届高中毕业。1969年1月至1971年10月在祖籍夏县大侯村插队。北京大学法学硕士。人民警察一级警监，中国摄影家协会会员，全国公安摄影家协会副主席，原云南省委、省政府防范处理邪教办主任、党组书记，省公安厅副厅长（正厅级），云南省人民政府参事，省政协委员。先后出版过《出入境管理问答》《亚太之桥》《为了一片净土》《禁毒风云录》《让思索跨越海洋》《冰毒的危害》《金盾之光》《跨世纪的辉煌》《走进红枫叶的国家》《聚焦皇家骑警》《七彩云南》《云南红之夜——我为舞狂》《毛主席是我们家里人——云南26个民族人文情怀影像纪实》《警威无界》《毛主席是我们家里人——中国56个民族人文情怀影像纪实》等十几本画册、摄影文集和著作。

旧诗三首

武树臣

壮歌行

（1968年12月20日赴山西夏县插队途中作）

把手长握，不可再得，

十指为笔，挥泪作歌。

红日将出，淡云如丝，
谊从中来，不可断绝。
日朗云稀，大雁南飞，
春来秋返，深念故居。
薄酒一杯，互敬相回，
残羹九盏，壮思聚飞。
携手登高，去路迢迢，
天鹰展翅，意在云霄。
岁月如疾，寸阴可惜，
莫效鸡虫，悔之莫及。
鸿欲远飞，莫妄莫卑，
长车当驾，去不复归。
豪辞慷慨，书当以血，
长笛一曲，悲兮壮别！

长车行

(1968年12月20日赴山西夏县插队途中作)

轻轮奏兮铿锵，
离人泪兮万行，
劝同窗兮共抬首，
留看北国兮雪风光。

神姿壮兮古城，
草木深兮意浓，
楼亭疾兮纷闪却，
往事乱端兮越丛生。

曾昆明兮荡船，[1]
举长衣兮为帆，
戏金鱼兮垂长钓，
游遍春湖兮戴月还。

曾击水兮运河，[2]
仰天睡兮阳坡，
肩钢枪兮争泅渡，
十里长堤兮健儿多。

曾香山兮壮游，
菊花落兮深秋，
眺蓬庐兮赋秋色，
少壮慷慨兮笑红楼。[3]

曾漫步兮长郊，
赏雪色兮登高，
素练飘兮连天底，
朔风轻挽兮玉龙腰。

叹雄姿兮当年，
拂红袖兮长安，[4]
红司令兮挥巨手，
东风浩荡兮起波澜。

① 昆明指颐和园昆明湖。
② 运河指京密引水渠。
③ 红楼指《红楼梦》，此特指曹雪芹故宅。
④ 长安指长安街。

叹黄砂兮横走，
父不俊兮儿丑，[1]
折铜带兮涂血色，
铁锁黑牢兮听雷吼。
叹鏖争兮午门，
旌旗啸兮缤纷，
山连山兮悲歌起，
踏遍长街兮壮如云。
叹一代兮绝色，
往匆匆兮游客，
醉功名兮卧不醒，
天女散落兮昙花萼。

或有人兮宽余，
争相买兮玻璃，
叩千门兮觅海草，
清庭聚赏兮孔雀鱼。

或有人兮痴情，
顾徘徊兮长亭，
言未发兮心先醉，
瑟索相依兮惧天明。

或有人兮狂癫，
吞烈酒兮衔烟，
摇双臂兮学市虎，

① 指“老子英雄儿好汉，老子反动儿混蛋”之语。

夜巷突闪兮霸王鞭。

或有人兮长思，
独彷徨兮赋诗，
夜苦读兮昼评论，
欠身长待兮用武时。
轻轮奏兮铿锵，
仰首望兮隔窗，
征鸿噪兮冲云舞，
汾水清秀兮晋天长。

漫山白兮群羊，
阔野碧兮清香，
水如墨兮川似锦，
扬眉提笔兮赋新章！

夜歌行

（作于1969年8月19日农历七夕）

夜登窑台，仰首望，已是天星漫布。认取牛郎织女，待鹊衔桥，隔水低诉。黄墙墨瓦梧桐国，万祖千宗依如故。远处乱草荒丘，可是禹王旧墓？听朗朗歌笑，知是京城儿女。正值晚餐过了，各回自家蓬屋。

轻风徐来，掠我衣襟，爽得诗情微露。遥想少年节日，长号铜鼓，樱桃园里，轻歌曼舞。叹兮山腾海啸，贞锋凌俗，栽火种火，壮士奇度。当有千腹豪情，万腔慷慨，时人争与评赋。叹天下兴亡万事，疾如弹指速。君知否，人传道：月上有人归，静海无白兔？[①]

① 指美国阿波罗宇宙飞船登月。

不闻喜鹊声，牛郎踏云去。我欲倾倒银河仙水，洒向人间荒处。君劝我，疾手慢挥，重足轻举，莫毁了北人新宿。[1] 我唤君来，偏首笑问：敢向天国徐步？

武树臣 北京市人，1949 年 10 月出生。北京工业学院附属中学 1967 届高中毕业，1968 年 12 月到山西夏县庙前公社史家大队第六生产队插队。1972 年 12 月转插至四川新都县复兴公社和平大队（今斑竹园），1973 年 10 月在四川彭县温江地区五七师范学校（中专）学习，1975 年 7 月毕业留校教书。1978 年 3 月考入北京大学法律系学习，1982 年 4 月毕业留校任教，研究方向为中国传统法律文化。1992 年任系副主任，1993 年被评为教授，1996 年获博士学位，同年被评为博士生导师。1997 年 4 月，调任北京市第二中级人民法院党组副书记、副院长，分管民事审判。2005 年 4 月调任北京奥林匹克运动会组委会法律事务部部长，2008 年 11 月调任北京市法学会党组副书记、副会长。2010 年 11 月至今被聘为山东大学人文社科一级教授。社会兼职：中国法律思想史专业委员会会长。代表性著作：《中国传统法律文化》《儒家法律传统》《法家法律文化通论》《长歌行》。

十年大张　葳蕤时光

李智

一碗面

刚插队来到夏县水头大张二队时，我们五个男生被安置在一个老乡家，老乡家的大哥在水头火车站当搬运工。我们刚到村里，正赶上拔棉柴，一天下来，腰酸腿疼，手上还磨起了血泡。可能是由于劳累，晚上受了点风寒，第二天早上便发起了高烧，头疼得厉害，浑身没劲。别人都上工去了，只有我一个人躺

① 指北京知识青年新居。

在床上默默地流泪。就在我难受的时候，房东大嫂轻轻地推门进来了，把张医生也带来了。张医生给我打了针，吃了药。我躺下慢慢地睡着了。过了一会儿，大嫂再次推门进来，端着热气腾腾的一碗面，面里还有一个荷包蛋。看到这些，我鼻子一酸，含着眼泪慢慢地吃完了那碗面，一下子就觉得好多了。47 年后的 2015 年，我又回到了夏县水头大张村。我打听大嫂的消息，乡亲们说她已去世多年，我心里很难过，流着泪，向着大嫂当年居住的地方深深地鞠了一躬。心里默默地说：大嫂，我来看你来了！那碗面，是世界上最好吃的一碗面！

麦 收

插队第二年 6 月，正是麦收时节，对于农民来说那真是最重要的日子。正所谓争分夺秒，龙口夺食，也是最艰苦的劳作。直觉告诉我要闯过这一关，困难是躲不开的。这是农民期盼的日子，但对于刚刚走进庄稼地的知青来说，则是一场新的考验。

金黄色的麦浪一望无际，十分壮观。为了保证丰产又丰收，全队上下总动员，男女老少齐上阵，镰刀人手一把。割麦子对于农民来说，那是从小就练就的基本功。而对于知青来说，那真是考验的开始。

割麦开始了，人们一字排开，一人一垄三行，到头少说也有上千米。农民们一哈腰，就出去十几米，而我们费了好大劲，才割了几米，第一次割麦子确实不得要领。看见人家割得很带劲，自己一割，根本就不是那么回事了。一镰刀割下去，要么割不干净，要么麦茬留得很高。知青们累得腰酸背痛，甚至弄得皮破血流。没想到，割麦子会这么累。我们咬着牙，憋着劲，手指割破了，用纱布缠上；手掌磨出水泡，就裹上手绢。大家顾不上腰酸背痛，只希望别被落下太远。好在有老乡接垄，第一天总算挺了过来。在老乡传帮带的作用下，我们渐渐学会了割麦子。

民办教师

1972 年秋，我到山西夏县水头大张插队已经是四个年头了，已渐渐习惯这种日出而作、日落而息的农耕生活。近两年不断有知青陆续被选调，宁静一次次被打破。当时，大张五队只剩下我一名知青了。

9月的一天，大队书记白长年突然找上门来，开门见山地说："你到学校去当老师吧。"就这样我走进了大张学校当上了一名民办教师。农民自有农民的道理，娃娃们不能没有文化。在我的印象中，村里没有失学的孩子。虽说不富裕，可大队盖的校舍是全村最好的房子。民办教师在村里算个不错的"营生"，风雨不侵，免受躬身劳苦，每年记3600个工分，每月还有10元的补贴。插队的日子依然苦涩，但教书给我乏味的生活增添了些亮色。

到了学校之后，我感觉在这里大有用武之地。凭着老高三的底子，教孩子们还是很有底气的。底气归底气，态度还是要积极的。为人师者，"传道授业解惑"，努力为之，不能辜负了这些淳朴懂事的孩子。侃历史，讲故事，古今中外，山南海北。讲读课文，普通话标准，孩子们最爱听，别有一番风景。我上学时的体育是正经体育老师教的，那种高水平的体育教学，让我受益良多，想不到会在这里派上用场。在我和学生们的努力下，学校建了篮球场，组织了男女篮球队。我带着学生们拉沙子，挖沙坑，做了跳高架，建成了联合器械，还请木工做了跳马用的小山羊。这里的孩子对外界的新鲜东西很敏感，有强烈的求知欲。我把男女篮球队训练得非常棒，在全公社学校的篮球比赛中均获得了第二名的好成绩。我们的田径队住校封闭训练，每天早上天刚蒙蒙亮就起来训练，在全公社学校田径比赛中取得了优异的成绩。我教的是初中数学，认真备好每一节课，不断总结教学经验。我做的教具在全县的评比中获得了两个一等奖。运城师范的学生被派来跟我实习。

"小芳"

"小芳"名叫张巧凤，是我们大张二队刚刚从水头中学初中毕业的学生，苗条的身材，俊俏的脸庞。虽然有点黑，但浑身上下散发着青春的活力。她时常到我们知青住的地方来，慢慢变成了这里的常客，有时还悄悄把一些好吃的东西塞给我。她是家里的独生女。

有一天，我壮着胆子给她写了一封信，里面还装着我的一张照片，托房东大嫂转给了她。很快她就给了我回信，里面也装着她的一张照片。从此我们便经常书信来往，表达彼此的爱慕之情。后来她到大队卫生所当了卫生员，我也被分配到了五队。有一天，我在水头饭店吃了炒猪肝，不幸食物中毒，上吐下泻。上水头医院看了后，还不见好。那时，队里已经为我们每人盖好了一间房子。我躺在自己的房中，十分痛苦。这件事不知道怎么叫她知道了，马上背着药箱，骑着自行车，赶到五队，给我打针吃药，还带来了专门为我做的面汤。就这样一连跑了五天。在她的医治照顾下，我慢慢地好了起来。

我们俩好的这件事不知怎么被她的爸妈知道了，他们坚决反对，不许我们再来往，还很快给她找了上门女婿。一天晚上，她悄悄找到我，述说了缘由。看来我们不得不分手了，分别之时我们相拥而泣。不久之后我去了三线，从此天各一方。

40 多年过去了，2015 年我们有幸重回第二故乡。临走之前，老孔对我说：你还不趁此机会去看看你的小芳。老孔还专门为她买了礼物。到了村里，一问才知道，巧凤已经在两年前故去了。

星期天

下雨的日子，常让我想起插队时的下雨，那就是我们可以休息的“星期天”。在城市上学的时候，每逢周日便可以休息。自从当了知青，才知道什么是庄稼人的星期天。对我们来说，干上几天农活，总想休息一下，可总是事与愿违。

春天天长，日出而作，日落而息，有干不完的活。早上到地里干活，一身露水，难受极了。下午干活，像钻进蒸锅。真正是：足蒸暑土气，背灼炎天光。我很羡慕农民“睡”的功夫。不论是分配活前，还是歇工的时候，“觉”那叫来得快，想睡就睡，鼾声如雷。除了麦收的时节，我们每逢感觉累的时候，就盼望着下雨。因为下雨可以睡大觉。农民管早上的雨叫“闭门乐”——可以不开门睡大觉，午饭后的雨叫“撂碗乐”——吃完饭就睡觉。记得我们知青下雨时，竟连饭也不吃了！美美地睡上一天，那叫一个舒服。时至今日，每当下雨的时候，我还是愿意把它当做星期天。

李智 1946年12月出生，天津南仓中学1966届高中毕业，1968年11月至1978年6月在夏县水头公社大张大队插队。

足 迹

稔立群

时光已经流逝了数十年，但我仍然会常常想起那些日子。

下 乡

1968年将近年底，第三批插队任务下来了。这次是山西南部的夏县。

早在“文革”前一年初中毕业时，我就曾想去下乡，不过，那时是想去大西北。那之前我看了几本小说，如《军队的女儿》以及由它改编的电影《生命的火花》，主人翁的英雄主义精神深深打动着我。还看过一个关于新疆的电影，电影的名字已经不记得了，但其中的非常优美的插曲《边疆处处赛江南》使我和我的许多同学对那里心驰神往。

现在时常听说，某人当年死活不愿下乡，最后想办法留了下来，两三年后在街道的小工厂里找个工作。对这类情形，当时我比较懵懂，也不太理解，因为我不知道还有工厂，也没有一点设法留下来的念头，我周围不少人都是如此。

我报名去山西，并且被批准了。

离 别

1968年12月20日，这是我一直牢记并且再也不会遗忘的日子。

北京车站内外人山人海，大多数人是将要登上列车的学生和为他们送行的同学、亲友。在车站内，开往山西夏县的插队学生专列停在第一股道。站台上，车门口，走者送者在话别，或无言伤感，或悲戚落泪，或表面平静，或踌躇满志。走的人和送行的人很多，三个五个一堆，十个八个一群，成百上千地站满了站台。

我在登车之际，有些淡淡的伤感，但也算不得什么，因为我满脑子一百多年前俄国十二月党人离开彼得堡到西伯利亚的故事，满脑子毛主席那一代知识分子上井冈山的故事。我是带着整整一小木箱书走的，并不认为自己真的是去当普通农民，觉得自己是“干革命”去的。

我还记得，送行的人中有一个外国女孩儿名叫卡玛，短短的头发，很健壮的样子。她是美国人，101中学的学生，是给任小安送行的。这在当时非常特殊而显眼。后来知道，她的父亲是著名的美国友人、美中友好协会主席韩丁。列车未开动之前，卡玛和几个学生在车下齐声高呼“小安！小安！”，喊得兴致勃勃。

时间到了。随着长长的汽笛声，列车起动了。

像卷起一阵狂风，车站站台上和列车上响起一片哭声。许多人挥着手帕泪如雨飞，许多人哭喊中追赶着列车奔跑。这是一种与天籁之声混响在一起的哭声，它淹没一切，回响在北京车站，漫灌过在场每一个人的心。

史　庄

列车进入山西，不久天就黑了。

次日一早醒来，车窗外边的景物已经与华北平原大不相同。没有了树叶的白杨树不时从车窗外掠过，远处的黄土坡光秃秃的，土坡上有一孔孔窑洞，间或能见到有些人在地里干活。

经过一天一夜，终于到了晋南同蒲线上一个叫“水头”的小站，列车停下来了。

争先恐后地下车，拖着大包小包和木箱，等待着分配具体去向。我还看见有人抱着小提琴。附近，有赶着大车的农民在等待接人。

点名。叫到谁，谁就走到点名者那儿。渐渐地，人群分成了一堆一堆。

我们终于坐上了两辆马车，被告知“去史庄”。大箱小包，连同18个人，把两辆大车装得满满的，人坐在箱子上。我们没有坐过马车，所以都很兴奋。

前边是一条黄土岭，很快就来到土岭前。沿着一条两边土壁耸立的狭窄沟豁，我们的车似乎钻进了土岭的内部。渐渐地，沟豁变浅，大车愈走愈高，终于从沟豁中走了出来。后来我知道了，黄土岭有一个蛮好听的名字，叫峨嵋岭。不过走了几里，就把土岭留在了身后。马车向北拐去，来到了一个大村庄——禹王公社史庄大队。村子像一个年代久远的古堡群，房屋高大，色调却是一派陈旧的土黄，因为它们是以黄土筑成的，苍老，古朴，静滞。

我们到来后大约第三天去公社，在公社革委会门外听到好一阵锣鼓的喧闹。听到毛主席的最新指示："知识青年到农村去，接受贫下中农的再教育，很有必要。"我们感到万分庆幸，大家都说："我们的路算是走对了！"后来从北京的来信中得知，这一指示发布的那两天，北京沸腾了。

家

史庄位于峨嵋岭的东坡，村里的房子顺着坡逶迤而上。

站在岭上向东看，脚下是一片沃土平原，再向东大约 30 里，是高高崛起的中条山。举目西望，可以看到远处的稷王山，它那缓缓倾斜的山坡由远而近绵亘数十里，可以清楚地看到散布在山坡上的大大小小的村庄。近处，峨嵋岭和稷王山之间是一个不大的平川。同蒲铁路弯成弧状从这里穿过，一行行整齐的小白杨树把它划成众多方格，看起来像个棋盘。在西南距我们村一二里远的小晁村，有司马光墓。那时的司马光墓只是一座塔式建筑，里面是一个十分高大的碑。

史庄常住人口有 1000 多人，主要为张姓和兰姓两大姓。全村分为 11 个生产队，我和安育中、苗凯、郭旋、王岚被分到七队。其他人分到一队、四队和十一队。

每一个北京知青的安家费是 240 元。按规定，其中 120 元用来盖住房，另 120 元是第一年的生活费。当然，这钱是交给村里统一安排使用的。

房子一时盖不起来，我们暂时住在老乡家。我们五个人住的那家姓张。

我和安育中、苗凯三个男生住在张家废弃的旧宅，紧邻张家的新院子。这是一个很小的宅院，院子里有一棵花椒树和一棵榆树，似乎是胡乱地生长在那里的。房子已经很有些年头了，黄土夯出的墙面斑驳脱落，墙根因雨水长年侵蚀而向内凹进，让人担心这房子是否会倒塌。屋里，有一个小土炕，加上刚刚搭起的两个木板床，就够我们三人住了。墙角挂着蜘蛛网，地上、炕头上都是尘土，显然，这里很久无人居住了。抬头看，屋顶的一角露着一点天光，下雪下雨时，雪花或雨水就从那个地方斜飘进来。

王岚、郭旋则在张家的新院子独占了一间房，当然，她们的屋子是新的，墙壁雪白，窗明几净。

在张家，我们大约住了大半年，一直住到我们自己的房子盖起来。

文 化

因为相熟相知的同学分散在山西、陕西、云南、内蒙古、黑龙江等地，在初下乡的时候，同学之间的通信来往很频繁。每年春节前后，不少人都回北京住一段时间，利用这段时间，大家纷纷聚会，形成了一个一个知青沙龙。通过远方来信，知青中经常有文字与思想的交流；通过“串门”和聚会，知青们相互之间传递着信念与理想。在知青的私人书信中，没有身边小事，没有儿女情长，没有平庸俗趣，处江湖之远而忧其国，国事与个人不可分地融为一体。这就是我们那一代人的精神风貌。

初下乡时，夏县若干知青点的一些知青合作办过一个油印小杂志《思想战线》。先是几人讨论一番，再和各地志同道合的相知者通信约稿。稿件来了，从中挑选几篇文章诗作，油印而成了一份杂志。而后，把油印的杂志寄到附近各县的知青点，寄到北大荒、陕北和内蒙古等地。以今天的眼光看，这杂志上的文章无疑是幼稚的，只能称得上“习作”。但是在当年的农村，它是我们的精神支点，是自我提高的训练基地。

北京知青中确实有一群有抱负有追求的人，艰难的生活没有压倒他们，也没有使他们的理想泯灭。我想，几十年后的今天，北京知青中的一些人成长为政治界、文学界、学术界的活跃人物，或者从事了相关的职业，这绝不是偶然。

书

乡下物质生活的贫困不言而喻，我们带到乡下的书籍，成了十分宝贵的精神食粮。

我们村的北京知青基本以师院附中（现首都师范大学附中）为主。一个村插队的18个人，大多是高中生，此外，还有师大女附中、101中学、清华附中、京工附中和农大附中的。这批人颇有些踌躇满志，有好几个人都带了不少书。

我有一个小书箱，里边有我平日积攒下来的文学书、历史书、哲学书等。现在我还保留有当时带下乡的一个黑色的硬皮笔记本，笔记本的前几十页，是读艾思奇的《辩证唯物主义和历史唯物主义》所作的笔记，第一页的最上边写着“1966”，大约是在学校时就开始作这份笔记。笔记本的后一部分成了歌本——下乡时我在上边抄录了几十首歌曲。这个本子，大致能反映我当年在乡下的文化生活。

有人带来了更大的一个书箱，整整一箱子都是世界名著：《安娜·卡列尼娜》《复活》《约翰·克里斯朵夫》《高老头》《欧也妮·葛朗台》《浮士德》《欧根·奥涅金》《上尉的女儿》……

我们大多数人都已变得相当的“开明”，基本上没有了什么这是“黄书”那是“黑书”的观念，这箱书成为我们在乡下最丰盛的精神食粮。一本接一本地读，我们大饱眼福，现在回想起来，有多部名著，我都是在那时读到的。

歌

十八九岁二十出头，正是充满浪漫与激情的年龄，在日复一日的耕作生活中，唱歌是我们年轻人生活的点缀。歌声幻化出五彩斑斓的图景，种种憧憬、幻想弥漫于我们心中。

我有一本《外国名歌二百首》，里面收集有五六十年代最为流行的外国歌曲，《莫斯科郊外的晚上》《三套车》《山楂树》《鸽子》《小路》《灯光》《红莓花儿开》《喀秋莎》《重返苏莲托》《唉呦！妈妈》和《纺织姑娘》等等，都是当时我们爱唱的歌。

冬天，下雪了，原野上白茫茫一片，在雪地上行走时，触景生情的我们会情不自禁地高唱：“冰雪遮盖着伏尔加河，冰河上跑着三套车，……”乌克兰民歌《山楂树》在我们中间广为传唱：“歌声轻轻荡漾在黄昏的水面上，暮色中的工厂已发出闪光，列车飞快地奔驰，车窗的灯火辉煌，……”

插队第一年的夏天，我常常在铁道旁的山坡上割草，每当旅客列车从这里经过，望着车窗里晃动的人影，望着奔驰而过的列车，我的心中就产生一种怅然若失的感觉。望着渐渐远去的列车，我常常不由自主地想起《山楂树》中描绘的情景并低声哼唱起来。

有一首南洋味儿的中国歌曲在我们中很流行，歌名好像是《马来亚的姑娘》吧，歌里这样唱道："在这里，我听到了大海的歌唱，在这里，我闻过了豆蔻花儿香，……"

歌曲，为生活于枯燥和贫困中的我们带来了多么大的安慰！

许多年过去了，青春的激情已归平复，心灵与环境日趋和谐，我已很少再唱当年所唱的那些歌曲了，但无论如何，我都不会将它们遗忘。它们是我的生命历程不可分割的一部分，与我们青春的欢乐和忧愁融化在一起，成为我们青春的见证。在上山下乡的年代里，那些歌曲，曾伴着我们度过了贫穷而动荡的生活；那些旋律，每每使我想起那黄土覆盖的山丘、山脚下的白杨，还有那黄泥小屋、窑洞、炊烟、狗吠……

农家苦乐

乡间有乡间的文化氛围，农民有农民的生活方式、风格和情调。

黄土高原是华夏文明的发祥地，在史庄，扶犁持锄的老农不管识不识字，家里穷不穷，几乎个个都戴一副"石头镜"，也就是水晶眼镜。戴上这眼镜，人似乎添些文气。在一些院舍的门楼上，横刻着"耕读第"的砖圈门匾。

田间开玩笑的"骂架"，似乎是乡下枯燥生活的一种调剂。田间地头，不管是干着活，还是休息时，农民们常常以男女之事相互攻击，绘声绘色且粗野直露。那些赤裸裸的话语，将一切关于"性"的隐秘内容，活灵活现地摆到了大庭广众之下。这也许是当时农村唯一的"性教育"的途径和方式。

乡间不是桃花源，劳动生活有欢乐也更多地充满了汗水和艰辛。记得麦收后的一段时间，我的活儿主要是在棉花地里喷洒农药，我和队里的几个男孩子、小姑娘一起打农药。每人背一个药桶，在地头灌好药、打足气后，就顺着棉田的垄边循行边喷药。在夏季的高温下，"1059"农药的呛人气味四散开来，使人无处躲藏。一起打农药的小姑娘一脸稚气，尚未长成人，却已饱尝劳动的艰辛。给我印象最深的是，小姑娘芍药在一次田间休息时的一句话，她半开玩笑地叹息说："唉！死了多好呀！地下凉凉的，多舒服！"虽是玩笑，当时我也没有当一回事，但这句话却清晰地留在我的脑海里，如今，当许多往事都遗忘了的时候，这句话就愈加鲜明地在记忆里凸现出来。要知道，说这话的芍药，还只是个十三四岁的小姑娘。

嵇立群 北京师院附中（现首都师大附中）1968届高中毕业，1968年12月下乡，在山西夏县禹王公社史庄大队插队。退休前为首都师范大学教授。

热血华章

曾记否，密林深处那开山的炮声；

曾记否，炎炎烈日下那望不到头的麦垄；

曾记否，蜿蜒山路上那负重的扁担；

曾记否，青春路上那火一般的热情。

我们无憾，我们奋斗过，为了寻求一条人生的路；

我们欣慰，我们拼搏过，为了夏县今天的一片绿荫，一湾清泉，一份百姓的安宁和幸福。

苦中乐　稻花香

泗交公社窑头大队知青

1968年底的那一天，火车载着我们从北京来到了插队落户的山西夏县——这个至今被我们视作第二故乡的地方。

中条山里安家

刚到异地他乡，就看到各公社来迎接的车马摆开了一片，领队将知青们分头带走。一些被领到马车、驴车或牛车前，而我们十几名初中生与其他一些同学则被领到一辆解放牌卡车旁，大家心中窃喜——看来我们去插队的地方比较富裕呀。汽车开动后，很快进入半山区。到达大庙公社后，一些伙伴下车了，我们则继续在蜿蜒起伏的山路上向大山深处进发。沟壑越来越深，峭壁令不少同学望而生畏，一些女知青转喜为悲，啜泣之声隐隐传出。后来才知道，乘汽车的都是去往山区和半山区的，而乘骡马车的反而是离县城较近的平原或半平原地区的。

我们被分配到泗交公社窑头大队寨里村（是大队最好的村子之一），暂时住在几个乡亲的家里。同学们大多不熟悉甚至不相识，周边环境更是陌生而艰难。当时正是数九寒天来临之时，几个女同学头天晚上硬是和衣在炕上蜷缩了一夜。不会烧炕的男同学，终于领略了海拔千米的山区，屋内屋外几无差别、滴水成冰的彻骨寒冷：早上起床时，呼出的气居然在睫毛上结出了薄霜，杯子里的水也冻成了冰块，起床成为非常需要勇气的行为！

这里，没有电，只有用墨水瓶一类的容器自制的煤油灯，小火苗一米之外便一片漆黑；没有自来水，要拿两只桶到村中央的井里用辘轳绞，再用扁担挑；没有煤，必须去很远的山里砍柴再背回来，锯成段劈成条；没有小卖铺，要想买任何东西都得去几里之外；没有几尺平地，出门就是丘陵沟壑、荒岭秃山；没有像样的路，往地里送肥、把收获的粮食运回村里，大都靠肩挑背扛；没有水浇田，尽是坑坑洼洼、水土流失严重的坡地，庄稼完全靠天收；基本没有细粮，最不济的一年，每人只分到10斤小麦（约合8斤多面粉）；几乎不见油星，每人半斤浓稠发黑的棉籽油得省吃俭用顶一年。

条件虽然比想象的艰苦，但那时的我们，多是抱着响应毛主席号召、改造自己、改造地球的雄心壮志来到广阔天地的，我们学会了忍耐，学会了克服，也更希望可以证明北京的学生在农村是能够有所作为的。

记得金保文、李旭、朱书宏等几个男同学，跟着队里的人去起圈，一条扁担两只筐，开始时两手死死攥着扁担向上托，想减轻重压，结果却是筐坠着扁担在肩上晃来晃去，把人带得踉踉跄跄，粪块撒了满地。但接下来的日子里，他们坚持咬紧牙关不退缩，双肩磨肿了，扁担挑断了，最终练就了一担过百斤、双肩轮换、长途跋涉都不在话下的硬功夫。王芝玉、历汇和王玉慧等女同学在学大寨、造梯田和建水库的劳动中，与男劳力一样刨冻土、搬石头、填土方，手磨破了绑上布接着干，老乡们都称赞她们是铁姑娘。毛碧霞同学被队里选派去进修诊疗技术，当了赤脚医生，常常废寝忘食为大家针灸和治疗常见病，有时更要强忍心中的恐惧，黑夜翻山越岭去救治急症病人。长期的插队生活，向贫下中农学习，大家除掌握了日常的间苗、锄地、割麦、铡草、喷农药等活计外，不少同学还学会了犁地、抓粪（一种施肥的方式）、扬场、点种、打窑洞和开拖拉机等技术活儿，成了队里的好劳力、好把式。

插队六七年的时间里，我们知青点始终实行集体灶、大锅饭。大家轮流当伙夫，开始时每天一男一女，男同学挑水、劈柴、烧火、和面，女同学洗、煮、蒸、炒。后来大家慢慢都学会了做饭的全套把式，就每人值日一天。虽说烹调水平各有不同，但毕竟就那几种食材，熟能生巧，做好做坏大家也都没啥怨言。一个锅里搅马勺，也增进了知青集体的团结、包容、关爱和相互帮助。

融入农村生活

随着时间的推移，我们也逐渐习惯了山村的生活方式：石磨磨面、石碾碾米，大缸渍酸菜，顿顿玉茭馍，吃三合面“綦饭”（面条），摊发面粗粮饼；日出上地、日落回屋，每晚凑齐记工分、天天集体学政治；到场里看麦子，下河滩垒石堰；去老乡家串门，在油灯下看书，学自己缝补衣服，与虱子跳蚤打持久战；各种各样与天斗、与地斗，个中趣闻也真不少。

乔小宁因胃溃疡发作迟来插队几个月，村里没什么药品，还只能天天吃粗粮、干重活。可两三年后，胃病神奇地好了，直到现在都一直健健康康。

我们大灶做饭用的是巨号的铸铁锅，一次锅中水已烧开，大家收工回来，值日的蔡炳秋同学忙把面条下到锅里，哪知锅底突然裂掉一块碎片，水泻火中，灶里的柴灰爆得她满头灰白。这锅显然是早被某位或某几位同学烧干烧裂过，但谁也不想承认是自己干的。

初时上山分不清树的品种，一次打柴回村后，第二天起床，好几个同学双眼双手都肿得跟发面团一样，把大家吓得不轻。后来乡亲们告知，一定是接触到了漆树。那树即便干枯了，多数人碰上也会过敏，但不是大病，一周就能自愈。也算是长了学问。

记得一次进山里割条子，在灌木中发现一窝幼狼，心血来潮，把狼崽带回了知青的灶房。晚上，对面山顶上传来阵阵狼嚎，第二天天刚蒙蒙亮，隔壁老乡忽然大声呼喊，原来他家圈里的猪娃不翼而飞，查看周边印迹，断定被狼叼走了。我们一边忙不迭赔礼道歉，一边赶紧把5只小狼看管好，晚上恭恭敬敬抱到了村口路中央。转过天的早上，狼崽都不见了，而之后再没听到那么近的狼嚎，村中也再没猪娃遭劫持。

插队伊始，大家对节约粮食没有概念，每顿开饭，村里众多的狗狗们都跑到我们就餐的灶屋前，反正玉茭馍也不爱吃，就这个抛一块、那个喂一口，还有吃不了随意乱扔的。终有一天司务长陈力群宣告：已经严重寅吃卯粮了，即日起大家每日晚餐改为一顿麦麸和糠。那东西蒸熟后也是"一盘散沙"，只能放在碗里，吃起来不仅粗糙拉嗓子，还因谷糠中的细沙尘而特别牙碜。吃糠咽菜的教训终于改变了大家浪费粮食的陋习。

还有一年冬天，村里十几个年轻社员赶着大车去给大队的集体灶打柴。作为民兵，我们都带着枪——"搂草打兔子"呗。那天大雪覆盖，进山后，发现一处水洼旁有新鲜的野猪脚印和泥水痕迹，断定野猪离开不久，几个年轻人直上山梁，防止野猪翻山逃走，并且边喊边向天鸣枪，半山上的野猪受惊后横向狂窜。李方午同学正在半坡上追踪野兔，闻声立即掉转半自动的枪口，当野猪从50米开外的山坳里蹿到山脊的瞬间，他扣动扳机。随着两声枪响，野猪应声滚下山坡。参与狩猎的村民们舍不得吃肉，把90斤重的野猪卖了。

插队期间，和乡亲们朝夕相处，成了朋友，成了亲人。房东家的小姑娘冬天常来帮助我们烧炕，可她的手却冻得裂口红肿，王芝玉和王玉慧看在眼里疼在心上，她们就天天用热水给小姑娘泡，并用自己的擦手油给她细细涂抹揉搓，终于让她的双手好起来，房东非常感激。还有一回，队里用拖拉机连接铡草机铡玉茭秆，没想到一位老乡不慎被铡草机轧断了手指，张卫国同学立即捡起半截手指，把老乡抱上拖拉机，开起来就往公社医院疾驰。由于送治快速，为抢救争取了时间。乡亲们对我们的帮助更是多得不胜枚举。有一年山上发大水，知青的住房和灶屋都进了水，政治队长武高项大叔和文运、宝生等乡亲迅速赶来帮助搬石填土堵漏，大水过后，又指导我们清除屋中厚厚的淤泥和夯实房基。有时，遇上连阴雨的天气，露天的石磨上无法磨面，知青集体灶上积攒的成粮又不够，许多老乡就主动请知青们去自己家里吃饭，那暖意透彻心扉。

试种水稻成功

1969年底，随着劳动实践的积累和对环境了解的加深，看到山上泉水和一些山沟里的小溪白白流淌，而山区却是广种薄收，我们不由萌生了试种高产水稻的念头。借春节回京探亲的机会，陈力群等同学多次拜访农科院专家，找来一些资料和水稻科普读物，并从农科院带回了一斤“京越一号”稻种。但泗交地区海拔高，无霜期仅有150多天，光照时间短、泉水温度低，加上缺乏经验，试种的前途充满不确定性。但当我们把种水稻的想法告诉队里后，领导和众多乡亲都非常支持，鼓励我们大胆试，有困难队里帮助解决。这极大增强了我们的信心。为了不占用队里的耕地，我们就在知青的4厘菜地上先做试验，并从远处河边挖一条沟渠把水引过来；为了不影响参加队里的正常劳动，我们就起早贪黑，利用休息时间管理水稻。由于对农作物的生长特点和规律还是缺乏了解，水稻育秧时，突然死了一大片秧苗。我们翻书本、查资料，急得团团转。还是一队队长韩虎虎来到稻田，询问了最近的管理情况，分析指出：秧苗一定是被化肥烧死的。我们也想起几天前下化肥后，没有充分浇水，于是赶紧进行了补救。6月里水稻刚刚插上秧，正在缓苗期，显得又黄又小、缺少生机。我们都很担心，没了底气。生产队的武大叔看了秧苗，立即毫不犹豫地把自家留用的肥料担到田里，给水稻施上。几天后，水稻扎下根，苗壮挺立，重现生机。水稻灌浆抽穗时，为了防止病虫害，我们时常晚上提着马灯在田里细细查看，有任何可疑问题立即处置。在同学们的精心培育和乡亲们的帮助下，1970年秋，试种的水稻获得了丰收，4厘地产了36斤稻谷，折合亩产900斤。事实

1971年秋，寨里村二队丰收的谷地中，左起：王芝玉、梁俊英、陈新英、王玉慧、李方午、陈力群

鼓舞了大家，同时，我们又和乡亲们一起分析了栽培和管理措施中的利弊，以期扬长避短、重装再战。

1970年冬，北京军事博物馆前，前排左起：王芝玉、蔡炳秋、毛碧霞、历汇；后排左起：李旭、李方午、金保文、刘振德、张卫国、陈力群

第二年，在大队的支持、规划下，水稻种植面积扩大到了5亩。但当时队里可用的水浇地太少，我们就和乡亲们一起用垒埝、填土、水淤等方法，分别在几个村里平整出一块块的稻田。为了防止渗水，就在平整后的地里灌满水，反复耙出泥浆，淤塞泥土的毛细微孔。而这时正值春寒料峭，由于长时间泡在水里，蔡炳秋同学的腿关节受凉疼痛，但她仍不肯退缩，坚持和大家一起干。磨沟小队原三五九旅的老红军刘有才60多岁了，却非常支持新生事物，他冒着春寒带头下水插秧，并坚持自己当水稻管理员。那一年磨沟的水稻长势最好，走在全大队的前面。在扩大种植的时候，我们认真参照上一年的经验，改进了插秧方法：加宽了行距，使之更有利于水稻生长和后期通风、成熟；缩短了株距，并适当增加秧苗密度，保证更充分利用地力。这样的调整使每亩水稻平均成穗率有效提高，更利于高产。大田插秧时，王芝玉、乔小宁、李旭、历汇等同学各显神通，有的插得出奇快，有的插得特别直……，那情景至今历历在目。秋收时，5亩地总产4060斤，平均亩产812斤。这一年收获的稻谷，除全大队社员每人分到3斤外，还支援了兄弟社队稻种1000多斤。用科学方法指导水稻栽培，让大家尝到了甜头。水稻试种成功后，公社党委立即组织全公社各大队负责人和技术员会议，推广我们的种稻经验。并决定在公社有条件的地方逐步推广水稻种植。1972年春，泗交十个大队就有九个种上了水稻，面积扩大到80多亩。陈力群同学担任了全公社水稻推广的技术指导，还有一些同学则成了本大队各村的水稻技术员。

插队生活，我们受到了洗礼，也为农村做了一点事情，却得到了很多荣誉。窑头大队知青点多次被评为县、地、省的先进集体，许多同学受到各种表彰，《山西日报》《人民日报》都以《中条山上稻花香》为题对我们作了报道，3名同学加入了中国共产党，有的担任了当时的大队革委会副主任，有的作为共青团代表出席了省团代会，有的担任了公社团委副书记。1972 至 1975 年，我们先后参军、上学或当了工人，并最终回到了北京。但不论走到哪里，对那片山村、那里的乡亲都有着难以割舍的感情，许多同学三四次回村看望老乡，帮他们解决一些问题。李方午同学还通过联系企业捐款，为窑头村加快建起“夏县宝洁希望小学”，好多同学也从自己微薄的收入中挤出钱来捐助学校建设。

窑头的山、窑头的水、窑头的亲，留给了我们太多的回忆、太多的眷恋，衷心希望我们的第二故乡越来越美，越来越好。

咬定青山不放松①

全体架桑北京知青

50 年前的 1968 年，我们 122 中学 19 名同学满怀“广阔农村天地大有作为”的豪情，来到距夏县县城 120 余里的中条山脉腹地曹家庄公社（现泗交乡）架桑大队落户。乡亲们像过大年一样兴高采烈地欢迎毛主席身边的“大学生”。社员们相互奔走道喜：架桑村一夜之间添丁增口 19 名青年人，感谢共产党给架桑送来的福。落户入村的那段日子，乡亲们东家拉西家拽地把知青请上热炕头，捧出核桃、柿饼、大麻花硬往知青嘴里塞。大家深深感受到憨厚乡亲们的挚爱和友善，渐渐消除了远离北京的乡愁，平复了思念亲人的焦虑，坚定了与乡亲们同吃同住同劳动的信心。

夏县方言“那里”说成“那搭”，使我们想起了不知哪首古诗词提到的“绿水青山那搭……竹篱茅舍人家”。架桑村就坐落在满目青山的地方，村名可

① 架桑全体知青提供的稿件原名为“咬定青山不放松　二次返乡再务农”，因本书是把知青时代“岁月留痕”和后知青时代“砥砺前行”分开编的，特把该稿分成了两部分，题目也断开了。这个集体户的同学们比较谦虚，叙述他们的事迹过于简要。碰巧，编委会的先遣组在夏县遇到一位对泗交情况很了解的干部，他说：和架桑老人们回忆起50年前的知青往事，依然如数家珍。特作部分摘录，补充到上篇和下篇的两篇文章中。

能来自于一棵高大的桑树的侧枝架到了别的树木上。现在，这里已成为整个运城地区的旅游胜地，拟做了一棵被架住的巨桑作为其标志。

19 名知青从投入农村生活后，向社员们刻苦学习，努力磨炼意志，学习耕、锄、镰、耙等劳动技能，学会砍柴、担水的生活本领，由一群穿衣靠爹，吃饭靠妈，衣来伸手饭来张口，处事懵懂的城市娇子，嬗变为自食其力、创造财富的新青年，在生产劳动的实践中逐渐成长起来。

既然生活在绿水青山之中，大家琢磨着：该怎样把当地的资源利用起来，改变落后面貌呢？

李星焰和孔繁红两位女同学为了改变山区粮食种植品种单一的状况，借回北京探亲的机会，从北京农科院选购优质水稻种子，动员党支部发动知青和社员们炸石砌堰，填土造田，修渠引水，试种 5 亩水稻。秋天丰收后架桑村民平生第一次吃上自己生产的雪白大米。

70 年代初建的架桑小水电站机房

为了终结架桑村“点灯靠油，耕地靠牛”的历史，知青们多次向村委会提建议：利用村边丰沛的小清河水资源，修渠引水，穿山打洞，在村西山头上建设一座小水电站，改变村里没有照明的现状。村里部分老人对这群年轻的北京娃提出的破天荒的建议充满担心和疑虑：“让这些十八九岁的孩子建水电站靠得住吗？水电站建不成，全村的家底都得赔光”。没有水电施工经验的大队干部们不得不反复考虑一旦失败后，将给集体经济造成严重后果。全体知青向党支部立下军令状：砸锅卖铁，不建成水电站，知青决不收兵！同学们聘请山西省 213 地质队技术人员帮助测绘设计，把缜密的工程图纸交给大队村委会，做通社员们的思想工作。村委会接受了知青们的建议，组建一支生产队打洞老把式和知青张建国、张鲁博、宗健、王俊山、魏连福、田天祥等十几个人的专业队进山施工。

当年抗美援朝的老兵王年娃在垦荒坡上刨荆疙瘩，他当年唱的一首《喀秋莎》迷倒了架桑的全体男女知青

建电站引水打洞的山体属于西化大理岩结构，一锤打下去，火星四溅，石头上只留下浅浅的白点。打一个两尺多深的炮眼需要更换一二十根钢钎，拼上年轻人浑身气力，每天十几个小时的鏖战，点火放炮除渣后，测量工程进度也就是掘进一米左右。为了加快施工进度，大家邀请中条山有色金属矿的工人老师傅帮助精准测量，找准洞点，双向对接开凿。经历 8 个月的风餐露宿，带着满手血泡老茧，终于打通了 238 米引水隧洞，随后建成高位蓄水池、发电房，安装发电机。1973 年正式发电入村，结束了架桑村民祖祖辈辈使用煤油灯的昏暗生活。

如今，每当老知青坐在一起聊起引水打洞建电站的艰辛历程，永远忘不掉架桑村的铁血盟友：李斗良、梁刘发、闫年忠、闫安家、王石恒、刘宝财、梁柴家。

老贫协主任阎发元身患腿疾，进出家门都不方便，柞个拐棍子，也一定要和知青一起干

五年多时间，在架桑村这片贫瘠的土地上，乡亲们教会知青晒麦扬场，驾牛犁地，上山采药，垒石砌堰。大家脸晒黑了，心练红了，身体炼强壮了，个个成了生产队的劳动能手。王献武学会烧一手好木炭供小学和大队办公室冬季取暖，获得社员们好评，被村党支部推荐为县和临汾地区第一届活学活用毛主席著作积极分子。张建国在公社党委和村党支部培养下，投身山区改造，成为第一名光荣入党的山区优秀知青。

随着形势变化和知青政策调整，同学们参军，进工厂，上大学，陆陆续续离开架桑村。人虽走了，但知青们忘不了架桑的青山绿水，大家的心依然时时刻刻惦记着第二故乡的父老乡亲。

原地质队老工人李斗良是带领知青专啃硬骨头的老把式

编者：

架桑的知青很谦虚、低调，他们提供的照片也都是给予了他们关心、爱护，被视为亲人的乡亲的照片。碰巧，编委会的先遣组在夏县遇到一位对泗交情况很了解的干部，他说：和架桑老人们回忆起50年前的知青往事，依然如数家珍。特摘录一部分，作为架桑同学文章的补充：

水电站始建于1970年，隔河与村相望，在东坡下，由引水渠、引水洞和发电机房三部分组成。引水渠起于引水洞上游，拦小清河水入渠。渠长约500米，渠宽约1.6米，渠深约1.8米。

引水洞宽约1.6米，高约1.8米，长约240米，是北京知青于1969年利用田间地头休息时和在老乡家的炕头上大力宣传，并与老乡一起在夏县水利局和胡家峪铜矿工人的支持与帮助下锤击炮炸，用最原始的办法打通的。洞口出水落差为17米。

1973年10月，水电站正式建成并发电。据说这是中条深山中第一座小型发电站。设计发电量40千瓦，建成后实际发电量在20千瓦左右。2000年时尚能发电18千瓦。以后下降到16千瓦（以上数字多为估算）。

建这座水电站有几件事应说一下：

一、知青刚开始做宣传时，当时的大队领导们并不支持。后来，当时的大队贫协主席的父亲（给大队喂牲口的老汉）说，我看这些北京娃们说的能行。大队干部们这才由畏难、怀疑、观望、不支持，改为支持建水电站的动议。

二、当时交通极不方便，要租辆卡车把炸药和雷管运到架桑村真是太难了，还别说车费有多贵。田天祥同学一人本着少花钱或不花钱也要把事办成的精神，为保证开洞的需求，愣是坐在卡车的炸药上，抱着雷管，不顾个人安危，把炸药和雷管及时送到村里。

三、知青们本不会抡锤打钢钎，但为了水电站早日建成，让乡亲们早日用上电灯，他们不怕吃苦受累，边干边学，勤学苦练。洞打通了，张建国等同学也练出了抡锤打钎的本事，成了行家把式。

四、知青们的老师就是以李斗良为代表的老乡们。正是他们的言传身教和耐心的指导，才带出了张建国等知青高徒。

《思想战线》创刊始末

安育中

前排邹建平，后排左起王海河、刘会远、安育中

1969年，插队第二年夏收过后，为了更好地对知青进行再教育，县知青办决定办一个类似于《通讯》之类的刊物。办刊物对于知青来说是求之不得的。当然，目的不仅仅是接受再教育，更在于交流思想，互通情况，特别是使之成为与外地知青交流的窗口。双方一拍即合，决定由我任主编，邹建平为副主编，刘会

远、王海河为编委组成编辑部。取什么名字呢?《通讯》《简报》都太落俗套，邹建平提出叫《思想战线》。他认为知青要关心国家大事，始终站在思想第一线。大家又一拍即合,《思想战线》就这样萌芽在这片古老的土地上。

一个月后，各村知青的稿件陆续交到知青办，由知青办转给我。我当时在夏县史庄当民办教师，有空闲时间，所有文稿我都适当做了文字修改。刻版也是我的事，忙不过来，同村的钟国长、张晓敏也来帮我刻蜡版。

一天，我收到一篇署名“罗致”的稿件，题目是《时代青年之猛进》，谈到知识青年要担当富国强兵的重任。在那个谈修色变、谈富色变的日子，敢讲富国的道理，真有点胆量。我特意到郭道公社陈村拜访了他。他叫卫陵彦，谈起他的富国之道滔滔不绝。他告诉我取名“罗致”，就是想广交朋友，广结贤才，寻求志同道合的知青。

禹王秦寺村有五名知青，五个人都爱学习，劳动之余，就是学习、讨论问题，被称作“知青学习五人组”。我约他们村刘欣茹写篇文章，当天，就把她接到史庄。刘欣茹文章的题目是《论战争》，从我国接壤的 14 个国家存在不安定因素说起，谈到战争的根源、战争的危害和面临战争的可能性。提出要居安思危，有打仗的准备。刘欣茹写得很快，用巴掌大的薄纸写的，写一张递给我一张，我帮她抄清。前面写的，后来看都不看又接着写。半夜，一篇几千字的文章写好了。我拿在手里沉甸甸的：一方面我欣赏刘欣茹的才气，挥洒自如，一气呵成；一方面心里也不踏实，发这样的稿子是有风险的。

组完稿子，总觉得少点儿东西。当时晋南武斗风头正劲，上万村民上了战场，攻打临汾。知青们对此早有看法。我约西其里的葛元仁写了一篇《晋南武斗何时了》的文章，决定以本刊评论员的名义发表，放在首篇。文章对时局进行了全面分析，对晋南无视中央指示的做法，提出尖锐批评。其中说：“自以为老子绝对正确，自认为革命性最强，置党中央指示于不顾，置对方于死地而后快。这不是什么革命精神，而是地地道道的派性。这不是什么光荣的事，而是违背人民意愿的错误行为。”后来才知道，这篇文章给葛元仁惹了不少麻烦，还被公社审查了一回。

组完稿子，我约邹建平到村里碰了一次头。他把稿件审了一遍，认为稿子不错，同意付印。县知青办的几位同志大力支持，亲自跑印刷厂。史庄的嵇立群、郭旋、张晓敏十来个人负责装订，赶在“十一”前装订完毕。封面上“思想战线”四个大字，稳重而得体。扉页上有一行醒目的红字——“献给共和国诞辰二十周年”。

但是，好景不长，刊物被县革委、人武部看到，上报了临汾军分区。军分区下了禁发令，认定刊物为“反动刊物”。为了“肃清流毒”，由县人武部牵头，组织各村知青代表开了三天批判会。主要罪状有四：一是干扰了全县重要部署。认为知青应该老老实实接受贫下中农再教育，不应该干预县里攻打临汾的重大决策。二是宣扬战争威胁论。认为《论战争》散布要打仗的言论，公开了不该公开的军事秘密。三是宣扬富国强兵，违背了抓阶级斗争的大方向。四是诋毁毛泽东思想。抓住“绝顶迎红日，壮怀放歌喉”一句诗，认为毛泽东思想是顶峰，脚踏绝顶就是践踏毛泽东思想。批判会上，知青们据理力争，不但没达到批判的目的，反而扩大了影响。由于广大知青坚决抵制，这件事不了了之。《思想战线》通过各种关系发到全国各地，东北、内蒙古、陕西、云南知青都知道山西夏县有个知青刊物。

《思想战线》问世已 48 个年头，回想起来颇有感慨。

感慨之一，《思想战线》有思想。《思想战线》的创刊不是偶然的，有着不可忽略的时代背景和思想动因。知识青年大都有“文革”经历，从政治斗争的漩涡到了偏远的农村，开启了对“文化大革命”的反思，对中国命运、国家出路、个人前途的关注和思考。当时不少地方都创办了知青刊物，如内蒙古巴彦的《奋斗》、山西忻县的《奋斗》、湖南的《湘江》、山西雁北的《站在最前线》、陕西延川的《红卫兵通讯》、吉林突泉的《任重而道远》。1969 年 2 月初的一天，101 中学任公伟提议，借春节回家探亲的机会，搞一次知青聚会，地点在光明楼我的家。后来这次聚会被称为“光明楼知青会”。来自山西、内蒙古、东北、陕西、云南的 40 多名知青聚在一起，就上山下乡问题展开讨论。大家各抒已见，最后还是统一了思想：面对现实，不懈奋斗，相信未来。后来成为著名诗人的郭路生也参加了聚会，并有感而发写了《相信未来》。对于这次聚会，北京市革命委员会发了内部通报，要求密切注意阶级斗争新动向。参加这次聚会的夏县知青不少，有葛元仁、尹斐、刘欣茹等，后来也都参与了《思想战线》的创刊。《思想战线》的创刊不是偶然的、孤立的，是当时大背景决定的，也可以说是我们反思“文革”的开始。

感慨之二，夏县知青有胆识。《思想战线》秉持正义，敢说实话，精神可嘉。当时，地方革委会、人武部组织临汾“会战”正在兴头上。反对武斗，挑战权威是有很大政治风险的。知青们之所以敢于站出来讲真话，也是从维护国家稳定大局出发，从尽快结束“文革”混乱局面出发做出的正确选择。

感慨之三，一代知青有作为。《思想战线》涉及的内容不局限于接受再教育，更多的是涉及中国命运、“文化大革命”出路、中国农村和中国农民问题，触及政治、经济、社会、文化深层次矛盾。参与《思想战线》的不少知青，后来都成为国内知名的专家学者。邹建平成为金融经济专家，刘会远成为区域经济学专家，刘欣茹、嵇立群、葛元仁分别成为研究世界史、共运史、知青史的学者。这和上山下乡的历练及《思想战线》风波不无关系。可以说，这一代人是善于学习、善于思考的一代人。当下有人说，知青一代是无知的一代、悲催的一代，又因为知青都有“文革”经历，被认为是暴力的一代、丑陋的一代，这显然与历史事实不符。

左起刘会远、安育中、王海河、卫陵彦

安育中　北京师院附中1966届高中毕业，1968年12月到夏县禹王公社史庄大队插队。1982年调河北廊坊市，先后任市委宣传部副部长，市委文明办主任，市委党校常务副校长、党委书记。

清清的泉水

王少敏

群山环绕的深处，一个小小的村庄，只有百来户人家，分散在几个光秃秃的山头上，干旱、缺水、没电。这就是我 1968 年 12 月从北京来此插队落户的地方——山西省夏县庙前公社文家庄。多少年来，忘不了那里的山，忘不了那里的土窑，还有那长流不息的清清的泉水。

这清清的泉水本不在文家庄，而是在十里之外地势更高的后山，它终年不停地奔流着，不知流向了何方。文家庄没有水源，是有名的贫困乡。

我们 12 名知青住在山上的土窑洞里，为了饮水吃饭，男知青和当地老乡一样，每天必须跑几里山路再下五里陡坡到沟底去挑水。他们挑水之前都要活动一下，再一路走到沟底将水桶注满，返回，上陡坡时不能停步，必须万分小心，生怕洒出水来。这样来回走一趟要一个多小时，大汗淋漓的他们总爱开玩笑说："哎呀！这身上出的汗水比挑的水还要多呢！"

前排左起：曹小仪、王少敏、宋晓彬、曹永兰、赵胜利、海燕；后排左起：张华北、佚名、赵胜利、陆祖迪、曹永晨、佚名、周瑞选

难怪村里世代流传着这样的歌谣："沟底流水不断头，村上吃水贵如油，啥时能叫山河变，浇地吃水不发愁？"把后山的泉水引进村，成了文家庄世世代代的梦想。要泉水进村，就必须修一条十里多长的渠，这条渠要穿过大山，在大山峭壁上凿出几里长的隧道，打通大小 8 个山洞，其中 3 个是石洞，对于

我们这个既缺劳力又缺资金的穷队来说，这真是太难了。

我们偏要和大自然较量较量。1969 年冬，队里的十几个社员、我们 6 个男知青和 2 个女知青进驻大山安营扎寨了。本来队里的妇女是不参与挖洞的，但我正当青春年华，绝不甘心留在村里过冬闲的日子，坚决要求加入这场轰轰烈烈的掘山造渠运动。别看我们人少力薄，却个个抱定非把泉水引进村的决心。任茂盛大叔，年近 60 岁了，家中有 5 个娃，平时少言寡语，他离村时放下一句狠话：“不把泉水引进村，我不回家。”他带领我们向悬崖峭壁山洞开战。山上最长最难啃的石洞叫“愚公洞”，茂盛大叔带领社员主攻，知青挖另一洞。寒冬腊月，大雪飞扬，洞里却是一片热气腾腾，男知青轮番蹲在地上不停地抡锤，叮叮当当打钎声穿山而过，一锤下去一个白点，几锤下去一个小坑，不一会儿就汗流浃背，手磨起了血泡；我和另一女知青宋晓彬则将挖出的碎石土用扁担挑出洞外，肩很快就压疼了，红肿了，衣服湿透了又干了，挑出的碎石土将山前的土坡铺成了平地。大干一天，才能向前进四五尺，隧道就这样一尺又一尺地向前延伸。

王少敏 1969 年春在文家庄田地里

每天挑土出大汗，再遭受风寒，我的膝关节剧烈地疼痛起来，走起路来一瘸一拐的，但是我一直忍痛坚持着。村里的大娘见到我就心疼地对我说：“傻姑娘，这不是你干的活呀，咱能不挣那工分吗？”大娘啊！工分哪能这么强烈地吸引着我呢？我这是决心要和社员们一起用双手改变文家庄的面貌啊！的确，劳动是“严酷的能把人锻炼成钢铁的教育”。几个月的连续苦战，消耗着我们的体力，磨炼着我们的意志，临近胜利的喜悦又不断地激发着我们的热情，我们横下一条心，“手拿镐头铁锹，胸怀五湖四海，奋战今冬明春，定引泉水进村”。

很快，我们引水进村的壮举受到夏县和庙前公社的高度重视，并给予我们极大的鼓励和支持。我们的知青点被评为先进典型，文家庄引水进村的事迹分别刊登在《山西日报》《光明日报》上，夏县和公社组织各村的知青团队和社员们相继来此参观，文家庄大队也派出更多的劳力加入掘山洞的队伍。由此，群山峻岭中几个山洞同时展开了轰轰烈烈的挖洞竞赛，挖呀挖呀，快把山洞接通啊！

终于有一天，当我们隐约听到我们前方传来敲击的声响时，心情是何等激动啊！大家拧成一股劲，通宵达旦地拼命干，7尺、8尺……每天都开创着新的纪录。1970年春天的一个深夜，整个工地都沸腾起来，高山也发出了欢笑，我们的“愚公洞”终于打通了！怎样才能表达出我们此刻的心情呢？大家热烈地欢呼着，跳跃着，乐得合不拢嘴，争先恐后地在打通的山洞中钻来钻去，而茂盛大叔则深情地抚摸着洞中的石头，熬红的双眼涌出了泪水。是的，真正的幸福永远属于那些为理想而付出艰辛劳动的人，在这一刻，我们都成了最幸福的人。

8个洞中最后一个“胜利洞”终于打通了。文家庄这个穷队，抱定重整山河的决心，凭着不惧艰难困苦的大无畏精神，以超凡的勇气和智慧，硬是用镐头、铁锹、扁担这些劳动工具，一锤一钎一担地将大山凿通了8个隧洞，胜利完成了原计划三年才能完成的工程，创造了人间的奇迹，唱响了时代的颂歌！

随着修渠引水入村工程的全面竣工，文家庄终于高兴地迎来了幸福的泉水，圆了千百年的盼水梦。文家庄从此彻底改变了干旱缺水的生态环境，曾经贫瘠的山区终于打开了通向幸福的大门。

1972年春，我告别了文家庄。一晃46年过去了，我永远难忘那段艰苦卓绝的岁月，忘不了那一群自力更生、奋勇创业的社员们，还有并肩作战的知青战友们。

清清的泉水呀，我感谢你！是你磨炼了我的意志，净化了我的灵魂，使我在奋战的第一线光荣地加入了共产党，给了我任何大学也不可能有的深刻的人生教育，在这里尽情绽放了我的青春芳华！

清清的泉水呀，我怀念你！我好像又听到了那潺潺的流水声，似乎在倾诉着文家庄在新时代中不断创造出的奇迹。青山依旧巍峨，泉水依然奔流，我坚信，文家庄现在一定彻底摆脱了贫困落后的面貌，如今，明亮的灯光一定照亮了村里的每家每户，通畅的道路一定从山底蜿蜒至花果山头，原上和沟底绿油油的田野上一定飘溢着阵阵麦香，村民们的脸上一定绽开了更加灿烂的笑容！

清清的泉水啊，请你永远为我们亲爱的家乡而歌唱吧！

王少敏 北京女一中1967届高中毕业。1968年12月到夏县庙前公社文家庄大队插队，1972年3月调至山西省委政策调查研究室工作，1976年3月返回北京，在北京市委党校担任教师，副教授，2007年退休。

一号竖井的回忆

张亭

引 子

1974年，李家坪大队第九生产队只剩下两个知青，一个去学校当了民办教师，就是我一个人还在队里上工干活。作为生产队的一个强劳力当然要上工，可是所有后勤的事情也都是必需的：下了工要烧火做饭，和面蒸馍，特别是还要磨面。队长觉得让一个顶事的男劳力在家磨面是一种浪费，采取的措施就是“换工”——队长老婆替我在家磨面，驴拉磨人摇箩，我在地里干活给她记工分。

我们李家坪大队六队有个年轻单身男社员叫小云，是我在村里的一个朋友，经常翻几道梁过来找我聊天，他的处境其实和我类似。他告诉我已经去了泗交水利，他动员我也一起去那里。给队里的派出顶一个公差，最大的好处就是有后勤，吃饭只求吃饱，不需要自己操心费力耗时间。做饭的大师傅回他自己队里记工，也不需要吃饭的人负担。自己多了很多可以自由支配的时间。有后勤，实际上等于一项无形的收入，很适合我这样单身的社员。

但我可没有小云那么利索，我还是生产队的保管兼出纳，得有个卸职交接。然而在我做好一切准备要上后山之前，本队从泗交水利回来的根成告诉我，小云在后山出事故死了。

1974年的9月初，小云死后不到一个月，我就上了泗交水利工地。

泗交水利

泗交水利的最初设计是建造“八一水库”，把后山的泗交河的水存在水库，并引到前山白沙河。因为受益公社将是埝掌、大庙和我所在的郭道，三个公社每个生产队都要派基干民兵男劳力上工地，并且是营、连编制，三个公社三个营。这也是水库名称“八一”的来历。按每百口人派出一人的原则，我们队只出一个人。派出人员可以轮换，但除非特殊情况，周期不得少于一个月。我和小云那时候都是自报不换人的长期民工。

参加泗交引水的除我之外，还有几位北京知青。与我同期的有我们李家坪大队十三生产队的刘其复、大庙公社窑头大队的晏山平。这两个虽然也是不换人的长期民工，但先后因分配工作或转插其他省，离开了工地。从纵向时序来谈，我只知道和我同一个知青点的姜云清，1973 年参加过该工程最初的地面工程阶段，后来去当民办教师了。

第一期工程就是在中条山的分水岭下打通一条 7 华里长的引水涵洞“朝阳洞”。在我去之前已经开始了涵洞的掘进。为加快施工进度，在涵洞入口和出口之间设计了五口天井，把涵洞工程分成了六个段。我所在郭道营有一连和二连，分别在入口和一号天井两个施工点——这也是六个段中最长的一个。

泗交引水工程“朝阳洞”入口

“朝阳洞”出水口

竖井施工危险大，掘进困难。一号天井最初设计了一个斜井方案。斜井打到几十米处时冒出地下泉水，水量大到无法施工，打了一半的斜井被废弃。还是回到竖井方案，测定位置重新施工，设计深度46米。一号井地质情况复杂，连续发生井下塌方和井口滑坡，甚至有人误传：一号竖井被塌方掩埋而废弃。我到一号井的时候，这口竖井已经打到近40米。小云就是在快出井口时掉下去摔死的。

第一号竖井井口

40米深是个什么概念？就是城市中锅炉房的大烟囱的高度。也就是说，从天井口向下看的感觉，应该和在大烟囱上向下看类似。偶尔有当地老乡来天井工地参观，往下一看都会惊叹道：这么深！要知道，这些老乡都是大岭后面深山老林中陡坡深沟不知见过多少的农民。

居住状况

一号竖井的连长是大洋村的张老虎，一个复员军人。这里没有排级编制，连以下就是班，也只有三个班，上班施工也是三班倒，不过不是八小时工作制，上12小时休息24小时，这一次白班，下次就是夜班，再下一次则又是白班，照例没有任何节假日。在我到来之前，由于出事故摔死了小云，一号天井的三个班重新组合，分成郭道班、周村班和大洋班，人员以这三个村的为主，这样彼此能够比较熟悉，安全方面也更方便相互照顾。我们李家坪大队来人少，不足以组成单独的班，我就被安排到了周村班。

干活有人安排，吃饭去买饭票，住宿却没人管。我所顶替的前任是本生产队的根成，原来在入口工地一连，他住的地方早就被别人占据。天井二连都住在泗交林业局的树种仓库，一进去就看到里面住得满满的。怎么住？自己想办法。来工地的人都有和插队知青一样的“生存关”要过。

我大约用了两个小时的时间，找来一块宽木板和一块窄木板，用砖头、石头和木头棍子给自己支起一个床铺来。地方其实好找，把一大堆炸药雷管先移开，搭好床铺再放到床下面。别看来得晚，住得可比别人用装满树种的麻包围成的地铺要像样多了。

晚上睡觉前，要为第二天准备炸药包。有大口袋的炸药、雷管和塑料布，把塑料布割开，利用小煤油灯的高温自己“焊”口袋，口袋不能漏气，因为井下都是水，浸了水的炸药就会失效。再把炸药和雷管装好，把口袋口扎实绑严。

人们似乎从不认为这些炸药雷管是什么危险品，床底脚下，枕头旁边，堆的都是这些东西。而且就伴着这些东西抽烟、聊天、睡觉。第二天就提着一包包的炸药上工地了。

施工现场

在山坡上开出一块很小的平地，搭起一个工棚，里面有配电盘和卷扬机。工棚只是三面有墙，一面开口对着天井，钢丝绳伸出通过井架的滑轮垂入天井。那天井两米二的直径，井口用水泥石头砌好，井架用三根粗大的东北红松支起，钢丝绳吊着动滑轮的钩子上上下下。

卷扬机哗嘣哗嘣地转着，听到井下有人在喊着话，指挥卷扬机的操作：“起一点儿！再起一点儿！起！”于是开始往上提吊。从井口下望，井底点着电灯，听到哗哗的流水声，两个穿绿色雨衣的人在下面弯腰干活。井打得很不规则，井壁弯弯曲曲，使得基本圆形的井底只能看到一个橄榄球的形状。那提吊的是个装满水的大汽油桶，在井壁上左碰右撞发出很大声响，晃着摆着好一会儿才上来。

大汽油桶提到井口平面之上停住，井口上有一个人用长铁钩子钩住桶，喊着号一下一下地平拉，使桶悠摆起来，喊到“三”时摆幅已经较大，卷扬机的操作者掌握好时机一放钢丝绳，那足有四五百斤的大桶就放到了井口边。钢丝绳继续放，铁钩继续拉，直到把那大桶拉躺下，水就倒出来。拉桶的人穿着雨靴，经常要溅一身的水。

井下水很大，就是用这样的办法不停地排水，下面才有可能干活。出砟（爆破产生的碎石）也大体是这样的过程，不过用的是另一个小一些的铁桶，石头砟比重要比水大得多。

接班与施工

接班的第一件事就是盘量尺寸，每放炮一次进度大约十几到二十公分。交接双方各出一人在井下，交工、验收。井底要平，要求达到两米二的直径，然后再从深度上算出上一个班的进度，双方都没意见方可交接。井下两人谈不拢还会动手打起来。不过那可没人劝架，再吵再打，也全凭自己熄火。

如今，从瑶台远眺巫谷，白沙河乱石滩不见了，代之以白沙河水库和湿地公园。周围的山也都绿了，生态环境有了很大改观。白沙河哪里来的那么大水量？是张亭等同学当年参加过的引泗济运水利工程发挥了作用

分歧主要是井底的规格，接班的要求总是苛刻，交班的总想要凑合。凑合不过去，就要在进度尺寸上扣，扣多少？又是意见不合。反正，交班的已经干了 12 小时，早就人困马乏，饥渴难忍。每个班还有跟班的连长或连副，这时，往往要两位领导出面商量。交班的一般说来必须下班，人不是牲口，即便没干好也要回去休息了，顶多算你白干，不算进度。

所谓“白干”，并不影响在生产队的工分，但工地的钱粮补助就少了。石方进度是发放补助的依据。我估算工地一个农民，连队里记工分带工地补助，实际收入将近每月 40 元，高于公社领导，可以吹嘘是“县团级”了。

但就是这收入水平农民也不愿意去挣，因为事故的高发区就是天井工地。

井下撅着屁股干，上面掉下来个东西就会伤人。刚开工时竖井放炮也用火雷管，但一次点着了全部炮捻要离开井底上去的时候突然停电，井下的人就只好一根根割断炮捻，还要注意千万不能有剩下的。炸药包就在脚底下，没处躲没处藏。

出了这情况以后，天井工地就全部改用了电雷管。电雷管相对安全，但只能所有炮眼一起响，无法用合理安排爆破顺序的办法提高效率。

了解了工地的安全措施才知道，民工们实际上都是“脑袋掖在裤腰带”，“要奋斗就会有牺牲”，我的朋友小云就是一个。

周村班的班长业业，是条五大三粗的憨厚汉子，年纪在这里最大，有三十出头。安全员叫根典，从眼光一看就知道是个精明强干的角色。初次上班，班长没让我首先下井，而是根典带另一个小伙子下去打眼，让我看看过程。

在打眼期间，那大桶还是要不停地上上下下排水。那桶再怎么磕磕碰碰，上来以后再怎么拉放悠摆，下面的人都像没这么回事一样照干不误。眼打好以后，放下去两筐土，筐上带下去炸药包，再放下去两根铁丝当电线，接上电雷管，下面的人就上来了。上来以后立即提起来电灯，尽快放炮，那塑料袋的炸药包经不住长时间浸泡。

放炮电线连接到380伏交流电源，班长一合闸，“轰”的一声，水和少量细碎石渣溅出井口，就再无动静了。放完了炮要留两人借水排烟，大部分人可暂时休息。所谓借水排烟，就是把桶提上来，再从井口倒下去。其实不是将烟排出，而是用水泼烟。根据我的化学知识，硝铵炸药产生的烟以二氧化氮和二氧化碳为主，很呛人，曾经一次我顶着浓烟下井后，痰中都带血。但这两样化学成分都是溶于水的。这样一次次地泼着，烟就慢慢不见了。但井底的水因为回泼不排而越积越多，所以掌握一定的火候——井中的气味可以忍受，就可停止回泼开始排水。随着井底的水越来越浅，提上来的桶里从满到不满，而且一次比一次少，效率越来越低，逐渐趋于平衡时，就必须下人了。先把电灯放下去，我自告奋勇第一个下井排水了。

第一次下井

穿好那双里外是水的雨靴，顶上那个空壳柳条帽，外面还要套上雨衣雨裤，钻到那个专门送人上下的笼子里，坐在倒扣着的一个普通铁桶上，挂上吊钩被提起来，从井口就往下放了。

我没有恐高症，从小就登房上树爬烟囱，倒是这个装人的笼子挺不自在，刚放下去没多高就开始打转，这是因为拉直了的钢丝绳会有扭劲；然后就是左一蹭右一撞，前面说过，井打得很不规范，井壁不是圆柱形而几乎是一条蛇，于是笼子旋转的同时还像钟摆一样晃起来，这就让你越发不知道东南西北了。

真的，这个破笼子我总共也没用过几次。这还是在小云出事故死亡后指挥部定的规矩，因为小云当时没有坐这个笼子，而是站在水桶的沿上和水一起上来，属于“违章操作”，从水桶上摔下去的。不过干上不到一天就会知道，这样的“违章”很有必要，不仅在笼子里既不舒服又缺乏安全感，还要耽误卷扬机的一次上下差不多五分钟的时间，也就是必定要因此增加一次排水或者出砟。所以除非有指挥部的人在场，工地只要不是新来的，没有一个人愿意用这个笼子。

放到大概其四分之一的深度，井壁上就开始淌水，下到一半就由涓涓变为潺潺。由于井壁不规整，流过尖突处便开始“飞流直下”，没到井底，数个“飞流”聚到一起就已经成为“大雨滂沱”了。

一下到井底，脚下的水立刻淹过高筒雨靴，把里面灌得满满的。难怪总共三双雨靴，里面从来就没有干的时候。所以即便穿着高筒雨靴，也仍然是站在水里。

铁笼子提上去，大汽油桶放下来，我还是先把它放倒，扶起来后里面就有大约三分之一桶的水，再用普通桶舀了水往大桶里灌，直到灌满。然后喊上面：“起一点儿！”先令那钢丝绳将大桶提起来，扶扶它让它尽量不怎么摆晃后再喊声：“起！”那大桶就哐哐地碰撞着升上去。

这时在下面还不能闲着，要用铁锹将水下面炸碎的石头砟子铲起来，堆成堆，一方面为以后出砟做准备，另一方面也给大桶整出一个较平整的地方，给舀水的桶刨出一个深窝，用来把井底的水基本舀干，以便出砟和修整井底。

一个人撅着屁股干，大桶就在上面碰撞着提升，偶尔桶沿卡在井壁，当然不会真正卡住，钢丝绳一拉，桶一侧歪就卡不住了，但立刻会有大量的水从桶里泼下来，这时只能感到上方井口一阵发黑，紧接着便是降下一阵“倾盆大雨”。但这些都是顾不上关心的，手底下该干的还很多很紧。

水基本排完，下来出碴的是膀大腰粗的业业，他是不管三七二十一，站在出碴的铁桶上就下来。

那石头碴子和土可不一样，里面的石块有大有小，铁锨往往被顶住铲不下去。实在不行还要用镐刨松。但业业可不怕这个，别人铲不起来，往往只有半铁锨，到他这里，总是连顶带撬地一满锨一满锨地挖出来。出碴桶不能装得太满，撒下来一小块也会出危险。

出了两三桶碴，业业就让我上去，换别人下来继续挖碴。我也学着业业，站在出碴桶的石碴上面就跟着上去了。一只胳膊挽住钢丝绳，另一只手扶推井壁，使得人和桶都不至于碰撞。出了井口，大家都很惊奇：你也敢这么干！

违章操作，彼此彼此。

打眼放炮

白天班傍晚结束，次日傍晚第二次上工地，这次是夜班。我准备下去打眼放炮了，井下就是扶钢钎抡大铁锤了，这不新鲜，在村里修地的时候早就干过。不过在这竖井的水中打眼儿还是不一样。这里不是用平头的钢钎转动着打小眼儿，而是用尖头的钢钎在石头上连凿带撬地挖出几个石窝来。两米二直径的井底，大约要埋五六个“炮”。炮眼儿的位置选择正确与否，与进度的关系很密切。石头窝挖好了埋炮，就是上述自己制作的炸药包，每个炮眼一包或者两包。上面放下两筐土，因为先要用土来埋，再用井底的石头碴子埋，否则尖利的石头会把塑料袋扎破。每个炸药包上当然都有两条颜色不同的导线，把所有相同颜色的导线拧到一起，再分别接在上面放下来的两根点火铁丝上，人就可以上去了。

埋炮的过程中，大桶当然还要不停地上下排水，那些怕炸的铁锤等木头把的工具也陆续随水桶送上去，最后离开时只能剩下钢钎。但是在接线以后，水桶再上提就要谨慎了，因为井壁不是直通通的很规整，那些电线，无论是放炮线还是电灯线都不可能贴着井壁，不但不是贴着，而且从凸处向下还必定是远离井壁。也就是说，上升中的水桶在不断地旋转、撞击和悠摆中，随时有可能和这些电线缠绕到一起。往往造成这样的结果：所有的炸药包都被从炮眼中提起来，就只有耽误时间重埋。而且大部分炸药包都会在拔出的过程中因被石砟划破而报废，需要重新更换。

正因为如此，放炮最后阶段埋炮、接线时，要把大空桶先放到身边，有积水随时舀干，在大桶舀满水之前必须完成，然后两个人都立到桶沿上随排水桶一起，最后离开井底。与人一起上升的桶可以受人的控制，通过推扶井壁使之避免碰撞和旋转。这才是为什么要违章操作，不能完全乘坐载人笼子上下的真正原因。

因为安全条件差，民工也没有什么安全培训，一号井事故不断。大约平均每月要抬回一个伤员。有被落石砸伤的，有在井下触电的，最悬的一次，排水的大桶带着满桶水掉下井去，好在井下只有一个人，而且比较机警地靠着井壁躲开，才没被砸扁。

难怪从垣曲铜矿请来的技术工人，看了看一号竖井说：给多少钱也不能下这个井。他们也真的从来没参与过一号竖井的施工。

承担副营长重任

每月工地都要进行评比，郭道营总是全工地的先进单位，这段时间一号天井进度突出，又成为郭道营的先进单位，工地还在一号竖井召开先进典型现场会。或许就因为这点儿成绩，或许还因为我有些文化，工地指挥部和郭道营就把根本不具备什么领导才能的我提拔到营部当了副营长。

我乐得的是，这下就有资格去了解更多的东西。于是，当天晚上就自己跑到入口工地，看看那地方到底是怎样干的。

洞口不远有个空压机房，把压缩空气用钢管通到洞里。把口处挂着一台轴流式风机，帆布的风带将风送到掌子面，这里就是这样的排烟手段。和天井的手工操作相比，这里显然比较先进。那边主要靠的是玩命，这边就显得更需要技术。

话虽这么说，其实除了打眼的人和看机械设备的人，别人仍然是出的死力。三班不停点也是要排水，入口有一定下坡的坡度，水不能自动流出，所以处于洞的“墙角”位置的排水沟，分成一节一节，自动流过这一节，就要用人工舀水，将水位提高到下一节，直至最后排出洞口。排水的人稍有缺勤或松懈，积水就会影响施工。

除此之外，石砟也是人力车拉出洞的，因为是上坡，每车都需要两个人。所以这里非技术性的活就是排水和拉砟。入口每放一次炮进度都在 60 公分以上，洞越打越深，拉砟的距离也越来越远，当时已经有好几百米，几乎也是 24 小时不停地拉砟。

从洞口到掌子面有几百米，掌子面的风钻在压缩空气的动力下叭叭叭地炸响着，钻杆高速转动。钻杆大约一米左右长，钻杆前端是硬质合金的钻头。钻杆是空心的，通到钻头上的两个孔，钻下的石头粉用这两个孔吹出来，弥漫在掌子面。掌子面干活的几个风钻手除了眼睛，从头到脚全都是石头粉，一样的颜色，认不出来谁是谁。如果石头粉排出不畅，就会卡钻，卡住了就用扳手拧，能拧松了就继续打，拧不动的就只好放弃，重打新孔。每个班要打 30 多个炮眼，每个炮眼至少要用一个钻头，也就是说每个班至少要事先磨好四十来个钻头。

30 多个孔打完，还要用压缩空气一个个再吹一遍，这才开始装填炸药。和天井工地不同，这里的炸药像一截截的腊肠，一个眼里要放七八根，带雷管的那截放在倒数第二的位置，在它外面还有一条炸药。炮眼也是用泥封口，每个眼都拖出 1.5 米左右长的导火索。

所有的炮眼都装好以后，把所有的工具后移到安全的距离，电灯解下来拿着，不拿灯的人开始点炮。一般人第一次看点炮，刚点着一个捻，看到那哧哧冒火的导火索就恨不得马上逃跑了。你以为是在家放鞭炮呢？还有 30 多个没点呢！而且要有一定的顺序：最先要炸开当中，然后向左右扩展；下一步是炸洞顶部分，炸下来的石头把下面的炮再次掩埋；最后响的是下面的炮。下面最难炸，埋严以后炸药更能发挥威力，同时用爆炸的力量，把石砟掀向前面。

点炮时每根导火索都必须先切开一个口再点，因为暴露的端头早就浸湿点不着了。两只手在整理导火索——30 多根都 1.5 米长，拖在地上、泡在水里，也像团乱麻，但必须理出哪根对应哪个炮眼；两手在整理炮捻，那把切导火索用的刀子就只好用牙叼着，脚下都是积水，刀子掉下就很难再摸到。沾在脸上的石头粉此时被汗水浸透，从灰白变成乌黑，当中还有被汗水冲出的条条“水沟”。昏暗的电灯下一个个就这么个模样。

30多个炮全点完了，掌子面上早就从弥漫的粉尘变成了浓浓的硝烟，30多根导火索一齐在着火冒烟，不仅能见度低，眼睛都被熏得要睁不开，看什么都很困难。点炮人却舍不得走，接过电灯来靠近石壁，上下左右地照着再仔细检查一遍，看看还有没有落下没点的炮捻。都检查完了，这才真正开始撤退。还没走出洞口，后面的炮就接二连三地响起来。还要数着响了几个，由于各种原因，经常会有一两个哑炮。那么再进行施工前首先要排哑炮，不排干净，谁也不能保证一风钻打下去不会引起爆炸。

一号竖井的灾难

熟悉了几天入口工地，一号竖井工地却开始了“罢工”。井下出现了塌方，在井上就能听到，隔不久就有石块大批塌落到井底的水中，发出很大声响。没有人敢冒险下井了。塌方持续了两三天就没有了动静，估计能塌的东西已经塌得差不多了。

我到井下一看，井壁上已经塌出来一个两米多宽、一米左右高、四十多度倾角的斜洞，大约有十米深。洞中有泉水不断流出。井底已经堆积了大量塌落下来的石块和胶泥。显然，已经不可能像以前那样正常施工。增加了这么多土石方，不给个说法，不能按班拉尺量进度了。

情况报到指挥部，指挥部的技术人员和工地的工匠都下井看了塌方情况。对于这样已经离设计深度比较接近的井，是不可能轻易报废放弃的。这已经是斜井废弃以后的第二方案。要想继续正常施工，向设计深度掘进，就必须将塌方安全控制，塌出的洞里面要支撑，塌方的洞口要砌严。而在这之前，还必须清理井底塌落的泥石。这有一定的风险，谁也不敢保证，从此后那洞里再没有石头塌落砸下来。

这个动员会是一号天井全体民工和指挥部人员在一起开的。虽然都知道引水成功后将长期受益，而且在当时是学大寨、学林县红旗渠的重要举措，但对于工地的民工来说，还是想最好不要下井，因为队里的工分照记，只是对辛苦的一种补偿，何必再冒生命危险。毕竟每个人也要考虑到家庭的实际情况，所以只能是“重赏之下必有勇夫”了。

其实所谓“重赏”，也不过是将多余的土石方按桶算工。为了抢进度，就按照炸下来的石方算补助。也就是说，不用放炮就可以干挖，而且用的是松散的石方数。

这次动员会是我主持，也是主要发言，我完全是用当地土话来表达思想。在工地，每天从早到晚和当地民工混在一起，不说一句普通话，周围的人当中没有谁还会想到这是一个来自北京的知青。这次会上随想随讲，主要给大家解决一个很大的顾虑，就是桶的升降过程在井壁上的碰撞。

最后采取的办法，是指派两个有经验负责任的人少下几次井，轮流控制钢丝绳。井壁不直，但可以用铁钩子横拉钢丝绳，使下面的桶免于碰撞井壁。桶的上升过程中能碰撞的地方有好几处，所以要对此熟悉。横拉和放松钢丝绳时用力要缓，不能让下面的桶产生大的摆动，那样反而会造成更多的碰撞。当初我和根典就能用这样的办法让桶安全升降。

当然，我还要答应大家一个要求，那就是我这个最有经验的副营长全程要在场。这一点肯定是义不容辞。

那是我在水利工地上唯一的上班只看别人下井的一天。恰逢下起了大雪，三个班的弟兄们轮流下井，对我特别信任，都希望由我来控制钢丝绳。从早上挖到晚上，那井下塌方的土石大约还剩二三十公分厚。大家先下班回去吃饭，我和另外两个大洋班的民工留下收拾现场。那两个是指派等待夜班来人的。

我最后叮嘱他们俩不要下井后，一个人顶着大雪返回了营部。

回去坐下不到十分钟，那两个小子飞奔而至，气喘吁吁地报告说：发生了更大规模的塌方，工棚都差点被砸塌。

饭没吃水没喝，我连忙又赶到工地。工地已经没有灯光，在白雪的映射下还能看到，离井口不远，那个热天下午大家躲避阳光在下面休息的石壁，整个坍塌下来，最大的一块石头有一辆卡车那么大。碎石一直堆到井口，不知道有多少土石掉到了井里，井架那又粗又大的东北红松也被拦腰砸断。幸亏井下没人，否则就会被“落井下石”，发生更大更惨的悲剧。想起白天直到一个小时前大家热火朝天大干的场面，还真让人后怕。

若干年后我才知道，这不叫“塌方”，而应该称为“滑坡”。

落后的典型

经指挥部研究，一号井已经离设计深度不远，不能报废，暂时盖上井口，清理碎石。同时利用石头盖一个专门用来冬季取暖、夏季避雨的小工棚。

民工们可高兴了，这下子就用不着下井担惊受怕，只干明面上的活，而且全都是白天的班了。连长张老虎也乐得不至于出人身事故，希望这种状况维持的时间越长越好。大家都跟着一起“磨洋工”了。

一天中午放炮炸开那最大石头的时候，把一号竖井上面通过的高压电线炸断，造成了全工地停工等电。等我赶到现场，那高压线一端还拖在地上，横跨过公路，而另一端的电线早就在地上烧成了一条长长的灰，山坡上不远处的线杆上，垂下来的高压线还在风中摆动，与地面不时地打出电焊一样的弧光。

那截拖在地面上的高压线有没有电？谁也不敢冒那个险。我返回泗交汇报情况的同时，还拦住了要从公路下山的客车，拦住了所有步行的过路人，直到县供电局正式通知闸已经拉掉，才派电工将电线拖走，人、车重新恢复正常交通。

这次事故与我无关，我正在营部开会，但我还是要负责善后处理。主要责任者是带队的张老虎连长。这次事故加上工地上大家磨洋工的表现，继不久前先进单位的现场会以后，又在一号竖井开了二次现场会——落后典型现场会。

遇险体会

一号井地质情况复杂，连续发生井下塌方和井口滑坡，在开挖竖井前还曾经废弃了掘进一半的斜井，工地甚至误传：一号竖井被塌方掩埋而废弃。实际上各种情况都在陆续处理，指挥部在当时二号、三号两口天井停工的情况下，不惜一切代价也要完成一号竖井的工程。

经过了井上的碎石清理，更换红松重新立起了井架，又对井下的塌方进行了支撑和封堵，终于有了重新开工的条件。但是1975年的春节后，整个一号竖井的二连，从连长、指导员到基干民兵换了清一色的新人，都是没干过井下施工的生手。以前的人员交替更换是陆续进行，总能够以老带新。可是节后不同了，刚开工的几天内完全依靠我这个资格最老的营副来言传身教。

装备上也有提高，排水用上一台潜水泵。虽然“鸟枪换炮”，效率提高，但情况却更加复杂了。就因为这台潜水泵，我被第二次困在井下。

第一次是我刚到工地不久的一次夜班，我在井下等待大汽油桶放下来排水的时候，井上开卷扬机的人打瞌睡把井架拉翻，差一点儿砸塌了工棚。人手不够搬不起那三根粗大东北红松做的井架，只好跑到二号井，叫来大庙公社的人一起，才把井架恢复到原来位置。我在井下一无所知，估计上面有情况不能及时放下来大水桶。耐心等待的同时，把碎石砟靠着井壁堆成一个高斜坡，我站在上面，不被持续上涨的水漫过。直到后来排了几桶水以后上去，才知道出了事。这次事故没有人员和设备受损，始终瞒着指挥部。

这第二次也是个夜班，我和一号井的指导员在井下挖砟。这个指导员是个复员兵，拿锹的左手还在部队落下了残疾，所以只有一只手能够握紧。

排水已经完全可以依靠潜水泵，出砟就使用以前排水用的大汽油桶，一次上去比那砟桶能多出四五倍——这又是属于违章操作，但我们顾不了那么多。

不料在一次大桶上升的时候，忽然潜水泵被那根380伏的电缆线提起来了。赶紧叫停，显然是提升大桶的钢丝绳和潜水泵的电缆线缠到了一起。电缆可不是钢丝绳，里面就是几根铜线，其强度根本吊不住这个几百斤重的“大炸弹”。更何况提起来以后，那排水管也要被节节提起，重量会越来越大，“大炸弹”很快就会坠断电缆线连同水管一起砸下来。

但是事情发展比我想的还要复杂，钢丝绳一松，潜水泵一下降，电灯线却被拉断，同时发生短路烧了保险丝，井上井下，一片漆黑。

水泵可高效率排水，但同时给井筒有限的空间中增加了好多附件：供电的电缆、排水的胶管，井下要放炮，还有一根专门提放潜水泵的废旧钢丝绳。特别是那根4英寸直径40多米长的排水管，空的也不下200斤。不难想象，当这排水管中充满了水的时候有多么重。所以，还有一根专门承受排水管重量的8号铁丝。事后知道，当时大桶的钢丝绳已经不是仅仅和水泵的电缆搅到了一起，而是和井中垂下的照明电线、提放潜水泵的钢丝绳，以及吊挂排水胶管的铁丝，统统拧成了一股。要知道，由于井壁并不直顺，垂下的这么多管线没有多少段能够贴到井壁，都悬垂在那狭窄的“橄榄球”状的空间。没有经验的井上人员稍有不慎，上升中转动的桶就可能和其他管线纠缠起来。这一次，水泵的这一整套东西就和220伏的电灯电线，都被提升大桶的卷扬机钢丝绳绞到了一起。

好在380伏的动力电还正常，吊钢丝绳的卷扬机虽然还能转动，但仍然不能上，一上就把电缆线再次吊起。也不敢下，一下就不知道还有什么线会被扯断。我俩被黑灯瞎火地困在井下，井壁落下滂沱大雨，打得人睁不开眼，抬头也很难看到那井口的夜空——黑暗！这才是真正的伸手不见五指。

井上的人全傻眼了。派人赶紧回泗交镇总指挥部去求援？大概来不及，井下的水位上升得已经很快了。况且即便回去，不要说半夜三更，就是白天，真正熟悉一号天井又有丰富经验的人，也不能找到另一个——整个泗交水利工地在一号竖井时间最长的，就只有被困在井下的我。好比是钥匙被锁到了房间里。

没指望！指导员和上面的人一样傻了眼，当然更没主意。我当时的念头是：只能靠自己！

井下因为流水声和回声，不能听清楚井上人的喊话，我们也没办法知道上面到底是什么情况。但井下人喊话井上还是能听得清楚。于是我在井底先喊着上面的人：拉掉所有的电闸，只留下卷扬机。只有这样，才能保证钢丝绳和大桶上不带电。因为与钢丝绳的几次拉绕摩擦，那些电线的绝缘外皮肯定有多处破绽因而漏电。又命令他们：拿手电筒从井口往下照，再把大桶放到井底。顾不得叮嘱拿手电筒往下照的人注意用绳绑在手腕上，万一失手掉下来也会砸到我们。

也是豁出去了，因为钢丝绳往下一放，几百斤的重量一旦拉断和它缠在一起的东西，比那手电筒可要危险得多。还好，大桶放到井底，只有少量的电灯线掉下来，那最可怕的粗粗的水管并没有断开砸下来——它要是下来根本就没有地方能躲避的。几十米以外的一个手电筒极弱的光线，和一只萤火虫的光相差无几，仍然无法看清有多少东西和钢丝绳缠在一起，当然也无法将其理顺绕出。

没说的，我和指导员放倒大桶，倒出部分石砟，一块儿站到桶里，一声“起！”两人随桶上升。升到缠在钢丝绳上的水泵电缆紧绷的时候叫停，略往下放放，再把电缆几圈绕顺。大约只有两三次，电缆就完全脱离了钢丝绳，垂到井壁一侧。

继续上升才知道，吊住水管的 8 号铁丝，已经密密地在钢丝绳上缠绕了五六匝。这个不用工具是休想绕得顺的。要知道，8 号铁丝就是我们平时见到的最粗的铁丝，再粗就属于钢筋了。

没有工具，只能将其用手来回地折弯，几十次以后会因“金属疲劳”而最终折断。就这样，把铁丝缠在钢丝绳上那部分的上下两头都弄断以后，钢丝绳上才没有了任何阻碍，终于平安地升出了井口。指导员事后说，凭他的有残疾的手，无论如何也是弄不断那铁丝的。

至今我也想象不出来，那铁丝怎么会在钢丝绳上绕那么多圈。

虽然后来我毕业于机械专业，也从来没估算过，那钢丝绳、汽油桶、井架、卷扬机，到底能有多大的强度、刚度？安全系数能达到几？离载人要求相差多少？……

水不下山人下山

工地指挥部当时有个雄壮的口号：“水不下山，人不下山”。实际上民工基本上都是走马灯一样不断轮换更替着。即便是长期为生产队支差的我，后来因为知青合点去了不在受益范围的尉郭公社，也不得不离开工地下山。

离开前，一号竖井已经在打到设计深度以后横向朝入口方向掘进了大约 50 米，我也在这个阶段体会了人工横向掘进施工打眼、放炮、出碴的全过程。眼看就要与入口打通，两边放炮声彼此已经清楚听到，偏偏没有让我尝到那打通一刻的喜悦。1975 年的 8 月先被公社叫去开会，传达县里合点的决定，并且三天内搬家到位，合到山下西阴大队去。

“朝阳洞”出水口旁，为纪念两位施工中牺牲的民工而立的纪念碑

经过几天的忙乱，在西阴安顿好，才上泗交取回我的行李。已经是 9 月初，再一次下到

一号竖井的井底，看到了和入口的贯通，看到了向二号天井方向的继续掘进。从此后我再没有了参与泗交水利工程的机会。

水库的坝址已从原计划的土崖头改到唐回，原定淹掉泗交镇的计划也被最终放弃。现在的泗交水库是唐回漂流的旅游点。水库水位达不到朝阳涵洞的入口，仍然以王家河为主通过涵洞，加上涵洞中流量可观的地下泉水，部分实现了引水下山的目标。

我在将近20年后的1994年出差运城，听说运城已经引来夏县白沙河的水，结束了喝咸水的历史，还是感到了欣慰，体会了自豪。汗没有白淌，险没有白冒，小云的血也没有白流。朝阳涵洞出口处，镌刻着“朱小云”名字的石碑立在那里。一号竖井周围，群山密林依旧，我的农民朋友小云还在那里，永远在那里。

张亭 1947年出生，北航附中1966届高中毕业生。1968年12月至1976年4月在山西夏县插队，七年在郭道公社李家坪大队第九生产队，曾任饲养员、保管员、出纳员、代理队长，在泗交水利工地担任副营长。1975年8月合点到尉郭公社西阴大队第四生产队。1972年和1975年，作为夏县知青代表参加运城地区知青代表大会。

1976年招工到山西闻喜陶瓷厂，1978年调唐山白玉瓷厂，为成型车间制作茶壶工人。1980年不脱产读业大，1984年业大毕业进入科室。1986年晋升工程师。1992年调回北京，在北航机械厂工作。1999年到洛杉矶“洋插队”，打工的同时积极参与当地华人社区活动，曾担任两届南加州中国知青协会会长。现已退休，持中国护照、美国绿卡侨居美国。

我们的家——记夏县庙前南吴村知青集体户

张小津

我们已年过七十，但50年前到南吴村插队落户的往事，仍历历在目，难以忘怀。

“北京大学生”

在欢迎我们的大会上，大队薛书记开头就说：“欢迎你们北京来的大学生（其实我们12人都是京工附中的高中生），你们是毛主席老人家给我们送来的文化人……”这两句开场白令我们兴奋。支书的话，让我们感觉人格得到了尊重。此后，在村里，我们有了一个共同的名字：“北京大学生”。就这个称呼，激发了我们的青春活力。我们要把我们的知识献给农村！

我们看到，村里没有学校，男孩还可以翻山越岭去上学，而女娃娃们只能在家里纺线干家务。进村一个月里，在我们的建议下，在村里的戏台上建起了小学。我们挨家挨户动员孩子们上学，开学第一天，就来了12个学生。

没有电，我们帮助大队到城里买电线、接电，每家每户都亮起了电灯。社员们欢呼，我们也非常兴奋。

1969年麦收时节的合影，前排左起：李忠秀、张小津、芮晋洛；后排左起：王文杰、郎效农

前排左起：赵凤华、芮晋洛、王晓梅；后排左起：吴克任、申振义、于同萱

多热闹的一家人

知青四姐妹

没有种子田，我们主动去北京农科院买种子，在村里建了种子田。

我们的付出受到村民的欢迎和信任，两名男同学和三名女同学被选为队干部。

知青大院的落成

进村不到半年，我们知青大院就建成了。大队干部把上级拨给的知青经费都用到了我们身上，不足款项由各小队凑。搬家那天，村里像办喜事一样热闹，敲锣打鼓放鞭炮。老乡们帮我们抬行李，还送来了麻花和水果，从此，我们知青有了自己的家——知青大院。

大院占地200多平方米，5大间正房，4间住宿，1间食堂兼活动室，还盖了两倒座做灶房，在院墙外垒了猪圈和厕所。社员有的设施我们都有。

知青大院里的生活也是丰富多彩的。白天在各队上工，轮班做饭，下工后，男同学还在院里踢踢球，3人被专业足球队选调，其中郎效农从专业队调到国家体委足协工作。

我们女生则经常凑在一起聊天，唱歌，帮厨。虽然劳累，但我们苦中有乐，年轻的乡亲们都很羡慕我们这个集体生活。

集体灶能够坚持下来，除了知青大院这个物质基础外，还因为我们原来都是住宿生，比较适应集体生活。插队几年，从未因个人小事争吵过。有了矛盾，及时开会解决。每个人在各队挣的工分，也都放在集体灶共同使用，彼此都有宽容心。当然，也离不开大队的支持和帮助，在我们粮食不足、缺柴少油时，大队给予及时的帮助和补充…… 我们每个人都维护这来之不易的集体生活，因为那是我们这些远离父母和亲人的大“家”。

（本文照片提供者：李忠秀、赵凤华、芮晋洛、王晓梅）

张小津　北京工业学院附中1967届高中毕业，1968年11月11日到夏县庙前公社南吴村插队，1971年到夏县石英厂，先在政工科，后到子弟学校，任校长。1979年考入南京大学，1984年毕业，后一直从事教育工作。

科学种麦

葛元仁

1973年初夏，经过群众推荐，上级批准，我被任命为西其里大队革委会副主任，负责科学种田。全大队6400多亩小麦，1600多亩棉花，还有几百亩种苜蓿的倒茬地，我能担起这千斤重担吗？我去请教老支书，怎么当好这个大队干部。他说："一定要明白，共产党的事就是为老百姓，谁能够干好谁就来干，不要去争。现在让你干，就一定要干好，不要让老百姓把你的后背戳个大窟窿。"

上任后的第一件事，就是和各小队农业技术员一起，用三天时间，查看了全大队6400多亩麦地。发现的第一个问题，就是大部分麦地里的小麦品种杂乱。小麦高矮、成熟期不一样，高高低低的长成了几层楼。早熟的小麦颗粒已经裸露，晚熟的小麦却刚刚灌完浆，颗粒还不饱满。这使我想起每次收麦时，镰刀一下去就听到"刷啦啦"麦粒掉到地上的声音。掉到地上的麦粒，是无法归仓的，这就降低了亩产。第二个问题，是在和小队农业技术员们边走边讨论亩产不高原因时发现的：不同品种的小麦种错了地方。该种在水浇地的，被种到了旱地；该种在半水浇地里的，却被种到了水浇地里；不耐盐碱的品种，被种到了盐碱地里……当发现二队一块半水浇地的麦子齐刷刷长得一样高，长势喜人，是种子田时，我立即问二队的农业技术员：

"这小麦怎么长得这么好？是什么品种？"

"是'向阳二号'，是我从农业技术站换回的一百斤麦种，专门种的种子田。"

"怎么个换法？"

"用二斤普通小麦换一斤优良品种，种子站规定的。"

我对二队队长说："这块地里的麦子一定要'单打单收'，第二年做种子推广。千万别和其他小麦混了。"

"这件事交给我吧！"二队的农业技术员积极响应。

我要求其他小队的农业技术员也到种子站去换优良品种的小麦，按照不同品种小麦的特点种在不同的地里，并且，把小队准备换回的种子品种、数量和播种地点、面积上报到大队。

各小队上报后，我们大队干部采取每人“包”一个小队的办法，检查落实情况。在小麦播种后，督促各小队严格按照农时浇水、施肥。

由于村里的浅水井是盐碱水质，要打 200 多米的深井才能解决制约大队粮食产量上不去的缺水问题。当年国家地质普查时在滩地留下了一眼深井，四队去年贷款打了一眼深 263 米的井，但远远解决不了全大队麦田缺水问题。我们大队干部分别做各小队工作，动员他们贷款打深井。三队不听我劝告，在距四队深井不足 500 米的地方打了一眼井，结果浇地时两口井同时开动时，都是半管水，我只好采用错时浇地的办法帮助解决了问题。五、六队合伙在南边岭上打了一眼井，因为钻机能力小无法打透流沙层，造成叶轮磨损无法抽水。我通过关系，从国家地质队为县打井队调拨了 2 台退役的钻井机，解决了这个问题。

水的问题解决了，土地不平整的问题就突出了。大队决定，利用夏收后农活不太多的时机，改造“滚瓜地”，扩大水浇地面积。由公社的测量队按照长宽各 10 米划分地块，按照千分之三到千分之五的流水坡度钉桩，开展了“生土回填，阳土上翻”的“平田整地”。四队的副队长认为这样平田整地，太麻烦，太费工。只要把土地整平了就行了，不用“阳土上翻”。不管我怎么对他解释庄稼生长需要表层土壤中的团粒结构，只有熟土中才有这种团粒结构，生土中没有，所以才要“阳土上翻”，他就是不信，还跟我打赌说：“只要在生土里多倒上几担茅粪，肯定比这办法强，不信咱俩就比试比试。”他按照自己的办法平整了一块地，还真的倒了好多茅粪。可是第二年同样种棉花，他那块地里棉苗又瘦又小，而我们地里棉苗都很茁壮。没想到他的这块地成了活教材、对比田，打消了和他有同样想法的人的顾虑。在后来的平田整地中，各队都自觉地采用了“生土回填，阳土上翻”的平田整地方法。

这年冬天，公社要求各大队学大寨，进行大规模的平田整地。村里决定，由我具体组织基干民兵进行平田整地。为此，我召开了各民兵排的联欢会，各连、排表演节目，鼓舞大家的士气。

春节期间，正是小麦冬灌时节，知青们都回家过年了。为了保证冬灌的质量，我没有回家过年，每天都在地里检查冬灌情况，有时候干脆和老乡一起下地里“看渠”进行冬灌。

土地平整了，又进行了小麦品种的调整，有了深井水，并且按农时浇水、施肥，1974 年的小麦长势非常好。估产时，大队、公社都认为有望达到亩产 400 斤。可是麦收后实际亩产只有 340 多斤，虽然超过了村里亩产最高 280 斤的历史水平，亩产提高了 21%，全大队增产了 384000 斤小麦，可是距离亩产 400 斤还差一大截。

为了搞清楚原因，我拿上一小袋麦子去地区种子站进行化验。小麦是以千粒克重来衡量的，我们的小麦千粒克重量轻，所以亩产低。在查找原因时，我根据植物的果实需要磷肥，考虑到村里很长时间都是施的氮肥，猜测土地里的磷可能贫瘠了。农业技术站化验的结果证实，确实是土壤中缺磷。氮肥是枝叶生长时需要的，所以看起来小麦长势好，可是产量仍然上不去。我进一步了解到，岭上还有不少“卫生田”，长期没有施过任何肥料。当时磷肥奇缺，而且各队也没有那么多钱去买磷肥。于是我们就这么办：将牲口圈多深挖一铁锹，把各家各户鸡窝里的鸡粪都集中起来，每小队出人到 40 里外山上的腐殖酸矿拉腐殖质（因为牲口尿、鸡粪、腐殖质中含磷比较多）。我和大家一起拉着平板车，沿着崎岖不平的山路到山里去拉腐殖质。

经过全大队干部、群众的共同努力，1975 年的小麦亩产达到了 412 斤。比头一年又提高了 21%，增产 460800 斤。每人每年分到 350 斤小麦。

听到这个消息，我心里特别高兴，觉得自己的努力没有白费，终于为改善乡亲们的生活做了一点事。三年来，和全村干部、群众一起，使亩产比原来的最高产量增加了 132 斤，提高了 47%，全大队小麦增产 844800 斤，达到了 2636800 斤。

葛元仁 1947 年 8 月出生，北京师范学院附中 1966 届高中毕业。1968 年 12 月至 1975 年在夏县禹王公社西其里大队插队，期间担任大队革委会副主任。1975 年招工到太原铁路分局太原工务段，担任过段团委书记。1977 年参加高考，考入山西矿业学院电气－自动化专业学习，毕业后到山西煤炭规划设计院工作，任机电设计室主任，高级工程师。1993年回到北京，在中国中元国际工程公司担任技术顾问工作。现为中国科学院现代物理所核废料处理工程的评审专家，清华大学现代物理系暗物质测试工程顾问，中国社会科学院世界社会主义研究中心特邀研究员。

回顾在西下晁大队小农场搞科研

乔丹阳

我和双胞胎妹妹乔丹桦是北京1967届初中毕业生，1968年10月到山西夏县水头公社（镇）西下晁大队（村）插队落户。我俩在生产队劳动了一年后，妹妹因身体较弱，大队领导照顾她，将她调到大队部搞农菌九二〇实验，以后就安排到西下晁小学当了民办教师。我因为身体好，能吃苦，积极参加生产队劳动和青年突击队，工分评的都是标兵工，农闲也帮着生产队长做些宣传和文字工作。

1969年冬丹阳、丹桦摄于西下晁村

当年西下晁是夏县和水头公社的先进社队之一，有二千多人口，由于地少人多，大部分耕地为麦棉秋作物套种的水浇地，精耕细作，科学种植，成为平川富庶之地。全大队有13个生产队，大都集中在水头火车站南侧八里地的铁路和公路西侧。

大队书记王振西同志中年老成，德高望重；村委会主任姚永福同志年轻有为，精明强干。在他们带领下的领导班子，团结奋进，充满活力，掌握政策，治理有方。村领导一手抓政务管理，组织协调共青团、妇女、民兵、办学教育等工作；一手抓生产、大田作业和各项科学实验；同时还发展副业和村民的业余生活，如建立广播站，成立眉户剧团，还有下晁的庙会、踩高跷等民间活动都很有名。

我们在西下晁的五年当中，因为没有别的知识青年，大队领导对我和妹妹很重视很关照，充分发挥我们的积极作用。虽然父母在“文革”中都遭受到“四人帮”的迫害而被关押，但作为“可以教育好的子女”，我到村里不久被选进了团总支担任组织委员。当时我们村里有适龄青年 500 人，我们团总支在原有的 200 多名团员的基础上，又发展了 100 多名团员，妹妹丹桦也入了团。大队领导让我们搞科研，管广播站，参加剧团活动。我们也和村里的乡亲们、青年们成了好朋友，每天和他们劳动、生产、工作、生活在一起，建立了深厚的友谊。

1970 年 10 月，大队领导调我到小农场搞农业科研。在小农场三年的劳动实践中，我对农业科研产生了极大兴趣。发展农业生产的基础是“土肥水种密保管工”八字方针，而进行科研更是推动生产力发展的重要手段，也是我们插队知青义不容辞的责任，我就全身心地投入到科研实验中了。

我很希望通过品种的改良进化，使农民们一年到头辛苦的劳动，可以得到更大的回报：比如小麦长得像玉米穗儿那么大，比如棉花像树一样开满花……许下美好的愿望很容易，而从技术和理论上来讲，自己则完全是个外行。

我们农场有 30 亩地，有马场长、张技术员等不到十人，有一间房、一头驴、一辆板车。其中有十三四亩小麦地，其他还有棉花和其他秋作物的试验田。在这些小麦上，我灌注了自己全部的爱好和心血。我和农场同志们共同努力，不断完善和改进农场的科研项目和业务学习等。

1971 年春，进农场不久，我到县里参加农业科技训练班。虽然只有几天时间，但我学到了关于小麦育种的一般知识，并第一次听到小麦三系研究的情况，使我对小麦育种工作产生极大兴趣。在这一年，我和农场同志们一起，主要搞了四项科研活动。

乔丹阳和乔丹桦在小麦实验田里

第一是选育“下晁一号”小麦品种。小农场从 1969 年成立后，共搞了 30 多种小麦原始材料（有些现在分析也是品种）。当时全大队普遍种的是“石庄 54”“丰产

3号”“向阳2号”等小麦品种，我们认为应该找适合本地区的优良品种。于是就在30多种原始材料中（一份材料只种一厘地）选出一份，在这份中我们又挑选了更为突出的几穗，农艺性状更符合我们要求的作为选育“下晁一号”的对象。

第二，小麦杂交。我非常喜欢这个工作，不管太阳多晒，我一晌一晌地蹲在麦地里搞杂交，搞了十几个不同品种间杂交组合，准备从这里也来培养适合本地区的优良品种。人手不够的时候，丹桦妹妹也来帮我做杂交。

第三，寻找不育系。当时县里很重视这项工作，大队领导也非常支持。于是我们把14个生产队的技术员召集到一起，领着他们到田间，一行一垄地寻找不育系，三天没有找到一棵。那几天我吃饭睡觉，劳动，走路，全想着不育系。就在一次回家吃晌午饭的路上，我忽然发现路边一块麦地里有一株不育系，我高兴得连饭也顾不上吃，找场长去“报喜”。很快又把大家召集到一起，这样大家才认识了什么叫“不育”株。然后我们才找到40穗不育穗，通过各种处理，最后结下31颗种子。在大田里找的时候，我发现“石庄54”不育株最多，即怀疑不育穗是假的。

第四，培育优良品种除了育种技术外，还要掌握小气候、水分等外界影响。于是在1971年底我和副场长张家保去稷山县坞堆公社向“管天姑娘”王转喜大姐（她后来是山西省劳模、运城地区气象局局长）学习气象。回来后我们四处奔走搞仪器，建立了全县第一个非常简陋的村级气象观测哨。不论天气好坏，雨雪无阻，我坚持观察记载，作预报，虽然水平很有限，但总可以为农业生产和科研活动尽绵薄之力了。

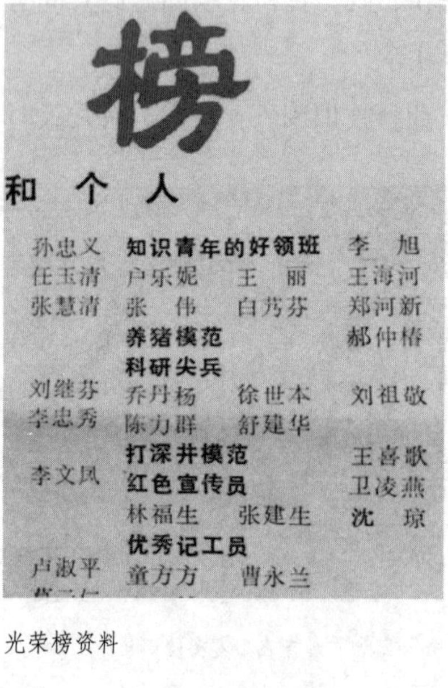

光荣榜资料

1972年，小农场逐步受到重视。省农科院、省农学院及地、县级农业局、技术站、青年团等上级单位的领导和老师们，先后对我们工作进行了指导，大大促进了全村的科研活动。10月下旬我参加了“夏县第四次知识青年代表会议”，被评为科研尖兵。

在1972年小麦扬花时，我看到那些不育株一个个都“育”了起来，可育率高达80%，证明我们的试验不成功，因而三系宣告前功尽弃。但我并不甘心，又在大田里找了几十穗，进行了处理。同时到县种子站要了一点儿T型不育系和保持系在农场试验。

同时我们继续搞品种间杂交，以及区域试验，高产栽培试验，提纯复壮等项目。大队领导支持科研，还派妹妹乔丹桦专程去西北农学院引进了一些优良小麦品种。同时结合气象哨，在麦田和棉花地里搞小气候观测。可是由于自己专业知识水平低，学习资料缺乏，在理论上提高很慢，尽管一心想搞出个名堂，却偏偏搞不出样子。只有“下晁一号”表现还很好，我们即把穗行圃中符合要求的材料种成小区实验。

通过初步的实践以及失败的教训，我深感迫切需要进一步的理论学习，才能真正实现自己的理想，多么盼望上大学啊！

1973年小麦“下晁一号”经过小区试验，表现令人较满意，即开始发给各生产队试种了。三系的选育工作仍然深入不下去，而杂交品种正在杂交二代的性状大分离之际，我们又从事了细心的选育工作。在小麦扬花期之后，我发现去年我做的一个杂交品种——毛阿夫X西红川的杂交1代是完全不育的！惊喜之余，却不知如何处理……

1973年8月，经过西下晁全体村民和大队领导的推荐，在来夏县招生的齐家凤老师的大力帮助下，我克服重重阻力，终于上了山西农学院。并在学校里系统地学习了专业理论，由无知转向有知，从被动转向主动，从外因转向内因，真正进入到农业科研领域中。在所学的功课中，我最喜欢的还是在村里搞科研打下的基础——植物遗传学。我深深感到这门科学是那么深邃、广泛，有多少内容需要我们去探索啊！

大学毕业时，分配我回到运城地区农业局工作，三年后调回北京，终于走进了中国农科院的大门，跟着专家董玉琛导师开始了麦类种质资源的研究工作。

附一首1969年9月18日写的小诗，也是我在西下晁村插队时的一缕情怀吧。

月明明，照山岭。黄土高原麦苗青，插队落户下晁行。

月清清，照路径。崎岖艰险步难移，须我斩棘又披荆。

月亮亮，照衣装。粗布小褂花衣裳，农民百姓我来当。

月忽忽，照小屋。姐妹孑身虽凄苦，艰苦奋斗乐何足！

月光光，照房梁。玉米穗穗搭梁上，劳动换来粮满仓。

月惨惨，照门栏。我傍门边思情哀，几时亲人得团圆？

月茫茫，照窗廊。枣儿晒得红又香，只等亲人把它尝。

月涟涟，照炕沿。梦中常把爹娘唤，惊醒只有月影伴。

月波波，照方桌。四面八方来信多，胸中盛情无寂寞。

月朗朗，照心上。雄志待日赴疆场，抛头洒血永为党！

乔丹阳　1950 年 8 月生，北京师大女附中 1967 届初中毕业。1968 年 10 月至 1973 年 8 月在山西夏县水头公社西下晁大队插队。1976 年由山西农业大学农学系毕业，先后就职于运城地区农业局技术推广站（技术员）、中国农业科学院（助理研究员）、中国农业科技出版社（编辑、书记、出版部主任）、海淀高科技民营企业（高管）、海淀联合党委（书记）等单位。

乡俗·情·趣

扶犁、耕地、播种、灌溉、夏管、秋收，年复一年，日复一日，我们学会了生存。踏踏实实做事，认认真真做人，一步一个脚印，铸就了我们的性格，也注定了我们和这片土地不解的情缘。

锄 地

郇中建

我们插队，国家给了每人20元工具钱，发到生产队，由生产队为我们置办。锄头是生产队给我们置办的四大工具之一，其他三件是：钢锨、麦镰和苜蓿镰，锄头是最常用的工具。

锄地的活特别多。棉花、玉米、高粱、谷子，还有红薯什么的，都得锄。

要说夏县的锄头，漂亮！弯弯的脖儿，一个好看的弧形；锄头的线条也很圆润，像一口钟的侧影。春秋夏三季，特别是夏季，锄地是常干的活儿，也是生产队干活人员较多的活计之一。队长分完别的活儿，剩下的，锄地！一人一把锄，不分男女老少，“舍（上）走”！

第一次锄地的时候，到了地里，我们细细看老乡怎么锄，然后照猫画虎，自己操练。

干活，都是我们自己看社员们怎么干，然后自己学，跟着比划，再揣摩，慢慢学会的（这培养了我一个好习惯，即自学，后来的一切，正是得益于此），锄地也是如此。除了看社员怎么锄，我们还知道，锄地一是要松土（黄土高原的土是忒结实了），二是要把草锄干净。所以，我们锄地，锄得又深又干净，社员有时站在我们锄的地上说："眊眊（看看、瞧瞧的意思），大学生锄下的，跟拖拉机翻下的一样。"没有个把月，我们锄地的速度就快了，总是第一方阵的，还时不时地弄个冠军之类的。

锄地，是有窍门的。苗小的时候，比如，刚定苗，还不能锄，苗小，锄会伤根。一般要到玉米、高粱苗长到一拃来高，棉花苗到真叶长到一定大小，才能开始锄。在生产队的时候，反正听队长招呼就行了，到农场，自己领着小插干活，就凭生产队的几年积攒下的经验安排，倒也没出过错。

第一茬锄，锄得要浅，把地表土锄透锄松，把地里刚出来的小草锄死。这时锄深了，会伤根。等苗长大了，锄得就要深。黄土高原的土，瓷实！地锄好了，保墒，下雨的时候，还能存水。知青干活，实诚，一锄挨一锄。有的老乡，可有"技巧"：不管第几茬，一律按第一茬锄；或是"刮锄"，即把锄伸得挺长，往自己跟前一拉，把地皮刮一刮；要不，就锄一锄，隔一锄，虚土一盖，也瞧不出来。我们觉得，这类农民的"狡诈"，知青是不能学的，所以，我们总是一锄挨一锄。

锄地的步法，也有讲究。刚开始不知道，锄一下，挪一下，锄过去，您就看吧：虚虚的土中间，脚印一个挨一个，像条小路。老乡撇干（说风凉话）了："费窝特（那么大）劲锄哈（下）滴（的），又踩死球滴了！"后来，几个知青一琢磨，到地里，拿好锄，丁字步站好，锄到必须迈步了，往前迈一步，依然丁字步，这时，锄过的地，您再看，虚虚的土中间，是一串整齐的丁字脚印！

我们刚开始锄地的时候，锄得慢。除个把和知青关系不错的小老乡锄到头接接我们外，不少人看我们锄，还有"评点"的。那就争口气！我们队的几个知青，干活不怕出力，埋头奋力。没过几天，跟上了大部队，慢慢地，居然锄到前面了。锄到地头，喘口气，当然，不忘本，接过我们的，如果他还没到头，帮他锄锄。

锄地的活儿，干的时间比较长，要一直锄到，用老乡的话说，"到地里哈（下）不去人咧"，才不锄。比如说玉米、高粱，不锄的时候，已经长到齐胸高了。

锄地还有一衍生物，叫“掏裆”。锄地，一人一行，谁先到头，谁就可以在“吃一袋”（抽袋烟之意。老乡抽旱烟，“一袋”，即一袋烟。“吃一袋”，类似“抽根烟”，泛指休息）之前歇一会儿，等大部分人都到头了，再接着锄。对于苗跟苗之间的，却很少顾及，行与行之间的地锄得不见杂草，而苗间的草依然长着。过了一段时间，草大了，队长看不过去了，于是吩咐“掏裆”。掏裆者，即把苗间的草锄掉。

“掏裆”快，只锄苗间，很快就到头，眼看一块地快锄完了，一看时间还早，还不到下工时间，队长就喊：“歇哈（下），吃一袋！”于是，地头一坐，等到时间差不多了，把剩下的锄完，扛上锄，回！

生产队的活儿，分两大类，一叫“时间工”，按晌记工，干多少，全凭队长或领活的掌握；一是“包工”，按定额，比如，一晌拉几车粪，还有，担茅的，一定的活儿对一定的工。锄地是“时间工”，当然要掌握时间了。

记工不能写“掏裆”了，写上：“锄地”，故也是锄地之一种。

郇中建　1953年1月出生，北京育英中学1967届初中毕业。1968年12月到夏县胡张公社西晋大队插队，1975年7月并点到胡张知青农场插队。1977年12月参加高考，1978年2月入学。

棉花女神

王智林

晋南是棉麦之乡，除了大面积麦田就数棉田了。吃靠麦子穿靠棉，队里分红、社员的零花钱也全凭棉花呢。麦子一毛多钱一斤，可皮棉一块七八一斤，是小麦的十多倍呢。所以队里可浇地大部分种棉花，棉田从管理到采摘主要靠妇女。

麦收完了，棉花已长到二三尺高了。女子媳妇们赶快走地去掐顶打尖，大家排一溜儿，一人二垄往前走，一左一右两手把一个个挺立的棉花顶芽掐下，也就是不让棉苗再往高蹿了。这活不累，干得欢畅，两三天下来，全队的棉田都干完了。又过五六天就开始打杈，这时棉株因主顶尖断掉了后，已经在株秆上多处旁生侧枝，侧枝也长出三四个花蕾的侧芽了，为了让营养供应花蕾，就必须再把侧枝的尖掐掉。干这活比前几天的掐顶细致。棉花的侧枝分两种，芍药等几个中年妇女告诉我，有的主干上生出小腋芽，那是不长桃的，要掐掉，另有一种枝条上小桃小花已长五六个的侧枝尖也掐掉。要在齐腰的棉棵中找寻每一条侧枝及腋芽，把侧尖及腋芽打掉。这时正是三伏盛夏时节，棉花枝条茂盛，叶片肥大，骄阳似火，水汽蒸腾，上晒下蒸，湿热难熬，这活虽不重，却不舒服。

我觉得干这活也是一种享受，在那碧绿的棉田里徜徉，柔劲的枝条肥大的叶子打在双腿，像是有手掌在抚摸，有几分温暖有几分劲道，柔与力恰到好处。特别是清晨干一会儿活后，红艳艳的太阳出来了，天气不热，天蓝莹莹的，空气像洗过的一样，清洁新鲜，那些在碧绿枝叶中闪现的花朵特别美丽。除了新展开的嫩黄花，还有浅红、紫红的花朵，这些花儿同样艳丽，只比黄的稍显老些。我看着这些美丽的花儿，真觉得自己走进了大花园，蓝天白云下，万绿丛中闪现点点红的黄的花朵，这美景难道不让人由衷地喜悦，生出一种幸福之感吗？

我赞美棉花之花，又十二分地惊奇它！大自然竟有如此美妙的东西！它的花那么美，掌状叶也美，黄的红的花开后，又结出另一种神奇的果实——棉花。这鲜花儿是它一生的灵魂，那白花是它的肉体，那白花用细细的纤维包裹着自己的孩子，白花给它的孩子温暖也给全人类的孩子温暖。它的骨骼又是最好的烧柴。它的一切都献给了人类。我不禁赞美：啊，棉花，你是女神啊！你有少女似的鲜花，美丽娇艳，你又像成熟妇女把温暖施给人间。平民百姓有了你，白天穿衣裤遮体可抗烈日又可抵严寒，夜晚更是为一家老小筑个温暖的小窝。有了你，文明才得以发展。有了你，人类才能繁衍。棉花功莫大焉。棉花，纺织之本，棉花，妇女最爱。这里谁不把棉花当宝呢。棉花，我真的爱你，敬你，我的至高至圣至洁的女神啊！（当时我真的面对田野真挚抒情了呀。）

到了多数枝条上已崩出二三朵白棉花时，就可以摘头一遍花了。妇女们一个个腰里系个大围裙，大部分是自家土布的。木兰借我一块四尺多见方的格子布，两头先紧紧地往后腰一系，另两头松松地系上。我们一字排开，每人两垄往前摘。用手指一扣一拽，就齐齐把白棉花摘到手里了，然后马上塞进围裙里。妇女们手快麻利，一株六七朵，如鸡啄米几下就完，左右开弓，两行并进，一会儿就走到前头。我呢，时时翻动枝条，看下边还有没有，木兰告诉我，不用那么细，这是头遍，过几天还摘二遍呢。我一想也是，现在正是棉花生长最快时节，棉桃不断地长大、开裂，白白的棉花明天就有新显现的。我也赶快追上去。只见芍药两手如蜻蜓点水，轻盈快捷。有的人比她还快，腰也不弯，只摘上头的。木兰大声说：别光图快，下边的也要摘哩。又对我说：要是天下雨，最早熟透的淋湿就不白了，要是霉烂了更糟，影响棉花等级呢。又说起棉花绒长分级，价钱不等的话题。我一听，更觉得有关棉花的知识真不少。

下工时，女子、媳妇们把腰里的围裙下了，系成个大包袱，一个个顶在头上，款款地走在大路上。过去只知道朝鲜妇女干什么都爱用头顶着，看来这儿的妇女也如此。到了库房，过秤，按斤记工分。这是头遍花，一般摘不了多少。

摘了一遍头茬花，紧接着又可以摘二遍花了。这时棉田里已全没了艳丽的黄色红色花朵，叶片也不碧绿了。棉桃摘过的没摘过的都变得日益干硬，枯褐色的壳子真扎手，几天摘下来，手背划得尽是道子，手指头生疼，指甲旁生倒刺。妇女们系着大包袱边走边摘，腰背都坠吊得酸疼，那形象也有点像澳洲袋鼠，有几分滑稽可笑呢。

当岭畔柿树满眼黄红绿时，棉田却没了五彩缤纷，而是齐刷刷变白了。棉花叶落光了，朵朵棉花在光秃秃枝杆上等待人们采摘，有的已掉得离离落落的，完全收拾的时节到了。妇女们都来了，每人不是带一个包袱皮而是两个。一到地头齐刷刷站开，双手左右飞舞，前面是白色的海洋，扫过之后，是一片褐色的干枝的森林。

看到白花花的棉，想到它一生的成长成熟，就自然想到妇女。从间苗到打尖、掐芽到摘花，再到纺纱、织布、剪裁、缝纫，棉纺品全过程都是妇女操劳。它们又那么美丽，真是女人的象征啊。

王智林 原北京师院附中1968届高中毕业。1968年12月至1973年8月在夏县禹王公社西其里村插队，1973年9月至1976年8月在山西师范学院学习，1976年8月大学毕业，到吕梁地区临县当农民，1989年回北京。

回忆割麦

支琦

割麦子是我记忆深刻的活儿。1972年春天，我被天津体育学院录取，当时是春季招生秋季开学，所以还得在队里至少再干三个月才能回天津。

那天，我被安排去坡上割麦子，艳阳高照，天气别提有多好了。想着就要回天津了，我一定要好好表现，给老乡们留下好印象。尽管腰疼，我也没请假，吃了片止疼药就上坡了。割麦开始了，唰唰的声音一会就离我越来越远，我使出了全身的解数还是被落下很远。为了快快追上大家，我不敢抬头不敢直腰，此时唰唰的声音又出现了，一个姐妹帮我把我前面麦子割完了，再割下一垄还是这样，感动得我呀，真是无法形容，汗水泪水混在一起止不住流下来。

每天收工，我们都得把自己割的麦子打成捆，背到场院。一天，上工时天气还很晴朗，快要收工时突然乌云密布，要下大雨了。老乡们麻利地把麦子打好捆，背起来往坡下场院跑。瓢泼大雨哗哗地下起来了，我背着一捆麦子快到场院时，发现比我早到的十几个人大声喊我："支琦，把麦捆扔了，把麦捆扔了！"我又跑了几步，终于把麦捆背到场院。老乡们立刻把我围起来，我突然觉得左腿发热，低头一看，整个小腿全红了，鲜血还在往下淌，瞬间，我眼前发黑，腿发软，乡亲们扶我坐在麦捆上，帮我擦去血迹。这时我才发现，不知啥时候自己用镰刀把小腿割了个口子，就像一个小孩张开的嘴，至今我的腿还保留着当年留下的疤痕。想起来还胆战心惊呢！

记得当年第一批去三线，当了民工。建厂需要大量的石头，我被分配去拉石头，装满大石头的平车要从坡上拉到坡下，因为第一次干，不懂技巧，从坡上压住车把一路跑，而且越跑越快，根本收不住脚，瞬间恐惧感油然而生：这个惯性足以让我"埋葬"在这些大石头之下。忘了是指导员还是连长，迎着我把车把往上抬，使车的速度慢下来，直到停止！以后就知道了，拉石头下坡时要把车把抬起，让重心在后面，使车尾接触到地面，速度受到控制，才不会出危险。看来干活也要用巧劲儿，光埋头傻干不行，我逐渐摸索，慢慢地成了拉石头的主力，每天都超额完成任务，多次受到好评！

时光荏苒，转瞬之间50年过去了，可当年的知青经历却永记心头，久久不能忘怀。

支琦　1951年10月出生，天津第二十二中学1968届初中毕业，于1969年10月至1972年8月在夏县水头公社水南大队插队，1972年9月选调天津体育学院上学。

运石遇险记

李俭

插队的第二年春，开始了每年一度的修北干渠。修渠要用大条石，队里安排我们去山上拉石头。

拉石头的运输工具是“拉拉车”，每两人拉一辆车，车底用绳子捆绑着一个比碗口粗的椽子，有四五尺长，一头绑在车轴中间，一头在车尾绑住，露出二尺长一截。拉石头下山时一人驾辕，一人在车后双手扶着车帮两边，用力压住车尾的椽子，防止下坡车速过快不安全。

准备好后我们就出发上山，十多辆小车二十多人，颇有战士出征之势，排成一队顺着山路进发。走了差不多一个小时，听到远远传来山上放炮炸石头的轰轰响声。到了采石场下面，我们拉着车要上一个大坡才能到装石头的场地。这个坡道有百米长，高十七八米，一面靠山一面临渊，底下是麦地，而宽度只有一米，刚够走一辆小拉车。

到了坡顶，按顺序往小车上装条石，大一些的装两块，小点的装三或四块。石头长有六七十公分，宽四五十公分，厚二三十公分的样子，一般得三四个人才能搬动装车。将石头装上车，用绳子捆结实了才行。然后按顺序拉到下坡的路口，放单车一辆下去，等快到坡底了再放第二辆，就这样每辆车前面一人驾辕，都是用肩膀扛着辕杆，车尾一人用手按住车帮两边，车底下的椽子拖住地面，一点点往坡下走。

我是最后一个，扛着车辕杆，一步步往下走。刚下时不是很快，大约走了二十多米时就听坡上有人喊："石头滚下坡啦！快躲开！"我拉的车速猛然快了许多，有些刹不住了，推着就往坡下溜，我用右肩使尽全力扛着辕杆。又有人在坡下喊："快跑！躲开！要砸着车啦！"往哪躲哟！小路右边是崖边，左边靠山壁，我脑子里一片空白……

就在这危急时刻，只见前方不远处有一小窑洞，也就一米来高，我瞬间来到洞前，用力一抬辕杆，身子往下一矬，顺势一头蹿进这洞中；还没等停稳，就听到"嗵"的一声轰响，回头一看车没了，被直径一米的大石头砸中，一起掉到崖下去了。

过了一会儿，听到有人焦急地喊我名字，声音都变味了。我定了定神，弯腰走出小窑洞，到小路边往下一看，装满条石的小车摔得一塌糊涂，车轮和车体都摔散了。砸车的大石头也滚在了一边。

每每想起这段经历，总是心有余悸。

李俭 1950 年 10 月出生，天津水产前街中学 1967 届初中毕业。1968 年 12 月至 1971 年 10 月在夏县水头公社大张大队插队。1971 年 10 月选调太原钢铁公司动力厂，工作期间参加山西省高等教育自学考试，获汉语言文学专业大专证书。

买牲口记

王慧筠

在我的插队生涯中，和红安队长一起去买牲口的经历让我难以忘怀。

那天，红安队长和我说：今儿下地赶牲口耙地。我一听乐坏了，飞奔着跑到耙地的骡子前，嘚驾喔吁地吆喝起来。就这样，我算是和牲口有了第一次的接触。没想到红安队长心里有另一番打算，晚上收工时和我说："明天清早和我一起去太谷买骡子。"我一听愣住了，我王慧筠够有福气的，竟然有这等好事落在头上。这一夜我激动得翻来覆去，怎么也睡不着……

第二天一大早，我和红安队长就直奔水头车站，登上了开往太原的列车。不知不觉就到了太谷车站，我们直奔卖牲口的场子。眼前的场景把我镇住了：好家伙！这分明就是牲口的天地，骡子、马、驴，黑压压一片，到处是驴叫马叫骡子叫。我用双手捂着耳朵，在这灰土爆扬的地方，觉得没有一分落脚之地。真是刘姥姥进大观园，一看这阵势傻眼了。

红安队长认真地在牲口之间穿行着，我紧跟在后。到处散发着一股股牲口粪味，呛得我喘不过气来。红安队长终于在一匹骡子前停下脚步，上下打量着，掰开骡子的嘴看牙口，并跟我说是几岁牙口。红安队长告诉我，牲口好坏看几岁牙口。于是又拍又打又吆喝，索性还把这骡子牵出来溜达溜达，也让我试伙试伙。我吆喝着这骡子，说来也巧，这牲口还真给我面子，居然乖乖地任我吆喝着。红安队长见状直呼："中，中，就是它着，咱们再挑个驴就中了。"红安队长认真地挑驴，我一点儿也不敢怠慢，紧紧拉住骡子的缰绳。经过讨价还价，这一骡一驴就归我们五队所有了。要说这讨价阵式我还是第一次看到。买卖双方居然在衣服袖子里捏手指头，看他们好像有几个回合也不言语，只见最后双方从袖中抽出手臂，相互击掌拍合，成交！听人说这是买卖牲口的习俗，捏手指讨价。晌午过后，简简单单吃碗面，我们就踏上了回西阴村的路。

一路上我牵着驴，不时用棍敲打着，嘴里不停地喊着："驾、驾。"走走停停，总算是到了货运场。我不知道还有专门运牲口的货车，有专人帮忙把这一骡一驴拖到车上。

到了车上，我顿时懵了：满满的一车骡马驴，只闻到阵阵刺鼻的臭味，恶心得只想吐。红安队长递给我一条毛巾，叫我捂鼻子用。毛巾又黑又脏，散发着一股汗臭味。我默默地把毛巾藏在身后，蜷缩着身子，勉强找到个可以坐的地方。我同牲口们一起坐上了大货车闷罐，对我来说，这滋味真是五味俱全。大闷罐里的牲口大吼小叫，尤其是驴，拉长了脖子不停地吼。买牲口的人们居然在颠簸中睡着了，发出了阵阵鼾声。一路上我捂着鼻子，蜷着身子，小心翼翼，终于熬到了水头车站。队里派了两个人拉板车来接我们。

望着红安队长和社员们欣喜的笑容，我多少有了几分安慰。但在内心中发誓：这样的差我再也不要出了，哪怕再苦再累的农活儿我也不怕。因为买牲口，我年底的工分比别人多了两成，而且还记了一功。

王慧筠 1948年6月出生，北京57中1967届高中毕业。1968年12月20日至1972年12月28日，在山西省夏县尉郭公社西阴大队插队。1978年参加高考，大学学习土建结构专业，在兵器部第五设计研究院从事土建结构设计。

接新娘

张建生

陈村的知青和老乡关系处得很好，结下了深厚的友谊。我们有了困难他们会来相助，他们有啥事儿时也会来找我们。

我给老乡帮过许多次忙，像红白喜事、盖房子、打点自留地等等，每年都要干上几次。印象最深的，是给最要好的朋友卫士俊接新娘。

那是1971年的事。卫士俊属牛，22岁，小队民兵排长，为人热情，也很活跃，谁有困难找他帮忙，从不推辞；干活休息时，常说几个令人捧腹不已的段子，是个人见人爱的好小伙。新娘名叫王英兰，和新郎同岁，家在郭道公社大洋村，离陈村有六七里地。听卫士俊说，她不但心灵手巧，纺线、织布、做衣服等女红活是能手，还是村里宣传队队员，唱歌跳舞都在行，看来他是很满意的。他俩是一年多前经家长托媒人介绍认识的。按当地习惯，男女相识后要到对方家里去见几次面，双方家长和本人都满意了，才能订婚、成亲。我在卫士俊家曾见过王英兰，还说过话，也算是熟人了。我打心眼儿里觉得他们很般配，所以卫士俊让我去接新娘时，我一口就应了下来，心里特别高兴。

农历三、六、九是好日子，婚礼在腊月初九举行，婆家中午、晚上要在家里摆席请客，帮忙的人当然也在被请之列。我早就打听到，吃的是“六碗席”，有六个菜，虽然以素菜为主，但能吃到猪肉炖粉条和油炸豆腐炖白菜，这在当时已经很了不起了。婚礼那天上午9点多钟，我和知青王立欣、新郎的两位叔叔以及本村青年卫保朝、吕包包一行六人，在卫士俊家吃完早饭，就骑上自行车高高兴兴地接新娘去了。接新娘都用自行车，那会儿，自行车可是村里老乡家的一大件了。我们的任务，就是把新娘平平安安地接回来交给新郎。我骑车技术好，负责带新娘，车把上挂着红彩花。王立欣负责提回娘家送的一壶酒，意味着新人天长地久。两位叔叔代表婆家去见娘家父母。卫保朝和吕包包负责"请新娘"：新娘坐在闺房的炕上，婆家人要在门外说好话，请新娘下炕，还要给点钱，才能把新娘接走。

骑了半个多钟头，就到了女方村口，娘家人很快就把我们迎到家。新娘家有五间北房，院子也挺宽敞，院门和房门上都贴着对联和喜字。

虽然按当地风俗嫁闺女不摆席，没有娶媳妇那样热闹，但也给人以喜庆的感觉。西边的一间屋子贴着窗花，应当是新娘的闺房了。我们被带到东边一间屋里上炕休息，炕桌上摆着茶水、香烟、糖果，还有白馍和炸糕。一会儿，娘家人就来了："歇好了吗？接媳妇去吧！"边说边递过一把散发着酒香的小锡壶，王立欣伸手接过，我俩就去做出发前的准备，把院门口的车子排成一行放好，我的当然在最前边了；又擦去车上的尘土，免得被人挑剔。两位叔叔去拜见新娘父母。卫保朝和吕包包去闺房"请新娘"，他俩能说会道，干这事也不是头一回了。

过了好一会儿，新娘才在爸妈的陪伴下款款而出，婆家人和娘家人跟在后面。新娘身穿红绸子衣裤，脚穿红绸子鞋，胸前绣着荷花，虽然里面穿着棉衣，但一点不显臃肿，新衣很得体。我知道衣服是新娘自己做的，看来卫士俊真有福气，这辈子穿衣服不用发愁了。闺女要离家了，爸妈当然舍不得。爸爸默默地抽着烟，妈妈又到闺女耳旁叮嘱一番，大意是孝敬公婆，干活勤快，常回娘家等等，边说边抹眼泪。新娘不停地点头抽泣着。"能走了吗？"新郎的一位叔叔轻声问道，爸爸点点头，新娘被扶上车后架坐好，我随即稳稳地骑开了。

我心情挺好，骑得也就快了起来。新娘小声说："建生骑慢些，不着急。"按说新娘在车上是不说话的，但我们是熟人了，说几句也没啥。我说："咱快点走，士俊等着你呢。”又问她：“刚才保朝他们给你说些啥好话？给了多少出门钱？”她笑了：“哄我下炕出门呢，给多少钱不告诉你。”我说：“你巴不得早点到士俊那去呢，还要做样子。”新娘羞涩地笑了。路上遇到一座桥，要爬个陡坡才能过去。我说：“兰兰下来吧，骑不上去。”可她却既不说话也不下车。我这才想起新娘在路上不能下车，就停下叫王立欣他们过来帮忙，一块儿把车推了上去，抹把汗继续骑。新娘这才开口：“建生辛苦了，一会儿多吃些。”

路上行人见了我们都让路，没多久就看见陈村了。我停下车，取出墨镜递给新娘戴上，这既是为了遮羞，也是为了遮住离家时哭肿了的双眼。新娘又理了理头发和衣服，做好了到婆家的准备。一行人很快就到了村口。进村的路口挤满了看热闹的人群，新郎身穿崭新的蓝色西式衣裤（就是那个年代城里人穿的制服），肩上斜披着红绸带，早就等在那里了。“大支开”（婚事总管）振禄叔招呼我们停下，王立欣把那壶酒交给他，新郎扶新娘下了车。振禄叔亮开嗓子喊了声：“新娘进村喽！”随即响起了鞭炮声，三个吹唢呐的小伙子吹起了迎新人的曲子，沿着大路缓缓地朝婆家走去，新郎牵着新娘的手跟在后面，一群淘气的孩子围着新人嬉笑打闹，那欢快的景象我至今记忆犹新。

我们几位已经完成了接新娘的任务，骑上车抄近道很快就回到了新郎家，那香喷喷的饭菜正等着我们呢！

张建生 1947年生，北航附中1967届高中毕业，1968年12月赴山西省夏县郭道公社陈村大队插队。1975年5月招工到太原铁路局太北工务段。1978年10月考入山西矿业学院采矿系建井专业学习，1982年8月毕业，并获学士学位。先后在山西省煤炭规划设计院、中煤国际工程集团北京华宇工程有限公司工作，教授级高级工程师，曾任项目总工程师、室主任、处长。2007年退休后，加盟股份制煤矿设计院，任项目总工程师、副总工程师、总工程师，直到2017年6月，目前在家休息。

砍 柴

范武峰

夏县郭道公社李家坪大队第六小队地处山区，是北京四十五中学的10名同学插队落户的地方。全村70余人，七八百亩耕地，主产小麦和棉花。全村都在窑洞里居住，烧火做饭，养牲口。窑洞的墙壁都被烟熏得漆黑。

我们到村里，每天参加劳动。早晨5点起床出工，每人带个馍（馒头）。10点钟左右，队里安排社员烧些开水送到地里，大家坐在地头啃着馍就着热水，也还其乐融融。几天后我们自已就开火做饭了。大部分同学在家没做过饭，更不会烧柴灶做饭。队里给的玉米秸和棉花秆很快就烧完了。我们就用镰刀割山上的酸枣棵子晾干后来烧，带刺的酸枣枝烧火很容易扎手，但同学们慢慢都学会了。为了节约柴草，蒸一次馍吃3—5天。每天下午三四点左右收工后，回到家里做一顿饭。尽管如此节省，队里给的玉米秸、棉花秆还是很快就烧完了。我是从八一学校转过来的，同学们一致推荐我当了负责人。刚刚满17岁的我，不得不为大家的生活操心了。

我看见邻居奶奶家用的是干树枝，一问，才知是她儿子从20里以外的山上砍来的。20里山路，熟路空手也要两个多小时！

我与同学们商量去山上打柴。走20里山路听起来挺可怕的，不是怕累，而是怕遇到野兽，怕迷路。但是为了生存必须要学会自给自足，队里不可能总对我们给与特殊照顾。

天刚蒙蒙亮我们5个女生带上干粮，拿了扁担、镰刀和绳子按照老乡指的路出发了。

那已是3月天，晋南的气候比北京暖和，小草和树木都开始发芽了。我们按计划一直向南面的山上走。只要方向对，就不会迷路。渴了，就到路边的窑洞找老乡要口水喝。山西人民很好客，做人更是淳朴豁达，那里惯有“路不拾遗，夜不闭户”的民风，尤其是山区的老乡很少见到我们这些讲着普通话，衣着打扮与当地姑娘不同的城市女孩儿。老乡对我们非常热情，把我们让到窑洞里，让我们上炕，摆上自己做的柿饼和馍让我们品尝，想听听北京是什么样。知道我们上山砍柴，热心地给我们指路，还说路远不好走，让我们早去早回。

休息了一会儿大家继续赶路，几个小时过后，在驻地遥望的山到了。前面没有路了，我们爬上山顶，眼前是另一番景象：没有了平整的梯田，前面是一座又一座连绵不断的山丘，山都不算很高，被树林覆盖得严严实实，漫山遍野生长着各种不知名的树木，深绿色的松柏中间还夹杂着小红点，仔细一看，竟然是挂在光秃秃的树杈上晒得半干的小柿子！眼前有一片手指粗的小树，树干上没分叉只是树尖上有几片嫩芽，树皮光滑，我们就开始用镰刀试着割了几棵，一看有点湿（后来才知道它叫漆树），大家觉得还得捡干柴，否则太重不好挑回去。就在大家讨论的时候，山下传来了一声狼嚎，很是瘆人！我们几个赶紧抱在一起，吓得瑟瑟发抖！有一个同学竟忍不住哭出声来，我马上制止了她，怕被狼听见！顺着声音向山下望去，一群灰色的狼，大约有十几只，离我们仅有 1000 — 1500 米，在山沟里游荡。山下有树挡着，光线挺暗，我们在山顶上阳光处很亮，估计它们不会上来，我们迅速离开山头向东侧的山峰跑去。一边跑一边谈论着队长告诉对付狼的办法："天黑时在山路上，感觉后面有人搭在肩膀上，千万别回头！狼会趁你转头时咬住你的脖子袭击你，必须抓住它的爪子向下蹲，把它从背上翻过来，摔在地上，迅速把它踹到山沟里去！"

我们拼命地跑着，翻过一个山头，蹲着出溜下到一条山沟下面，看见沟两侧的山坡上各有一群马和一群牛，才意识到这里是安全区域，人生第一次体会到什么叫"落荒而逃"！

沟底有一条水沟，流淌着清凉的山泉。山沟的两侧满是挂着干柿子的柿树，山上纵横交错的树木向着太阳的方向生长，地上厚厚的树叶散发着特殊的香气，仔细看地上有很多散落的栗子。我们边走边寻找干的树枝，捡起来打成捆。走着走着，两栋被栅栏围住的砖瓦房映入我们的眼帘，这是自从上山以来第一次见到房子！我们走近时，看见两个工人打扮的人从屋里出来，见到我们惊喜地与我们打招呼。他们说，因为听到我们说话声就认定我们是北京来的知青！他们告诉我们：这片原始山林是属于国家林业局的，他们两人都是国家林业局的干部，轮流在这片山林看守，家都在北京，所以在这大山里能听到标准的北京话特别亲切！我们见到北京人也格外兴奋！

知道我们是来打柴的，他们说你们几个小姑娘胆儿可不小，这里是原始森林，野兽很多，白天也会出来觅食，让我们赶快离开。看到我们捡的树枝都是湿的，里面还有漆树。告诉我们：漆树是落叶乔木，树皮含的液体叫生漆，是一种天然的树脂涂料。有不少人对漆树汁过敏，以后不要碰这种树了(我们中间果真有一人过敏)。他俩把自用的干柴送给我们，重新给我们捆好七捆干柴，我和另外两个同学每人挑一担，剩下两个力气小的同学两人抬一大捆。看看天已经过了中午，叫我们赶紧往回赶。

我们告别了北京老乡，挑着柴往回走。上山难，累了可以慢慢走，可是下山就难上加难了！这里的山坡不是很陡，坡度大约为45度左右，负重下坡时两腿不停地打颤。我们就把柴从扁担上解下来，滚到山下，我们蹲在地上慢慢向下滑。这样翻过两座小山后就看到大片梯田了！

这次上山砍柴是我们这些从大城市来的孩子人生第一次涉险的经历，见到了最美丽的山，最迷人的森林，最可怕的狼群，也体会到当地百姓的善良与淳朴，以及在他乡受助后的满足！

转眼间50年过去了，回想那一幕犹如就在眼前，令我浮想联翩！

范武峰 1951年11月出生，北京市八一学校1967届初中毕业，1968年12月至1970年1月随北京四十五中学赴山西省夏县郭道公社李家坪大队六小队插队，1970年1月至1970年11月在河北省蠡县留史公社周营大队插队落户。在此期间被评为优秀知青代表，出席蠡县优秀知识青年表彰大会。1970年11月入伍，任师卫生科卫生员 。1975年8—10月参加了北京军区抗洪救灾医疗队赴河南驻马店地区抗洪救灾。1975年11月被提拔为261医院药剂科司药，1983年任该科副主任、主任，2004年退休。1982年至1985年北京大学中文系夜大学大专毕业，1990年至1993年北京广播电视大学英语系大专毕业，1993年至1996年石家庄高等医学专科学校药学系大专毕业。1985年被聘为主管药师，1999年被聘为副主任药师并通过国家执业药师考试获得执业药师资格。1995年被聘为北京军区药学专业委员会委员。任职期间获军队科技进步三等奖一项、四等奖两项（第一作者），1995年发表译著《臭氧在医学上的应用》（第一作者）获北京市药学会青年科学成就奖。2004年5月至2018年1月，任海虹企业（控股）北京海虹药通电子商务股份有限公司药学顾问，期间被聘为军队药品招标专业委员会评审专家。目前退休，在北京生活。

东庄的柿子

周安东

“牛柿筋，窝柿甜，珠柿好吃一点点。”这是东庄的大人小孩口口相传的有关柿子的顺口溜。祁家河在夏县的东南角，而东庄又最靠祁家河的南端，村前一条沟，对面就是平陆县了。都说平陆的柿疙瘩有名，但到了东庄以后，却发现这里的柿子更胜一筹。村前村后，沟里沟外到处都是柿子树，有些高大的柿子树，树干粗得两人合抱不拢，可知年头有多久远了。不但树多，柿子品种也多，除了牛心柿、窝窝柿以外，还有重袋柿、板柿、珠柿、八月红、水柿等。水柿个头最大，北京房山的大柿子在它面前，只能算小兄弟儿。牛心柿舌头多，做柿饼超好吃，窝窝柿的颜色用老乡的话说是“钢红钢红”，适合做漤柿子，又脆又甜。都知道柿子是靠黑枣树嫁接的，但神奇的是这里居然有不曾嫁接就天然生长的柿子树，结的柿子虽然不大但一样甘甜。

东庄是个山村，围绕着村庄的是层层叠叠的梯田，柿子树就长在田间地头。当春天来临，伴随着农田的返青，柿树发芽了，增添了一团团的绿。盛夏，那浓密的树冠为歇息的人们带来阴凉。最美是秋天，树叶渐渐红了，把田野变得五彩缤纷。叶落了，金色的果实挂满枝头，透过夕阳，金光闪闪带给人们丰收的喜悦……

也不知这里的乡亲们从何时开始种柿树，经过几年共同生活，我深深体会到柿子对于老乡来说，不仅仅是一般意义的水果，它还是粮食的替代品。我们插队的那些年，农村的生活相对贫困，老乡们下地总是带个馍，同时还揣几个柿饼，到地头烤一烤吃。不单单是柿子代粮，春天撸杏叶黑枣叶，夏天采刺莓果荆条籽、杜梨，拌在麦子里磨面。还有柿子面，是做柿饼削下来的皮，村民们舍不得喂猪，晾干以后磨成面，掺在粮食里做馍。树上的柿子熟透变软后，看上去晶莹剔透，就可以吃了，稀溜溜的香甜可口，尤其是秋凉的早晨，摘下一个熟透的柿子，轻轻嘬一口，凉意直透心脾。我们男生宿舍的前头，有一棵几丈高的老柿树，是棵窝窝柿。这种柿子一入秋就开始陆陆续续地变软，下工后，大家喜欢爬上树找软柿吃。柿子树很好爬，枝干都横着长，顺着枝干可以够到很远。身手轻捷的喜欢上树，一上就是两三个，其他人在树下等着接柿子，这可是要点儿功夫的，软柿子落下来接到手里不能破，有点像乾坤大挪移，会打篮球的就能体会。有一次，一个同学不慎从树上掉了下来，伤得不轻，同学们把他背回家，歇了好一阵子。为了随时吃到这种美味，我们悄悄地在地堰根头掏一个洞，放几个硬柿子进去，用草堵上，留到冬天吃。柿子随处都有，但老乡们仍然爱惜，不舍得一点浪费，有勤快一点的人，看到地下落果多了，会把它们捡回家，软柿子熬成柿子蜜，其实就是果酱，真好吃；硬的就做醋和酒，柿子醋酸酸的，很好吃。柿子酒尝起来味道淡淡的，像水，可是后劲大，上头。好多人都是这感觉。有一次我在沙岭跟北航附中的同学喝，竟然一个跟头栽下去了……

每年秋后，队里把柿子树按照估算的产量分给各家，估给你一百斤，收回家恐怕五百斤都不止。头一年分柿子，我们知青几个人就收了上千斤，还有几棵品种差一点的就不摘了，送老乡了。拿回家的柿子我们费了好几天的工夫才削掉皮，挂起来晾柿饼，一串一串地挂在房檐下。再看村里，家家房檐下都挂满了柿子，甚是好看。做柿饼我们一开始也不会，是老乡教我们的。做柿饼的技术不难，但周期长，不下功夫做不出好柿饼。怎么说呢？一要表皮削净，二要勤晾勤捂，做到这两条，时间到了，柿饼软糯雪白，香甜可口。功夫不负有心人，王志军拿个小缸把柿饼几天一晾几天一捂，翻来倒去坚持了一个多月，直到柿饼表面积了厚厚一层霜，捏上去软软的，世界一流的柿饼在我们手里做成了。记得那年春节回家，带了几斤，用包袱皮裹着，一路挤成一个完整的大饼，我的弟弟们撕着吃，赞不绝口……

50年过去了，难忘的柿子树，难忘的柿饼，更难忘的是那山那水，是纯朴的乡亲和同甘共苦的朋友们……

周安东 北京师院附中1967届初中毕业，1968年12月到山西夏县祁家河公社东庄村插队。1972年秋分配到夏县石英厂，后转到541一分指，读了电大。1990年回到北京。

会飞的鸡

刘会远

我们插队的杨家川，位于中条山区。一路乘火车、汽车，再到大庙公社换乘马车，终于来到了山沟中的村子里。可能受到欢迎场面的惊吓，扑棱棱从土崖上、树上飞下来好几只鸡，着实吓了我们一跳。心想，真的到了一个原始的地方了，连鸡都是从野鸡进化到家鸡的过渡品种，竟然还会飞。观察了几天才明白，它们的飞只是滑翔。山区村里的鸡在下雪前根本不喂，自由找食（也就是现在所谓的散养鸡、树下鸡），有的沿着坡路越走越高，碰到惊吓，会飞下去，也会飞到树上捉虫吃。

下乡大概一周左右，降了一场大雪。这时我们从北京带的塑料底的棉鞋暴露出严重的缺点——太滑！好几个同学被摔伤，我最严重，应该属于脑震荡了，头疼得不行。有老乡来问要不要买鸡，接着旁边好几个人也说，家里有鸡可以卖，非常便宜。原来下雪以后他们需要用粮食喂鸡了。于是，老母鸡带大的当年鸡中，小公鸡基本全部淘汰，如老公鸡需换种，只留一只最壮的小公鸡。当时的价钱小仔鸡三毛钱一只，被淘汰的大公鸡五毛钱一只，还真不贵。不知是哪位同学说了句：都摔得够呛，买只鸡慰劳下自己吧。于是，我们买了只大公鸡。

这几天吃饭的时候，总有老乡站在旁边看，我们已经习惯了。村里就这风俗，因为烧柴的灶房（实际是窑洞）烟比较大，老乡也都是端着饭碗到门口圪蹴下（写得更直白一些就是“（腚）沟就下”，蹲的意思），喷喷香地吃着，显示自家生活过得可以，媳妇擀的面条好，等等。所以，对于视吃饭为某种程度社交的村民来说，看着知青吃饭，也实在是不拿自己当外人，甚至带有几分关心。

卖鸡的老乡也特意赶来，在旁边站着看我们吃饭，双手交叉着抱在胸前，非常得意地看着看着，突然冒出一句："吃出一斤肉了吗？"我们有点错愕，旁边又有老乡解释：净猪肉五毛钱一斤。我们明白了，山上的大公鸡虽然瘦，怎么也得两斤左右，拔了毛剔了骨，可能还真不到一斤净肉。这就是卖鸡的老乡得意的地方。

当天晚上，躺在通铺上的男同学展开了热烈的讨论。

这个说："真奇怪，老乡们为什么不吃鸡？不能单按斤两衡量鸡的价值，鸡汤多鲜美啊！"

那个说："嗨，就是个风俗、习惯。不是老乡也不吃鱼吗？甚至发音连鱼和驴都分不清，因为在山区里也见不到鱼啊。"

"那又不对了，鸡可是天天见呀。"

一个有学问的："这可能跟原始的图腾有关，新四军不是有个《拂晓报》吗？报头就是一个报晓的大公鸡。"

另一个更有学问："别拽啦，那是在南方，受楚文化或东夷文化的影响，玄鸟崇拜。可这里是地道的华夏民族发源地，崇拜的是龙。"

一直沉默的王青突然开口了："鸡屁股就是农民的银行，平常买点油啊盐的，不都得拿鸡蛋去换嘛，对鸡有感情，有依赖，所以舍不得吃。"

这回大家都沉默了，空气也变得凝重，我也感到（脑震荡造成的）头疼难忍。

有人打起了呼噜，王青突然捅了捅我："没睡着吧？我爸让我转告你，要真在农村长期生活，一定得学农民养鸡、养猪，要饲料地，自留地……"

旁边突然有人插话："我同意！"

王青噌的坐了起来："你小子没睡着啊？"

"放心，不会乱说的。"

王青："真别往女生那边传啊，到时候还得女生负责养鸡，咱们要干这事，老乡会说我们不够爷们儿；女生要是不管，又不得了了，那就不是好女人，到时候又要怪我出幺蛾子。嗨，我这只是支个招，是可选择项，可选择项啊！"

"好了，"我说，"都睡觉，明天还得干重活。"

王青其实话中有话。我们集体户人员的构成有点特别，男同学中除了谷永胜的父亲是已退休的军人外，其他同学的父母在“文革”中都受到冲击。而谷永胜是那种随随便便、从来不会在政治上假积极的人。不过女生那边，外校跟来的两位同学是工人家庭出身，我们北航附中有两个女同学的父母在保密单位工作，也没有受到冲击，所以王青在男同学之间说话会放肆一些。

很快，王青也打鼾了，但被头疼折磨的我却毫无睡意。我跟王青的爸爸太熟了，因为他老人家讲话跟我爸爸一样，有胶东口音，我到他家里也总是受到热情接待。他是中共中央农村工作部邓子恢手下的一员干将。经过“大跃进”瞎折腾之后，他跟着邓子恢到处调研，反对“一平二调”，坚持“队为基础”，主张包产到户，并给农民自留地、饲料地……在“文革”中当然很惨了。

不知谁在梦中喊道：“蛋……生鸡……生蛋……生鸡……”

我笑了，这哥们在梦中算发财的账，还是在进行哲学或生物学的思辨？

第二天，干活的时候，我先跟老乡们了解养鸡的政策。休息时，把几个女同学叫到一起：“没事去串串门，看看谁家的母鸡好，提前给钱订他两窝。”

我的话立刻招来了火力猛烈的批判。

“啊！昨天吃鸡把你的馋虫勾起来了？还要两窝！也不怕贫下中农批判你腐化堕落。”

“就是，还挑下蛋的好母鸡吃，也太作了！”

“不是，”我辩解道，“不是订现在的鸡，是订它明年春天趴窝孵出来的鸡。不是要跟贫下中农打成一片吗？他们都养鸡，我们也得养鸡啊！”对付批判，我也只能用批判的武器阻挡，有效。

“我了解有关养殖的政策了，咱们知青集体户这么多人，订两窝鸡不算多，不是小公鸡还会被淘汰么。”

“不违反政策就行。”女生中有了支持的声音。

“等这两窝鸡长大了，我们也就有鸡蛋吃了。”第二个女生也表示支持。

“到了没钱的时候，恰（‘咱’的意思，这时我故意用刚学会的方言发音）也可以像乡亲们一样用鸡蛋去换。”

这回，轮到女同学们沉默了。

集体户男女同学一致决定：来年养鸡。

山村的鸡会飞，它寄托了农民也寄托了我们对美好生活的向往！

刘会远　北航附中1967届高中毕业，大庙公社杨家川知青集体户负责人。

过　年

陈邦宁

又是新年将至。那是20世纪70年代初，在林彪的“一号令”下，我家被遣返回原籍。当时妈妈刚刚撒手人寰，我们还没有从悲痛中缓解过来，就再次被推入生活的低谷。插队已经两三年了，穷得我裤兜里连几角钱都没有。

别人在买肉、买过年的东西，而自己几乎一无所有。其他知青好赖能从家中得到少许的支援，而我呢，只能独自挣扎。幸好有喜民在，她姓张，是我爱人，也是我一起插队的同学，虽说不是同班但是同年级。喜民可是根正苗红，能看上我，而且死心塌地跟我好已属不易了，喜民是支撑我活下来的勇气。

没钱买肉就不买了，好在还有点黑豆呢，磨了也能做豆腐。山西人不是讲究豆腐宴嘛，咱就过个豆腐年吧。

腊月二十八，人家已经点起灯火，馒头上锅。我要等到晚上天完全黑了才能去关庙磨豆腐，因为要等村里的人磨完，毕竟我还要脸面，不想让老乡看见。

吃过晚饭，天大黑了，扁担上一头是桶，里面装着泡好的黑豆，一头是筐，里面是块石头（因为我只有一只桶）。风卷着雪，迎面扑打在脸上，已被冻僵的脸又如同被刀子割般的痛，身上的衣物无法抵御风雪的淫威，风更加肆无忌惮，企图掠走我身上残存的热量。

路边的树丛中不时发出一些说不上的声响，听着像是风声，细听又不像，似乎是什么动物在走动，山里这个季节只有狼才会出现。那年夏天，村里的一个女孩被狼咬死，这使我不由得抓紧手中的扁担，不时地回头望望，直到快进关庙时才真的看清山中树林里那闪烁着蓝光的眼睛。进得门来已经是汗透全身，连两腿都是软的，握扁担的手指全然没有了一丝血色。

豆腐房就在关庙的最东面，两间房子大，里面靠近南山墙的地方，安放着一盘石磨，磨道被毛驴踩得光光亮亮很平滑。靠北面的东墙下是一口大锅（也叫杀猪锅），灶里的火还在，锅里还有多半锅热水，想来是成群（一个老实得有点傻的村民）给明天留的。在灶里加了些柴，锅下的火很快旺起来，卷着红红的舌头舔舐着锅底，不时地还从灶火口伸出，照得满屋子亮堂堂，寒气也被它逼出屋外。

套好磨杆，在磨眼里插好几根磨签，把黑豆撒在磨盘上，再往磨眼里点水，我就像驴子一样地转起来。一开始还好，磨不重，脚下也算是轻快。一圈又一圈地转着，眼睛也不时地望下磨眼，看着白白的豆浆从石磨中挤出，又慢慢地在磨圈里汇集成一股，从磨圈口滴进下面的桶中（就是那个担黑豆的桶）。

时间一长，脚不轻快了，头似乎晕了起来，步子也有点乱。心里好像有东西在动，胃里的胃液在上下翻动，虚汗顺着腮边流进脖子，腿比刚才遇到狼时还要无力，通身上下像是水洗了一样。我知道这是低血糖的症状，其实只要一块糖或是一个馒头窝头什么的，马上就可以解决问题，可是什么也没有，只有屋外肆虐的风，依然那么有力。

我倚着磨杆慢慢地坐下，就在驴道里。把衣服缅严实，免得被风凉着再感冒，要是那样，可就坏了！这样坐了有十几分钟，身上的汗落了，有了丝丝的凉意，心头的恶心好了点，不是那样强烈的向上漾的感觉了。用马瓢在锅里舀半瓢开水，随手抓把黑豆塞进嘴里使劲嚼起来。豆的香味伴随着一丝淡淡的豆腥在口腔中弥漫，胃根本就不容许我仔细品尝那粮食的香味，早早地就叫喉咙送下美味的豆渣，我感觉无数的血管在尽力地扩张，吸取着不多的营养所能供给的热量。又喝了半瓢开水，我又走上驴道，继续完成那本该由驴来完成的工作。

总算快要磨完。黑暗中任庆信担着扁担进了豆腐房，也是来磨豆腐的，随后进来的还有管金娣和郭凤珍，大家都是一个点的知青。只是早就分灶，也就不知道各自的安排，看来知青全都有自知之明。

任庆信很快卸好担子，上来帮我推磨，两人很快就推完了。大锅里的水早就烧开了，把豆汁倒进锅里，在大火下尽快再烧开，然后把火熄灭。舀一瓢卤水沿着锅边慢慢均匀地搅动，就这样一瓢又一瓢地加进去，直到看见水中有棉絮状的豆花出现，再加至豆花变成大片像是云朵一样时，就可以出锅了。用特制的模型兜好豆包布，把大锅中所有的豆花都倒进里面，包裹严实了，用石头压好，等上一个多小时，就可以吃到新鲜的豆腐了。在我做完这些时，任庆信他们已然在磨道里磨豆浆了，大锅里的水被我用完了，就去河边担了几担，把大锅装满。

我一面给他们看火，一面等我的豆腐。

天快亮时，我的豆腐也做好了，看着一块块黑豆做的豆腐，心底升起一股说不清的滋味。

陈邦宁　北京122中学1967届初中毕业，1968年12月到夏县曹家庄公社东交口插队。1975年1月参加工作，工作单位夏县制胶厂。1982年调动工作到闻喜玻璃二厂，1988年返京。

邦宁和他的妻子

尉日东

我和陈邦宁是初中同学，后来一起到夏县插队。

我们插队的地方是曹家庄公社东交口大队，现在曹家庄公社已经归并到泗交镇。东交口大队所在地是东交口村，中条山腹地，我们到那儿时有18户人家，下辖7个自然村。

我们第一次上山就被镇住了，那山，那路，没法形容，特别是过曹家庄和泗交分界的小岭时，司机停车指给我们看，只见半山腰的公路上，一只豹子听到车声离开公路进入林子。

到村里安顿下来没几天，下起了大雪，整个山村和周围的大山一片白茫茫，静悄悄。那时也没什么大活儿，给玉米脱粒，给牛铡草，搞搞水土保持，熟悉一下几个自然村，很快就要过年了嘛。

刚插队还是集体灶，大家在一个灶上吃饭、烤火。一天，离春节没几天了，生产队小队长梁元推开灶房门，急急慌慌地说着什么。我们刚去，听不大懂也听不太清楚，听了半天，总算知道了。大意是队里的老牛“大黑犍”下雪滚了坡了，几天了站不起来治不了了，想看看知青中谁会杀牛，要不肉都吃不上。杀牛有奖励：记 10 个工分外加五斤牛肉。大家面面相觑，不知如何是好。当时我们对 10 个工分没什么概念，但对能在春节时给集体灶上增加 5 斤牛肉，男生倒是觉得是一件非常仗义的事。特别是能帮东交口的贫下中农排忧解难，为人民群众服务那更是一件了不起的好事。

邦宁从坐着的木墩上站起来，平静地说：“好吧，我去试试。”

过了没多长时间，邦宁红着眼睛回来了。只是跟我们几个男生说：“没什么，老乡都准备好了，该捆的捆，该压的压，刀放在牛身上。我去了就是按照梁元说的，先把牛脖子上的大长皮横向切开，然后从切开的皮里把刀伸进去，从两条前腿骨缝中穿过刺破心脏。只不过杀猪刀短了点儿，得把手伸进牛脖子里才勉强够到。”其实后来才知道梁元本身就是个多面手，村里杀猪宰羊大都是他的活儿，不过杀牛他不敢。山里人说，杀牛的人不能入祖坟。在我们吃香喷喷的牛肉时，邦宁正在受到不公正的待遇：好一段时间，走路时经常听到后面不知啥人的议论，“窝怂，太恶了，牛都敢杀。”

好在邦宁是个勤快、能干、会干的壮劳力，随着时间的推移，人们也开始淡忘此事。

插队第一年，邦宁就已经是全把式了，也就是一天 10 个工分，那可是少有的事。全把式那当然是要会吆牛、犁地、耙地、摇耧。后来，邦宁还当过铁匠、公社放映员。

说起山上的活儿，大多与挑和扛有关。挑，挑水，挑粪，挑粮食，挑得肩膀红肿。第二天还得接着挑，直到麻木了，衬衣的肩部都粘着血。扛，扛柴禾，扛麦秸，扛毛裢。有个活我们基本不敢去，邦宁为生活所迫去过几回。早上带上干粮腰上系个麻绳晃晃悠悠进了原始森林，应该不是次生林，十几里地，见到一抱粗的橡树用小斧从根处把树皮砍一圈，再纵着砍条直线，两手抠着裂缝从后边用力往上拉，一块二三米长的整树皮就扒了下来。接着是第二棵，一般一天四棵树皮，两两分开用麻绳勒紧，用葛条扎实。两捆树皮，二百多斤一捆，扛起来深山老林里走上几百米放下，慢慢悠悠走回来扛起第二捆，往前多走点儿，再回来扛第一捆。慢慢倒腾着，回到国家收购人员搭的帐篷里，天已经黑了，草草吃些东西，歇了，第二天还要重复作业。那时整个曹家庄公社的壮劳力也没几个敢跟他比试的。

邦宁在知青当中是属于早恋的，要是按现在的观点说，这没什么，那是个人的事情，可那时候不行。我们还要身在山沟放眼世界呢，你给我们集体丢人了。什么“资产阶级思想”“市侩”等词都用上了，一起插队的同学们开始疏远他，但他还是我行我素。我曾经问过他为什么？他一直不讲，或者只说一句“我和你们不一样”。多年后，我才慢慢体会到：插队后他的妈妈病逝，父亲、哥哥、妹妹被轰回已无亲人的原籍，北京已经没家了。邦宁小时候曾经考上了歌舞团，政审没通过；他还曾是全校几百个学生招飞体检唯一合格者，也因同样的原因没去成。他的家在哪儿呢？

邦宁谈恋爱的时候，我们队的知青已经分灶了，邦宁和另一个男生被分到卫家池村，那个村有 7 户人家。他的恋爱对象也是知青，留在东交口。谈恋爱，总得有个地方吧，白天要干活，晚上屋子里有人，外边？别说谈恋爱要个好心情，深山，黑灯瞎火，就是不碰到野物，没伴或者没狗都不敢出去，也真难为二位了。

他们结婚了，多幸福的事情，有没有仪式我不知道，应该没有，因为没有亲属，没有家人，没有音乐，可能会有几个要好的村民，但也不会有什么祝福。我放羊回来，吃完饭，越想越不是滋味，很晚了，拉上和邦宁分到一个村的同学宁培军跑到邦宁夫妇借住的新房，盘腿上炕白嘴喝了一碗柿子酒，说了一些什么白头偕老，互相帮助等没味儿的话。多少年了，每每想起邦宁夫人见到我们来到时的那个喜悦和惊恐的眼神，我心里就不好受。

孩子出生了，日子更不好过了。邦宁夫妇只能靠着自己的辛劳渡过难关，不过总算过来了。随着时间的推移，同学也帮了不少。看娃悽惶的，一些老乡也给了一些扶助。

1975 年，同学陆续走了。他们最后被分配了，又经过很多曲折，邦宁夫妇带着孩子在闻喜团聚了。靠自己的努力，邦宁当了闻喜玻璃厂副厂长，实属不易。后来，他们带孩子回到北京，夫妻两人，一个是街道办公室头头，一个是中学教工。在北京过了十几年的安稳日子，夫人得了绝症。邦宁竭尽全力，照顾患难与共的妻子。妻子八年后离世，存活时间之长连医生都非常惊讶。

邦宁的父亲后来得到他的一位老长官帮助，落实政策回到北京，过了几年舒心的日子，终归老了，带着日本人留下的伤疤驾鹤西去。

现在，邦宁退休了，自驾游，学画，学唱歌，拾起当年想做不能做的爱好，据说唱得挺棒的，这岁数了，还有人请他。现在随上大流了，又跑海南过候鸟生活了，日子过得也算小有滋润。

这就是我认识的知青陈邦宁。

尉日东　北京122中学1967届初中毕业，1968年12月赴山西夏县曹家庄东交口插队。

情　韵

王海河

1968年是我一生中最难忘的一年，那一年我刚满20岁，生日过后不到一个月，就和北航附中的同学34人（含3位弟弟妹妹）到山西夏县郭道公社陈村大队插队落户，当起农民，接受贫下中农再教育。光阴似箭，转眼50年过去，当年20岁的精壮小伙，如今已然成为七十古稀的老人，想到此处不胜唏嘘。

回想过去的几十年，忙于工作，学习，家庭……几乎无暇顾及回忆过去，插队时的很多事已经随着时间的流逝而逐渐淡忘，如今，逢插队50年之际，坐下来细细地回想，唯有那么几件事留在脑海，历久弥新。

英雄金笔

我1964年考进北航附中高中，买了一支英雄牌金笔，小号的。当年英雄牌自来水笔在国内大名鼎鼎，是最好的钢笔，堪比美国的派克。自己很喜欢这支笔，插队自然带去了。那年代，与家人、同学和朋友的联系方式只有书信，写信，全靠这支笔。但是，有一天，我把它丢了！

插队那几年，知青们的生活除了下地干活，就是读书，我也如此，前两年主要阅读的是艾思奇所著的《辩证唯物主义和历史唯物主义》，读得很仔细，每一章每一节都作笔记，记录下问题和认识。那时候时间抓得还很紧，除了晚上还利用地头田间干活休息的间隙，读书做笔记。

有一天，出工下地，干的活是从井里打水，浇地，井深有二三十米，需要人工摇辘轳一桶一桶地把水绞上来，很费力气，社员一般不愿意干。我干，是因为有间歇时间，可以坐在井边，看会儿书，事情也就这样发生了。该打水了，我把钢笔帽插好，随手放进上衣胸前小兜，走到辘轳旁，右手按住辘轳，控制辘轳的转动速度不要失控，左手将水桶扔进井里。水桶进满水后，右手用力摇动辘轳把，左手控制桶绳一圈接一圈地均匀排布在辘轳光滑的圆面上。水桶到井口了，右手止住辘轳把，不让它再转动，弯腰用左手去提水桶，上身向井里探去的一瞬间，眼看着我的英雄笔从兜里飞出，直落进井里。当时心里不由自主地一紧，坏事了，但是瞬间还产生了一线希望：笔有可能落到水桶里，那就好了！待水桶提到井边，仔细查看，桶里真有：笔帽！不见笔身。从此，它永远离开了我，沉寂在深深的井底。

1972 年夏天，我和童方方几人一起去爬华山，路过临潼，在临潼街面的商店里看到有卖英雄金笔的，虽然口袋里没有几个钱，还是忍不住花了七块多买下一支大号的，我又有了英雄！从华山上下来，大家余兴正浓，不愿就此散去，继续前行到了大城市西安。当时，西安的西瓜两分钱一斤，我们自然大快朵颐，然而很快就囊中羞涩，仅剩了返回的车票钱。这时候，我几次动了念头，把来时路上刚刚买的英雄金笔卖掉！最终还是忍住了，没有卖，这支笔得以跟随我返回北京。

回到北京，开始还用笔写作业，写报告，后来逐渐用圆珠笔多了，用电脑多了，最后，英雄金笔就被存放在文具盒里了。多年过去了，有一天忽然想起来，我那支英雄呢？找出文具盒，打开一看，很欣慰：灰色大号的英雄笔就在里面。可是当我拔去笔帽再看，惊呆了，金笔的笔尖断掉，没了。谁干的？！谁敢这么干？！待女儿放学后一问，真相大白，原来是她想把金笔的笔尖钳下来粘到她的钢笔上！结果可想而知，她的钢笔粘不上，我的英雄也毁了！真是哭笑不得，有什么办法呢？在家里女儿是老大，我老三啊。

我的英雄 100

这就是我与英雄金笔的一世情缘。

音乐和琴

我喜欢音乐，喜欢手风琴。

喜欢音乐缘起于小学六年级的时候，上了一段业余音乐小学。新中国成立后，国家实行德智体全面发展的教育方针，在市和区县一级都建有少年宫，组织中小学生学习开展文艺、体育和科技等各种活动。而我家住在郊区，近山，当时很偏僻，距离城里很远，无法参加少年宫的活动，但是国家还是有周密安排，在附近农村设立了中央音乐学院业余音乐小学。每到星期日，我便带领着十几位男女同学一起走几里路，到这个音乐小学上课，教师都是音乐学院来的音乐老师，教我们学习五线谱识谱，练习发声唱歌。六年级快毕业时，可能看我个子长得高吧，音乐老师问我，愿不愿意去音乐附中吹大号，如果愿意可以保送，我没有答应。但是有一同班男同学徐奇武去了音乐附中，开始学习扬琴，后来由于手腕受伤而改为吹管，“文革”中分配到武汉歌舞团工作。为建音乐小学，国家还盖了一排平房，作教室，现在那排教室依然还在，只是不似当年那样孤单，已经掩没于其他建筑之中。

我喜欢手风琴缘起于一次偶然机遇，1964 年考上的北航附中是住宿学校，宿舍是一座六层楼房。第一学期期末临近放寒假，一天课后，我走在宿舍楼道里，忽然，一阵悠扬的琴声传来，当时感觉太好听了！不由自主地顺着琴声寻去，原来是 3 班的一位男生在他们宿舍里拉琴。简单聊了几句，我竟然开口向这位刚刚认识并不熟悉的同学借琴，要寒假期间带回家玩玩，没想到的是这位同学大大方方地同意了。就这样我与手风琴亲密接触了整个寒假，也开始了与手风琴的不解之缘，唯一遗憾的是我没有记住这位善意而大方的同学的名字！

买　琴

插队的夏县县城不大，街上没有几家店铺。距离夏县30里的运城则不然，是个相对繁华一些的小城市。1970年5月的一天，我去运城办事，办完事在街上闲逛，无意中走进一家寄托商店，赫然发现稀稀拉拉的货架上居然摆着一架大红色的手风琴，60贝司，五变音器，一问价格：150元。当时自己全部动产只有九十几块钱啊，还是1969年全年出工挣下的工分，扣除所分的口粮和棉籽油外的年终分红所得。可惜钱不够啊，只得悻悻而归。回到村里，几天时间脑海里出现的就是那架红色手风琴。最后抵不过这红色诱惑，下决心要把它买回来！马上给家里写信要100元，钱一到手就叫上李子健，各自跟社员借了自行车，直奔运城而去。到了运城进寄托商店一看，傻眼了：琴不见了！被别人买走了吗？

48年前买的手风琴

售货员过来，认出我是前些天问过手风琴的人，微笑着告诉我，别急，那架琴，没有卖出去，放了一些日子，没有什么人问津，琴主把琴拿回去了，并好心提示，可以去他家问问。好在运城不大，拿着店员给的地址，很快就找到了。原来，琴的主人来自上海，在运城盐场工作，喜欢音乐，刚买了琴一年，因为要结婚，手头紧，所以要卖掉手风琴，见有音乐爱好者接下他的琴，也很高兴，150元成交。互相告别后和子健踏上返回之路，我左手扶车把，右手放背后扶着琴箱，一路高高兴兴，30里路自不在话下。

琴声响起

我们住的大队部大院，是个挺宽敞空旷的院子，原本晚饭后寂静的院落，自打我买来手风琴就飘扬起不断的琴声。不单我拉琴，我停下来的时候，别的同学拿去继续拉琴，所以琴声不断，打破了村子里黑夜的寂寥。大约一年过去，我一边练习基本功，一边传抄乐谱，那些乐谱有的是同学寄来的，有的是县里其他村子手风琴爱好者传送来的，不断地抄写，积攒下不少乐谱，简谱的和五线谱的都有。从俄罗斯的《小苹果》到《马刀》《云雀》《霍拉舞曲》，一应俱全，当然也少不了革命歌曲，像《一手拿镐一手拿枪》《越飞山》等。

保留至今的手抄本手风琴乐谱，其中有顾英、魏国强等同学抄写的

虽然白天干了一天活，特别是赶上抡镐铲地的重活，晚上也累了，但是一拉起琴，音乐一响起来，人便沉浸到另一美妙的世界，忘记疲劳忘记烦恼，直到夜深……

1971 年夏，由于队长安排去看水泵抽水浇地，连续几十天在地里吃地里睡，不幸得了急性黄疸性肝炎，指标 18，不算太高，但是腹泻严重，没几天人就很快瘦下来。没去县医院，就在村子里的合作医疗点治疗，唯一的医生，一位中医老兽医，给开了茵陈即蒿子，每天熬一罐茵陈汤喝，为的是降黄疸。有女同学看见了说，这回可是真病了。

1971 年夏拉琴的照片（王文波拍摄）

生病后，体力下降，有劲儿

就上工去干几天，没有劲就歇一天，练习手风琴可是没有断，一直坚持下来。1972年的春节，没有回北京，因为怕家里父母看到我的病样子担心。其他知青都回家过年去了，偌大的院子只剩下我一个人，夜里四周漆黑一团，北风呼号。但是，我一点也不感到孤独和恐惧，因为我有琴，有音乐，她们可以携我到另一个无比美妙的世界里自由地遨游。

也是因为病，县知青安置办公室杨汝桐主任，曾任郭道公社主任，是陈村大队的上级领导，他跟我说，你病了，活儿不好干了，就到安办来协助做做知青工作吧。就这样我有了一段县安办的工作经历，在安办一同工作的有陈村回乡北京知青卫陵彦，还有北京知青李旭和天津知青徐世珠等，并有机会结识了县里其他村的许多知青。

我的新琴——德国霍纳巴扬

这架红色手风琴跟着我到了山西维尼纶厂，又跟着我回到了北京，虽然它老旧了，虽然我又有了一架新手风琴——德国产的巴扬，但我还是把它摆在家里，每当我看到它，就会想起当年，脑海里就会浮现出它陪我度过的那段难忘时光。

足 球

在北航附中时，我是足球校队的，踢右后卫，插队到了农村自然与足球脱了缘，每天下地干活，本身就是比较重的体力活儿，加之条件限制，哪里还有什么体育活动？但是，在夏县知青中还真有对足球割舍不断的，下了工，回到住地，对着墙练习踢球，甚至踢坏了好几个球。他就是后来中国足球界尽人皆知、号称“中超之父”的郎效农。

郎效农是京工附中的，在庙前公社南吴大队插队。

第一次见到并认识郎效农，是在夏县县城的一次集会后，一群北京知青在路边的足球场上分拨对垒，我自然踢右后卫，而我身后的守门员正是郎效农。当时我刚刚患上急性肝炎，体力下降，但是凭借良好的判断力和及时卡位拦截，还是一次又一次地化解了对方的进攻，球门安全了，这也使得守门员郎效农半天摸不到球。这时对方前锋又带球冲过来，只听得身后的他大喊："哥们儿让一个让一个！"我只好故意慢半步，让对方带球越过我而得以完成射门，郎效农呢，则应声飞身跃起，来了一个漂亮的鱼跃扑球动作，把球牢牢地抱在怀中。现在想来，这大概算是最早的让球踢假球吧。

过了些日子，一天，我轮值厨房做饭，郎效农和另外一位知青来访，邀请我和他们一起到临汾去踢足球比赛。虽经他反复劝说，我还是谢绝了，理由是得病身体不佳，实际原因还是觉得，不劳动去踢球，有些不务正业，但没有说出口。

后来听说夏县知青一伙儿人，真的去临汾踢球了，返回夏县时，还捧着一张奖状声势不小地走过县城唯一的大街，引起不少人驻足观看。

又过些日子，听说那张奖状是他们自己花钱买的。

几十年后，郎效农成为鼎鼎大名的人物，听说还是孑然一身，我想，他不是单身，他是早已与中国足球结了婚，全身心地投入到中国足球改革的事业中。他把自己的一切都贡献了，结果如何不重要。我由衷地敬佩他——郎效农。

五十年，
弹指一挥间，
多少人与事，
尽在笑谈中。

王海河　北航附中1967届高中毕业，1968年12月赴山西夏县郭道陈村插队。

飘逝的歌声

申丽灵

"条条锁链锁住了我，锁不住我唱给你心里的歌，……"这是20世纪70年代初在夏县知青中流传的一首歌，她的名字叫《锁链》。这首歌传遍夏县，飞出夏县，曾被无情历史的风尘所侵蚀，在漫长岁月的传唱中，她曾到处流浪，驻足过无数的山野村庄和城市。曾让她演绎出浪漫的爱情故事，也让她为渴望自由而歌唱…… 这首歌伴着一代知青朋友们的爱一起走过了50年的漫漫长路。

首先我要告诉大家，这首歌真正的名字是《送行歌》。“认识了，相聚了，就会有分别，也就有了送行的歌。”这是40年之后，原作者肖江对喜爱这首歌、寻求真相的朋友们的回答。

1968年，我去济南探望我姐姐，有缘认识了在济南市歌舞团工作的肖义璞（笔名：肖江），他当时很年轻，却已有很多歌曲作品在济南市广泛流传了。音乐让我们成了最好的朋友。当时同我们常在一起的还有两个好友。一个是严骏，和我同年，是山东师范学院附中1967届高中生。他父亲是山东工学院的教授，1966年“文革”开始，被批斗，跳楼自杀，母亲是园林设计工程师。严骏多才多艺，手风琴演奏水平在济南也是名列前茅，曾拿过全国少年乒乓球单打冠军。另一位大家都叫他“小六子”，原北京空政文工团扬琴演奏员，复员后回家乡济南市，分配到工厂工作。我们认识时正值“文革”期间，他就随着山东省工人宣传队到处演出，没事时就和我们聚在一起。音乐的共同爱好把我们连在了一起。

我们流连在济南的名胜古迹：大明湖、千佛山、趵突泉…… 还扒火车去青岛看海，我们曾走过的足迹都留下了肖义璞创作的歌曲作为记录。大明湖的《明湖之歌》、千佛山的《小松树》…… 其中《明湖之歌》的歌词在今天看来，写得意气风发，春晖喷薄：“我们像深水中颗颗明珠，暗暗地放射着夺目的光芒，有一天我们会倒海翻江，化为一道道、灿烂的阳光。”我们也常聚在严骏家，他拉手风琴，我们唱歌，有独唱，有合唱，有和声。有时唱外国名歌，有时唱肖义璞的作品。严骏经常演奏手风琴曲，如《霍拉舞曲》《马刀舞》等曲目，肖义璞就在旁边非常形象地解说每个曲子所表现的场景，就像导演给演员说戏一样，绘声绘色，就像看见真实的场面。记得有一次，他带我去一个叫大弟的朋友家听唱片。大弟的父亲是山东工学院一级教授，家里有一台那个年代非常稀有的电唱机，我们的目标就是听小提琴协奏曲《梁祝》。那时的我听过这首曲子，也知道这个家喻户晓的民间传说。从音乐角度，肖义璞给我详细地剖析，讲解了这首曲子的创作立意，他也是用形象思维的方式，引导我，让音乐来给我讲述这个古老的传说。让我第一次从音乐创作的角度，听懂了这部不朽的作品，永生难忘！抹不掉的记忆是：当《梁祝》的主旋律一出来，他给我看他的手臂立刻出现一片鸡皮疙瘩，这是一首沁人灵魂的音乐，这是他心灵的感应。从他的口中才知道他是如何的崇拜何占豪。1969 年，他借一次出差之便到上海，就顺道去上海音乐学院拜访正在改造中的何占豪。当别人知道他找何占豪时，就大喊何占豪的外号："鬼哭狼嚎，有人找你！"何占豪在一间琴房里接待了这位远道而来的年轻崇拜者。肖义璞把他的作品一一呈现给何占豪，在肖义璞的描述中，那时的何占豪也是处于半疯状态，也许是年代使然，也许是艺术家疯癫的天性。肖义璞的每一首作品，何占豪都能在钢琴上找到旋律的出处，他立刻弹奏出歌曲旋律的原型。只能说大师的脑海里承载了无法估量的旋律。可见《梁祝》的诞生绝非偶然，他创作出的动人主旋律在历史的天空中缭绕了半个多世纪，成为中国民族音乐的骄傲。"文革"后的 1983 年，肖义璞终于如愿以偿，考入上海音乐学院作曲系，真正地做了何占豪的学生，实现了他的梦想。

1968 年的夏天，我和肖义璞、小六子一起扒火车到青岛去看大海。我们决定在青岛的前一小站兰村下车，那个年代很多乡村小站都没有设防，一览无余的铁道和旷野，适合我们逃票。不巧的是碰到一个铁路人员把我们拦下，肖义璞立刻上前讨好地递给他一支烟。这位铁路工人说了一句带有时代烙印的话："别来刘少奇这一套！"让我终生难忘，回来后我们提起这段插曲觉得特别好笑。最终我们还是平安地到达青岛市。我们住在六子哥哥和肖义璞的姑姑家，受到热情的款待，他们用大海故乡的特产鲅鱼馅饺子招待我们。白天坐车去海边，喝的是饭馆用大的饭碗散装的啤酒，话梅是我们最爱的零食。

日子持续着我们的友谊，肖义璞又介绍了很多新朋友给我，都是在济南市长大，我的同龄人。他们都有一个特点，全是音乐爱好者，都有不同器乐演奏的特长，后来大部分都考进省市和军区文工团。音乐，像一条纽带牵系着我们的友谊。肖义璞的家在千佛山脚下的山东工学院宿舍，有一天在他家吃完饭，我们就去爬千佛山，1969 年的千佛山已被红卫兵毁坏，只留下大自然了。我和他讲起了“文革”初期我家的遭遇与现状，听了我的陈述，他沉默无语。1969年的春夏之际，经徐铁猊的介绍我从山东老家转插到山西夏县庙前公社堡尔大队，开始了我的另一段人生之路。

肖义璞是一个非常聪明、有灵性和感性的人。在1983年之前自学成才，从笛子演奏员成长为专业作曲家，创作了不少脍炙人口的作品。他的无师自通还表现在文学上，他不仅作曲，而且自己写歌词，在古典文学上颇有造诣。他曾给我写过一首古体诗《寄灵灵书》，我给一位做过朱自清学生的前辈看过，她夸奖说，此人国学功底很深。可惜这部作品早已遗失。

1969年我即将告别济南的朋友们，转插到山西夏县，他写了一首诗《送行歌》，作为告别的礼物送给我。后来又配上了曲子，他说是受《瑶族舞曲》旋律的影响而作。因为他经常受邀给省市各文艺团体写曲子，所以跟着他常能看到各个团的演出。有一天，他说请我去看省杂技团的演出，有一首曲子是他写的，让我听听效果如何。我一听是《送行歌》的曲调。他说条件有限，只能借助杂技来完成这首音乐作品的演奏了。他又幽默地说：你就当这个节目的演奏是专门为你送行的吧。这首歌的词有好几段，包括“人生经历”“碗中的酒”“话梅”“女知音”“海边的小朋友”……描绘了我们友谊的足迹。

到夏县堡尔村插队落户后，我曾把这首歌唱给了知青中最亲近的三位朋友：徐铁猊徐铁珠兄妹俩和刘逊白。1970年，我和其他村的几个知青被抽调到夏县文化馆做临时讲解员，我记得有：王慧筠、卢小明、陈锡娟、罗爱国。我又把肖义璞创作的歌唱给他们听，大家都很喜欢，其中最喜欢的是《送行歌》。这之后，这首歌在夏县知青中流传开来。王慧筠的记忆非常好，很多歌曲她都能记得。有些连我都记不清了，几十年走南闯北、颠沛流离的动荡生活，遗失了几乎所有的原始资料，实在是太遗憾了。

20世纪70年代末的北京，和北岛及一些好友，我们共同创办了文学刊物《今天》。在这个群体里，汇集了一大批志同道合的朋友，大部分来自北京，还有一些其他省市的文学艺术爱好者，也得到老一代著名诗人的支持与加入。我们经常聚会在北京公园的一角，比如紫竹院、沟崖，最多的就是香山的樱桃沟。大家朗诵自己的诗，唱歌和思想交流。我就把这首《送行歌》带给了他们。在以后的聚会中,《送行歌》成为大家最喜欢唱的一首歌。

80年代末，在纽约开往大西洋的赌城的一辆华人大巴上播放了一首叫《铁窗泪》的歌。那熟悉的旋律和似曾相识的歌词，在我的耳边朦胧不清、缥缈不定，我又激动，又茫然。我不敢肯定这就是被人篡改过的《送行歌》。这首歌后来成为一首著名的流行歌曲。多年以后，这首歌也被作者肖义璞发现，并确定了它是一首剽窃的歌曲。

《送行歌》就在特定的历史和特定的环境中，被我在无意的演唱过程中流传出去，传播地域之辽阔是我始料未及的。这首歌经历半个世纪的风雨传播，受到很多人的喜爱，也衍生出动人的爱情故事。

一次无意中在网上看到有人唱这首歌还配了伴奏，有两个版本。可惜唱得太业余了，有些细节上的旋律还走样了。但我还是非常感谢喜爱这首歌的朋友们，感谢他们为这首歌所做的一切。在网上看到有一个研究地下知青歌曲的人叫余少平，他在苦寻《锁链》的原始作者，终于在网上看到肖玉璞的回帖。一石激起心潮澎湃。肖玉璞是一个非常有文采的人，我喜欢他作的歌曲，因为旋律都非常好听。同时他也是一个很有文学功底的人。他用歌曲和诗歌记录了我们的足迹。看到他在网上短短的回帖，让我感慨万千。因为我们分别了近半个世纪了，从未再见面。

中国音乐史学会会长戴嘉枋先生在《乌托邦里的哀歌——“文革”期间知青歌曲的研究》中提到：“尤其是《锁链》旋律深沉优美，抒发了对艰难人生的深切感慨以及对真挚友爱的追求，在形成对比因素的二段体歌曲结构中，有机地融合了舒缓和激越两种情感的变化发展，较有戏剧性地表达了人物内在丰富情感的展衍。”

回忆往事，我们也曾经拥有芳华，经历了激情岁月，以一曲《锁链》引领时代风骚，成为我们永远的青春记忆。

申丽灵　北京二十三中1967届高中毕业，1969年到夏县庙前公社堡尔村插队落户，1972年转插到山东省阳谷县，1978年回到北京。1985年定居美国纽约市至今。

刻骨铭心——生命的洗礼

刘宝玲

1968年12月20日，是个永生难忘的日子。我们北京122中的13名同学怀揣着理想，背起了行囊，告别了父母，离开了首都，义无反顾地踏上了南去的列车，奔赴广阔天地，来到了第二故乡——山西省夏县陈乔大队插队落户，开始了战天斗地的崭新生活。

转眼间，半个世纪过去了。回首往事，心潮难平，思绪万千。村道两旁那一排排挺拔的白杨，家家屋顶飘过的一缕缕炊烟，朝夕相处的一张张熟悉的面庞，历历在目，最使我刻骨铭心，终生难忘的还是我农药中毒后，乡亲们奋力抢救，使我得以重生的感人的一幕。

那是1970年，我们插队的第三个年头。7月的一天，盛夏酷暑，骄阳似火，生产队长分配给我们三个女知青的活计，是和一群女娃们给棉田喷洒农药。那时，打药算是比较轻的活儿，我们都很乐意。望着绿油油、齐刷刷、长势喜人的棉田，我们跃跃欲试，摩拳擦掌。队长对大家说，正是棉苗挂桃的关键时期，绝不能让病虫害侵蚀棉苗，爱棉苗就是爱集体。我和队里的姑娘们一样，用稚嫩的肩膀，挎上了绿色的背带，背起了圆溜溜的药桶。虽然很吃力，但那个时代的我有一腔虚心接受贫下中农再教育的热忱，有战胜困难的信心和勇气，毅然决然地把装满20斤药水、沉甸甸的药桶背在了身上。

技术员陈学斌教我先是拧住桶盖，关好开关，然后抽出喷雾器，打足了气才能喷洒农药。按他的说法，我铆足了劲，按呀按呀，一上一下，不厌其烦，多少次后，终于掌握了要领。背着药桶，走在齐腰深的棉垄里，心里一阵惬意，为自己掌握了一门农活技术感到无限的欣慰。生产队的棉田一垄大约300米，一来回就要背着药桶走600米。日头火辣辣的，烤得人脸上发烧。两来回下来，我已是气喘吁吁，汗水顺着脸颊往下流，脊背早已湿了个透，肩膀压得生疼生疼，精疲力尽。但我很要强，毫不服输，别人一来回我也一来回，绝不掉队。正当我顺着棉垄专心致志喷洒得得心应手的时候，喷头不出水了。我急得团团转，不知哪儿出了毛病，用嘴吹，用手拍，都无济于事。情急之下，我用手拧开了喷头盖。不想开关却没关，此刻又刮来一阵大风，药水顺风喷到了我的身上、脸上。我手忙脚乱，急忙用手去擦脸抹嘴。原来是一个小小的杂质塞住了喷头。当我弄好喷头，和大伙一块儿坐在地头休息时，才觉得脸上热烘烘的，一阵阵发烧。我问另外两名知青同学吴承红和康强，"你们的脸发烧不发烧？"他们说不烧呀。我感到头晕目眩，天旋地转，恶心呕吐。因为那时用的是剧毒农药"3911"和"1059"，技术员特意强调千万不能用手去擦。然而，我却偏偏犯了这样的错误，后来我觉得越来越不对劲，我想坏了，一定是农药中毒，可是还没来得及呼救便一下瘫倒在地，晕了过去……

当我清醒过来睁开眼睛的时候，已是躺在庙前公社医院病床上的第二天。我不敢相信，真的像做梦一般，望着站了一屋子的父老乡亲，有大队干部、小队干部，还有我们队里的好姐妹、大叔大婶们，在场的所有人都哭了。大伙儿长吁了一口气，真为我捏了一把汗，唏嘘不已，"娃，你可终于醒了，吓死人了！"大叔大婶们拉着我的手泣不成声，"宝玲啊，你要是有个三长两短，我们可怎么向你父母交待啊！"他们送来了鸡蛋、红糖、挂面、白馍、罐头，他们把最好的东西送给我。望着一张张可亲可敬的面孔，一双双期盼的眼睛，一只只伸过来的温暖的大手，我的眼泪潮水般地涌了出来，百感交集，感激之情油然而生。

从大伙儿的谈论中，我才知道了我晕倒后，被乡亲们抢救的全部过程。

原来，我晕倒后，技术员陈学斌大声呼救，大队分管知青的副主任陈代虎、生产队长陈代荣、大队民兵连长陈全才、社员陈天锁等第一时间赶到现场，二话没说将我抬上了小平车，一路飞跑，向距村最近的庙前公社医院奔去。时间就是生命，他们五个人一人在前面拉，四人在后面推，拼命地跑啊跑，躺在平车里的我不省人事，口吐白沫，他们心急如焚，车轮飞转，一定要和死神争速度、抢时间。他们的鞋跑掉了，顾不得去捡，光着脚板继续跑；袜子磨透了，脚板磨破了，鲜血直流，然而他们全然不顾，奋力前行，5 华里的路程，只用十几分钟便赶到了医院，为抢救赢得了宝贵的时间。一进医院，他们立即将我抬到了急诊室，经过检查，医生确诊是农药中毒后，迅速展开了抢救。医生说，幸亏送得及时，再晚来5分钟就会有生命危险。医生奋力抢救，精心治疗，终于把我从死亡线上拉了回来。治疗期间，需要的一种药奇缺，当时也在住院的秀英姐把自己的药给我用了，我无法用语言表达内心的感激之情。我出院后，大队又派分管知青的副主任陈代虎和知青同学吴承红专程送我到北京，回家养病。

时光荏苒，青春不再，记忆难泯。时光虽然过去四十多年，但留在我脑海里的人和事，永不磨灭，终生难忘，这是生死之交呀。“滴水之恩，当涌泉相报”，我曾三次回村看望父老乡亲、兄弟姐妹。随着时间的流逝，有的人已逾古稀，有的早已辞世。我也曾来到送我去庙前医院的民兵连长陈全才的坟茔前，焚香燃纸祭奠他，感谢他对我的大恩大德。每当我想起知青岁月，都会热泪盈眶，感慨不已。

漫漫知青路，有收获，也有遗憾；有憧憬，也有迷茫；有欢乐，也有泪水；有落寞，也有希冀；酸甜苦辣，五味杂陈，但我更多的是收获。我把青春献给了激情燃烧的岁月，无怨无悔。它让我经历了淬火的洗礼，它更是我一笔巨大的精神财富，让我收获了感情，学会了做人，受用终生。

刘宝玲 北京122中毕业，1968年12月到山西夏县大吕公社陈乔大队插队。

中条记实

插队八年，虽然经历了那么多的磨难，我却从不后悔，从不抱怨。因为那是我人生最宝贵的经历，那是我走出泥泞最诚实的本钱。

——摘自一个知青的日记

沉甸甸的传统

刘军

我插队的夏县祁家河公社西北庄，位于中条山的深处，是全县离城最远的，也是最荒僻的。离村五六里便是原始森林。一到晚上，满村野狼游走，嗷嗷之声不断。全村 84 户，400 多口人，在这大山深处，也算个大村了。

于今回味往事，最难忘的，是刚刚去的时候发生的两件事。

我们 1968 年 12 月 20 号离开北京，坐火车到水头，然后又坐了大约 8 个小时的客车，才到了公社。在公社中学住了一晚，第二天又爬了两个小时的山，才算到了村里。

那时，我刚刚满 17 岁。

尽管生产队已经把一应吃住都安排好了，但让我们这些城里人适应山里人的生活，谈何容易。首先面对的，就是做饭。

一共 25 个知青，没一个会做饭。其中的苦涩、艰辛和洋相笑话，可以唠上三天三夜。其中最麻达（方言：麻烦、难办）的，就是背柴了。

虽说身处大山深处，可村边的树早砍完了。背柴就要跑到离村五六里外的森林去砍。我们哪受过这份苦，莫说背上几十斤的木头，就是空手上下跑个来回也觉得苦不堪言。

山里人有个习惯，每回下地回来，不是背捆柴禾，就是背块盖房子的石头。为防火，柴禾背回来都不进村，而是放在村口的路边。时间长了，村口路边矗了上千捆柴，别有一番风景。那些柴不知道放了多久，早干透了，可不似刚从山上背回来的湿柴，一点不好烧。

终于，自作聪明的我们以为踅摸到了窍门，开始打这些似乎没有数的干柴的主意。趁天黑，时不时地这个去搞一捆，那个去弄一捆。由于老乡没有什么反应，我们甚至有些自鸣得意。

其实，以精明著称的山西老乡早就发现了，只是不说而已。

终于一天早上，轮到我做饭，起来开门一看，立时呆住了。只见灶房旁的空地上，竟然堆了一个小山一般高的大大的柴禾垛。后来我们才知道，这是村民自发送给我们的，每户两捆，一共是168捆。每捆少说120斤，算下来，差不多将近两万斤！登时搞得我们面面相觑，谁也说不出话来。

第二件事和这有些类似。

西北庄的柿子晋南有名，不但个大，甜度高，而且量大。每到秋天，漫山遍野的柿子把整个山乡点缀得别有风味。平均分到每个人头上，少说五六百斤，家家忙着做柿饼。其工序是先削皮，然后用荆条编成长辫子，把削好皮的柿子挂到荆条上，每根挂了柿子的荆条都有四五十斤重。然后，把一条条挂满柿子的荆条吊到房檐下，家家如此，远远看去，真是一道独特的风景。

从北京走的时候，大家都带了一些诸如罐头、香肠、挂面、油茶面什么的。山里生活苦，没什么油水，时间不长，不但把带去的东西都吃完了，连村里小卖部的不知道积压了多少年的水果罐头、糖块之类也都买空了。集体跑到山下公社下馆子，吃了两回暂时解解馋，后来一则来回二十多里山路跑得实在太辛苦，二则也都没有什么钱了。这时候，有那机灵点儿的，便盯上老乡家晾晒的那通红的柿子了。开始的时候，是这里摘两个，那里摘两个，反正那么多，估计根本看不出来。再者说了，山里野兽多，什么老猫、乌鸦之类偷吃的情形也是经常的。想不到，精明的老乡早就看出来了。一天早上，开门一看，知青宿舍门前地上铺了好几张席子，上面满满地摆了一串串荆编的柿子。我留心数了一下，168串！前后两件事，都是在无声中进行的！ 在这一刻，聪明人的滑稽和老实人的崇高，使我们每个人都被深深地震撼了！

虽然已然时隔50年，然而，每每忆及，我身后仿佛都大睁着一双双淳朴的眼睛，凝视着我，监督着我，鼓励着我，期待着我。

如今能够回忆起在西北庄一起插队的人有：

李燕燕、陈政政、邵元、于阳卿、樊丽萍、李陉、卢小梅、罗运生、卢强、刘若枫、徐维汉、刘军、连劭名、陈小弟、辛彦、郑小桔、彭思思、王威、徐海宁、吴宛云、石坚、姚克。

刘军 1951年11月出生，北京师院附中1967届初中毕业。1968年12月到夏县祁家河公社西北庄插队，1980年毕业于中央党校。中国作家协会会员。

难忘的回忆

迟玉屏

1968年12月21日，我们在水头车站下了火车，又坐大卡车翻山越岭到了泗交公社，下车又走了十里山路，到只有三十几户人家的泗交公社唐回大队野猪岭村时，已经是晚上了。乡亲们早就等候在村口，喊着口号夹道欢迎北京的“大学生”，我被眼前的情景所感动，顿时觉得心里暖暖的，一路的辛苦消失了很多。队里给我们准备了晚饭，煤油灯下乡亲们忙碌着，这个端饭那个拿馍，虽然看不清每个人的面孔，但能感受到山里人的淳朴和热情。

1969年的春节就要到了，村里热闹了，家家户户贴春联，办年货，年轻人抓紧时间排练节目。我们响应号召和贫下中农过一个革命化的春节，也不能袖手旁观。沙春荣同学当过文艺委员，她和队里的文艺骨干组织女同学排练表演唱，我只记得开头的两句：“走过一道街，穿过一道巷……”

我们紧张地排练，队里忙着安排社员给我们蒸白馍、煮麻糖（炸麻花），真是年味十足。大年初一，每个知青都到老乡家吃饭。过节期间，几乎天天有老乡带着核桃、柿饼等山区特产来看望我们。经过一段时间的接触，乡亲们待我们像自家人一样，处处感觉到家的温暖，也增强了我们战胜困难的决心。

真正做到和乡亲们同吃同住同劳动谈何容易，遇到最大的困难是吃饭，要过磨面、挑水、砍柴三大难关。山上没有电，磨面要用水磨，操作很麻烦，首先要把麦粒儿、玉茭粒儿过水淘洗，其次是晾晒，接下来才是磨面。磨出的面要一箩一箩地过，要过 4 至 5 遍，速度慢，耗时长。需要磨面时还要提前到磨房登记排队，轮到你家夜里磨面，那就要挑灯（煤油灯）夜战，这一夜就要在磨房度过了。挑水、砍柴也是生平第一次，面对生活考验只能勇往直前，这是唯一的选择。那时我们只有 17 岁。

天气变暖，一年的劳作开始了，起圈、担粪、玉茭地锄草、谷子地间苗、麦收、棉田管理、秋收，真正体会到乡亲们的艰辛劳苦，粮食的来之不易。有两件事终生难忘。

其一，玉茭长到一人高时锄最后一遍草，挥动锄头在玉茭地里钻来钻去，脸和脖子随时被玉茭叶子抽打，出现条条血印，火辣辣的，疼痛难忍。

其二，到岭上收麦子，因为路途远，要带着馍在岭上干一天，收工时要把割的麦子背下山。有一天，背着麦子刚往山下走突然下雨了，后背又扎又湿，一会儿的工夫每个人都成了落汤鸡。就这样沿着崎岖的山路摸着黑赶路，感觉麦子越来越沉，在这种情况下每个同学都以顽强的毅力坚持回到村里。

农村三年最难忘的人是我们的妇女队长。队长叫彩彦，当年插队时她将近 40 岁了，就像长辈对待孩子一样关心爱护我们。每天到宿舍窗前叫早，手把手地教我们掌握各种农活，晚上还要到每个宿舍看看，坐坐，生活上和劳动中有了困难立马给你解决。我们朝夕相处度过了难忘的岁月。很遗憾，2003 年回村时彩彦队长已经故去了！

三年多时间，野猪岭这个小山村，记录了难忘岁月，记录了美好时光，也记录了我的成长，往事历历在目，难以忘怀。青春的脚步远去，知青的精神永存！

和乡亲们的几张合影，其中一张照片是1995年和村里老一辈的合影，他们中间有生产队长、政治队长

迟玉屏 1951年7月出生，北京市五十七中学1967届初中毕业。1968年12月20日到1972年3月15日在夏县泗交公社唐回大队野猪岭插队。

那幢霞光里的楼房

魏忠

1968年12月22日，我随北京师院附中来到夏县祁家河公社插队。祁家河地处中条山腹地，离县城150多里。我们分乘几辆大卡车沿着崎岖山路颠簸前行，要说那时的干部，组织能力还真行，我们都忘了那些携带的行李、箱包是怎么随我们上的车，一件不少地到了目的地。途经泗交时，大家还凭着学过的知识指认，说这是丘陵；再往里，进入山区，看着那草枯叶落峰峦叠嶂的大山，心里真有一种说不出的感觉，好奇、震撼、希冀与失落并存。

将近三个小时到了公社。我们被分为两批，一批去西北庄，有 20 多人；我们这批去东庄，共 22 人，男生 10 人，女生 12 人，基本都是老初二的，那时 17 岁。东庄离祁家河还有十里山路，爬坡下沟很不好走。村里组织了老乡来接我们，他们很有劲儿，扛起行李就上了山，我们跟在后面，边走边歇，一身大汗。到东庄后，我们 10 位男生集体住大队部的会议室，睡在用木板搭起的大通铺上。女生则分别安排在老乡家居住。那天正是“知识青年到农村去”的最高指示发表，村里敲锣打鼓游行，一方面庆祝，一方面也是欢迎我们这批知青。我们跟在游行队伍里走了几圈。

东庄大队部的会议室成了宿舍，我们在这里过了整整一个冬天。那是座砖房，一个门、两扇窗户，薄薄的木门上镶着几块玻璃，房间并不保暖，人们出来进去，屋门总要打开，屋外阵阵冷风吹入，那年雪还下得特别大，有时屋内也飘起雪花。我们实在扛不住了，就去找大队，记得一位村干部大声说：“啊，罢球，几歪（位）知识青年，都要冻毙球啦。”大队很快来人帮我们盘了个土炉子，并运来了煤（大队有煤窑）。为防煤气中毒，还帮我们仔细做了风斗。屋内温度迅速改观。我们要学做煤坯，还要把煤、土加水和稀，晚上封火，由于没有经验，常常半夜里火就熄了，早上起来，脸盆里的水和肥皂盒都结了冰，人冻得缩在被窝里不敢出来。开始几乎天天都要重生炉子。大部分人打熬不住，春节前就回家了，我们留下的被安排到老乡家里过冬。大队干部鼓励我们说，天暖后，就帮我们盖房子，盖楼房。在大队部住宿时，印象最深的一件事是，春天时，干活很累，一天夜里下了雨，淅淅沥沥，早上大家以为下雨不干了，就还睡在床上。大队书记一连喊了几次，无人起床，他一时冲动，怒不可遏，冲进屋内，一连把几个人的被子掀开，扔到了地上，心想真该给你们这帮懒汉一点再教育，结果好几个知青去公社告了状。其实那天社员都出工，正为我们的新房挖地基，现在回想起来，也真是又好气又好笑。

春暖花开之际，如约开始为知青建房。我们参与其中，知道了山区建房的全过程，真长了不少知识。大队在村中最大的一块山坪上选址，傍近水井，背靠一面山坡，旁边还有几棵大柿树。这确是村里最好的地址了。在老把式的指导下，我们先跟着用小车拉土，把山坡削平取齐，然后开挖地基，直到挖出地下的硬土。村里几位壮劳力用挖出来的土打土坯，先往模子里填土，再撒点麦秸，然后用石杵捣平，再搬起来晾干。这活儿特别累，我们填土时，壮劳力告诉我们山村干活的四大累：割麦子打坯，扛木头看戏。问看戏何以很累？回答说大家都站直了仰头插缝儿观看，一场下来精疲力竭。我们听完哈哈大笑。村里还有砖窑，我们把烧好的砖肩挑车拉，运到工地上备料。在地基上砌上大石头，顶上立柱，承重拐角处砌砖，中间的墙体用土坯，很快底层就有模有样了。村里有大工匠负责砌砖、泥土坯，我们当小工和泥递料，大家干活时有说有笑，也确实有趣。

楼房需要大梁、檩条、楼板等木料，先是几位村民进山把合适的大树放倒晾干，过一段时间，我们便和村里的壮劳力一起去搬运。3 月 18 日，我们几名知青第一次和二十几位老乡一起进入中条山深处，林区景色壮美令人震撼，群山巍峨，巨石嶙峋，山路蜿蜒崎岖，被茂密的树丛遮蔽，林间鸟声啁啾，空气清新，几缕清晨的阳光穿透浓荫，峰前绝壁陡峭，山涧泉水叮咚，灌木紧簇，山风阵阵，青松翠柏，迎风摇曳，没踝的枯叶，漫山遍野。人的心境真是好极了。我们爬到山上，把伐好的树木，顺着山崖推下来，这叫“溜木头”或“放溜子”。到了山涧，把木料两头扎起来，大头捆好绳索，横穿木杆，再插入杠子，由四个壮劳力抬着，小头则是两人抬着，大头在前，小头在后，开始上山，每一步都要小心蹬实。有时还喊着号子，号子里也不乏荤话，“一二三啊，加油干啊，他嗲了个蛋啊，猛劲抬啊”。这是个非常累的活，只记得当时肩膀、腰、腿都疼得不行，心想要这样抬回村，简直不可能。每到狭窄、拐弯、上坡难行的地方，村民就坚决地把我们换下来，就这样一换一抬，下午时分，终于回了村。每次抬木头回村，都要集体吃一顿好饭，所谓“每人豆腐半斤，白菜粉条不算”。

小楼房盖到第二层的时候，四周搭好了脚手架，也就是把柏木杆用藤条扎牢，铺上板子，人站在上面干活。一天下午，我们往上送砖和土坯，由于热情过高，料堆得太多，万没想到，一下把脚手架压塌了，大队主任等四人从二层上摔了下来。其中我们一位知青康海摔得最重，胸部划了长长一道伤口，下巴缝了两针，发烧在床上躺了两天。这次很是危险。

上大梁又是一个重头戏，大梁很重，房上两人用绳子套好上拉，一位有劲的壮劳力，肩扛一头，登梯而上，咬牙瞪眼，宛如攻城，众人喊号助威，把一头搁在墙上，再上另一头。场面极是壮观。眼看着上好大梁，钉上檩条，盖上瓦，6月中旬，那座极具山村风格，又吸收了城市元素的两层楼房终于落成了。楼房每层六间、三个门；二层的窗户向阳，门开在背面，门和山体之间有二米，搭一个吊桥，出门要过吊桥，然后从山坡的小路下去。小楼边有两棵高大的柿子树，小楼离水井也很近，早上常能听到村民担水的声音。在不远处，还建了一座附属的公厕。从此，这座小楼成了东庄知青的家和生活基地，我们劳动之余有了休憩的地方和个人空间。沐浴着清晨和黄昏的霞光，小楼在静谧中洋溢着生气。当初不知这座小楼是谁设计的，在建造过程中，我们逐渐成长，也和老乡社员建立起了深厚的友谊。大家先后离开，常怀念那些质朴的老乡，记得那座霞光里的小楼。我在那生活了四年，后来还在梦中回过东庄，回到那座小楼睡了一觉。

魏忠　1951年4月出生，毕业于北京三十五中。1968年12月至1972年10月赴夏县祁家河公社东庄大队插队。毕业于北京大学，中国社会科学院民族所研究员，现已退休。

插队生活忆事

鲍毓慧

在曹家庄乡东交口村插队期间，我和于景岫俩人曾在桑洼村度过不到一年的时间，这段时间是我们最艰苦也是最难忘的。当时岁数小，许多事不明白，不会做，经常干出一些傻事、糗事，回想起来很是令人啼笑皆非。然而，我们就是这样一路走来，渐渐成长成熟的……

炒玉米豆当饭吃

我们 14 个北京知青刚来的时候，都住在东交口村大队部。第二年，队里对我们实行分灶，大家被分散到附近四五个自然村，我和于景岫就到了仅有 3 户人家不到 20 口人的桑洼村。

我们两个都是女生，身体也不是特强壮，景岫比我更瘦弱矮小。每天跟社员一起下地干活，回来自己担水、劈柴、烧火、做饭……看着人家房屋炊烟袅袅，收工回来的老乡一进屋就端出一海碗热气腾腾的蓁蓁面，蹲在自家门外的墙边吃的时候，我俩就特别羡慕，心里也特别不是滋味。

做饭对于我们来说的确是件发愁的事，我们原本就不太会做饭，更别说当时连磨面、做饭的那些必要家伙都不齐全……只能凑合。

我俩住的是村里一个带阁楼的仓库，下面是我们的宿舍，顶棚是用隔条编的，可以透气。上面是阁楼，放的是村里的玉米棒子，晚上睡觉总能听到老鼠“突突突”跑来跑去的声音，玉米粒也从顶棚落到炕上、地上。每天扫炕，总能扫出一些玉米豆，几天就能装满一盆。

看着玉米豆，我俩想出了一个懒办法：把玉米豆放到柴锅里炒熟当干粮吃，这样省得蒸馍，还不容易坏，同时也节省了口粮，节省了用柴，也节省了每天做饭的时间，一举好几得呀！就这样，好长一段时间我们拿炒玉米豆当干粮，煮锅糊糊，抓把玉米豆就是一顿饭，有时干脆一把玉米豆，一口白开水。就连插队的同学到桑洼村来串门，我们也是用炒玉米豆来招待。当时仗着年轻不觉得怎样，但为我俩日后患胃病埋下了隐患……

招惹漆树生麻烦

对于我们在山区的女知青来说，上山砍柴是必不可少的，只是我们不敢单独去，怕半路遇到啥动物，怕进山林后走迷了路。我觉得砍柴的活儿比干地里的活儿还难，还要累。

砍柴有时要走好远的路，进很深的山，尤其是背着柴捆下山，深一脚浅一脚不说，肩膀还被硌得生疼。每次我都想找直溜一点的树砍，这样背起来会好受一些。终于有一次，我在山上看到一棵灰白色直直的树，心里顿时乐开了花，毫不犹豫地把这棵树砍下来，和其他柴禾捆在一起走下山，喜滋滋地背了回来。

当天晚上，我的整个脸不仅渐渐红肿起来，还长满了小水泡，最后竟肿得像一个小洗脸盆，眼睛一点也睁不开了，特别疼特别痒，不能触摸，真是难受至极。景岫急得团团转，找来村里的赤脚医生，他说我砍下背回的是一棵漆树，树里流出的生漆毒性很大，招惹上就会过敏，村里很多人都躲着漆树绕道走。但是他的药房里没有一粒治疗过敏的药。

“病来如山倒，病去如抽丝。”我在炕上度日如年地躺了将近 20 天，才渐渐消肿。有过这次经历，再去砍柴，都是小心翼翼，不敢去触碰漆树了。

蓖麻籽的味道很香

桑洼村多是梯田，田地高高低低，大大小小，形状不一。春天耕地播种时，总有一些边边角角犁地犁不到、撒种撒不到的地方。有一次，队长让我们到那些田地的边边角角去补种玉米，并给我们一些炒熟了的蓖麻籽当肥料。这活儿好干：拿着小镢头在地里刨个坑，撒几粒玉米种子和蓖麻籽埋好就行了。

我们高兴地出发了，一路上，篮子里的蓖麻籽散发出诱人的香味，饥肠寡肚的我们哪里经得起这般诱惑，悄悄拿起一粒放到嘴里，当时感觉那味道像葵花籽，像花生米，比葵花籽花生米还要香百倍。我们再也忍不住了，索性一边干活，一边吃。活干完了，回到家里我们就浑身瘫软，头昏脑涨，最后上吐下泻，折腾了好几天。老乡见了又好气又好笑地嚷道：不知道那蓖麻籽有毒，吃多了能要人命的？说得我们羞愧不已……

生活是艰苦的，但是老乡的关怀却让我们倍感温暖。他们常说的一句话就是，娃们恓惶嘞！他们手把手地教我们干农活，教我们磨面做饭，知道我们干活一累就懒得做饭，便经常招呼我们到家去吃饭，有时收工晚了，索性就把饭送过来。知道我们砍点柴不易，就你一捆我一捆地给我们。有时，早起一推开门，看见一捆柴放在门前，你都不知道是谁送来的。最让我不能忘的，还是那次漆中毒，村里70多岁的王大娘一连几天，用鸡蛋黄熬出来的油在我肿胀的脸上轻轻地涂抹，用这种土办法为我减轻病痛，我心里那份感动和感激实在无法用语言来表述。要知道，大娘养鸡下的蛋都是用来换盐、换灯油，从不舍得吃一个……大娘弓身为我涂蛋黄油的场景铭刻在我的心里。50年过去了，这场景还总能清晰地呈现在眼前。

艰苦的插队生活，让我们人生得到历练，拥有了不畏艰辛、锲而不舍的精神和对山乡父老乡亲难以割舍的情感。

鲍毓慧　1951年11月出生，北京122中学1967届初中毕业。1968年12月至1972年7月在夏县曹家庄乡东交口村插队；1972年7月至1984年7月在山西永济电机厂当车工；1984年7月至2006年11月在北京崇文区环卫局、宣传部、新闻中心工作。2006年11月退休。

大山深处

孟庆生

京剧《智取威虎山》

一群学生娃，在晋南中条山深处的大山里，给贫下中农上演了一台整本的京剧《智取威虎山》，这事至今想起来都不可思议。

1968年底，大山深处的泗交大队车厢村迎来了21个上山下乡插队的北京知青。他们是北京五十七中的王继辉、杜振声、李鸿雁、柳钊、于洪春、孟庆生、姚同康、俞锡健、李长伟、刘汝群和哥哥孙岩（北京第十三中学）、徐炯、陈燕京；北京工业学院附属中学的宋志强、罗羽铭、张万青、王泽人、张祖常和妹妹张淑芬（北京太平桥中学）、张大元和弟弟张仲元（北京八中）。

知青到来，使这个仅有14个农户的小村落热闹起来。车厢小队不仅增加了21个有生力量，还为这个小村子打开了新信息的门窗，带来了新的气象：孩子们开始学着说普通话，大人们也知道了许多未曾听说过的山外事。

从县城过来的公路翻山越岭，横跨中条山到了黄河边，崎岖陡峭。仅到泗交这一段，汽车就得跑近两个钟头。山外的消息传到山里总是慢半拍，就像每年姗姗来迟的春天。

与外界联系的快捷方式就属有线广播了，匣子里常放一些歌曲，可老断断续续地连不成个调。墙上广播匣子可以对话，对话的人得有一副好嗓子。广播线那端费了劲，这头接听话匣子的人也不省力气，大呼小叫对方总也听不清，好在山里人时间富余，慢慢来吧，千呼万唤总算弄明白了啥事。

一日大队传来了消息，当晚县盲人宣传队到泗交演出节目。埋头车厢村专心务农的知青们倾巢出动，不顾上山下山路途遥远，不怕弯来绕去脚下磕磕绊绊，看表演的外村人寥寥无几，泗交本村人老老小小来得也不多，只有几个半大姑娘、小伙们。公社院墙外的斜坡上，人们仨一群俩一伙，留下大片的空地。

演出节目有评书、快板、三弦、八角鼓…… 当地人有说有笑，边聊边看，似乎早已司空见惯，知青却是开了眼。只听那三弦弹得铮铮响，八角鼓舞得风车一样。印象最深的是那角角都系着铃铛的八角鼓，像幡一样撑开的幕布，还有盲人煞有介事地对着星空眨眼睛。

当时，京剧样板戏早已唱遍大江南北，可山里人只听说过县剧团排练过蒲剧《智取威虎山》。看到北京娃能说会唱把村里人稀罕的，总拿知青和县剧团比。京剧样板戏看得多了，知青们人人都能唱两句。县剧团可演不了京剧呢！京剧样板戏我们也演一个让乡亲们瞧瞧。

知青中吹拉弹唱都有人行，在北京还有参加过文艺宣传队，上过正式舞台的。年轻气盛的知青们跃跃欲试，泗交公社给予了大力支持。

演员以泗交大队知青为主，又找了唐回大队的知青帮忙。张祖常演杨子荣，张仲元演少剑波，宋志强演李勇奇，孙岩演小炉匠，孟庆生演匪首座山雕，王继辉、王泽人等人演八大金刚，唐回大队女知青沙春荣和田世英分别演小常宝、小白鸽。伴奏以罗羽铭的风琴、张万青的笛子为主旋律，锣鼓镲齐全，不上场的人员负责打击乐，待场的人也帮忙，敲准了点就行。服装是现成的，冬季大衣长长短短，反穿毛皮露出里面的毛，帽子歪着戴，帽翅不颤还有意点头甩甩，看着匪里匪气。终究缺少戏剧演员功底，唱念做打火候欠佳，演到小常宝与土匪搏斗，因为身体胖且弹跳力差，沙春荣跳的只有寸把高，排练几次都不行，只好作罢。但是，知青们具有的先天优势就在于纯正的京腔京韵。

1970 年秋收过后，在泗交公社的戏台上，知青版革命京剧样板戏《智取威虎山》公演。功夫不负有心人，演出获得巨大成功。少剑波高亢的唱腔，杨子荣潇洒的亮相，李勇奇威武的造型，八大金刚的山呼海叫，博得阵阵喝彩。小炉匠被杨子荣老鹰抓小鸡似的押下台时，孙岩欲左先右来了个“吸腿”，动作滑稽让人忍俊不禁，险些让我这个座山雕跌下宝座。

《智取威虎山》的演出受到泗交公社村民的赞扬。后来，“剧组”又到唐回大队做了表演。

赵家河办学

赵家河村位于沟底，依山傍水，与山顶的车厢村遥遥相望，一条乡村土路从村前蜿蜒而过，十几户人家散落在山岔沟口。别看庄户不多，孩童可不少。原先，村里四年级以上、十几岁的孩子上泗交七年制学校，在学校住宿学习，一个礼拜徒步往返一次取馍添衣。年纪小的孩子则爬山上车厢村小学，小小年纪，其难可知！以致有的孩子该上学了不能去，或者干脆不上学。孩子们一天天长大，可是缺师少教没办法。

知青插队到了村里，也算来了“北京大学生”。山里人淳朴，对城里学生，不论年纪大小，学问高低，都称作“北京来的大学生”。说来惭愧，我们连初中都没上完，自 1968 年 12 月 21 日来到农村的那一天就成了“大学生”。老乡又在姓氏前冠以“老”字，表示亲切，我就成了“老孟”。1971 年春，我被泗交大队选派去赵家河村任老师，赵家河办起了学校。

校舍在村边的场院上，门前有条引水渠，流向不远的水磨房。队长早已派人清理了场院、仓库。学校是腾空的三间库房，两间做了教室，一间做了住房，门前搭个棚子，棚下砌了灶台。木板涂黑做了黑板，砖坯架板有了课桌，学生自己带板凳，这也算不错了。只是教室采光不好，没法，我把黑板挂得又靠下了一点。

村里学校开了课，原来在外面上学的半大孩子也回来了。课程设有语文、算术、唱歌和体育，但大多数体育课都改成了支农劳动。十几个孩子分成三个年级。上课时，要同时兼顾安排不同年级不同的课程。三年级学新课，二年级做复习，一年级写作业，课中还要变换角色，这叫做复式教学。

山里的孩子渴望知识，学习很刻苦，对老师极度信任，老师讲什么他们都爱听。囿于当地的生活习俗，缺少对外界的了解，师生沟通时常有些小小麻烦，也充满着无穷的乐趣。

一次，讲到蜻蜓。我说蜻蜓是益虫，它吃害虫，是保护庄稼的，我们要爱护蜻蜓。可啥是蜻蜓？告诉孩子们，是夏天草地上飞的圆圆的头，细长的身，两对翅膀，飞得又快又没声音的虫。同学们你看看我，我看看你，有说蛾子的，有说鸟的，有说蹦斧（棒槌）的，不一而足……我在黑板上画了几笔，尚未画完，有人叫了起来，原来是蹦斧（棒槌）！一只蜻蜓，居然成了会飞的洗衣槌了！

赵葛巴是生产队长的儿子，人小鬼大，组织能力强，是老师的得力助手。一次支农课安排打胡秸（玉米秆割了后，留在地里根的部分），晌午刚过时间尚早，我走在田间地垄上，远远看到赵葛巴带着小同学们提的提，抬的抬，大筐小筐装满了打下的胡秸，正往村里送。张张小脸涨得红扑扑，挂满了汗珠。孩子们说胡秸送给老师烧火用，让我感动不已。

腊梅和梅花是姐妹俩，腊梅是姐姐三年级，梅花是妹妹一年级。腊梅学习好，字写得工整，算术常满分。妹妹爱学习，只是反应有点慢。课堂上，姐姐有时做完自己的功课，抽空教妹妹。妹妹常常忘记身在课堂中，高声喊“不对”，妹妹学习成绩进步很快。后来，我把高年级和低年级的，学习好和学习差的，反应快和反应慢的同学结合起来，开展了“一帮一”。

一年级学生赵面囤八岁多了，比同年龄的孩子大一号，圆圆的头，胖胖的脸，见了老师总是笑眯眯，想和老师亲热，又总站在学生圈外，回答问题歪着头，答案需要老师耐心等待。面囤早早没了父亲，姐姐嫁到外村，刚成年的哥哥远在曹家川下矿，很少回家，面囤跟母亲相依为命。刚到赵家河时，我未及开伙，被安排在各家吃派饭。他家的饭，让我当时不忍吃下去，现在难以忘怀：满满的一大碗綦饭（面条），上面两个荷包蛋，我要把鸡蛋分给孩子吃，孩子早被喊出门外……

孟庆生　1951 年出生，北京第五十七中学 1967 届初中毕业，1968 年 12 月至 1976 年在夏县泗交公社泗交大队插队。

插队二三事

黄展

难忘的一次蒸馍

对知青来说，做饭是件麻烦事儿。

记得大约 1970 年，一次轮到我和德欣欣蒸馍（我们知青点 7 个男生，只有 2 个女生）。每次都要蒸一大锅，好几箅馍，蒸馍也算一大“工程”，从做到蒸好得两小时左右，一般都要歇工，我们烧火只有小灌木，缺少硬柴，要不断地添柴拉风箱……

那时我们分住在村里好几处，厨房先搬到村边给知青新打的窑洞中。这些窑洞一共五孔，还没完全收拾好。我们俩把馍蒸完，收拾好，吹灯，走出窑洞，才发现外面飘着细雨。天空这叫一个黑，伸手不见五指。蒸馍时天还没黑，所以没想着带上手电。在没有电的地方，我把手电比为第二生命，尤其是月末月初，晚上整个山区一片漆黑，没有手电，行走不仅困难也非常危险。

我和欣欣相互拉着，凭着对道路的记忆慢慢往前挪。窑洞刚打完，窑洞前还没有整理好，往前走了大约 30 米，不敢走了：该往右拐才是进村的一条下坡路，可路面高低不平，不知该在哪拐，再往前就有可能走到崖边摔下去。实在没办法，我俩只好拉开嗓门，叫班长朱同江（知青）来接我们。

漆黑的夜晚，在这个寂静的小山村，我俩凄厉的喊声（后来老乡如是说），终于把朱同江和晏山平叫来了。看到远远的手电光在移动，当时的心情是激动又委屈，一言难尽。终于，手电光慢慢照近了，由于光照有限没看到他们打的伞，还被伞碰到鼻梁，幸亏没碰到眼睛。

在手电光的指引下，我们终于回到了所住的窑洞。真是一次终生难忘的蒸馍经历！

第一次去沟东大队开会

我们所在的窑头村，是山区里比较大的一个村子，但与也有我们北航附中知青的小村子杨家川一样，都属于沟东大队。我们到窑头村后没多久，下了一场大雪，满山遍野，一片雪白。

这天，通知知青到沟东大队开会，在书记队长等的带领下出发。我的棉鞋，塑料底儿的，鞋底纹路已磨平，踩在雪地上几乎站不起来，一走一跟头。这时我想到，用托运行李绑箱子的草绳缠绕在鞋上。鞋底有了草绳，增加了摩擦力，这才跟着大家一块上路。

先下到沟底，再往山上爬。一路虽然艰难，还是顺利到达沟东大队。会开完后回村，下山时发现小路变得比来时陡多了，加上路面有雪，我几乎坐着一点点往下出溜，有时觉得要从山上滚下去了，太险了，真是上山容易下山难！终于安全回村到家，事后才知来去走的是两条路，去时走的是缓坡之字形小路，回来走的是陡的小路。由于刚去不久第一次去沟东，又加上雪的覆盖，跟着老乡走，老乡走惯山路，加之他们穿的鞋是手工纳的布底，防滑。

山区下雪、下雨，路面上非常滑，挑水特别困难，所以下连阴雨时，老乡就把水桶放在屋檐下接屋檐水用，我喝过。记得有一次接的雨水时间长了，水都变绿长水绵了。

干　活

插队第一次到地里干的活就是修地，那是冬天最主要的活儿。

刚开始，还没觉得太累，休息时还有力气站着，怕坐地上把裤子弄脏。接着干下去，就不是那么回事了，休息时也就顾不得那么多了，一屁股坐在地上了，好好放松一下，企图恢复体力。后来，只要在地头休息，和老乡一样找个地儿一坐，抓紧时间休息。夏天休息时间长点，就和老乡一样往地上一躺，真正像个老乡了。

歇下时，老乡用玉米秆拢起一堆火，围着火堆，席地而坐，把带来的馍放在火边儿上烤。冬天馍冻得硬邦邦，得用火烤，热了好吃。我们村的地离村子远，干活时都要带上一顿干粮。后来知道，要是麦收，得带上两顿干粮，如果每顿饭回家吃，路上耽误的时间太多。

刚开始还嫌烤馍脏，烤过的馍，粘着柴灰，黑乎乎的。特别是老乡用干牛粪火烤馍，更觉得不卫生而宁吃冷馍，后来发现干牛粪火把馍烤得焦黄，还不爱糊，吃着倍儿香，休息时就到处找干牛粪来烤馍。有一次，一个小子开玩笑使坏（记不清村里谁了），拿块不干的牛粪放在火上，把我的馍给熏得一股怪味。

黄展　北航附中1966届初中毕业，1968年12月到夏县大庙公社窑头大队插队。1974年困退回京，在北京大学校办制药厂工作，1975年7月31日车间发生事故被烧伤。1978年药厂解散，到北京大学生物系（现名北京大学生命科学学院）工作，2005年退休。

“过山车”

王志军

这里说的“过山车”，可不是游乐场里的过山车，而是我们在夏县插队时坐的往返于县城和祁家河公社间的运输班车。一辆老式解放牌大卡车，拉货，但更多的是载人（客货二用）。每天早晨五六点从县城出发，中午12点左右到达祁家河公社，乘客下车离去，车在公社休整个把小时，又搭满乘客原路返回县城，黄昏左右时回到县城。除了大雪封山或暴雨发生，都是这样。车行进在中条山中，走沟爬岭，翻山越坡，一路多处艰险……

车上的人总是挤得满满的，都是站票，根本不知道什么是超载。车每翻越一座山，总是慢慢地费力向上盘爬。到了山顶，转为下山，车上人开始有了过山车的感觉，随着卡车下山速度的加快，在连续的转弯处，车子重心大幅漂移，产生忽左忽右的摇摆，全体乘客们一会儿向左、一会儿又向右倾倒挤压，尤其是在下陡坡时，车速相对较快，急转弯再加上急刹车，那挤压的感觉会更剧烈。这时全车人也就开始大呼小叫，紧靠车帮的人如果不做好应对准备，或身体弱小者，被挤哭或破口大骂的并不少见。为了防止车帮被挤坏，中间拉一条铁链。人们就是这样坐着“过山车”，一路摇摇晃晃到家。想想真是受罪！可当时，能坐上班车就很幸运了，来晚了连“过山车”都没有，只能等一天或者走百十里地回家。

知青回北京探亲，一般都是到县城，再到水头火车站坐火车经太原走石家庄到达北京。但是我们祁家河公社东庄插队的知青还可选择另一条路回北京，即从东庄出发，跨过村西几步路的一条山沟，到平陆县曹川公社的地盘，徒步走上个把小时赶到曹川公社买上汽车票坐车到平陆过黄河，到三门峡上火车；再有就是直接从村里走 30 里路，到黄河边的一个小渡口南沟村过黄河。我们无论回家还是结伴儿去华山，都是走这条路。乘上摆渡船渡过黄河下到南岸就是河南境界了，地名叫白浪，是个古老的渡口。这里河面不太宽，可能不到百米，但水流很急，浊浪滚滚。上船后船工们要拉纤向上游走一里多地才开始渡河。看那艄公们，掌舵的是一个老汉，精瘦干练，摇橹的一个个壮汉，在老汉带领下，吼吼地齐声喊着，仰面朝天，拼命将橹杆拉向怀间。站在船里，只感到对面的大山旋转着向你扑来，眼看着大船顺着激流冲向远方，不一会儿却稳稳地靠上对岸的码头——河南，黄河之南，就是因此得名的吧。到南岸后，要沿着陡且长的一段黄土高坡向上走（即从黄河沟底走到沟顶），很是费力。到了沟顶就是平地了，走路或搭车到渑池，那里有火车站。男知青多为了省钱（确是很穷）就寻探货运列车，敞篷的，最好是封闭开着门的空货车厢（遮风挡雨，夏凉冬暖），要紧的是看准车头在列车的哪头，一定要在东头（去北京），否则坐错方向离家更远了。在车上还要随时盯着每个经过的站，到郑州是一定要下车的，因为你不知道货车的终点及路线，郑州是大枢纽站，南来北往东走西行皆有可能，一旦火车不是拐弯北上，而是去了南方或向东去徐州不是麻烦了吗！在郑州站也是想办法蹭上去北京的火车回家。年轻人的好奇好玩、冒险玩命的精神也许是选择这条路的动因。走这条路也给我带来了不少的第一次：第一次经过平陆县，第一次亲身到黄河边，第一次坐渡船过黄河，第一次扒货车，第一次……，时间飞逝，转眼50年了，真想趁腿脚还利落，再走一次这条回家的路。

王志军　北京师院附中1967届初中毕业，1968年12月20日到夏县祁家河公社东庄插队。

一封没有发出的信

于福云

大叔大婶：

你们好！离开山西已经九年了，非常想念你们。常常在梦中与西其里的乡亲们团聚。回京以后，我经常想念大叔大婶，想起二十几年前在村里插队时的情景，想起你们一家对我们知青的帮助。不知为什么，时间隔得越久，那些记忆反而更加清晰，更加深刻。大叔大婶，这一辈子我都不会忘记你们的恩情，相信好人必有好报，我永远祝福你们，希望你们晚年幸福，健康长寿。希望几个弟弟妹妹幸福。

人生的悲欢离合有时候是变幻莫测的。二十几年前，我们含泪告别了亲生父母，远离北京的故土，去那千里之外的黄河故道。一下火车就是满目黄色，黄色的土岭、黄色的道路、黄色的村落。真有到了异国他乡的感觉。加上当时语言不通，更感到人地生疏，不知将如何度过以后的日子。可幸的是西其里村的乡亲们是热情可亲的。刚去时我们住的月桂家的小院里，经常有兰兰、大小凤仙、水仙、桂平等小姑娘们的说笑声。经过这么多年，我依然清晰地记得她们当时的样子，虽然穿着自家纺织的粗布衣裤，仍打扮得漂漂亮亮，水水灵灵的，她们的外表和内心都像她们的名字一样美。几十年过去了，无情的岁月在我脸上刻下了深深的皱纹。不知道她们现在怎么样了？现在的西其里也不知变成什么样子了，真不知什么时候我还能重回西其里——我的第二故乡？如果真有那一天，我一定在您家好好住上一阵子，重温旧梦。

最让我难忘的还是你们一家人。大叔大婶、弟弟妹妹就像我的亲人一样令我牵肠挂肚。我觉得，大叔就是这世界上最正直的人，大婶是这个世界上最善良的人，我在最困难的人生阶段能遇上你们，并能和你们在一起生活几年，真是这世界上最幸运的人。

那时候大家都很穷，每天吃的是黑面馍，最好的小菜就是自制的韭菜花，还要等有客人的时候才能吃上。平时就是腌生大葱、生韭菜、芫荽、洋葱、小辣椒，切碎了，放点盐，有咸味、辣味，就是菜了。为了能在过年时吃上炸麻糖，我们还要节省下来每人每年分得的一斤半棉籽油。除非遇上个大事小情，基本吃不到炒菜。在那样困难的情况下，您一家人宁可自己吃得差一点，也把最好的东西留给我们几个知青吃。每次我们下工回来，又累又饿，回到小院，能吃上大婶做的热乎乎的饭菜，身心的疲惫几乎一扫而空。那时候连酱油都很少买，豆腐也逢年过节才能吃一回，但经您手做出的饭菜，我们都觉得特别香，在我们心里，那就是妈妈的味道。比起村里其他知青，在您家住的我们三个真是太幸福了。虽然远离北京，但我们却依然可以感受到那父母般的关怀和爱护。记得我进石英厂一年后在运城医院做手术，从未坐过火车的大婶让佳代带着，坐火车到医院看望我，那含着泪水的亲切、心疼的目光，叫我一辈子也忘不了，真想叫您一声妈妈。在村里的时候，我和方乙就商量想认您做干妈，虽终究没有说出口，但我们彼此间的关系早就如同母女一样了。我回家以后，大婶托人写来的唯一一封信，还提到要还我钱的事。其实，在我心里，这就算是女儿尽的一点点孝道吧。

前两年我给你们写过一封信，未见回信，心中一直惦念。这次收到信，请一定要记得给在北京的女儿回信，好么？

春节前，我和吴方乙、孙荣民、吴魁志、范佳代、葛元仁聚会了一次，中间还接到嘉琪和小抗从加拿大打来的电话。自从1972年和方乙分手后，再没见过面，这次久别重逢，我们几个都激动得流下了眼泪。二十几年前的恩恩怨怨重现眼前，有说不完的话，叙不完的旧。被提及最多的还是西其里村的事。大家都盼着能回到村里看望您一家和其他老相识，这恐怕只能是梦想吧？正如您在信里说的，这辈子怕是见不到了，连我们三个都等了24年。

太伤感了，先写到这里吧，请记得一定要回信呀。

祝您们一切安好！

福云拜上

1996年4月20日

于福云　1947年4月出生，北京师院附中1967届高中毕业。1968年12月到夏县禹王公社西其里村插队，1972年9月经推荐进山西石英制品厂。1987年回到北京，在工商银行方庄支行工作至退休。

夏县情

徐世珠

1968年11月11日，经过一天一夜，傍晚我们终于到达了山西夏县水头镇。站台上敲锣打鼓热闹非凡，这是当地的贫下中农在欢迎我们，我们激动的心呀，顿时充满兴奋和喜悦。我们当晚住在水头招待所。后来才知道，天津知青分配的平原水头公社都是水浇地，是夏县最好的地方，种的是小麦、棉花，吃的都是细粮，种棉花年底可分红。

第二天一早，大张村的马车就到了，一路上欢声笑语。我和令婵、闫淳分配到大张二队，住在妇女队长王芳兰家中，她家对我们很好，把整齐的南房让我们住。

男生刘树景、孙宝林、张晏恬、郝仲春、张志栋、王家驹、路宝华和我们是高二和高三的高中毕业生。

房东全家都是淳厚朴实的人。叔叔话不多，在生产队养牲口，是个闲不住的人。婶婶精明强干，家里有四个女儿。大女儿出嫁到张付村，二女儿出嫁在本队，三女儿“样样”像父亲，话不多，脸上总是挂着微笑，对待我们像亲人一样。她被留在家中，给她从山上招个上门女婿。当地的风俗，家中没有男孩一定要招个女婿，顶门立户。最小的女儿芳兰是妇女队长，和我们一般大，干农活时总是帮助我们。

我们每人都赶快写信给家里报平安，家中的爹娘都悬着心、盼望着呢！我们每个人都是报喜不报忧，我记得我每封信都是洋洋几大篇，好让家中放心。城里的上山下乡运动仍是如火如荼。各家的弟弟或者妹妹陆续地找我们来了。大张村容纳不下这么多人，公社又开辟了知青点水南大队。我的弟弟被分配到水南大队。闫洁投奔她姐姐闫淳，玲媄投奔姐姐玲婵，刘树景的妹妹和她的朋友也来了，我们队又添了4个人。

国家第一年分配我们的口粮是每人528斤，当时都是正当年，干活又累，这些口粮不够吃，常常是没到月底粮食就没了。队长张大东知道这种情况后，就和保管想方设法接济我们，社员们上工时手里拿着馍，只要是他们认为好吃的总是送给我们，尤其是婶婶们常说“人家娃恓惶滴”，爱怜着我们。

尽管岁月流逝，可我们怎么也忘不掉山西的父老乡亲。2008年运城庆祝知识青年插队40周年，2011年孙建君在大张三队建立了知青纪念馆，我和我的姐妹们、家人、同学们都来探望当年接纳我们的父老乡亲，带去了天津特产“狗不理包子”“十八街麻花”。乡亲们时隔多年，仍能亲切地叫出我们每个人的名字，村中的老人大部分都健在，遗憾的是当时任妇女队长的王芳兰已不在了。当年和我们一起相处的小姐妹们也从出嫁的各个村里回娘家来看我们，相聚在一起，好不热闹。村里举办了流水席，招待我们。我们栽种了“知青林”。大张村永远是我们的故乡。

徐世珠　1948年7月出生，天津南仓中学1967届高中毕业生，于1968年11月至1972年8月在夏县水头公社大张大队插队。1972年9月在运城师范学校英语专业班进修学习。

难忘岁月

张慧华

1968年末，我和同学们一起来到山西省夏县水头公社西张村二队插队，开始了知青生涯。

第一年冬天，我们4个女生，被安排住在农家一间空闲的房内，土炕可以在睡前烧柴烘热一下，睡下以后就逐渐凉下来。只记得早上起床时双脚冰凉，一摸脸和鼻头都是凉冰冰的，再看脸盆里的水已冻成硬硬的冰。

冬季，冷风飕，天地寒，主要农活是积肥。用拉车把经过土粪混合发酵的肥料拉到地里，这农活儿我是初次尝试，能把装满土粪的车拉动走起来，真是突破。西张二队的田地是一路上坡，在进入地里之前是一段十米左右很陡的上坡，上坡之前必须像运动员的终点冲刺，拼尽全力，稍有松懈，上不去，车就要拉着你往下滚了，可谓费尽九牛二虎之力。把车拉到地里时，其他人已拉着空车往回走了，而我还要拉着车，在松软的地里，绕过前面人倒的粪土堆，才能把这车土粪倒下。慢慢我适应了“小粪车，好朋友，冬天拉着地里走”的农活。这年冬天，让我着实体验了农民的辛苦。

经过春夏秋冬，我几乎每天坚持出工，学会了多项农活的操作，其中丰收的喜悦和劳累兼并的农活，除了割麦，我印象深刻的就是摘棉花。

金秋10月，一眼望不到边的棉花，那神奇的吐露，深深吸引着我。大家弯下腰，两只手穿梭似的把棉花从壳中摘出装入胸前挂的大布袋中，袋子被装满了，就要返回倒在地头。这项农活不是强体力劳动，社员们已经摘到另一侧地头，而我仍是远远落在后面。直直腰，腰背早已不听使唤，是那样的酸痛，两腿又是那样的无力。

在磨炼中，我懂得了农民从播种到收割的艰辛，懂得了农民的日夜劳作是他们真实生活的写照。在与农民朝夕相处的日月里，记录着我和他们的情思。在这期间，我以坚持出工为己任，每年工分本上详细记录着农活名称。

1972年夏季，我收到了天津师范学院的录取通知书。我拿到这一纸书，深感它沉甸甸的分量。因为是9月初开学报到，所以开学之前我仍坚持留在村里。曾有人问："你很快要去凉房里坐了，怎还到炎热的地里来干活？"那时我在想，回到天津，我将看不到农民在田间劳动的欢笑，看不到西张村果木园的累累硕果，闻不到这里的泥土飘香。

回到天津的几十年，水头镇西张村一直令我深深怀念，我感恩那里的父老乡亲及村队干部对知青的肯定，感恩各级领导对知青的关怀及照顾，感恩曾经一起并肩努力奋斗的知青同学，他们在山西大地上，十几年甚至几十年，一直在坚守与付出。

张慧华 1949年10月出生，天津南仓中学1966届初中毕业生，1968年12月至1972年8月在夏县水头公社西张大队插队。1972年9月选调天津师范学院物理系上学。2005年2月天津南大附中退休。

牛、麦子和饭

沈建民

1969年春节，我的同学谷秀冬的哥哥谷秀年从山西夏县插队回津探亲。他给我们介绍了那里的情况：运城是山西的粮仓，主产小麦、棉花。当地饮食以小麦为主，气候和天津差不多。这对刚刚开始长身体的我来说有着很强的吸引力。我和谷秀冬、于世钊是从小学到中学的同班同学，几个人一合计，干脆就到山西夏县插队吧，好歹大家一起做个伴。

3月4日，我们离开了父母，来到山西夏县水头公社水南大队开始插队的生活，那一年我不到17岁。水南大队的知青都是投亲靠友来的，开始全部安排在二队和三队。几个月后重新分队，徐世本和张瑞梓到七队，我和谷秀冬分到八队，于世钊到十队。七队和八队都在一个庄——牛家庄。

对我们来说，每日三晌出工从天亮干到天黑，真是非常辛苦。尤其是麦收的时候天气酷热，坡上的麦地有七八百米长，割一段抬头看看，还是看不到边，感觉腰都快折了，汗水顺着头发直往下滴，只有咬牙干。印象深的，还有出牛圈。村里的牛圈都是在窑洞里，一个窑洞里养着十几头牛，牛在里面又拉又尿，每天早上饲养员就垫上干土，反反复复十几天粪土掺杂散落的饲草有一尺来厚了，再经过这群牛的踩踏，真是又硬又韧。由于这活不好干，队里采取轮班的方式，男劳力两人一班儿，我和谷秀冬一班儿。我们拿着钢锨，脚踏的地方套上旧鞋底，以减轻蹬踏时脚的疼痛。使上全身力量，钢锨一次也就蹬下一寸深，一下下装满一车推出去。每次干完活儿，右脚心都肿了，感觉身体快到极限。2008 年我回村特地到那坡上的窑洞看了看，牛早已不养了，耕地、收割全都机械化了，人们再也不用像过去那样辛苦劳作了。虽说在农村那几年日子很辛苦，但也磨炼了自己，奠定了能吃苦的基础。现在自己已经 60 多了，但每天还是坐不住，愿意干些活儿。

虽说那段日子很苦，但比起其他地方，吃的还是很好的。每月每人可以从队里领取 45 斤原粮：小麦、玉米七三开，细粮的比例不低于天津的供应标准，还有半斤棉籽油。烧火除了用棉花柴，还可到队里装些麦糠烧。每个队还都种些菜，如果想吃可以买。我记得每次领来粮食磨成面粉后，我们知青都要烙饼、炸馃子，再沏上一大缸子茶水，大饼卷馃子，一吃太幸福了。

虽说吃得不错，可要是安排不好也有麻烦。1972 年中秋节前，我们领到小麦用水淘洗后刚晾晒，天就下起了雨，一连十几天断断续续下个不停，麦子没法晾，去磨坊的路上也全是稀泥。以前剩的面也吃光了，我们只能煮玉米粒吃。后来，连烧火的干麦糠也没有了，只好嚼麦粒，我和谷秀冬躺在炕上都期盼着雨别再下了。雨终于停了，我们也快两天没怎么吃东西了，但路上都是泥，没法走。转天天气晴朗，我们终于可以出去了。我们计划先到水头公社去饭店吃一顿，然后再安排磨面的事。走时，我俩先到七队徐世本、张瑞梓处打一晃，正赶上他们烙饼。几天没怎么吃饭，太饿了，三口两口一张饼就进了肚。大饼进了肚，人也精神多了。

我和谷秀冬到了水头，在饭店里要了四碗汤面，每碗三两，每人两碗。吃完一碗后他不吃了，我感觉要是剩下怪可惜的，就把他那碗也装进肚子里，又喝了碗不要钱的煮面条汤。此时，肚子有些微微的疼。离开饭店，总是感觉口渴。恰巧看见路边有个卖西瓜的，买了个西瓜吃下去。没想到肚子更疼了，这时都不敢直立走了，只想着快回到村里。秀冬陪我慢慢地往回走。刚出水头，肚子痛得一步都不想走了，只能蜷缩着躺在路边歇一会儿。水头距离水南大队部也就3里路，可我们走走停停走了2个小时，终于到了大队。此时就是口渴，进去找水喝。在马棚看见车把式烧的红茶水，连喝了两碗，肚子刚好些又开始剧烈疼了。此时车把式已套好车准备去九队，招呼我们跟他一块走。我坐在车后，大车每颠一下就更加疼痛。突然，大车轧到了一个土洼，猛的一颠，所有吃的东西都喷了出来。这一吐可好，肚子马上不疼了，也不口渴了，一切都跟好人一样。几十年过去了，至今每个细节我都还记得清清楚楚。

沈建民 1952年7月出生，天津第二十六中1968届初中毕业，1969年3月至1973年12月在夏县水头公社水南大队插队，现从河北省沧州市农科院退休。

如烟往事

张瑞梓

三个光棍一家

1969年6月15号，我到山西夏县水头公社水南大队插队。水南大队背靠峨嵋岭，面对涑水河，依次排列着5个自然村，每个自然村都有各自的村名，每村分两个小队。我和徐世本分到七队，一墙之隔便是八队。沈建民、谷秀冬在八队，虽在一个村，却也不天天见面，偶尔有事隔墙喊一声那边自然回应，下雨下雪不上工少不了聚在一起瞎聊。

我和世本在七队干了一段时间，世钊从九队来了。记得是夏天，世钊皮肤晒得黝黑，平头，戴着近视眼镜，上身穿的背心，下面穿条篮球裤衩，脚下一双球鞋，嗓门大，进门就道喜：两位发财。我说发棺材，你来就好了，赶紧领粮食去，没面了，他说再领点油炸果子。

于世钊性格乐观，干活不惜力，好和人争论，不掰扯个真渣来没完，给生活带来了无限的乐趣。

他不爱干熬日工的活，总是想干点早干完就回家的事，比如出圈，就是把牲口的粪便清理干净再垫上新土，一晌工，半晌就干完了，剩下半晌时间找人聊闲篇去了。有一年夏天我去马房找他。看见他穿个游泳裤衩，脚下套双木拖鞋，当当地踩着钢锨，一边干一边说，这么硬，吃嘛好东西，拉这么结实的屉屉。只见他汗流浃背，如同刚从游泳池上来一样，脖子上搭着的白毛巾早已变成黄色，只有毛巾两边的蓝道道还没有完全褪色。他边擦汗，边嘚啵，长腿圈就是硬，介个得记两晌工。长腿是指的大牲口，马，骡，驴，而牛属于短腿。由于长腿们经常站着踏步，把地面踩得非常硬，拉了尿后饲养员垫上新土，再接着踩，日久天长如同水泥一样。

马通人性，警惕性也非常高，刚进马房的院子，白马就呼呼地从鼻子里喷气，好像说有人来了。我还没到马槽，它就警觉地竖起来耳朵，往后退，前蹄烦躁地跺来跺去，眼睛瞪得大大的，脖子往上抬着。再看看对面的老牛，卧在地上两眼眨巴着，嘴里一动一动，慢条斯理，凡人不理的样子。我大喊了一声："世钊，完了吗？""介就完，有事？""秀年来了，找你，秀冬让我喊你一声。""知道了，介就回。"马房虽撒气漏风，但仍有一股难闻的气味，尿臊味，夹杂着湿热的潮气，混合着牲口的体味，弥漫在空气中，使人作呕。走到院子里立刻觉得空气新鲜了许多，我长舒了一口气，心想，世钊不简单。夏天的晋南地表温度很高，热得人受不了老想着往窑洞里钻，想想世钊出圈的情形，忽然觉得也没那么热了，似乎也觉得有风了，身上顿时凉快了许多。

冬天里的火光

1969 年的冬天是我在村里过的第一个冬天，晋南的天气不算冷，老乡也不点炉子，取暖也不预备过冬煤，屋子也谈不上保暖，窗户没有玻璃都是用纸糊上，也不糊顶棚，抬头能看见椽子上的泥和瓦片。唯一能保暖的是火炕，四周围起来，有顶子，炕的前面有个门，挂个布帘子像是睡在轿子里。

时令真准，大雪这天，真就下起雪来，铺天盖地下了一上午，快到中午时才停。下雪不上工准备去三队转一圈，回来路过吉家门前，看见三三两两的人群在村口上议论着什么，好像出了什么事，出于好奇我走过去看看。

我问六队的老乡，是唱戏吗？哭得这么好听，尤其是拖腔，委婉动听。老乡说，哭套咧。套就是村里的路，哭套是当地一种风俗，家里有人死了，妻子或女儿哭诉该人的功劳贡献以及劣迹或种种不是，是一种古老的说唱艺术，在先秦时已经有了。有人认为说唱艺术是近年来从国外引进的黑人的一种唱法，其实二千年前山西的农妇们已掌握了这种技巧。我随着人们走进村子，只见一个穿孝的女子站在套里，像戏里的叫板，开口唱道："老天牙(爷)呀，恓惶(可怜)的俄（我）呀，受活(享福)的你呀，俄从十八进你屋门，儿女共养五位人，饱饭没有吃一顿，嗲姆（爹妈）送终俄一人，钱粮没有吃糠菜，半压(夜)冻醒单衣人，儿女瘦弱如病猫，可曾见你问一问？老天有眼俄先走，怎能受活你一人。"如泣如诉，哀声不绝，我回头看看，妇女们眼里含着泪珠，脸上带着满意的微笑，男人们连连点头："皱（好），皱，哭滴美。"这是对这个女人最高的奖赏，我不明白，也没有满足感，只能悻悻地回到家里。

天又阴了，晚上可能还会有雪，我也烧炕吧，出去找点柴，刚出门就碰上了老八路。他是队里的政治队长，当过18年兵，打过日本去过朝鲜，他无私，一心为公，在村里特别受人尊敬，都叫他老八路。听他儿子柱子哥说，他是三级残废，每年有136元的伤残补助金，可一次都没领过，弄得公社管钱的人到他家去了好几趟，结果还是交了党费。老八路在公社乃至夏县都是出了名的。

我想烧炕寻点柴，他说场上有麦鱼(麦穗去掉粒剩下的皮）可以烧，麦秸要喂牲口不要烧，我答应着借了两个篮厝(大筐)，挑了满满二大篮厝，心想够烧几天了。天渐渐黑了，好歹吃了点饭，世本去大队还没有回来，我一个人先干着，点着了火，把麦鱼往里扔，扔了一筐，炕也不热。心里想这玩艺儿太轻不经烧，可能没有热量，天已经完全黑了，上哪儿再找柴去？都搁里边得了，不行明天再说。晚上8点多世本回来了，我说烧了半天炕，两大筐麦鱼都进去了也不热，他说有可能没着，这玩艺儿可能不行，明天找点玉米秸秆吧，要不然就用做饭的棉花柴，那东西准行。谁知睡到半夜，听见世本喊："着火了，快起！"拉开灯，只见满屋浓烟，炕席烧着了，褥子也烧了一个大洞。赶紧下地，拿洗脸盆里的剩水泼在燃烧的炕席上，又把褥子上的火苗扑灭，一人围着一床被在炕上坐着，太烫干脆站在炕上，还是烫。一个脚站，再换那只，来回倒，还是不行，跪在炕上也不行，就是舍不得这点热乎气，最后没法终于站到了冰冷的地上。看着热炕不能待，站在地上受冻，世本说劳而无功，劳而无功，我站在地上看着冒烟的火炕突然笑出声来。“你乐嘛？”他说。我说，今早上柱子哥还说，有福之人不在忙，无福之人跑断肠，有福寒冬似六月，无福火炕变冰床，这真算说在点子上了。

送 饭

每年麦收以后都要请拖拉机翻地，今年也不例外，公社农机站是歇人不歇马的，师傅们三班倒，到半夜 12 点左右要有人送饭，队长说让我去。

漆黑的夜晚没有星星，也看不见月亮，我小心翼翼地挑起担子拿着手电筒，顺着沟向岭上走去。越往上走越静了，偶尔传来几声猫头鹰的叫声和松鼠的跳跃声，感觉瘆得慌。突然看到远处有二道绿光在盯着我，吓得我立刻站住了，差点撒了米汤。我拼命地用手电照着，大约相持了十分钟，绿光不见了，才壮着胆子大步向岭上走去，心想送完饭，先不回来等天亮再说吧。我把手电照向远方，唱起《智取威虎山》，要不是怕米汤洒了，早就跑上了。越是想快走两条腿越不听使唤，深一脚浅一脚地往前奔着，直到听见拖拉机的突突声才出了一口气。

我大声喊：“饭来了，吃饭吧。”嘎的一声，拖拉机熄了火。下来一个人，后面紧跟着提犁的人，天太黑了，看不清模样。我仍然大声地说道：“师傅们先歇会吧，喝点米汤吧。”“小张是你吧？”我赶紧答应着：“是啊，您是哪位？”提犁的小伙赶紧说是王书记，“噢，王书记你怎么来了，你不是脱产吗？”“站里人手不够，顶二天夜班。”

“一块儿吃吧。”老王邀请我吃饭，我说：“不了，不了，你们吃吧。”“四个馍够了，我吃一个就够。”老王说。说实话，我也饿了，没有过多推辞就和他们吃起来。在漆黑的夜里吃着馍，夹上些油泼辣子，真的很好吃。“王书记，我来时看见二道绿光盯着我，是狼吗？”我问道。“不是，有可能是山狸子（狸猫），我们半夜开拖拉机也常常看见绿光，咱这达，狼基本上绝了，有些狐狸呀山狸子，没事的。”也许是吃饱了有了力气，也许是听老王说了不害怕了，我收拾了碗筷挑起罐子小筐，哼着样板戏一路向岭下走去了。

张瑞梓 1952年7月出生，天津第四十中学1968届初中毕业，1969年6月至1972年5月在夏县水头公社水南大队插队。1972年6月选调石英厂，1980年返津，1985年毕业于南开大学法学系，现任上海交通大学产业研究院顾问。

不能忘却

李琼珠

1970年，刚满18岁的我告别了故乡天津，来到了山西夏县水头公社水南大队插队。面对着陌生的生活环境，还真有些不适应。不但要从事繁重的劳动，还要自己挑水、做饭。往往饭还没有吃完，上工的钟声又响起来了。在老乡的帮助下，我逐渐学会了做饭，学会了农活。四年的知青生活锻炼了我的意志，回忆起来，知青生活所经过的苦和累、情和思还久久不能忘怀，永记心间。

突遇洪水死里逃生

1971年，我参加三线建设。一天，正当我们休息时，下起了大雨。猛然间听到外面轰轰地震响，只见山上的雨水往下流，水流越来越大，声音也越来越大，大石头从山上滚滚而下。有人喊："不好！山洪下来了！"我当时就傻了。又听有人喊："快跑！危险！"洪水瞬间就把村子包围了，几个人赶紧手拉着手往村里跑。一个浪头把我们冲散了，我掉进了果园里，水深有两米多，慌乱中抱住一棵果树。听见有人喊："有人掉水里了，还有知青呢！"危险之时，一个小伙子冲进洪水中，一下子把我拉出水面，送到高处。当我醒过来时，才知道救我的人是一个叫刘新振的知青。我非常感谢刘新振大哥的救命之恩。

重病之中见真情

三线工作一年后结束了，我又回到村里。一天，我突然发起高烧，体温达到近40度，持续了四五天，口腔全肿了，连喝水都困难。房东大婶看到我这样吓坏了，叫来队干部、大队赤脚医生，诊断是白喉，应该住院治疗，但我没有钱不能住院，只好在家输液。大队卫生室又没有消炎药，这时我已经是时清醒时昏迷了。我的队友王景琦跑了几十里路找了好几个地方，最后在石英厂找到了青霉素。那些天，妇女队长派人守护着我，村里的大爷大娘每天都来看我，给我送上吃的喝的。在那时候，鸡蛋、白馍是最好的东西，可我吃不下呀！嗓子疼得连水都咽不下。经过一周的治疗，高烧渐渐退了，喉咙也渐渐消肿了，总算把我救活了。当时，西张的知青孟凡瑛大姐得知我病得很重，几十里路赶来照顾我，直到我痊愈了。在这场大病中，是乡亲们对我无微不至的关心照顾，是知青战友们陪我度过这艰难的时光，我深深地感谢所有的亲人们。

1974年下半年，我被天津市无线电技工学校录取，结束了我的知青生涯，回到了天津。

李琼珠　1953年3月出生，天津女四中1969届初中毕业生，于1970年7月至1974年10月在夏县水头公社水南大队插队。1974年11月回津上学。

知青这碗酒

王兆祥

1968年11月11日，天津东站一辆开往山西的知青专列即将出发。车厢内坐满学生，其中就有我。火车缓缓启动，我坐在座位上，透过车窗上身体遮挡的缝隙，望着窗外爸爸和弟弟在挥手，妈妈在抹泪。我没有动，我的心似乎停住了。从这一刻起，我从一个学生变成了一个知青。

火车疾驰，望着窗外迅速倒退的树影，眼前浮现出家人送别的情景：奶奶天还不亮起来为我煮饺子，端到我的跟前喂给我，说："上车的饺子，下车的面。多吃点饺子，不想家！"我嗓子发干，眼睛发直，看着手忙脚乱地忙乎着的妈妈，根本吃不下……我心中不断告诉自己：不要想了。可是越是不要想，奶奶的面容越是挥之不去，眼中不觉含满了泪水，怕被同学看见，我低着头，偷偷地抹掉。

夏县到了，水头公社到了，东张大队到了。经过短期知青点的共同生活，我们被分到各个小队。我分到第六小队，属于比较富裕的队，每天一个工分5分钱，特别是我在这里遇到一个又一个的好人。

我遇见了一个好房东——高大娘。大娘有三个儿子，两个在部队当兵。小儿子叫高天存，十六七岁，与我年龄相仿，很快成为我的一个好伙伴。看我一个人做饭，大娘隔三差五给我送来热菜热饭。只是大娘蒸的馒头发酸、发硬，吃不习惯。原来她们完全依靠自然发酵，不用碱面。我提出教大娘、大嫂蒸发面、揣碱的天津馒头，她们当然高兴。经过多次摸索、实验，居然蒸出了一锅雪白、松软的开花馒头。当30多年后我重返东张村，与乡亲们闲聊，还提及此事，仍引起一阵会心的笑。她们说现在已经习惯吃使碱的馒头。

我遇见了一个好队长——张北管。他言语不多，说话慢条斯理，略带笑容。他热情、周到的安排、照顾，使我这个乍到农村，什么也不懂，什么也不会做的学生娃初次尝到了人情的温暖。在到六队的两年里，队长安排我看过两年的瓜地，看过一季桃园和一季菜园。看管瓜园、菜地、桃园这种活计是社员都抢着干的活儿。派给我，自然是对我的照顾。对于我来说，活不累是一个方面，更重要的是有充裕时间做饭。菜地的蔬菜新鲜，现摘现吃，在菜地我最常做的是：锅内放点棉籽油，葱花炝锅，放辣子、茄子、固体酱油、盐翻炒，再放一点水，然后将馒头一切两半，扣在菜上，再盖上锅盖小火烧5分钟。菜熟了，馒头热了，一顿饭齐活了。

冬天，队里最多派给我的活就是跟着车把式到邻县十几里外的集上卖菜。这个活儿我乐意干，因为无非是收钱、记账，回来交钱。但也有不好受的地方，那就是来回坐在车上，尤其是在夜间太冷。好在我在下乡时带了一件老羊皮大衣。卖菜的大车多是半夜出发，我裹上皮袄，戴上棉帽，卧在车顶的菜窝里，伴着骡马的脚步和大车的吱吱声，一睡到天亮。睁开眼就卸车、吆喝、搬菜、收钱，忙得不亦乐乎。

下乡的第三个年头，我被调到县“三运工作队”。在县里集中培训后，分配到了城关公社，下队搞运动。我从小性格内向，见了生人说话都要口吃、脸红。而现在却要独当一面，下到一个队（村）召集开会，动员布置工作，实在是一个巨大的考验。在工作队，我得到了锻炼。

1972 年春天，我从“三运工作队”返回东张村不久，县知青办召集全体知青开会，会后要求大家写一篇文章。记得我东拼西凑，当场很快就写了一篇关于“批判读书无用论”的文字。不知什么原因，也许是这篇文章起了作用，我被选拔进入天津南开大学历史系上大学！这个从天而降的消息，兴奋得我一夜没合眼。我把打算长期在农村扎根置办的锅碗瓢盆、铁锹镰刀等东西一股脑全部送给了乡亲们。处理完这些事情，怀着急切的心情登上东去的列车。

四年的知青经历和艰苦磨炼值得怀念，它就像一碗滋身壮体的酒，有了知青经历这碗酒垫底，再遇到什么困难都不在话下。以后的岁月里，我顺利读完大学，一直从事历史研究工作，最后以研究员资格退休。所有这些，无不渗透着知青情怀，流淌着知青基因，那就是知足、忍耐，乐观、奋进！

王兆祥　1950 年 4 月出生，天津南仓中学 1966 届初中毕业，1968 年 11 月至 1972 年 4 月在夏县水头公社东张村插队。1972 年 5 月选调南开大学历史系上学，2005 年 5 月从天津社会科学院历史研究所退休。

乡 情

张惠琴

“鬼影”

2015 年 3 月 6 日，在天津的夏县水头公社大张村的知青难得相聚。晚上分手时，李俭突然问我：“那天你和杜郁芝跑去哪儿了？害得我们找了你们一夜。”此话听起来是在埋怨，可我听后很感动。快50年了，我才知道我的伙伴们那天没有放弃我们，让这份迟到的感动更加弥足珍贵。年过花甲的我们仍然珍藏着彼此青春的故事，让我们的友情历久弥新。

那是40多年前的一个秋天，我队的男生骑车驮着我们女生去东张大队玩。回来的路上，不知怎的，我和杜郁芝与“大部队”走散了。傍晚时分，太阳已经落山了，我们的心情也犹如那渐浓的夜色，惆怅，焦急。走着走着，杜郁芝突然喊：“快看，有鬼！”我战战兢兢地顺着她手指的方向一看，天呐！可不是嘛！不远处一个“鬼影”，身穿蓝色上衣，头戴草帽，手里还拿着一根棍子。只见他在庄稼地里摇头晃脑的，似乎在向我们走来。我俩吓得拔腿就跑。这一跑不要紧，惊动了附近的一只大黄狗，狂叫着向我们跑来。经历了与伙伴们失散后的焦急与沮丧，加之“撞见鬼”后的恐惧，这只大黄狗的出现无疑是雪上加霜。我们俩从体力上到心理上都到了非常脆弱的状态。

我们吓得连哭带喊，但是眼看狗就要追上我们了。幸好附近就有人家，我们就近敲了一户人家的门，刚拍一下，门就开了。出来一位大婶，她顺手拿起门后的扁担把狗赶跑了，然后说：“我听到哭喊声，正想出门看看，你们就赶到了。你们是洋学生吧？被狗咬到没有？”我俩摇摇头，她接着说：“快进屋吧，幸亏这不是只野狗，要不早就咬到你们了，怎么回事？”我们就把刚才的事讲了一遍。她笑着说：“哪儿有鬼啊，那是吓唬鸟的稻草人！你们这些洋娃娃没见过。天这么黑了，别走了，就在我家住下吧，黑灯瞎火，你两个女娃家走夜路我也不放心。”见我们犹豫，她接着说，“我家就我和女儿两个人，儿子和他爹去亲戚家帮忙盖房去了，这几天不回来。”我们感激的泪水夺眶而出。在经历了一路惊险、疲惫和恐惧之后，大婶的帮助让两个身在异乡的小姑娘终于找到了安全的庇护所。

当晚我们和大婶住在一起，天刚亮她就叫醒我们，说：“大张村离这很远，吃了饭再走吧。”我们赶紧说：“不了，已经够麻烦您了，再说村里的同学们也一定很着急呢！”她说：“那好吧，你们不认识路，我送你们到大路上吧！”一路上我们俩拉着她的手，感谢的话说了一路，她一直把我们送到去大张村的路上。

我们渐行渐远，大婶目送我们很久，仿佛父母送我远行时的眷恋和不舍。我们也一步一回头地挥手告别。这个画面时至今日我仍记忆犹新，难舍难分的心情无以言表。

这就是我们夏县的老乡，尽管素不相识，却在我们知青最困难时给予母亲般的照顾和帮助，让我们这些远离父母的知青感受到了亲情的温暖。我们跟大婶的相处只有短短的一夜，但我们之间的情谊却是那么朴实、深厚。

“随风潜入夜，润物细无声”。受人之恩永世不忘。此事对我日后的成长也有潜移默化的影响。身为人民教师几十年，我一直坚持做好人，行善事，不求桃李满天下，但求无愧于心。

任岁月变迁，青丝变成白发，每当回忆起此事，我都心潮澎湃，让我对那片土地和人民有着更多的感激之情。那段岁月让我没齿难忘，那段独特的经历让我在以后的工作和生活中总能保持艰苦朴素、乐观平和的态度，让我一生受益。

“偷菜”

我们插队的大张三队，每隔三到五天就会分一次菜。当时正值十几二十岁的我们，都是壮劳力，一个个都跟“饿狼”似的，两三天就把分的菜一扫而光。那时村里没有卖菜的，因为家家户户都会在自家的院子里种些菜。村民们不愁吃菜的问题，可我们怎么办呢？

1969 年的夏天，一天做中午饭时发现又没菜了，真是“揭不开锅了”。大家商量就派我们女生去偷菜。因为菜地就在水渠边上，我们想假装去洗衣服，然后顺手牵羊。我和杜郁芝，好像还有孔维钦，端上洗脸盆，里面放上两件衣服。自以为道具齐全，又成群结队，可以遮人耳目，便假装自在地出发了。临行前，男生们“期盼地”开玩笑：“同志们的伙食问题就交给你们了。”

刚出村不久，觉得后面好像有人跟着我们，我们边说边笑也没太在意。我在家里排行老大，一向负责看着弟弟妹妹不要调皮捣蛋，可从来没干过这种事，心里很是忐忑。我们一边走，一边小声商量着“计策部署”，互相开玩笑，又相互壮胆。眼看菜地就在前面，我们正准备“开始行动”，突然间，背后有人冲我们喊话，吓得我们全体立正，一身冷汗：“你们这些洋学生，要偷菜就好好偷，别弄坏了菜秧，前几天那两个男生就把瓜秧弄坏了。”天呐！这声音听着像是我们李队长“小陈永贵”，他怎么在这？！这下可完了，我们平时就怕他。我们战战兢兢地回头一看，果然是他！我们的心都提到嗓子眼儿了。我的手紧攥着脸盆边，手心儿直冒冷汗，身体好似僵住了，不敢乱动。他继续说，语气稍微平缓了一些：“记住，好好偷，摘大的，小的先别摘。”他说完，转身就走了。起初以为，还没偷着菜就被抓住，恐怕还要挨处分，但队长的话，却透着一股温暖的体谅。

我们看着手中的脸盆，自觉惭愧。空手而归吗？8 个壮劳力的肚子还咕咕叫呢。心里五味杂陈，我们经过一番思想斗争，最后决定：就偷这一次，最后一次，一定“好好偷”。

回来后，我们把事情经过跟大家一说，大家既惭愧又感动。他们说：“老乡早就发现了，都没说破是觉得咱们可怜，离家这么远，每天还要自己做饭，又没有地方可以买菜，偷就偷点吧！咱们以后注意勤俭着点儿，省着点吃就是了。”从此我们学会了腌咸菜，学会了油泼辣椒……

这就是我们的队长，我们的村民！既没有没收我们的脸盆，也没有在晚汇报的会上批评我们。朴实的言语中，他们的包容和爱护是那么深厚。没有一句刻板的教育，我们却自觉深刻反省。我们以后再也没偷过。村民知道了我们的情况，也主动送我们时令蔬菜、咸菜和辣椒面等等。

我们这些远离家人的孩子体会到，父母虽然在远方，但是爱就在身边。

张惠琴　1950 年 4 月出生，天津南仓中学 1966 届初中毕业生，1968 年 11 月至 1974 年在夏县水头公社大张大队插队。

大张随感

张晏恬

时光荏苒，岁月蹉跎，转瞬之间我到夏县下乡插队已届 50 周年。我是 1968 年 11 月 11 日插队到夏县水头公社大张大队二队的。

我是独生子，在城市长大，别说干农活，就是见都未见过干农活的样儿。下乡后，首先是克服劳累的不适应；其次是要学会干农活。记得初学割麦子，镰刀割破手指，鲜血直流，我就在麦地上涂抹一层土来止血，结果我不但学会了割麦，还是一把割麦的好手，一般的农村老乡都赶不上我（我是领通的，我学会了用戳子把）。

我干过打铁，二队的王元璋、郭彦虎，四队的发发都是我打铁的师傅。打铁后胳膊疼得抬不起来，手上打了血泡是常事儿，得到师傅们的认可，老乡们的好评。

我在大队人工打井时（冬天地上冷地下热），光着身子只穿一件小裤衩在地下干活，还要注意堵水眼，防止塌方。回到地面上来，马上就要穿上棉袄，结果有一次还是受了风寒，回到住处腰疼得不能动了，是老乡用小推车把我送到外村的老中医那儿，幸无大碍，恢复较快。

有一年冬天，天气寒冷，队长安排我到棉花地里（苦地）值夜班浇地。因为白天干活特别劳累，就倒在地里睡着了，水来了把我泡了，接着又把我“冻上了”。同屋的孙宝林、郝仲椿见我没回去，到地里找，才知我已动弹不得。于是他们把我抬回到宿舍，慢慢我才苏醒过来。

我学泥瓦匠学得很快，当时老乡们都愿意让我帮忙去盖房（不计工分），只图吃顿好饭（有肉、豆腐、粉条儿等）。

我给队里用小拉车拉沙子，一天要跑来回五六十里山路，累得我犯了痔疮。有一次，晚上加班压棉花回来没有劲儿再挑水，只有在牲口棚饮牛的石槽里饮水解渴。我还学会了打胡结（土坯），我打的胡结老乡们盖房爱用。我还在大队农场试验田干过育种半年多，得到大队的好评。到北干渠防渗工程出民工曾多次获得指挥部的表彰。再有我是知青里首先学会说山西话的天津人（能与当地的老乡对话，达到以假乱真的地步），我还学会了当地的眉户戏与老乡同唱同乐。我因为是独生子，家中父母年迈多病，才因特困于 1973 年 8 月办回天津。当时我已适应了农村的艰辛的劳动生活，苦中求乐，乐此不疲。我临离开大张大队时还有些依依不舍，这片土地上曾洒满了我的汗水，与老乡们也结下了深厚的情谊。当时队里还专门到水头公社请来了照相馆的人拍下了临别留念的难忘的一瞬。这是我一生中极不平凡的经历，也是我酸、甜、苦、辣、咸五味杂陈的经历。

令我始料未及的是我另一个超凡的适应：我回津后，当时没有工作，赋闲在家，偶遇机会社会上招考老三届高中的教师，我不愿干这个行业，认为到工厂里学点儿技术活儿为上乘，可我父母力主我去，我只好硬着头皮去了。谁知我原来认为我不是当教师的料，而且是我不喜欢的数学，但是又凭借我的适应能力努力复习高中课程，考上了大学，教了数学。这一干就是42年，还连年被评为“先进教师”和“优秀班主任”。

人生若梦，转瞬之间50年过去了。回忆过去，往往也有成就感。在此祝当年同去夏县插队的各位同学们珍惜人生，享受晚年，珍爱健康，幸福地过好每一天。

张晏恬 1948年3月出生，天津南仓中学1967届高中毕业，1968年11月至1973年8月在夏县水头公社大张大队插队。

我的农场岁月

卢庆生

转眼间已近花甲，人生如梦，感慨万千……至今令我难以忘却和割舍的是那段知青岁月。

1976年元月6日，高中毕业了，那年，我16岁。不久，我到了胡张农场。是父亲骑着那辆比我年龄还大的飞鸽牌自行车，沿着乡间小道，带着我去的。首先映入眼帘的是“胡张公社五七科学实验农场”的牌子。

农场为知青安排的住处是刚建好的砖窑洞，每间住4个人，都是用砖头支起几块木板，这就是床，窗台下是一张桌子，这就是我将来要生活和劳动的地方了。当父亲的背影慢慢离去消失在远方时，我眼中不由自主地涌出了难以名状的泪水，心中五味杂陈，在这样一个陌生、寂寞、小山沟一样的地方，我将会面临什么……

农场建于1975年年初，有社办人员、“541”和夏县本地的知青五六十人，此外还有1968年到夏县插队的北京知青6人，我们叫他们“老插”。农场分为农业组、副业组、机械组、科学实验组。我被分配到农业组。

1976年，正是农业学大寨的高潮时期，当时的口号是“与天斗，与地斗”，“白天黑夜连轴转，田间地头两顿饭”。这也主要是对我们农业组而言，除了正常季节性农活外，就是平田整地，建设大寨田。

春耕时节，我被安排犁地，分给了我一匹枣红色小马，犁起地来趾高气扬，特别精神。犁地，也是个技术活，感觉没有打埝、翻地和推小平车那么累，在几位社办师傅的指导下，我干起了农家把式的活儿。刚开始还真有点把握不住，犁把稍向下一按，在马的快速拉动下，犁铧出了地面，如果向前一推，犁得太深不均匀，犁沟歪歪扭扭，深浅不一。在师傅的指导下，扶稳犁把，眼朝前看，用力均匀。果然不同，经过几天的实践，基本掌握了要领。看着自己在那些柿子树下、层层梯田里耕过的海绵田，一种满足感油然而生，感觉如同宣传画里的大寨人一样，自豪伟大。

不久，农场又分来了好多骡马，说是得了4号病，但看见这些骡马也挺健壮，没见需要治疗什么的，犁地、耙地也照样使唤它们。其中有一匹说是配种站的高头大马，黑红色。有天中午，我们几个都想骑上马，找一下那种威风凛凛的感觉，有胆大的纵身一跃，跳上马背，俯下身，左手牵着缰绳，右手抓住马鬃。马一惊，就沿着农场通往邻村的土路狂奔。如同放牧的汉子飞奔在广袤无际的草原上，又犹如军人驰骋在战场上一样。

我也想体验一下，说实话，我胆小，怕万一摔下来就麻烦了，所以，该我上的时候，就把那匹马牵入农场那60亩一块、刚耕过不久的田地里，万一摔下来，应该也没什么大碍。刚骑上就感觉马又肥又壮，皮毛油光，若不夹紧双腿，随时都会摔下来，也学着前几位的姿势，毕竟是在深耕的田地里，马跑得并不快。当跑到中间那条大水渠时，它腾空而起，四蹄离地，我伏在马背上，一跃而过，简直就像飞起来一样。没有亲身经历是找不到那种特殊感觉的，至今让我难忘，一个字，爽。

1976年的夏天，干旱少雨，这对我们来说也是一种考验，我们不能靠天吃饭。天旱，就浇。农场有眼深井，昼夜不停地抽水，水流量也特别大，我和马越两人，主要就是浇灌那块60亩的地。那块地是人工整出来的，靠近崖根的地方与深井落差将近两丈，水从上面下来时，夹杂着泥土，如同黄色的瀑布一样，声音震耳，小小的壮观。

浇地的活虽然轻省，却不能按时吃饭，经常靠晌，饿得胃都有点难受。水过之处还要做好记录，能浇到和不能浇到的地方，必须标识清楚，为下次平田整地提供依据。记得有次浇到半夜时，我在地头回水，就是浇完一垄再回到下一垄，马越在地的那头大声喊叫："怎么还没有浇过来？"我就跑去中间查看，忽然听着水流声有点异样，在漆黑的旷野中，听着那种声音瘆得慌，原来是地中间有座填平的坟墓，由于土虚，开了个口，水一直往里灌，吓得我赶紧撒腿就跑。第二天一看，水把坟墓里的朽木残骸都冲出来了。想想脊背发凉，很后怕。

有天中午特别炎热，我正在浇地，高场长从公社开抗旱大会回来，老远就对我说："你是咱公社的抗旱模范。"说话间，递给我一张大大的奖状，上面写着："卢庆生，抗旱模范，胡张公社，××年×月×日"，盖着公社红红的大印章。感觉这张奖状特别神圣，因为我从小学习不是很好，从来没有得过奖状。能得到这样的鼓励，有种强烈的自豪感……此后，对工作更为认真负责，并且积极递了入团申请书，1977年5月4日，我终于在胡张公社大礼堂宣誓，加入了中国共产主义青年团，成了中国共产党的后备力量。

那年冬天也异常的寒冷，三九天，鹅毛大雪飘满山野，北风呼啸，寒风凛冽，次日早上推开宿舍房门，一片白雪皑皑。我们都各自带上扫帚，清扫农场大道上的积雪，当时穿得比较单薄，感觉刺骨的寒冷，双手冻得通红，几乎失去了知觉，只能扫一会儿用嘴哈哈热气暖暖手再扫。每人一段道路，离我最近的是"541"的孟双梅，"541"的知青一般都比我们本地的知青生活条件要好些，穿得都厚实洋气。她毫不犹豫地摘下左手的灯芯绒手套让我戴上，说："小心手冻坏了。"我感受到一种同志情、朋友情、知青情、人间情的弥足珍贵，让我至今难以忘怀……

1977年恢复高考，对我们来说真是一个千载难逢的机会。知道这个消息的时候，正值秋季，也正是农作物成熟的季节，等待着我们去收获，特别是那60亩的大田里，棉花开得白花花一片。农场不允许我们请假复习，大家都照常出工，利用所有能利用的时间，就连工间休息也抓紧复习相互讨论，捡根树枝草棍，或是块土坷垃，就在田间地头，写写画画，相互切磋，吃饭时以书就馍，晚上借书复习。

查看考试规则后得知，可以报考大学、中专、技校。为了机会不再失去，考虑到自己的实际情况，我选择了中专。考试的前几天，每天晚上都复习功课，基本上没有时间概念，记得有次晚上母亲催促早点休息，结果一看闹钟，已是午夜两点了，那时才体会到“早知书里有黄金，夜点明灯下苦心”“头悬梁，锥刺股”“废寝忘食”等话的真正含义。

当年考上学校的有五人，两个大学，两个技校，我一个中等卫校。位居中游，也算是了却了心愿。

2008年的夏天，再次回到阔别30多年的农场，站在峨嵋岭上，望着昔日的农场，思绪万千，就像在外漂泊的游子回到母亲的怀抱一样，让人心酸而沉醉……

这里，曾经欢声笑语，人声鼎沸，充满青春气息，现在一片寂静。我们住过的砖窑洞，已成一片瓦砾，唯有那几孔土窑洞，默默地在崖边注视着我们，就像沧桑的老人。窑洞门前杂草丛生，布满蛛网，轻轻拂去，感觉它不卑不亢，像是对那段历史的诉说，热情，豪放，悲壮，成熟，稳重。它就如同一尊纯洁的雕像，永远定格在我的心中，在这里，我们度过了不一样的青春，走过了不一样的人生，它给了我们太多的磨难和美好的回忆，留下了永不磨灭的记忆。

怀念你！知青岁月……

卢庆生　1959年10月出生，1976年1月毕业于夏县高中，1976年2月至1978年4月在夏县胡张公社农场插队。现在夏县人民医院工作。

无忘芳华

谁没有青春岁月？谁没有芳华时光？让一切美好与无奈、欢乐与痛苦、探索与迷惘、坎坷与拼搏都定格在昨天，定格在不可复制的记忆中。

水头大张

1974 年上王公社子谏大队知青在庙坡山上开荒种地，绿化狼岭

水头公社水南大队天津知青孙晓雁在大队全体社员大会上发言

1971 年上王公社子谏大队知青在窑洞里学习

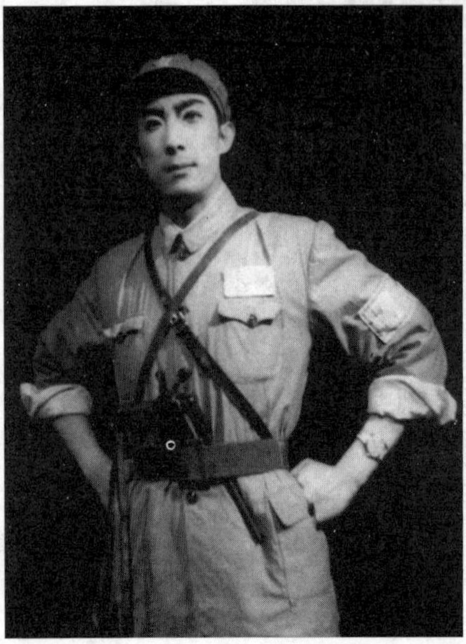

水头公社大张村知青李恩平考入运城文工团后的演出剧照

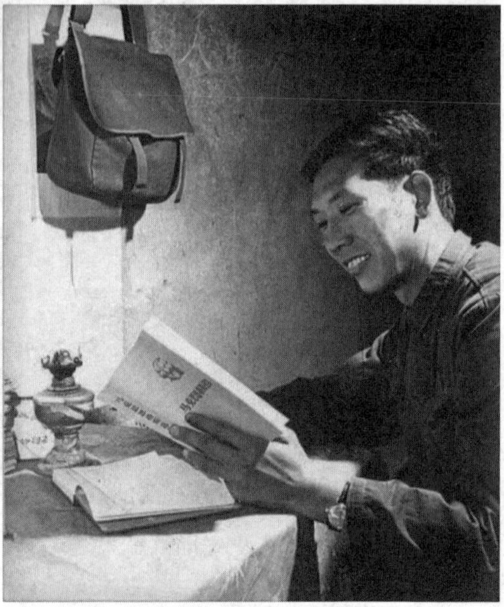

在山西夏县子谏大队时生活照片

夏县第一届知青代表会议期间天津知青代表大张大队李诚、刘树景，水南大队孙广智，东张大队王兆祥和子谏大队黄乃祥在县城开会休闲时于田间草棚下合影

夏县第一届知青代表会议期间天津知青代表大张大队李诚、刘树景，水南大队孙广智，东张大队王兆祥和子谏大队黄乃祥在县城开会休闲时在麦田里查看小麦喜人的长势

1969年大张大队天津知青李诚在村里参加麦收

在地头休息时，水头大张村知青孙建君体验骑马的感觉

大庙杨家川

学生娃扛起了锄头

取土淤坝造田

在县城的莲花池公园

王文波查看麦子长势

王青挑担

左一：乔仲恩，左三：刘会远，左四：魏国强

谷永胜赶牛车

谷永胜坐驴车

曹家庄东交口

左起鲍毓慧、于景秀、李红秀、李桂香、张喜民、郭凤珍、管金娣

前排左起：管金娣、李桂香、鲍毓慧；后排左起：李红秀、于景秀、郭凤珍、张喜民

眺望远山

柿子熟了

前排左起：张伟、宁培军、陈邦宁；后排左起：陈富、任庆信

曹家庄东交口村知青锄地（照片所有者：原北京 122 中 1967 届郭凤珍）

原北京 122 中学赴夏县知青慰问团 1969 年冬天在曹家庄公社院子里合影（照片所有者：王钟津）

1969 年 3 月在夏县演出（照片所有者：原北京 122 中 1967 届郭凤珍）

尉郭西阴

西阴村知青五人刚到村里时合影

1968 年高二（2）班女生下乡前留影

知青冯丽兰、振清在做 5406 菌肥

1969 年西阴村知青张惠云、刘顺华在场院

西阴知青王淑贤和郝春明在地里摇楼

孙志娟、王淑惠、王淑贤在自己盖的知青点里

西阴村给知青盖的新房

1970 年西阴村知青摄于北海公园

1970 年西阴村女知青合影于北海公园

西阴村四姐妹

泗交车厢

孟庆生和张祖常在地里（照片提供者孟庆生）

送肥到田（照片提供者孟庆生）

孟庆生在泗交车厢村（照片提供者孟庆生）

山野里的歌声（照片提供者张祖常）

好伙伴（照片提供者张祖常）

生活的艰苦压不倒我们（照片提供者张祖常）

看，谁来了？（照片提供者张祖常）

郭道陈村

拍摄于 1970 年陈村大队部院知青住处。前左起：王海河、乔仲恩、张建生；后左起：王立欣、魏国强（王海河提供，摄影孙中一）

左起：顾英、王海河

左起乔仲恩、顾彪，右一为王海河（王海河提供）

陈村知青合影（照片提供者欧阳仙娘）

收获季节（照片提供者欧阳仙娘）

左起闫瑞兰、白兮（照片提供者欧阳仙娘）

大庙窑头

德欣欣在拉小提琴

德欣欣的学生们在练习舞蹈

德欣欣和黄展在窑头

难忘的岁月

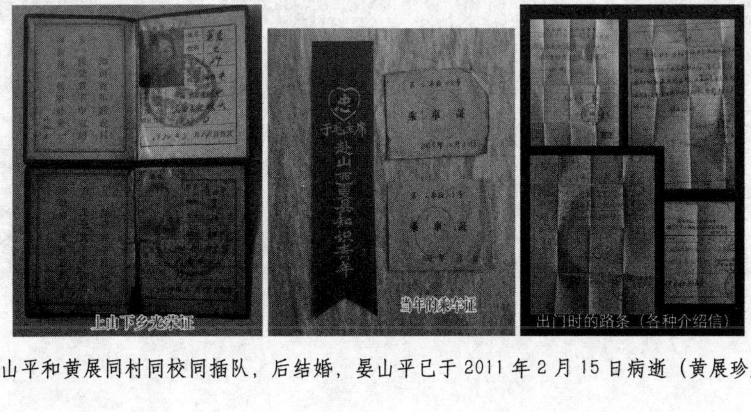

晏山平和黄展同村同校同插队，后结婚，晏山平已于2011年2月15日病逝（黄展珍藏）

后一排左四王海河，左六郑核心；后二排左一葛元仁，左三李旭，左四张亭；前一排左三杨汝桐；前二排左一曹晓仪，左四李忠秀

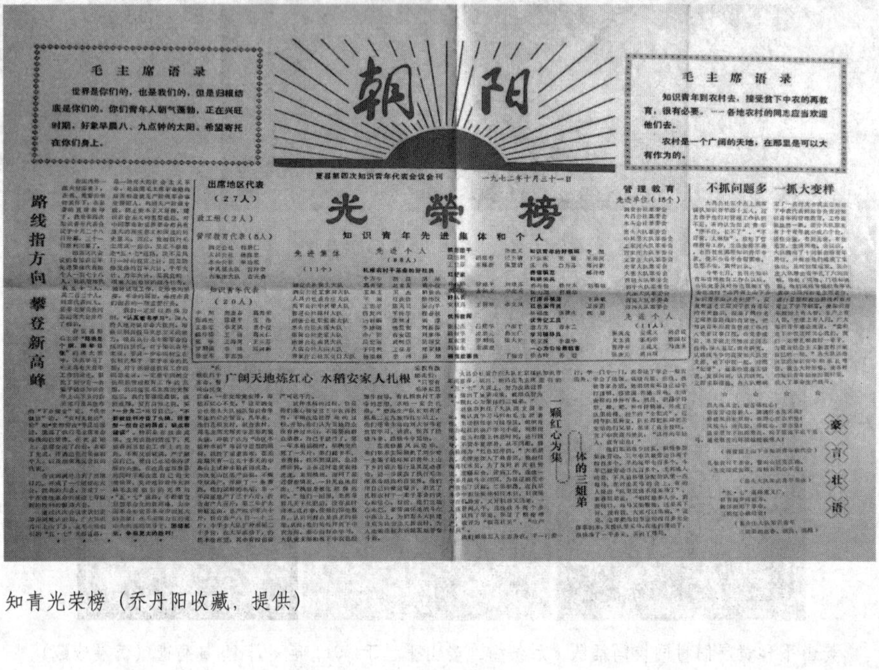

毛主席语录

世界是你们的，也是我们的，但是归根结底是你们的。你们青年人朝气蓬勃，正在兴旺时期，好象早晨八、九点钟的太阳。希望寄托在你们身上。

朝阳

夏县第四次知识青年代表会议会刊

一九七二年十月三十一日

毛主席语录

知识青年到农村去，接受贫下中农的再教育，很有必要。——各地农村的同志应当欢迎他们去。

农村是一个广阔的天地，在那里是可以大有作为的。

路线指方向　攀登新高峰

出席地区代表（27人）

光荣榜

知识青年先进集体和个人

管理教育先进单位（15个）

不抓问题多　一抓大变样

广阔天地炼红心　水稻安家人扎根

一颗红心为集体的三姐弟

豪言壮语

知青光荣榜（乔丹阳收藏，提供）

《青年生活》第八期——郭道公社陈村大队知青主办（受陈村团支部委托）

20世纪70年代初，郭道公社陈村大队团支部创办了《青年生活》月刊。由于陈村知青基本都是高中毕业，文化素质较高，与当地群众特别是年轻人关系十分融洽，深受大队领导信任，所以团支部将出版刊物的具体工作全部交由陈村知青完成，包括征文、审核、修改、编辑、刻版及油印出版等等。先后参与此项工作的知青有王海河、卫凌燕（即卫陵彦）、魏国强、张建生、乔仲恩、孙仲一、王光辉、刘祖敬、马华亭、白兮、闫瑞兰等。陈村知青中，许多人多才多艺，像王海河、卫凌燕、魏国强等都是写作好手，把刊物办得有声有色，深受群众欢迎，也多次得到公社领导的表扬。刊物内容主要有支部工作总结、团课教育、劳动心得、散文及革命传统教育（革命故事）等，一共出版了二十多期，每期大约四十多份，上报公社二份，大队党、团支部各二份，六个生产小队团小组各六份。图1是《青年生活》第八期封面，出刊时间是1973年。在这期间，《团课教育——马列主义名词解释》由卫凌燕编写（当时正号召学习马列主义，所以常有这方面的基本知识讲解）（图2），散文《秋天来了》由魏国强编写（图3），散文《太阳下山的时候》由张建生编写（图4），故事《敌窗贴传单》由知青从故事书里摘录；其他由本村青年编写。在编写《青年生活》的过程中，知青进一步加深了与当地群众特别是年轻人的友谊，自身也得到了锻炼与提高。（图片及说明文字由原郭道公社陈村大队知青张建生提供）

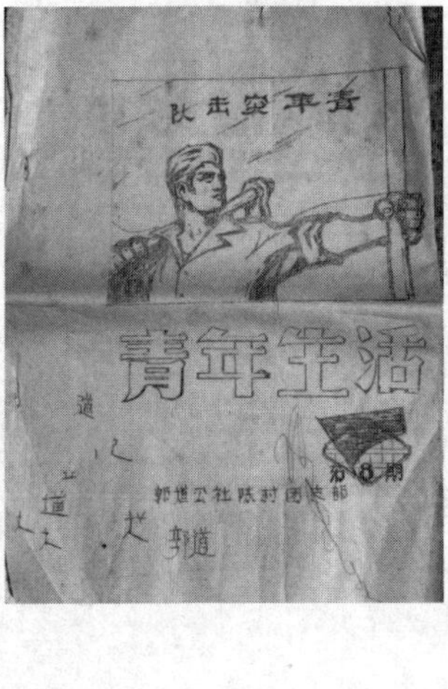

图1

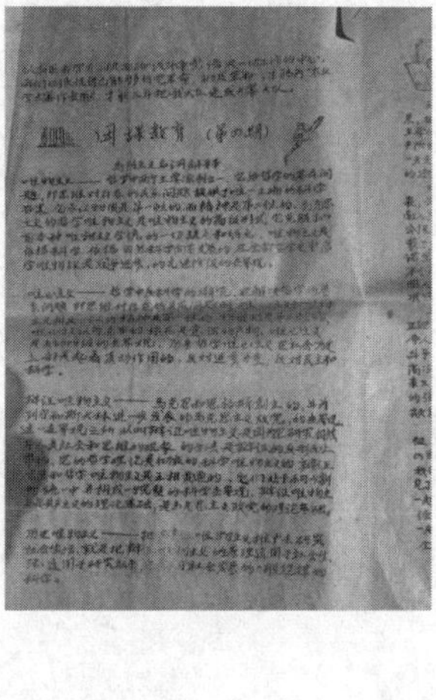

图2

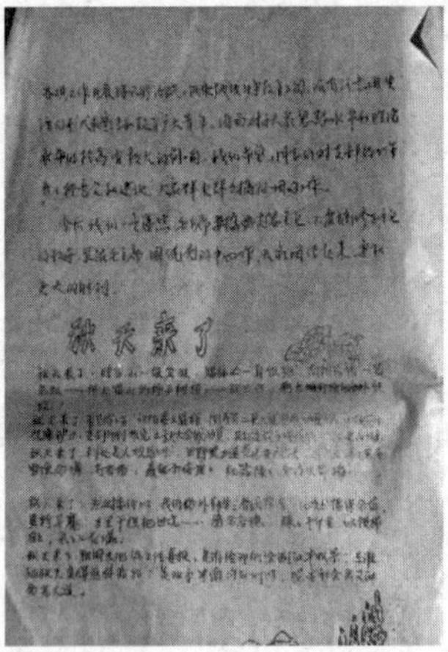

图 3

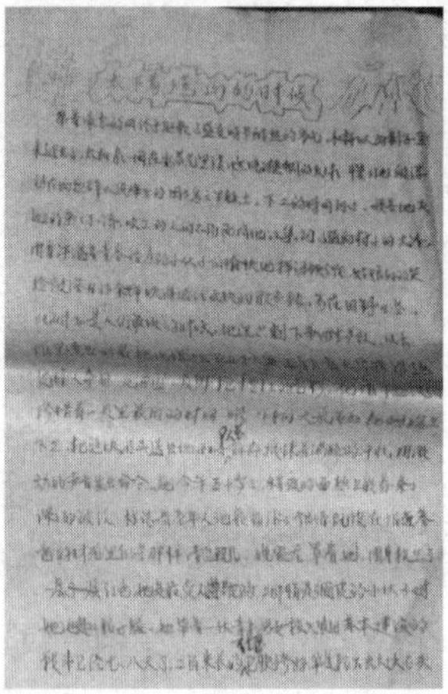

图 4

庙前文家庄王少敏插队时的钢笔画

王少敏说："这些画是给我高中的好朋友周小宁写信时画的。当时没有照相机，我就简单地画了几笔素描，告诉她我们生活和劳动的情景。她几年来都给我完整地保存下来了，我觉得虽然画得并不好，但是比较真实地反映出我们当年插队的原生态，挺有意思的，供参考。"

上工

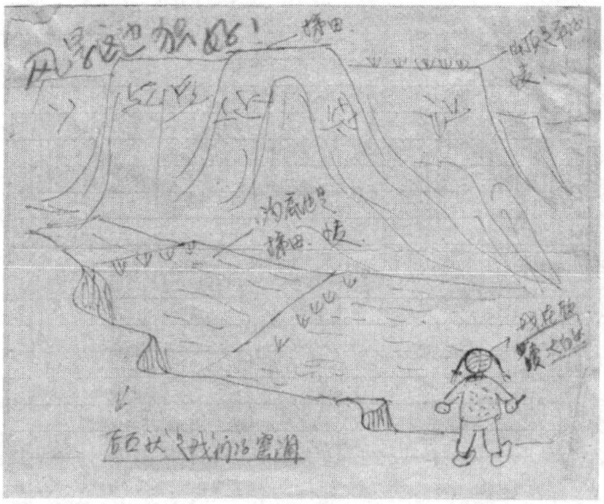

风景这边独好

背负前行

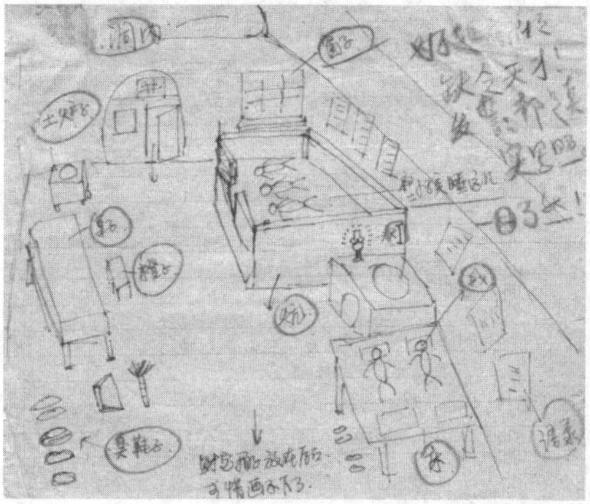

窑洞内

我们的家

下篇　砥砺前行

知青的人生有两个篇章，上篇的题目叫“奋斗”，下篇的题目依然如此，奋斗不息，砥砺前行。知青没有共同的名字，但有共同的经历；知青没有相约的理念，但有共同的担当，那就是对人民的忠诚。

涞水情深

在我们人生最困难的时候，是夏县的父老乡亲接纳了我们，养育了我们，这份情谊终生难忘。假如能为第二故乡做点什么，那是我们的一份心意。

——摘自一个知青的日记

二次返乡再务农①

全体架桑北京知青

随着形势变化和知青政策调整，同学们参军，进工厂，上大学，陆陆续续离开架桑村。人虽走了，但我们忘不了架桑的青山绿水，大家的心依然时时刻刻惦记着第二故乡的父老乡亲。

1998年12月，两位同志出差绕道夏县回村探望乡亲们，从曹家庄乡返村的路依旧跋山涉水，泥泞不平。进村后，脚下还是那条十步无平地，出门就是坡的石头路，两位同志的心像灌了铅一样沉重。晚上和乡亲们坐在一起谈论着怎么改变村子，怎样脱贫致富的办法。临别返京时，他们把能省下的钱悄悄地塞进困难户三婶的衣兜里，默默告别送行的乡亲们。回到北京后，二位同志把村里的现状分别讲述给大家，同志们坐不住了，聚到一起，商量如何帮助乡亲们脱贫解困的办法。心直口快的崔斌提出捐些衣物先解决部分村民的生活困

① 同“岁月留痕”部分中“咬定青山不放松”注一。这一篇是从前一篇文章分出来的，因内容属于后知青时代的，均归入“砥砺前行”部分。特意安排本文第一自然段与“咬定青山不放松”中的最后一自然段重复，以表明它们原本是一篇文章。

难。大家你一包我一箱的，没用一个星期捐了半间屋子的物品，孔繁红把家里正使用的双卡录音机捐给了村小学校。张淑敏送来没有拆封的，包装完整的汗衫和上衣。

1999 年初春，迎着凛冽的山风，知青推选的代表回到阔别 30 年的第二故乡，看望久别的父老。见面后，大家抱在一起，相拥而泣，数不完道不尽的热语乡音像村边那条清水河滔滔不尽。看着全村当下的现状，代表们立即表示：再返架桑村攻坚脱贫！村党支部也拍板决定把大队管辖的 1200 亩柳沟撂荒地有偿承包给知识青年封山育林种植果树。

夏县县委和县政府闻讯后，时任县领导柴林山书记和王琦县长在接见知青代表座谈会上明确表示：全县人民支持知青再度回乡参加山区建设，县委给予全方位的支持。要政策给政策，要物资给物资，提供一切力所能及的帮助。同时语重心长地告诫大家：加快推进山区脱贫发展是长期艰巨的任务，千万不要半途而废。

架桑部分知青与夏县领导合影，图中间的是县委书记柴林山

几名代表带着全县人民和县委县政府的嘱托和鼓励回到北京，召集全体知青协商决定：每位知青出资 3000 元作为先期开发资金，选派王献武、李清友、

知青代表向架桑村学校捐献电视、收录机等教学器材

村民帮二次创业的知青们盖房

杜援朝回村再创业，垦荒治坡，植树造林。

2000年初，带着五万余元集资款，三名同志回到架桑村，在乡亲们的协助下盖房，开荒，植树，又一次走上返乡创业之路。

2001年11月，整天忙着在山里开荒治坡的杜援朝因下山购买生产工具而得知父亲病重住院的消息，起身回北京，见到神志不清的老父亲已经没有辨识能力，直到病逝也没有留下一句遗言。安排完后事，带着一生的心痛，援朝同志告别悲痛的家人重返架桑。

在北京工作的知青每逢周末和节假日就聚在一起，谋划二次创业后怎么使持续发展形成长效机制，大家决定注册夏县北京知青农业综合开发有限公司并办理营业执照，开启账户，寻求各界爱心人士和大企业善款捐助，以便站稳脚跟延续发展。田天祥同志动员亲朋好友和国家建材局的同事们帮忙找信息，查资料，联络在京知青申领到英国驻华使馆和澳大利亚发展局在华投放的“改造全球生态环境，保持水土资源现状”的基金款，为我们后期各项工作持续运行注入雄厚资本。

2003年，在“非典”蔓延极端特殊的历史环境下，顶着各种压力，知青们在承包的荒山上培育引种喜马拉雅高山松、杜仲、银杏、加利福尼亚美国黑核桃、速生杨树等。

同时按照大队党支部制定的架桑村改造总体规划目标，由李清友负责监理

知青虽然不能长驻，但乡亲们精心维护着知青们投资的经济林。饭时了，乡亲们吃着自带的干粮

这是当年和父老乡亲们一齐努力奋斗开出来的撂荒地，现在种植了经济林

实施清水河断水建坝，杜援朝负责管理引水高灌工程，并一同破土施工。

让我们知青永远难忘的夏县水利局退休工程师崔佩杰老人被请到我们村负责设计水坝，老人接到邀请后随即起身赶往架桑。他详细勘测坎基土石结构，河水流速流量变化数据，回到家后夜以继日伏案设计。为能抵御百年强山洪冲击不溃坝，确保坝体抗冲击设计数据准确可靠，老人一次次往返县城和架桑，累计路程 800 余里。短短两个多月，我们把一套完整建坝方案和设计图纸上报夏县水利局，很快得到批准备案、同意施工的答复。大坝开工施建后，崔工不放心我们这些门外汉的工作，拖着脚踝变形的双腿和李清友起早贪黑在工地检查监理工程质量。2003 年 11 月大坝竣工后，同志们将施工工资和报酬送交老人，崔佩杰老人义正词严地说："党和国家把我培养成搞水利的技术人员，能和知识青年合作实现我在山区改水建坝的夙愿就是最大的报酬，钱，我绝不会收。"十几年的时间过去了，每当大家谈起和看到"中澳水库大坝"时，就涌起一股激情：高耸的大坝仿佛就是崔佩杰老人的丰碑，上面镌刻着全体知青对老人的无限缅怀和思念！今天，利用中澳水库放水搞的架桑漂流，已成为运城旅游业的一张名片。

多年来，中央电视台、太原电视台、运城和夏县电视台、《北京日报》、

中澳水库大坝

利用中澳水库放水搞的架桑漂流，已成为运城旅游业的一张名片

《山西日报》、《经济日报》、《老区建设杂志》等诸多媒体对知青二次返乡的事迹进行广泛宣传报道，是对全体知青的认可，同时也是鼓励和鞭策。

随着时光推移，知青同志们年龄增长和家庭生活负担日渐加重，再选派知青返乡常驻和坚守已经力不从心，摆在大家面前的是如何巩固这项光彩事业不断继续前行，不辜负20年前全县人民“千万不要半途而废”的重托。经过反复考察和调研后，大家决定邀请夏县柏少云同志和知青群体共同操持这份家业。2014年，张建国、田天祥、柏少云三位同志又破土动工修建15个养鱼池计3000余平方米。先后引进中华鲟、大鲵、虹鳟鱼等适合生长在冷水鱼池的优质鱼种。几年来精心饲养繁殖，为全国各地市场提供了大批无污染纯天然优质鱼苗和成品鱼。

时光荏苒，从插队落户到今天已经50周年，正如我们的老插友习近平同志所说：“15岁来到黄土地时，我迷惘，彷徨；22岁离开黄土地时，我已经有着坚定的人生目标，充满自信”。

巍巍中条山，邈远架桑村是一部历经沧桑的百科全书，记录着50年前19名北京知青留在那里的热泪、鲜血和生命的销蚀，同时在继续谱写着“撸起袖子加油干”的华美篇章！

郑板桥诗曰：“咬定青山不放松，立根原在破岩中。千磨万击还坚劲，任尔东西南北风。”我们虽然离开了架桑，但抹不掉已印在心中的青山绿水。年轻时立根在中条山的破岩中，从而成了一辈子的牵挂。二次返乡，虽然主要是以募集善款或投资的形式，而且未能保证每个项目的配套设施都能完善，但我们建设新农村的热情虽经千磨万击，却没有减弱！

编者：

架桑的知青很谦虚、低调。碰巧，编委会的先遣组在夏县遇到一位对泗交情况很了解的干部，他说：和架桑老人们回忆起50年前的知青往事，依然如数家珍。特摘录一部分，作为架桑同学文章的补充：

还有一个相对中澳水库大坝而言的小坝。小坝高13.5米，坝底长10米，顶长34米，坝底厚5米，顶厚2.2米。在村后的山沟里，是从村子登歪头山必经的一条大山沟。该沟名字为后来沟（也有人称其为后崖沟）。2002年建坝，形成蓄水量为5万余立方的高山水库，主要为解决村里坡田耕地浇灌，实际解决了村里80%以上的近500余亩耕地的浇灌问题。因该水库远远高于村子，跌差最小为34米，最大为107米，故不用任何能源就可将山田旱地变为水浇地。水库水的来源是山沟里长年不断的溪水，雨季一个

正在建筑的后来沟（后崖沟）水坝

看望第二故乡的当年的北京知青们在后来沟（后崖沟）水坝上

星期、旱季20余天水库即可满库。水库三面是山，一面是沟，漫库或决坝水自沟而下至河滩，不会威胁村子的安全。为切实达到建坝的目标，铺设了3320余米的输水管道。（近来与当地村民联系，村民反映该水库多年无人管护，现基本淤平，管道也被山水冲没了，水库已报废。这应与现在农村青壮劳力大量出去务工，包产到户后农民也无力维护水利设施的大背景有关。）该坝坝址勘测和设计者均是夏县水利局的高级工程师崔佩杰。

栽树是知青重返第二故乡又一个大动作。

第一步：承包荒山。

1998年5月底，知青同架桑村签订了承包柳沟荒山的合同书。柳沟荒山平面面积为1200亩，实际面积为3800亩。

2000年初，知青从村民手中买断了龙潭凹荒山承包经营权。

从此，知青承包的荒山从柳沟至龙潭凹连成了片，承包的实际总面积达到了5200余亩。

第二步：清理荒山上现有耕地和撂荒耕地共计117余亩，为开辟柿树基地打好基础。

第三步：在柳沟和龙潭凹的山坡上各修建一条宽3.5米的机耕路，总长度约4500米，动用土石方约3680立方米。

第四步：建立柳沟、簸箕疙瘩（属于柳沟，但又相对独立的山坡）、龙潭凹三个柿树基地，并以这三个基地为准配建高灌站，目的是确保柿树浇灌。

在柳沟、簸箕疙瘩和龙潭凹根据不同地形地块建五座大小不同的蓄水池，开挖了1300余土石立方，铺设了总长度14000余米的输水浇灌管道，形成了完整的水利灌溉网。配备了两台中国农机科研院生产的高扬程移动式抽水机，完成了高灌站建设。

栽种了10500棵柿子树。其品种主要是当地的牛心柿、方柿、红板柿、青板柿等大型的优良品种，并兼顾本地的噜疙瘩、桃柿等特有的小型品种。（以下3张图分别为三个柿子基地）

在栽种过程中，注意到树形小型化，合理适当密植，基本做到树行横平竖直。贫瘠的土少石多的地块（如柳沟的石头坪），就采取挖大坑（直径80厘米，深 80 厘米）、填坡土的办法，保证成活率。所以，栽种的柿树成活率不低于 95%。

回报父老乡亲一片绿

鲍玉慧（本文写于 1998 年）

离别多年，今天又要回来看望你——山西夏县曹家庄乡东交口村，这片曾经洒下我们北京知青汗水的土地。五一期间，我和尉日东、陈邦宁、宁培均 4 人，怀着激动的心情，带着曾在这里插过队的 14 名知青的嘱托从北京出发，日夜兼程，去探望自己魂牵梦绕的山村。一路上，我们似乎又回到 30 年前，插队的生活恍如昨天，历历在目。

1968 年底，我们 14 名十六七岁风华正茂的知识青年，怀着“到广阔天地大有作为”的抱负，来到东交口村插队落户。我们同老乡一样，住土屋，睡土炕，烧柴锅，点油灯；同老乡一起，春耕、夏锄、秋收，修石堰，垒梯田，上山放牛牧羊。我们的双脚踏遍了那里的沟岭山水，我们的汗水洒遍了那里的山林梯田。

那段日子，我们在艰苦的生活中磨炼意志，感悟人生，我们从山乡的父老身上认识了质朴、勤俭的品格。

几年之后，我们相继离开这里回到北京。由于工作繁忙，平时很少聚会，可只要聚在一起，大家谈论的总是那段生活，关心的总是东交口村是否有了变化。

今年是北京知青赴山西插队30周年。按捺不住早想回村看一看的渴望，利用五一节的假期，我们终于踏上了返乡的归途。

“咱们的北京知青回来了！”村民们高兴地奔走相告，顿时，我们落脚的郭石良家坐满了村民，连院子里也站满了人。离别多年，老乡们对我们还是那样亲。他们拉着我们的手问长问短，说是经常说起我们，念起我们。

老乡们一定要拿出最好的食物来招待我们，可他们生活并不富裕，秋收的核桃、栗子等山果基本都卖掉换钱了。前不久的一场鸡瘟，使得这个村和附近的几个村没有了一只鸡、一个蛋。可是第二天，不知是谁硬是跑到十里以外的曹家庄村拎回来4只鸡，一筐蛋，说这是全村人的意思。如今的东交口村安上了电灯。但偏偏这几天，电线线路出了毛病，夜晚的村庄一片漆黑。当天，村长宝云开着拖拉机往十多里外的乡政府连跑两趟：“不管咋样，今晚一定要给我们村送电，因为我们的北京知青回来了！”到了晚上，屋里的电灯果然亮了。大家心情格外兴奋，在亮堂堂的电灯下，我们倾听着村民讲述那些令人心动的事情——

30年啦，村里多少有了变化。家家安上了电灯，人人吃上了白馍。但村民的生活仅靠那人均一亩多的耕地，贫困依然相伴这个村庄。村民们想脱贫，盼脱贫，把希望寄托在娃娃们的身上。前年，他们下决心要盖一所希望小学，东拼西凑的还是没有凑够钱。于是他们一狠心，把村里赵家沟的1000多亩山树全卖了。小学校盖起来了，但是赵家沟的山荒了。“我们多想让赵家沟再绿起来呀，但是村里连买树苗的钱都没有。”村党支书根福的话音有些哽咽。

在北京，我们就听说县乡政府鼓励村民承包治理荒山、荒坡、荒滩、荒地的决定。现在我们不约而同地下了决心，“承包赵家沟，再造一片林，回报父老乡亲一片绿。”现在北京某公司任总经理助理的尉日东说，我们也是这个村的村民，治理“四荒”有我们的一份责任。听到我们的决定，村长和支书异常高兴：“有你们北京知青加入我们植树脱贫的行列中，我们的信心更足了，干劲更大了。”第二天一早，村领导们开着拖拉机，带着我们直奔赵家沟。

我们与村民委员会签订了承包50年治理赵家沟的协议。按照协议规定，这条总共1200亩的荒沟、荒山的治理，以知青投资、规划，村委会组织劳务的方式共同完成。

5月3日中午，我们要启程回京了，村领导和村民赶来相送。汽车已经缓缓启动，但车里车外紧握的手却难以松开，泪水模糊了我们的视线。“放心吧，我们会精心护理这条沟。”“常回来呀，山乡一定能脱贫！”汽车奔驰在荒山野岭，乡亲们那声声话语久久在我们耳边回旋。

前不久，曾在曹家庄乡架桑村插队的19名北京知青，也在当地承包了一片1700亩的荒山——大柳沟。至此，这个乡33名原北京知青今年共承包荒山2900亩。知青们将对承包的大柳沟、赵家沟分期、分批大面积种植松树、杨树以及核桃、栗子、柿子等树种。整个种植工程可望在3年内完成。到现在为止，两条沟已种植下油松、杨树6000多株，育各种树苗30多万株。

【说明：1.本文曾刊登在《北京日报》1998年5月18日第6版。2.本文作者鲍玉慧（笔名）系鲍毓慧】

我的后知青时代

刘会远

夏县的南面隔黄河与河南新安相望，而西面隔着永济和芮城的，又是山陕峡谷中的黄河。黄河拐弯处的风陵，是风后的陵墓，又有说是女娲之墓。

插队时，我会抽空探访古迹，更喜欢唱前辈传唱下来的延安抗大的校歌：“黄河之滨，集合着一群中华民族优秀的子孙。人类解放，救国的责任，全靠我们自己来担承……”虽然歌词中“像黄河之水，汹涌澎湃，把日寇驱逐于国土之东”早已实现，而20多年后我们作为上山下乡的知识青年，碰巧也被安排在了黄河之滨，把自己当成新一代中华民族优秀的子孙，是精神上的寄托。

在知青中，我插队的时间比较短。1968年12月下乡，1970年12月由贫下中农推荐入伍，仅在中条山区当了两年农民。但我却是以夏县人的身份与80

多个乡亲上了同一个铁路货运的车皮，经过五天五夜被拉到了（当时从内蒙古划到黑龙江的）呼伦贝尔盟满洲里市的部队。因此，我的身份依然是山西夏县的子弟兵，这是夏县知青身份的一种延续。

当初看到来接兵的干部头戴羊剪绒的军帽，脚蹬大头鞋，跟珍宝岛打仗的官兵一个样子，以为要上保卫祖国的最前线了。到了满洲里才知道，这其实是一支后勤部队。后勤部队怎么跑最前线去了呢？这还要谈谈当时国际形势的大格局。在冷战时代唯一的热点是越南。中苏之间虽有边境冲突，但都承诺支持越南抗美救国战争，同时中国还承诺：苏联及东欧国家援助越南的军火和各种物资，中国免费运输。我们部队就是负责把苏联、东欧国家援越军火从满洲里向南纵穿中国，一直押送到广西的凭祥，在友谊关交给越军。前几年央视播过由王斑、李晨领衔演出的电视连续剧《绝密押运》，基本也能反映我们的押运生活，甚至我们会更酷一些。因为当时“文革”中有的地区武斗，造反派会抢军火，通过这样的地区，我们是在火车上架着机枪冲过的。因为一旦苏联或东欧国家的军火被抢，将造成国际性事件。按当时政委的话说：大修小修会一起找我们的麻烦。

完成了押运任务往回返，感觉也很酷。我们带着两个基数子弹坐客车穿过中国，虽然会学雷锋，帮列车员扫地、擦地、送开水，但总要有两个人荷枪实弹看着我们的武器。

在部队一开始有些失落，我 1968 年下乡，1970 年底入伍，经过新兵训练，到连队时被当作 1971 年兵，被称为新兵蛋子。可是，1968 年直接入伍的中学生，这时不少人已经成了副连长、副指导员、排长、参谋、干事等。那时候林彪搞备战，部队多配备干部。另外，“三支两军”也用了许多部队干部，因此，他们那批赶着了的提拔很快。我作为 1967 届高中生，“文化大革命”耽误了两年，1968 年下乡时已 20 岁，下乡两年后，我是在适合服兵役（18—22 岁）的最后一年当兵的。到部队后看到排级干部、正副班长大部分都比我年轻，心里有点不平衡。特别是当兵 9 个多月后，发生了“九一三”事件，呼啦啦一批批“三支两军”的干部又纷纷撤了回来，干部严重超编。后来才慢慢琢磨出味儿来，这意味着我们这批新兵很难有提干的机会。

但有一件事使我这个年纪大的新兵蛋子找回了尊严。1972年将进行毛主席1942年发表的《在延安文艺座谈会上的讲话》30周年纪念活动，部队的政工系统一级级向下传达，要各连队报有没有可以搞文学创作和摄影创作的战士。我都报名了，不久后也有作品在军内外刊物发表，因此受到重视。为了完成上级布置的政治任务，政治处把仅有的一架原来由保卫干事破案时拍摄现场照片用的照相机交给了我。这样，我在全副武装完成押运任务的同时，又多了一个装备——海鸥4型双镜头相机。我和另一个山西新兵，来自太原的王铁林合作进行拍摄，有时也互为模特。现在人们会追究是不是摆拍，但我们确实是战士自己拍自己呀。我当时理解，摄影创作与新闻照片还是不同的，构思很重要，要尽量让人物周围的背景有象征意义。比如，在我们军列的最后一节守车与它前面一节货车衔接的挂钩前，一个检修工拿着小锤一路敲敲打打地检查过来，战士拿军用水壶请他喝水，就在他满面笑容地接水壶的同时，快门按下了，照片中两只手和水壶的下方正好是两个钢铁的挂钩扣在一起。再比如，连队要自己种菜，一个比较老成的指导员在教稚气未脱的新战士种菜的要领，手里拿着一棵小苗，而他们周围全是苗圃的苗。是用逆光拍摄，为了表现出幼苗半透明的质感。但人物的脸处于阴影中，我们没有辅助光设备，只能用粘了锡箔纸的反光板反射阳光来给面部补光。这当然需要有人帮忙。提到的这两幅作品都发表了，只能算小试牛刀。《军民一家亲》这张照片我们还比较得意，背景是载有大炮的平板车，车上还放着一件羊皮军大衣，一个前额高高、眼窝深陷的广西老太太，带着身穿短衣短裤的小孙子来给战士们送水。王铁林抱起孩子，小家伙好奇地拿起了羊剪绒军帽，问北方怎么会戴这么厚的帽子。短衣短裤与皮大衣、羊剪绒军帽，眼窝深陷、满脸皱纹的南方老太太与风华正茂的北方战士形成了强烈对比，展示了我们从祖国大陆最北端到最南端的押运生活的特点。这张照片进入了总后影展，送展时起了一个比较生动的名字《叔叔，北方啥样啊？》，但最终展出时被改为《军民一家亲》。

作为夏县的子弟兵，我在部队的表现还是不错的。也代理过干部职务，小手枪挎了一年，但终因年龄大而失去了提干机会。

我的戍边生活和押运生活很快结束了。本来从哪里入伍的士兵，复员时一定要回到入伍的地方，1975 年，政策已经允许知识青年复员时直接返城。我回北京又做了三年工人后，凭着当兵时发表过的跟铁路有关的作品，被录取到铁路文工团话剧团从事文艺创作工作。这与押运生活有因果关系，显示着我从黄河之滨的知青到部队的夏县子弟兵这条生命轨迹的连续性。

与王铁林合作的摄影作品《军民一家亲》，曾被选入总后影展

凭着押运生活扎实的积累，我构思了一个剧本。1981 年我正在中央戏剧学院戏剧文学系学习，同时，我的长子诞生，实在忙不过来，便在北京人民艺术剧院文学部负责人刘华老师的介绍下，与高行健合作完成了一个剧本。这就是《绝对信号》，当时蛮轰动的，北京人民艺术剧院和中铁话剧团都演出了百场以上，这里就不多介绍了。

1985 年，我在深圳大学创办了大众传播专业，并曾任电教中心主任。90 年代后转而研究区域经济和地缘政治，学术上也算有些成果，在这里只讲跟黄河有关的两件事。

由于有过在黄河之滨插队的经历，我长期关注母亲河。人们对黄河的中上游研究得比较多，却忽视了黄河明清故道，在地图上也常常标的是“废黄河”。其实，它被废才一百多年。1855 年，黄河在兰考铜瓦厢决口，向北夺大清河从山东利津入渤海，结束了金元明清黄河夺淮入海的行河历史。

也正是这次泛滥，造成了运河漕运的中断。随着洋务运动中国能自己生产火轮，漕运便改走海路，从天津再入运河到北京。长江以北运河边扬州、淮安、济宁、德州和沧州等繁华的城市从此走向衰落，过去依附运河而生的大量劳动人口失业，社会动荡，有一种说法是这也是义和团兴起的原因之一。

我在这篇短文中不可能全面探讨黄河改道后造成的社会、经济的各种变化，只从宏观的角度谈一谈黄河走明清故道的好处。

现在人们常说山东利津是中华人民共和国唯一生产土地的地方。错了，其一，黄河带来的泥沙虽然增加了土地，却是以牺牲渤海这个中国的内海同等海洋面积为代价的。其二，位于苏北涟水县的黄河明清故道河口，由于得不到泥沙的补充，在强大海洋动力的作用下，岸线不断蚀退，苏北这边失去的土地面积应与山东那边增加的大致相等。但山东那边萎缩的渤海是我国的内海，而江苏这边的黄海，却是我们与朝鲜及韩国共享的海域……而且不能只算面积账，著名的洋流“黑潮”的支流“黄海海流”把较暖的海水甚至一些热带、亚热带的海洋生物带进渤海，这对调节华北、东北的气候有重要作用。渤海海面的缩小，将影响中国北方的气候。

现在津京冀和环渤海经济圈是中国经济发展的重要支撑，有专家估算：如果任由黄河每年把十几亿吨的泥沙带进渤海，百年后环渤海的大部分港口将失去使用价值。

因而，从长远来考虑，中国应再次利用黄河明清故道。其实，1855 年铜瓦厢决堤时，是可以调度力量堵上决口的。也就是说黄河明清故道依然还有使用价值。只是当时正在打第二次鸦片战争，财力跟不上，正好夺大清河入海，又应了清朝的那个“清”字，给了清政府挽回面子的一个台阶。

现在不是每年在汛期到来之前，调动三门峡和小浪底水库联动放水疏沙吗？这些沙应主要通过黄河明清故道，输往黄海。1996 年 5 月，我发起组织了由黄河水利委员会、华北水利水电学院和深圳大学专家组成的“黄河明清故道考察团”，经豫东、鲁南、皖北、苏北，对自开封至涟水的黄河明清故道全程进行了考察，并主编了《黄河明清故道考察研究》一书（河海大学出版社 1998 年版）。

刘会远（左三）与夏县苏安乐县长（左五）等探讨堆云洞修复方案。嘉康杰曾在这里创办平民中学，培养了大批革命者

与夏县文物旅游局领导一起考察复建后的堆云洞，左一解保栋、左二王文波、左三刘会远、左四康建功

陪同国家旅游局魏小安司长（左一）考察堆云洞

我对夏县的发展（特别是旅游业）一直比较关注（见上图），比如对山西不重视小浪底库区沿岸旅游资源的开发就感到很遗憾。同黄河南岸渑池、新安、孟津等县一样，山西这边平陆、夏县、垣曲也淹没了大片土地。但因为小浪底水库大坝坝址在河南境内，好像整个库区都成了河南的，山西这边有的景点也被河南编入了库区的旅游路线。我调查了北岸的一些旅游资源，建议山西省交通厅拨款修连通平陆、夏县、垣曲三县的沿黄公路，并陪同夏县交通局和旅游局的领导一起到省交通厅递交了我的报告。

小浪底库区，夏县任家堆黄河古栈道。请注意左侧石壁上一个小洞，这其实是个弯度很大的弧形洞，因拍摄角度问题，洞的出口拍不到。这个小洞可以称为“牛鼻孔”，估计是纤夫们累了时，把纤绳拴在这里，歇一下。再请注意栈道尽头那棵向右伸向黄河的矮树，它是下一张图片栈道的起点

与前图衔接，栈道尽头那棵伸向黄河的小树，就是上一张图中那棵向右伸的同一棵树。两段栈道是连接的，右下角又是一个挽船用的“牛鼻孔”

黄河古栈道旁的古灯塔，既可指示黄河峡谷弯道的险情，又可放“狼烟”传送信号。据老乡说过去是包砖的，我们现场考察时找到了被土半掩埋的最后一块古砖，比现在的砖要宽大，但比北京的城墙砖又要小。已由县旅游考古局保管

与夏县交通局河道部向导尉先生合影

这个报告引起了重视，县交通局问我有什么要求没有？我说是我该做的事，举手之劳，如果方便的话，请帮我插队的山村一个忙，现在不是要搞村村通吗，县里也有专款，就给村里提供点水泥，村民自己采沙、采石、出工……就这样，从夏泗公路旁神头岭行政村到杨家川村民组的水泥路修起来了。一开始还真不知道当地传这条路是我捐的，有报纸也进行了报道。

有一天，妻突然拽住我严肃地问道：“你们集体户捐希望小学，咱们家没少出钱吧？”

“是啊，同学们都夸你呐。”

她突然提高嗓门："那你又捐了一条路，为什么不告诉我？"

我懵了，看了她递过的报纸才明白怎么回事。解释清楚也就没事了。

"黄河之滨，集合着一群中华民族优秀的子孙……" 直到今天，我还经常唱这首歌，缅怀先人和革命前辈，也回味在黄河之滨的知青生活以及我有关黄河的学术研究。

黄土地——实现我的音乐和摄影之梦的地方

王文波

引 子

1985 年 10 月，北京，中国美术馆，由中国摄影家协会主办，王氏四兄弟成功举办了张爱萍上将题名的"广场漫步摄影展览"。当时在社会上引起极大的轰动，让中国新闻界着实震惊，让摄影界着实关注呢。一位观众在留言簿中大笔写道："愿天下的兄弟都像他们一样！"一位电影导演（后来知道是张艺谋）对影展赞许道："文学家的目光，诗人的激情，摄影家的敏捷。"在这蜂拥而至的人流当中，在异常多的观众留言当中，有谁会想到，这四兄弟当中的老二

四兄弟和父母在展览会上合影

与战斗英雄麦贤得在一起。后排右一为王文波（1966 年）

王文波曾是山西省夏县大庙公社沟东大队杨家川小队的插队知青，老三王文澜也是在山西临猗县东姚庄插队的知青，兄弟俩经过黄土地上的一番历练，最后都成为专业摄影工作者。

挣脱梦魇　获得新生

我原是北京市西城区男十三中的1966届高中毕业生，至今仍保留着一张天安门前金水桥上与周总理的合影。

我的发小邻居任志刚（大毛）、任志强（小毛）家吸引了我，因为常去串门，认识了很多北航附中的同学。大家不约而同，都有一个共同的爱好，就是经常摆弄照相机，时不时还拿出来去京郊游玩照相，又自己冲洗放大好照片进行交流。小毛的床铺上经常摊摆着一张张照片以供互相观摩，他家真成了大家探讨摄影术的沙龙了。1968年始，进入老三届去兵团、农村插队的高潮时，我很自然地加入到北航附中刘会远团队，一同来到了山西夏县。同在十三中的大弟王文澜插队的地方是临猗县东姚庄，离夏县不算太远，就经常到我们村来。站在杨家川的山顶上，天气特别好时，夕阳下远望，都能看到东姚庄以北有名的孤山呢，其实有100余里地啦。

1969年12月，当时北京已经没有我们的固定居所，便住在商业部给的一个临时住处。我因苦练手风琴，经常会有不少大院孩子、社会朋友们前来欣赏，又因为我喜欢摄影，借到同学江辽东的放大机，屋中布置成一个简易暗房。

白天，小小的屋子俨然是一个音乐沙龙，晚上就成了一个洗放照片的黑白世界，无形中我躲过社会上纷乱、无序、嘈杂的怪诞，在这小屋里找到艺术海洋的精神世界。

就是这样的一个小屋子，也成了造反派的眼中钉、肉中刺。那天我离开北京回到了杨家川，三天后收到文澜的来信，说就在我离开北京的当晚，警察和居委会上门来了，一看人已走，说了声："算便宜他了，要不然明天得揪他上铁二中操场开批斗会，完了送进班房。"没抓住我，却把文澜拘到铁二中传达室，让他听了场批斗会。后来还是大哥文泉领回了文澜。看着这封信，我心中顿时激起无比的愤怒，我拉手风琴的放大照片也惹了这帮人，这社会上还有王法吗？！在同屋知青李小平、王继华的劝说下，我很快由愤怒转化为冷静，暗自下定决心，总有一天我要大摇大摆地回到北京。

奋斗，从手风琴开始

1969年2月，杨家川这小山村，出了件轰动山西省的大新闻——知青带着钢琴来下乡。原来是知青张小红家中的钢琴被托运到了夏县水头站，神头岭大队出动了四头骡子的大马车，从水头一直往山上拉。正值寒冬，山上有积雪，坡度大的路，牲口蹄子直打滑，不得已，大车停在半路上了。队长一声招呼，村中壮劳力齐动员，连推带拉，时至夜晚才使这新鲜玩意儿在杨家川大山深处落了户。

知青黄元有一手高超的弹钢琴技术，更难能可贵的是他超然物外的气度。他的父亲黄一然，是北京大学的副校长，“文革”初期与老伴同被残害致死。家庭的遭遇压抑不了黄元的浑身才气，他整天价把钢琴敲得叮咚作响，先是老乡百听不厌的《红灯记》《沙家浜》，后是欧洲古典钢琴曲，当弹奏起贝多芬的《月光奏鸣曲》时，听得我如醉如痴，弹奏起柴可夫斯基《第一钢琴协奏曲》时，更令我心潮澎湃，此时此刻，这里已不是穷乡僻壤，仿佛早已身处歌剧院的殿堂了。黄元一门心思就是弹钢琴，知青灶做饭轮到他时，为了弹琴，居然一下和出40斤棒子面窝头，提前蒸出了4大笼屉，害得大家顿顿食用。正是炎热夏季，两天后，便将剩余30斤馊了的窝头统统喂猪了。那年月，时时都有各地和山下的知青上山来，专门听黄元弹奏钢琴呢。

我被黄元的钢琴声折服了。我生来痛恨混日子，早就对每天干活挣0.14元的“社会活动”不满足了，总想学一技之长。恰已置身于音乐之乡的环境里，我就用黄元带来的32贝司手风琴，学习用五线谱抄写的手风琴练习曲，求教于黄元，学拉手风琴。待我拿定主意开练时，同来的知青们看我憨厚、老实，便大呼小叫：“文波，就你这手指头粗得像个粪叉子，还练手风琴呐！”

1969年9月，我回到北京从西四委托店用60元钱买了一架60贝司的“天坛”牌手风琴，虽然撒气漏风，但属于自己。白天干了一天农活，晚上在窑洞里油灯下，开始拉着练习曲，当拉起《小苹果》《少女波尔卡》舞曲时，异常地兴奋，忘记了一天的疲劳。有时练至深夜，不由自主瞌睡过去了，可手指头仍在键盘上移动，直到下巴磕到琴帮上，才一个激灵猛醒过来。干农活手磨出茧子指头僵硬了，又要练手风琴，是不可调和的矛盾。刘会远参军走了后，他放牛的经历启发了我，我也要求放牛，这样拉琴的时间就更多了。有意思得很，当我身背手风琴把牛儿放到山上时，便对着蓝天、对着黄土高坡自由自在地拉起了手风琴，波尔卡的欢快旋律，莫扎特的《土耳其进行曲》快板如行云流水般回荡在山野上。牛儿们也不再满山乱跑，慢慢围拢在琴声的周围，时不时发出“哞儿，哞儿”的叫声，我这真成了名副其实的“对牛弹琴”了。

骑着毛驴（1969 年）

在村中赶牛车（1969 年）

手风琴练到一定时候，再想提高就必须要有一架新的手风琴，没钱买怎么办？毛主席的教导启发了我：不暂时打烂一些坛坛罐罐，就不能取得革命的成功。1972 年初春，为了筹集到资金，我一不做二不休，在村中变卖了我的全部家当，插队带来的锅碗瓢盆、衣箱木柜等破烂一伙全就地拍卖：我戴的北京牌手表 20 元卖了；分给我的口粮玉米麦子，70 元卖给了城

在临潼，王文波哥俩和孙氏哥俩（1971 年）

关学校的一位老师；“天坛”牌手风琴，知青朋友陈广汉又以 60 元收购了……当我下山走到县城时，孙大虹的哥哥小苏见我就问：“听说山上有位知青疯了，将他带来的东西全给卖了。”我笑着高声答道：“那就是我！”

怀揣着 300 元钱，两天后回到了北京，在东四人民市场乐器部，趁早晨刚一开门，我冲刺般第一个买到了天津“鹦鹉”牌 96 贝司手风琴。从此以后如鱼得水，在一个新起点，开始了新的征程。

音乐之路上的兄弟情谊

1969 年盛夏，夜，山西省运城市。干了一天农活的我从夏县城徒步走到这里，打算乘第二天一早的长途汽车，到文澜插队的临猗县东姚庄去。此刻我疲惫已极，由于囊中羞涩无钱住店，便倒卧于去往万荣长途汽车站的水泥地上，身下的“地铺”就是两张当天的《山西日报》，那是我在街边溜达时从报栏里摘下来的。睡梦中，双手紧紧抓住头枕着的书包，里面装着一台黄元的亚西卡照相机，一本《外国名歌二百首》和换洗的衣服。

两天后，在东姚庄通往临猗县城的山间小路上，我们哥俩一前一后艰难地拉着辆平板车，到 15 里远的县城粜粮食。文澜右腿膝患血管瘤需回京治疗，小车上是分给他一年 264 公斤的口粮，要换成全国通用粮票。夏天的黄土高坡，羊肠小路上根本没有绿荫，有的就是热风刮起的黄沙扑面，我索性脱下上衣，赤膊继续拉车。盯着我被汗水浸透的宽厚脊梁，文澜感慨万千，我们哼起了俄罗斯民歌《小路》，“一条小路曲曲弯弯细又长，一直通向迷雾的远方……”“哥，这路我们什么时候才能走到头啊……”1984 年，文澜曾以“脊梁”为题，用 500 倍望远镜头，成功地拍摄到一张民工赤膊背砖上山、修复八达岭长城的照片。谁能说这幅作品的创作构思，不正是来自生活的一种厚积薄发呢。

在插队艰难而充实的生活中，我认识了来自云南昆明在大侯村回乡插队的孙大虹、孙小虹兄弟俩，可喜的是他们也带来了一架 60 贝司天津“鹦鹉”牌手风琴。他们的父亲孙雨亭原是云南省委书记处书记，是 1926 年在夏县参加革命的老一辈革命家，母亲是延安时期中国女子大学的学员，是 1936 年参加革命的厅局级干部。就是这样的家庭，在“文革”初期受到了严重的冲击，母亲被造反派批斗折磨病故，反被诬陷为自杀，父亲被造反派无休止批斗，并被关进牛棚。家庭的蒙难阻止不了兄弟俩在逆境中奋起抗争的精神，酷爱音乐的大虹买了架手风琴，哥俩一同返回父亲曾经战斗过的地方插队落户。

行进在半山腰的路上（1971 年）

在大侯村，王文波拉琴知青唱歌（1971 年）

我们第一次见面是在夏县知青办的传达室，京工附中的陈广汉带大虹来时，我特别准备了一包在北京花 0.24 元买的云烟，这让大虹留下极为深刻的印象。我谈起 1966 年 9 月我们到达昆明串联，在 9 月 17 日昆明国防体育场盛大集会上，受到省委书记闫红彦、军区司令员秦基伟、书记处书记孙雨亭的亲切接见，后来秦基伟还专门派车，接上我们去他家做客。大虹听后倍感惊讶和亲切，想不到三年前的特殊结缘，今天又走到一起了，真是缘分啊！共同的爱好，共同的志向，音乐的理想使我们聊得很晚。

大侯村地处水头火车站到县城的中间地带，又是临公路，兄弟俩出了名后，不少知青都去打探，饶有兴趣地听大虹拉琴，这让当时口粮很受限制、经济不宽裕的兄弟生活苦不堪言。看到这一情况，我从山上下来时，背着队里分的粮食和猪肉带到大侯村，住在了孙家兄弟处。白天他们下地干活，手风琴腾出来由我支配了。这叫手风琴不闲着，两班倒。我们的生活挺惬意，真是其乐融融呢。

王文波和大虹切磋手风琴技艺

在高山之巅拉起了手风琴（1971 年）

1971 年 10 月，我们两家兄弟四人相约上华山了。先到了西安临潼，在华山脚下的华北第一制药厂暂住，一路走一路拍照片，留下我们不少青春的纪念，尤其在捉蒋池旁，我们高兴地拉琴高歌，不时引得游人们驻足观看。如同今日的“快闪”一样，47 年前，我们还真在华清池“快闪”了一下呢，拍照留影真是回味无穷啊。

在临潼，王文波哥俩和孙氏哥俩（1971 年）

王文波哥俩在华山南天门（1971 年）

攀登华山的时候，一路畅谈一路呼唤，倚仗年轻体力旺盛，下午3时便到达了南天门。极目远望，真是一派大好风光，四周险峰峻岭重峦叠嶂，脚下则是悬崖峭壁万丈深渊。我们早已忘记了登山的疲劳，欢快地拉起了手风琴，我们引吭高歌，在唱出祖国江山壮丽之时，又抒发出逆境磨难中我们寻找人生价值的真谛，此时此刻琴声和按动快门的“咔嚓”声，久久地回荡于山岚氤氲的宇宙间……

王文波拉琴兄弟三人听（1973年）

芳华：从晋冀平原到英雄的部队——38军

1972年初，山西大学艺术系和化学系首次在夏县招生，该校两个系的老师都看上了我，说：只要政审“含蓄”点，我们就能要。在夏县邮电所，我和曹小仪都在为争取上学而和北京家中联系。然而苦等到深夜，电报发来的还是政审不合格，上大学的梦想破灭了。

又是两个月后，母亲参加了国务院棉花工作组，恰好分配到夏县检查棉花工作。妈妈到了夏县住在县招待所，我特从山上赶下来见了面，看到妈妈日夜为我们操劳，头上又增添了不少的银丝时，我的心中真是感慨万千几乎要哭出来。负责接待的副县长刘天吾曾与母亲商量：“听说你的儿子在山上插队，那儿的生活很艰苦，要不然介绍他到县化肥厂或石英厂上班吧。”当母亲问我的意见时，我婉言谢绝道：“村中的知青朋友们全都走了，我不留这儿，我要回北京，我要当兵。”

1973年春，又一次大学招生，再次给知青带来希望。此时的我别说政审了，就连我从夏县转至保定市郊区插队的知青档案，市知青办居然说找不到丢失了，此时我真成了名副其实的“黑人”了。当年我是十三中的高才生，一直梦想着上大学，此时两次的大学梦都被无情地击碎了，“怎么办？将来的出路在哪里？”眼前仿佛一片漆黑，精神曾一度迷茫……

四兄弟和母亲在一起（1973年）

《军民喜看解放军画报》是王文波摄影创作的第一张照片（1970年张家口某部）

如同经历了战斗洗礼一般，我很快从严酷的打击中恢复过来，重新看到了光明看到了未来。经过海政文工团手风琴演奏家杨文涛老师两年多的耐心传授，我拉琴技术已从初学者开始跨入专业演奏的行列，难怪杨老师说道：“文波啊，你可真行，练得不错啦，当初我是硬着头皮教你的，这下我也有信心了。”1973年夏，我身背手风琴开始了投考专业团体的游历，从投考运城1680部队宣传队开始，又报考了兰州军区文工团、铁道兵文工团、保定市文工团……即使我不甘心放弃能改变命运的机会，想依靠自己的实力，就是迈不过“政审”这一关。

深秋时节，我在保定市郊南齐村场院的席棚里，边看场院边练着手风琴，忽然听见大队部大喇叭广播喊有我的电话……，命运之神向我招手了。第二天一早，我骑自行车赶赴保定，下午乘火车赶到高碑店，接着赶上班车来到112师宣传队所在地……一路风尘，气还未喘匀，考试就开始了。先是莫扎特的《土耳其进行曲》，然后是里姆斯基·柯萨科夫的《野蜂飞舞》，当拉起《颤抖的树叶》时，我是更加地投入，键盘上几乎全部音符的三连音，配合着不断颤抖着的风箱，似乎大家听到秋风萧瑟紧一阵慢一阵，看到大片大片金黄而斑驳的树叶，在秋风的阵阵紧逼下旋转，飞舞于天地间，却又不时被风驱赶，忽起忽落，不得安宁……答案是明确的：真不错啊！然后是上报师政治部。当提起政审一事时，师参谋长刘昌恕将手一挥：“王文波的父亲我了解，政审就免了！”紧接着又遇到一个问题，即特殊人才按特招入伍，也是需要手续的——入伍登记表，在那混乱的年月到哪儿去找呢？宣传队队长杨明面授机宜：入伍只要有某武装部开具的入伍登记表，三个章子齐全就行啦。即刻行动，我肩负着哥俩入伍的重托，循着父亲当年冀中平原抗战的足迹，开始了最后的一搏。从石家庄到定县，从老家新乐再到定兴干休所，最后到保定都无功而返，几近绝望之时，最后到了涿县，真是天无绝人之路，找到了父亲生死之交的老战友吕康兴伯伯。他听到我们一家“文革”中的遭遇后，极度同情，当天下午就办妥了两张县武装部入伍登记表，这真是救命的护身符啊。如愿以偿，我当兵了，梦想终于实现了！

文澜治好腿病，一直在苦练打篮球技术，在适应了一年戴玻璃隐形眼镜，继我之后，顺利进入38军114师篮球队，后转师警卫连站岗三个月，调入司令部直政科任摄影员，成功转型，走上专业摄影之路。老大文泉在协助两个弟弟参军后，也被38军排球队特聘为教练兼主力队员。从此以后，开始了我们的军旅生涯。

1974年王文波所在宣传队和陈永贵、郭凤莲等在山西大寨合影（后排左八为王文波）（孙福安摄影）

1974年底，112师开赴山西大寨战备拉练，当我双脚踏上大寨的土地，两年前在夏县的知青生活，在杨家川农业学大寨，我挥动板锨深挖地三尺三冲天干劲的情景，又浮现在眼前……今天又是慰问演出，又是陈永贵接见合影，又是帮助郭凤莲铁姑娘队开山造田……历史真形成了巨大的反差，还颇具戏剧性。

1974年112师宣传队和陈永贵、郭凤莲等在山西大寨合影（后排左八为王文波）（孙福安摄影）

1976年1月8日，敬爱的周总理与世长辞。部队营房一切都寂静下来，宣传队的排练暂停了。当我把珍藏10年与周总理的合影挂在床前时，战友们围过来相看，羡慕称颂不已。

是年4月初，正义对邪恶的讨伐，终于在天安门广场上酿成了一排铺天盖地的冲天大浪。从4月1日起，利用在京出差的机会，我们哥几个一连五天都盯在天安门广场上，作为年轻的解放军战士，和人民一起沐浴着时代的战斗洗礼。在纪念碑南侧，我扶着文澜高举海鸥4A照相机拍下了《英雄碑前》。在“四人帮”被粉碎后，这张照片在《解放军报》《中国青年报》《解放军画报》等报刊均头版大幅刊登，并获中国文联颁发的“四五”运动全国摄影奖，那天我还是穿着军装上主席台领的奖。

血汗洒在唐山废墟

1976年7月28日，在大地的猛烈痉挛之中，唐山被抖成一片废墟。我们宣传队随112师机械化部队向唐山强行军，于事发17个小时后开进了唐山市，一路上到处是房倒屋塌，还有遇难者的遗体。看到人民群众遭受这么大的灾难，战士们心急如焚，即刻组成战斗小组，投入到抢救人民生命财产的战斗中。在“中国人民解放军陆军第112师唐山抗震救灾英模集”中，有这样的记载：“战士王文波，大病初愈，体质虚弱，但他坚决不休息，在24小时水米未进的情况下，和战友们一起抢救遇险的群众。一次余震袭来，一根木梁被震落，砸在头上，当场昏过去，同志们把他扶出险区，待他清醒过来，又冲进去继续参加战斗。”大地震有着72小时的黄金抢救时间，为了救出幸存者，战士们根本顾不上喝水吃饭。炊事班做好饭了，我们刚要前去，又得到通知，米饭大饼全分发给灾民了。夜晚灾区断电一片漆黑，借着手电筒的亮光，炊事班在一河边又做好了饭，酷热下战斗了一天的我们，终于喝上水吃上饭了，我精疲力竭倒在一个土堆旁入睡了。

三天以后，随着灾区伤病员的增加，指挥部下达调动飞机紧急向外省市转运的任务，我马上又担任了转运伤员的小组长，日夜不停地往机场转运，近10天共运送600多名伤病员。一天，我刚到唐山机场，正抬运伤员时，巧遇文澜，他手拿照相机正进行着战地采访，我们又在抗震第一线——唐山飞机场相遇了。后来得知，瘟疫初起时，文澜染上了赤痢，在野战医院高烧达 40 度，在感觉就要没救时，山东医疗队的大夫说了一个偏方，要想活命就喝碘酒吧，这叫以毒攻毒。文澜豁出去了，强制自己喝，还真出现了奇效，第三天居然好多了。第五天出院，大夫们都称赞道：王文澜真是福大命大啊！

抢险救灾 15 天后，我们宣传队迅速转入创作编排节目、慰问灾区军民的

战士们勇攀危楼，寻找幸存者

地震第七天抢挖出来的幸存者（王文澜摄影）

往飞机上抢运伤员（带白口罩者为王文波）

工作。身处抗震救灾第一线的全体指战员，在异常艰苦的环境里，用不到三天的时间就创作出了一台节目，开始了每天每时的慰问演出。不少节目感人至深，深受军民的欢迎。在唐山灾区活跃着一支部队宣传队的消息不胫而走，时任北京军区政委秦基伟下令，急调我宣传队赴京，先后在军事科学院、军区炮兵、军区装甲兵、外国语大学等进行了巡回演出，最后在北京军区大院演出时，专门指示战友文工团现场观摩进行学习。一个月之后，“四人帮”被粉碎了。

宣传队在废墟上排练节目（孙福安摄）

慰问灾区群众的战士演出队（王文波拉手风琴）（王文澜摄）

我们112师宣传队后被授予集体荣立二等功。鉴于我们兄弟俩在抗震救灾中的英勇表现，双双荣立了三等功，并在火线上加入了中国共产党。文澜在战地拍摄的《时间就是生命》和《抢救卢桂兰的战斗》，真实地记录下卢桂兰被埋房下13昼夜终于脱险的奇迹，而成为抗震救灾史上的经典之作。是年底，我被调到师文化科，成为专职摄影员。

记住乡愁常回家看看

1978年，父亲获得解放，重新恢复了在商业部的工作，我们的家庭重获新生。党的十一届三中全会后，我们陆续离开了部队，回到了久违的北京，相继进入政府机关和中央新闻单位专职摄影工作。即使在工作最繁忙的时候，我们

重返村里，体会赶牛耙犁（邓佳摄）

仍时刻惦念着第二故乡——曾经插队落户生活劳动的地方。

1999年10月5日，在刘会远的组织下，我们一行7人驱车从北京出发，当晚到达夏县，第二天上午参加了我们知青捐资修建的蓝天希望小学的开学典礼。在神头岭村公路旁，当我们来到小学校时，操场上立刻鞭炮齐鸣、锣鼓喧天，小学生们挥动彩绸载歌载舞，县委领导和村干部们早已迎候我们的到来。附近的村民们都赶来了，热闹非凡。离开此地已27年了，变化真大啊。老生产队长、村会计、饲养员们再次相见，大家相互辨认拥抱着，手拉手真有着说不完的话语，此时此刻人们眼中已闪动着激动的泪花……同年底，第六期《山西画报》以《托起明天的太阳》为题，将我们北京知青捐资建希望小学的生动故事，图文并茂进行了宣传报道。

2001年10月19日，中央电视台与运城市在运城广场联合举办了关公文化节，《运城日报》以整版篇幅报道了开幕式的盛况，之中有一篇报道吸引了广大读者：王文澜偕爱人倪萍、小儿子一家三口，回到了离别近30年曾插队生活的地方——临猗县三管镇东姚村。去之前文澜还匆忙到超市买了10条烟、2箱汾酒和100多包糖果。

来到当年居住的院落前（1999年）

汽车在油黑发亮的公路上奔驰，到了东姚村口，王文澜下车一边相认着当年的村民，一边激动地喊出来："啊，村子真是大变样了，村口牌楼依然保存完好，那是明代的文物了。"闻讯赶来的老百姓，纷纷围拢在他们周围，老支书樊生财紧紧握着文澜的手说："文澜啊，你又回来看乡亲们了，谢谢你！"路过村中的大蓄水池，文澜说道："1970 年我们 36 名知青为此付出辛勤的劳动，鸡鸣就出工，艳阳浴脊梁，大家热火朝天的干劲，让人难以忘怀。"过池塘、牌楼，穿巷道，文澜带着家人依次走过曾经熟悉的村民家。路过东姚小学，正好下课铃声响起，看见"倪萍阿姨"来了，孩子们一拥而上，把文澜三口之家围在中间，在唧唧喳喳声中，他们和老师、小学生们开始"聊天"了……

"找点空闲，找点时间，领上孩子，常回家看看……"从北京到运城、夏县，再到杨家川，曾经是那么遥远的路途，如今已是那么近，那么近。50 年前我们来到了这里，如今成为我们心中的第二故乡。那是我们魂牵梦萦的地方，熟悉的乡土，熟悉的村落，那一排排的窑洞，那黄土高坡上吃草的牛羊，还有那纯真质朴的村民们，都已成为我们永久的记忆。

在求索中前行——我的求学之路

孙建君

从下乡插队说起

1968 年 11 月 12 日，我从天津来到山西省夏县水头公社大张村插队落户；五年后的 1973 年，因母亲患病家中无人照顾又回到天津。回顾当时的情况，既有不堪回首的日子，也有歪打正着的"幸运"。

夏县所处的晋南地区是中华民族和中国古代农业文明的发祥地之一，主要种植小麦和棉花。在我们大张村，知青一年 528 斤的口粮全部是小麦，不仅不挨饿还天天吃白馍，这对我来说，真算是"不幸之中的万幸"了。在这片积淀深厚的黄土地上，我所接受的各种磨炼与文化启蒙，对我以后的求学之路和确定民间美术与民间文化研究方向起了很大作用。

离开夏县已多年，感恩的心情始终让我对第二故乡和乡亲们充满了深深的感激与怀念。40 多年来，每一次踏上这块黄土地我都无比激动，往事历历在目。

自己洗衣服

丰收了

志同道合的插队好友

与我一起插队的许多同学，如李诚、刘树景、张文才、李恩平、朱延宽、周石田、张宴恬、徐世珠、王令婵、闫纯、张惠琴、杜郁芝与黄乃祥、孙广智、张东瀛、李俭等以各种方式给予我帮助与鼓励，使我感受到几分温暖、几分真情、几分做人的尊严。1971 年初，运城地区计划召开“五七”战士积极分子代表大会，我被抽调到夏县知青办为积极分子们准备汇报材料。在这段时间里及以后，我又认识和接触了许多北京知青，如安育

相知相助的知青们

中、马宝琛、于阳卿、申丽灵、卫陵彦等，从相识到相知，我们的友谊一直保持到今天。40 多年来，我从他们身上学习到许多东西，他们也都给了我许多的帮助。

回城后，我先在天津的一家工厂工作了 7 年，20 世纪 80 年代初，为解决夫妻两地分居问题又调到北京工艺美术服务部做营业员。安育中知道后，他特地从廊坊到北京工艺美术服务部来看望我，鼓励我坚持学习。申丽灵得知我在学习中遇到一些困难，积极帮助我联系中央工艺美术学院图书馆的朋友，方便我借阅专业书刊，并通过他们给我介绍学校的老师对我进行辅导，避免学习中走弯路。

于阳卿和她爱人王金华选调后都在铁路工作，她告诉我王金华对传统艺术品有浓厚兴趣，坚持在工作之余深入乡村搞调研与收集。1984 年秋，我到临汾参加民间美术会议，专程去他们当时所在的富家滩看望他们一家。晚上我们彻夜畅谈，分享了金华的丰厚收藏与宝贵经验，这次会面使我们倍感激动，因为我们有共同的兴趣与追求。也就是从那时开始，我们在探寻与守护民间艺术与民间文化的道路上相互支持、相互帮助，一直走到今天。几十年时间里，王金华无私地、无偿地帮助我收集了许多堪称经典的民间艺术珍品，对我的学习与研究发挥了巨大作用。

四十多年来，王金华不仅搞经营，还搞鉴藏与研究。先后将自己收藏的、成系列的、珍贵的传统艺术精品贡献给国内的文博单位、高等院校与研究机构，他还坚持对自己的收藏进行深入研究。近十几年来，已出版了十余本有关传统艺术品鉴藏与研究的著作，这些著述凝结了他多年的心血和心得。

2013 年，我曾为金华的一本有关银首饰研究的书作序，序中写道："我与金华是同龄人，45 年前的 1968 年我们同到山西运城地区的夏县插队，他是北京知青，我是天津知青，离开农村后的我们虽然经历不尽相同，但都不甘心接受命运的捉弄和安排，在温饱问题尚未解决的时候，即开始了对个人未来发展的思考与努力，共同走上了对传统文化的探寻之路。回城后的三十多年金华自谋生路，在古玩市场上摸爬滚打，但对传统文化的敬畏与对黄土地的感恩之情使他初衷不改，他以一己之力为保护与传承我们民族的优秀传统文化做出了重

与王金华合影

要贡献。”

王金华在鉴藏与研究道路上所表现出来的执着精神让我深受感动。作为与金华一同下过乡的志同道合者，我对他给与我的各种帮助感激不尽，同时也为他所取得的成就感到骄傲和由衷的高兴。

我的导师张道一

1983年，经北京市工艺美术集团领导唐克美老师推荐，我被借调到轻工业部《当代中国的工艺美术》编辑部做资料编辑工作。唐克美老师是20世纪60年代浙江美术学院毕业的大学生，在北京工艺美术系统，她是一位深受大家敬重的专家型、学者型领导。直到今天，已进入古稀之年的她，依然关注着中国工艺美术事业的发展。在编辑部工作的一年多时间里，我认识了许多工艺美术界的著名学者，如庞薰琹、常沙娜、王家树、廉晓春、李绵璐、朱培初与张道一诸位先生，他们的人格魅力、学术精神与人文情怀深深地影响了我。

1984年10月，编辑部的工作结束后，经廉晓春老师推荐，我到南京艺术学院跟随张道一先生进修学习工艺美术历史及理论。张道一先生是我国著名的工艺美术史论家、民艺学家。对于没有受过专业训练的我，道一先生没有嫌弃，他将我纳入他的研究生培养计划当中，与他当年招收的4名硕士研究生一起，在他的指导下开始了专业学习。三年中，我们在张先生的严格要求、精心呵护与言传身教下，朝夕相处，相互学习，经过严格的学术训练，从认识论到方法论都为以后的学习与研究奠定了良好的专业知识基础。

一晃35年过去了，道一先生在我的思想与情感深处留下了深刻的烙印。从张道一先生的学术品格、学术理想与学术文章中，我感受到他作为一位当代中国艺术学学科的重要创始人与建树颇丰的学者，中国儒家的“道一”“德一”“诚一”与“行一”等优秀品质在他的身体力行中得到很好体现。“一”者，专一也。

1993年秋，张道一先生在为我的论文集《工艺问道》所作的序中写道：“人说‘十年树木’，十年的寒窗也是甘苦自知的。我国的民间文化有着深厚的积淀，如民间美术和民间风俗，丰富而多彩，正待有识见者去开发。建君既然有志于此，我希望能够深入下去，融入其中，发掘提炼，必然会有好收成。这是中国传统文化建设的需要，也是民族的福祉所在。夙愿立而志坚，再过十年，将是如何呢？我期待着他更大的成功。”这一番话几十年来一直回响在我耳边，激励和鞭策着我努力去做人做事，在求学的道路上不敢有些许的懈怠。

高山仰止忆张仃

1987年9月，我结束了在南京的学习回到北京后，即调入中央工艺美术学院《装饰》杂志编辑部工作。由于在中国工艺美术学会民间工艺美术专业委员会承担会务工作的缘故，我经常要与委员会主任张仃先生联系并接受他交办的一些具体事务，这一做就是20多年。

张仃先生是艺术教育家、中央工艺美术学院的老院长。他对传统的坚守、对艺术的追求、对人才的呵护和宽广慈悲的胸怀，对这所大学精神与传统的形成产生了重大影响，他为这所学校所做出的巨大贡献，都与这所学校的发展和当代中国的工艺美术事业密切联系在一起。

记得1983年初夏的一个下午，廉晓春老师带我去张仃先生白家庄的家，向他汇报中国工艺美术学会民间工艺美术专业委员会的筹备情况。当时师母陈布文先生在家，十分热情地接待了我们。可以感受到廉晓春老师与张仃先生和师母的感情十分深厚。整个下午，廉晓春老师都在和张仃先生谈民间工艺美术专业委员会的筹备工作，谈得非常激动与兴奋，仿佛在迎接着一个盛大节日的到来。

2008年12月12日，张仃先生抱病出席了在北京举办的中国工艺美术学会民间工艺美术专业委员会第二十三届年会，这是张仃先生最后一次参加年会。

他在会上再一次强调说："民间美术是一切造型艺术的根，如果没有民间美术，也就没有一切造型艺术。现在有新的一代从事这项工作，我非常高兴，这对我们子孙后代的艺术发展大有好处。"张仃先生是有胆有识、充满文化自信与自觉精神的民族英雄。

王朝闻的大家风范

王朝闻先生是中国卓越的文艺理论家、美学家、艺术教育家。过去，认识王朝闻先生主要是从他的著作中。王朝闻的文艺理论、美学观点，尤其是工艺思想，对我的学习曾产生过十分重要的影响。对王老，我仰慕已久。然而，能够当面聆听他的学术见解，有幸在他的直接指导下做一些研究工作，却是从1990年春天参加由他主持的《中国民间美术全集》和《中国美术史》的编撰工作开始的。直到我2004年调入中国艺术研究院的十几年时间里，与王老的多次会面，使我沿着中国民间美术这条线索更加走近了他和他的理论。

28年前，在王老的带领下我们这些担当《中国民间美术全集》分卷主编的人如果论资排辈的话，在当时可以说还都是些年轻人，其中年长者不过45岁，年少者尚不足30岁。当出版社的同志对此表现出疑虑时，王老对这个编撰集体给予了高度的信任。他说，年轻人有两个长处，一是思想方法富于创新精神，二是年富力强，精力充沛。这些优势在日后的编撰工作和田野调查中被充分地体现出来。当年参加《中国民间美术全集》编撰工作的主要成员，除了王老自己的学生，还有来自不同地区、不同单位、不同经历、师从不同导师的学子，王老毫无门户之见，以博大的胸怀将大家团结在一起，充分发挥了每一个人的研究个性，实现了他在集体研究和编撰工作中一贯倡导的"互相塑造"的思想。

在编撰《中国民间美术全集》的工作过程中，我不仅努力学习王朝闻先生的治学方法，更重要的是向他学习怎样做人。在这方面我感到王老身上存在三种力量。一是他的人格力量。王老为人真实自然，待人诚恳热情，性格上坚强刚毅，平和之中显现做人的力度。他的这种人格魅力使许多人为之倾倒。二是道义的力量。王老多年来为中国的文艺理论、美学理论和美术学理论皓首穷经，黎明即起，笔耕不辍，他的理想和追求支持着他“朝闻道，夕不甘死”。李大钊曾说过“铁肩担道义”，这种道义的力量不仅支持着他的信仰，而且也影响了他的学生和周围的人，大家愿意追随他到达事业与理想的彼岸。三是智慧的力量。大家都说听王老讲话是一种享受，王老讲话、写文章轻松辩证，幽默诙谐，充满智慧。他的等身著述，正是他深湛学识的真实而生动的写照。我常常在想，王老在人格、道义和智慧三个方面所表现出来的力量和优秀品质，不正是我们一生都应该认真修炼和孜孜追求的吗？

王老在编撰《中国民间美术全集》工作中，带给我们和读者的最大启示，就是“独立思考”。这既是他在学术上的一贯思想，也是多年来指导我坚持学习与从事学术研究工作所要遵循的一条重要原则。

我们这一代人与我们的国家和民族共命运，经历了许多苦难。回想自己这一辈子，与同时代的人相比，我又感到自己是幸运的。插队时我幸运地来到风调雨顺的夏县，感受了中华文化的博大精深；回天津后又辗转来到北京，开阔了视野与胸襟，先后能够在国家工艺美术教育的最高学府与艺术学的最高科研机构工作学习，使我没有停下不断求索的脚步；更幸运的是，在我求学的道路上，又遇到许多好领导、好师友和学术大家，他们的精神风范及对后学者的关爱之情，山高水长，让我铭诸肺腑。

工作室

参观日本民艺馆

2011年退休之后，我又回到了当年插队的村子——夏县大张村，建立了河东文化与民间美术研究工作室。我经常问自己：我是谁？我从哪里来？又到哪里去？回到夏县，我知道了：我就是一名知青，知青是我的文化认同，知青的身份将伴随我一生。回到黄土地，我放松了、踏实了，我找到了自己的归宿，我将用我的余生，再为黄土地做一点事情。正如诗人艾青所说："为什么我的眼里常含泪水？因为我对这土地爱得深沉……"

2018年2月28日于北京华馨园

孙建君 1951年8月出生，天津南仓中学1966届初中毕业，1968年11月11日到山西夏县水头公社大张大队插队，1973年9月返回天津。中国艺术研究院研究员、博士生导师。曾任中央工艺美术学院《装饰》杂志副主编、中国艺术研究院研究生院副院长、工艺美术研究所所长。现为国家非物质文化遗产保护工作专家委员会委员、中国工艺美术学会民间工艺美术专业委员会主任、中国民间文艺家协会《民艺》杂志执行主编。主要研究方向：1. 中国民间美术；2. 中国民间文化；3. 中国古代造物思想与设计文化；4. 中国工艺美术与非物质文化遗产保护。1990年，任国家社会科学基金重点项目《中国民间美术全集》编委，《木偶皮影卷》《面具脸谱卷》主编（山东教育出版社、山东友谊出版社1995年3月出版），获中共中央宣传部精神文明建设"五个一工程"优秀作品奖、国家社会科学基金项目优秀成果一等奖。

我的回顾

刘森

下 乡

1968年12月20日，16岁的我告别家人、离开学校，到山西夏县插队。北京站站台上挤满了为知青送行的亲人。告别了前来送行的母亲和妹妹，火车开动，车厢里久久一片沉寂，大家都还沉浸在与亲人离别的心情之中。不知过了多长时间，一位同学悄悄带的小黑狗从书包里钻了出来，在座位下，过道中，活泼地奔跑，车厢里活跃了几分。毕竟大家还只是十几岁的孩子，很快摆脱了沉重的心情，开始天真地憧憬未来的生活。

次日近中午时分，这列运载了上千名北京知青的列车抵达夏县的水头站，我们育英中学的30位同学被分配到胡张公社西晋大队。大队干部致词欢迎，还为我们准备了白馍和白菜炖肉，并腾空村里小学校的几间房子临时安置我们住宿。第二天，村里的广播喇叭广播了毛主席“知识青年到农村去，接受贫下中农的再教育很有必要”的最新指示。

刚到农村一个多月就迎来了1969年的春节，不少同学筹划着回北京与家人团聚。我考虑刚到农村一个多月就返城，有可能会被父亲单位的造反派抓到把柄，给家人带来麻烦，因而决定留在农村过春节。还有几位未回京过节的同学，大都与我情况相似，有家难回。

夏县曾是夏朝古都，是华夏文化的重要发祥地之一。西晋村位于峨嵋岭下，涑水河畔，以产小麦、棉花为主。村民世代辛勤劳作，耕读传家，过着自给自足的生活。历史的机缘，使我们这些城市娃在这个传统的村落度过下乡后的第一个春节。村里的老乡善良淳朴，理解我们独在异乡为异客的心情，纷纷邀请我们到家里做客。老乡们虽不十分清楚我们家庭在北京所处的情况，但凭借他们的生活经验，感悟得到我们的处境。善良的老乡拿出最好的炸糕、麻糖招待我们。

春节过后，大地回春，地里的活开始忙碌起来，队长在村口敲钟集合社员分派当天的农活，每天与农民一起下地，使我体验了劳动的艰辛。6月，麦子熟了，这是队里的大事，麦收期间，生产队安排专人烧水做饭，一日三餐送到地里，男女老少齐上阵下地割麦。收麦子是农村的累活，但看到场上饱满的麦粒，大家脸上都洋溢着丰收的喜悦。

农村插队落户是一段特殊的经历，十六七岁的城市孩子来到农村，从砍柴做饭开始，到一年四季的各种农活，都要从头学起，并逐渐学会了在农村独立谋生的各种本领。虽然生活和劳动是艰苦的，但是与当时的建设兵团、五七干校相比，农村生活是相对自由的，只要你肯劳动，这里没有人会瞧不起你、歧视你，这是十分难能可贵的。这段经历给了我深刻了解中国社会的机缘，萃取了劳动人民勤劳善良、吃苦耐劳的品格，这些使我受益终身。

努 力

返城后，我结合工作需要，开始自学英语。离开学校十年，使我格外珍惜学习知识的机会，当时学习英语到了痴迷的程度，阅读学习了能够在国内找到的几乎所有的英语教材，工作之余收听收看广播英语、电视英语教学节目，半脱产到高等院校进修英语课程。经过几年的努力，通过了国家人事部组织的全国英语专业统一考试，之后又取得了自考英语专业文凭。1983 年，我作为英语翻译赴伊拉克工作一年，在两伊战争的艰苦条件下，圆满完成任务，为国家赚取了宝贵的外汇。1985 年借调到共青团中央参与国际青年年活动，我作为召集人，负责亚太地区十几个国家青年代表团的组织接待工作，并作为翻译全程陪同澳大利亚青年代表团。1986 年，我考入国家对外开放的窗口公司——中国光大集团，从事国际贸易工作，为适应工作的挑战，我坚持在业务实践中自学商业合同、信用证条款、国际海运、保险等专业知识，取得了改革开放后国家首批外贸专业人员资格。1988 年，我升任光大公司二手设备部总经理，曾多次率团赴欧美二十余个国家考察、洽谈商务合约，从国外引进了大量四化建设急需的二手成套设备，亲身经历和见证了国家在改革开放后的经济腾飞。1992 年，作为业务骨干我被派往光大集团香港总部工作了 7 年，参与了高科技领域的风险投资、实业投资项目，负责光大石油公司的组建。面对工作环境和业务领域的转变，我坚持在香港独特的贸易、金融、法律体系环境中，结合自身业务，学习风险投资、能源投资及资本市场领域的金融知识，取得了高级经济师职称。边干边学，伴随了我整个职业生涯，为更加系统地学习现代管理经验，适应管理岗位的需要，我选择在职学习工商管理课程，在 48 岁的时候，经过半生的努力，终于获得澳大利亚梅铎大学工商管理硕士学位（MBA），弥补了曾经丧失系统教育的缺憾。

在香港工作期间在职学习澳洲梅铎大学MBA课程，获得工商管理硕士学位

返　乡

2009年3月29日，下乡插队40年后，繁忙之中，我再次重返时常萦绕梦中的西晋村。村里的乡亲得知当年的知青回来了，奔走相告，年龄相仿的几位当年小伙伴闻讯赶来，畅谈回忆当年的趣事。令人感慨的是时隔几十年，乡亲们依然能够如数家珍地说出30位知青每一个人的名字。

在学礼家两层小楼前合影，左起：永合、福吉、学礼、刘森

当年的几个小伙伴，早已成家立业，儿孙满堂，过上小康生活。

令人欣慰的是村民的生活比当年有大幅改善，农用车辆比较普及，还有人买了小汽车。各家大都盖起了楼房，实现了当年“楼上楼下，电灯电话”的梦想。门楼也都高大气派，门上的横幅“宁静致远”“春华秋实”等表现了主人的理想追求和文化底蕴。近年来，西晋由传统农业为主，逐渐向工商业转型，村里招商引资办起了镁厂和玻璃厂，可安排几百人就业。玻璃制品还远销海外。村里当年的小伙伴黑蛋也到玻璃厂上班，一次运送出口的玻璃制品去天津港，还特地绕道北京来看望我们，借此机会年近六十的黑蛋也圆了此生到北京看看天安门的梦想。我真心祝福西晋村能够赶上时代发展的步伐，一天天富裕起来。

2009 年 3 月重返当年北京知青刚到西晋村时的落脚点——西晋小学

特殊的年代，特殊的历史机缘，使夏县西晋村成为我的第二故乡。今年是北京知青赴夏县插队 50 周年，借此机会祝福当年的父老乡亲们，祝愿夏县这片当年养育我们的土地更加美好！

刘森 1952 年出生，北京育英中学 1967 届初中毕业。1968 年 12 月 20 日赴山西省夏县胡张公社西晋大队插队，1970 年入伍。

续写人生

山乡，开阔了我们的视野；贫困，让我们懂得了担当；艰辛，让我们学会了珍惜；风雨，练就了我们的筋骨和胆量。正因为如此，我们才能讲述出踉跄和多彩的昨天，才能续写平凡而又不平凡的人生。

抒　怀

（诗三首）

刘军

生命之歌

人生苦短，
看不清山岳的沧桑。
红尘滚滚，
遮蔽了青冢与夕阳。
总会听到，
人们在叹息时光飞逝。
总会看到，
轮椅上那老者的哀伤。
然而，
若问我为什么总会

开心地周游世界；
若问我为什么总能
轻松地漫步徜徉。
不在乎令人
谈虎色变的痼疾；
不理会让人
无法躲避的创伤。
别人是活一天少一天，
我却是活一天赚一天。
因为我已经经历过炼狱，
因为我已经穿越了死亡。
所以，
我以为，
度过的每一天，
都是上苍的恩赐；
所以，
我明白，
当下的每一刻，
都是生命的延长。
我从不叹息
时光的飞逝；
我从不理会
落日的悲凉。
我不会疑问：
时间都去了哪里；
我不会惋惜：
岁月流逝的匆忙。
把每一个明天，

都当成涅槃后的重生；
把每一个昨天，
都划做结束了的乐章。
多活一天，
都是上天的眷顾；
多活一天，
都是投入的奖赏。
那么，
又何必叹嗟，
何必忧伤？
啊，朋友，
看，
就在那古长城的垛口，
正燃烧着
只属于今天的
霞光…………

（2016 年 10 月 27 日于泮庐斋）

回　声

不要等到坐上轮椅，
才想到要去远方旅行。
不要等到躺在病床，
才后悔承诺没有完成。
不要等到身家千万，
才开始珍惜自身健康。
不要等到大幕落下，
才知道自己徒有虚名。
发现人生的无奈，

回味有过的曾经。
收拾破旧的行囊，
回味昨日的航程。
哪里才是幸福的彼岸？
哪里找到系泊的缆绳？
哪里才是人生的目标？
哪里存放我们的背影？
啊，
孜孜不倦的追求，
坚持不懈的攀登。
西天如血的残阳，
扫尽落叶的秋风。
这一切一切啊，
终将化作殿堂中，
那盏孤独的青灯。
有过无畏的年轻，
有过响亮的姓名。
有过高傲的追求，
有过史诗般的抗争。
终于，
我们听到了大地的喘息。
终于，
我们看清了历史的真容。
终于，
我们听到了岁月的呻吟。
终于，
我们不再与命运去抗争。
微笑中，

透露出
老年人才有的成熟。
行走间，
显示着
老年人才有的从容。
脑海里，
保留着
年轻时树立的信念。
心灵上，
固守着
风雨中岩石般的真诚。
哦，
是血，是泪，
是雨，是风，
是一行行踉跄
而曲折的脚印。
是山谷中传来的
沉闷的回声…………

为赴山西夏县插队 50 周年而作

我们从风雨中走来，
谱写了斑驳的履历。
我们向高山走去，
高擎着丹柯的火炬。
脚踏着这块
古老而火热的沃土；
追寻着人生
神圣而崇高的叛逆。

远去了，
远去了啊，
那些激昂的口号，
那些血红的战旗；
远去了，
远去了啊，
那些躬耕的陇亩，
那些雪夜的记忆。
当无畏的年轻，
化作鬓边的白发；
当旺盛的追求，
融化在昨天的梦里。
当沉浊的风雨，
铸造了钢铁的筋骨，
当春天的号角，
又一次在耳边响起。
啊，
难忘的中条山，
你想让我们这一代
永远地牢记！
我们从泥泞中走来，
我们向太阳走去。
是江，
是海，
是风，
是雨，
是共和国那面
永远不倒的战旗，

是我们这一代人

史诗般的壮丽！

（2018 年 5 月 16 日）

我所了解的孙大虹

葛元仁

2014 年 12 月 6 日，国家民委在北京民族文化宫举办“中华民族全家福”摄影展览，我应邀参加。

开幕式上，代表参展摄影家发言的是全国公安摄影家协会副主席孙大虹，他手里没拿稿子，侃侃而谈，从心底流露出对我们党的民族政策的赞扬，对各族人民的热爱，对毛主席的崇敬。朴实、真挚的语言获得了听众的热烈掌声。

在“中华民族全家福”展览开幕式上

在夏县插队时我就认识孙大虹，当年他在村里干得不错，担任了生产队的政治队长。再次见到他，是 2014 年 5 月在海南召开的中国延安精神研究会知青论坛上。因为他的父母都是曾在延安学习工作过的老干部，尤其是他关于“延安精神与党性修养”的报告，在云南省几万政法干部中引起强烈共鸣，还通过视频会议系统、现场录像制作光碟等多种形式将讲座的内容传递到基层。云南省委组织部与省广播电视大学主办的云南省干部在线学习学院将“延安精神与党性修养”课件挂在学院的学习网上，供全省党政机关、事业单位、省属国有大中型企业、省属大中专院校、人民团体科以上干部学习。2009 年 11 月 13 日下午，时任中央政治局常委、书记处书记、国家副主席的习近平同志到中国延安干部学院视察召开座谈会，孙大虹作为曾在学院学习过的学员应邀出席。

“知青精神”是“延安精神”的传承，所以这次海南知青论坛专门邀请孙大虹参加。在海南知青论坛期间，我才知道他回城后一直干公安工作直至退休。

我对这位当年夏县插队时就认识的老知青很关注，曾经从一些报刊上看到有关他的报道。

20 世纪 70 年代末至 80 年代初，他在云南省公安厅侦查队担任侦查员，曾经冒着生命危险深入中越边境前沿阵地。

表彰大会

他在云南省公安厅担任出入境外管处处长时，针对一些外国人非法捕猎我国珍稀蝴蝶等自然资源的情况，主动出击，查破了一系列以日本人为主、盗窃我国珍稀蝴蝶案件，并且被媒体曝光。这些日本人乘坐的航班一到香港机场，大批媒体记者蜂拥而至，日本驻香港总领事上去就给他们每人一个大耳光，回国后日本政府也不放过他们。港澳同胞和海外华侨都觉得扬眉吐气，纷纷发表文章谴责这些盗猎者，引起了国内外舆论的高度关注，从而制止了类似案件频发。孙大虹和他的战友受到国家科委、公安部、林业部和云南省人民政府的表彰和奖励。他大胆创新、改革，推行“一帮人马、两块牌子、三种职能（外管、外事、外警研究）”，努力实现“五子登科”（创新工作路子，带好领导班子，建好窗口房子，管好车子票子，聚好队伍才子），这一系列做法在全国公安出入境外管战线上产生了积极的影响，受到公安部领导的高度肯定和表扬。

他担任省公安厅副厅长后，始终不忘记插队时农民的艰苦生活，自觉地保持艰苦奋斗廉洁自律的本色，兢兢业业地从事公安工作，尤其是之后兼任云南省禁毒局长，长期从事和分管侦查、情报、缉毒和禁毒工作，时刻面临风险和挑战，面对艰难、挫折、威胁、诱惑和生死考验，他始终如一地坚守共产党人的信念，泰然处之。

穿防弹背心与美国同行合影

1998年，他应邀以国际访问者身份只身前往美国访问并参与了美国缉毒署、亚特兰大和洛杉矶警方的扫毒行动。在美国，因为个人可以合法持有枪支，参与警方行动风险很大，美国警方要求参与行动的访问者必须签订《生死协议书》。他毅然决然地在《生死协议书》上签字。然后，穿上防弹背心与美国警察共同参加扫毒行动，结果两次扫毒行动皆大获全胜。他的自信、执着和勇敢使美国同行折服，他们称他为来自中国禁毒前沿的“禁毒沙皇”。

云南是全国禁毒的前沿和主战场，在禁毒信息资源、案件素材以及工作成效等方面在全国是独一无二的。

20世纪90年代中期以来的十多年间，他一直在中国禁毒前沿负责云南的禁毒工作。面对国内外严峻的禁毒形势，他通过实践、思考和总结，提出了“禁毒三大战场”——境外除源、堵源截流、毒品防治的禁毒理论，这篇论文被公安部转发全国公安机关并在《公安研究》杂志上公开登载。此后，他应邀到香港、澳门警界讲学，此论文也被选入“海峡两岸四地（大陆、台湾、香港、澳门）警学香港研讨会”优秀论文。2007年5月，他接受了中央电视台《面对面》主持人王志《中国禁毒主战场》的采访。他努力践行禁毒工作的四大战略转变，积极建议和实践了打一场禁毒人民战争的禁毒新理念。

他先后参与组织、指挥了多次禁毒战役和毒品整治专项行动。决策、指挥、侦破了许多起重特大制、贩毒案件，使贩毒分子闻风丧胆。有一次，他在

孙大虹在边境第一线检查工作

在香港警察学院讲学

在中央电视台《面对面》节目接受采访

党校学习，一位女干部一听人介绍，脱口而出的话就是：“你就是大名鼎鼎的孙大虹，听说你的头很值钱！”的确，境外毒枭曾在境内外招募杀手搞暗杀，孙大虹是他们的首要目标。大毒枭谭晓林案件的侦破就是云南缉毒案件中一个典型的大案、要案，也是他参与并指挥作战的一个具有极大社会影响的缉毒成功案例。

抓捕毒枭谭晓林的行动，是他和战友通过调查研究，掌握了毒枭的行动规律后，与缅甸警方配合，亲自部署、指挥和协调边境及有关地方公安机关实施境内抓捕行动，将这 18 个团伙成员一网打尽。

云南每年缴获的毒品量，在本世纪初以前的十多年间均占全国缴获总数的 70%。作为全国的反毒前沿省份，很多大案、要案，特别是万克以上的大案主要由云南查获。2001 年，云南毒品缴获总数创历史之最，达到十多吨；个案缴获数也创历史之最，2002 年罗平县长底警务站的“11·8”大案，缴获海洛因高达 672.9 千克，创中华人民共和国成立以来我国个案毒品缴获的最高纪录。从 1982 年开始，到 2005 年公安禁毒部门统计，24 年间，经过民警浴血奋战，缴获的海洛因是 70.01 吨。

在德宏指挥禁毒战役工作

在公安警务站

多年来，他与战友们通力合作侦破了一系列大案要案，铲除危害人类的毒瘤，有力地打击了贩毒分子的嚣张气焰，震慑了犯罪分子。

可以说，在上山下乡过程中知青所体现出来的责任、奉献精神，在他身上一览无余。

他在工作之余，坚持写作、学习摄影，养成了多种兴趣爱好。其实，自从他参加公安工作起，就和摄影结下了不解之缘，养成了照相机随身携带的习惯。把镜头对准的方向从犯罪现场扩展到大千世界，反映美好的人和事物，从技能掌握升华为艺术创作，通过镜头记录历史、反映现实、深入生活、热爱生活。

开始，他喜欢拍摄自然风光，尤其对云南红土高原情有独钟。2008 年，他的摄影集《七彩云南》（作品见本书“沧海拾贝”部分）出版。2007 年 11 月，《摄影与摄像》推出“迎十七大专题照片展”，其中的《祖国在我心中》（作品见本书“沧海拾贝”部分）就是他系列摄影作品。作为人民警察，他认为，从事公安工作的人应该成为一个社会学家，不仅要研究犯罪现象和犯罪嫌疑人的犯罪心理，还要研究影响社会发展进程的各种因素等，要有广博的知识和技能。摄影界的朋友评价他的摄影作品具有很强的视觉冲击力和心灵震撼力，有的感觉像一幅透明的油画，有的像一面立体的浮雕。

每完成一项大的工作任务，他都会用画册作为总结。他把考察澳大利亚警方和在美国参加扫毒行动时拍摄的照片和录像资料编辑整理后，先后在云南电视台和中央电视台警方栏目中播出，并撰稿出版图文并茂的图书在全国发行。他觉得，摄影和创作是对祖国和家乡的一种感恩和回报。

在这次参观“中华民族全家福”展览中，我发现所展出的几千幅摄影作品中，数他的作品最多，而且还有一面墙是专门展出他的《毛主席是我们家里人》的全家福作品。很多少数民族的观众，在寻找自己本民族挂毛主席像的家庭。一听说孙大虹是这些作品的作者，“呼啦”一下子把他围了起来，纷纷要求与他合影，气氛热烈感人。

他说，2013 年 12 月下旬，《毛主席是我们家里人——中国 56 个民族人文情怀影像纪实》孙大虹专题摄影展就在北京民族文化宫展出过，中央文献出版社出版了他所著的《毛主席是我们家里人——中国 56 个民族人文情怀影像纪实》(作品见本书“沧海拾贝”部分)画册及著作，并被中央档案馆收藏。后来我了解到这个专题展览又在全国 6 个省市区的 8 个城市陆续展出，获得社会各界的强烈反响和广泛好评。

孙大虹与少数民族观众合影

我问始终陪着我的大虹，是怎么想起来拍《毛主席是我们家里人》这个题材的。他告诉我，那是 2011 年 2 月 18 日，农历正月十五，他在云南省的澄

“幸福的回忆”照片

江县阳宗镇参加一年一度的“送高香”民俗活动，发现一间小杂货店里有3个老太太在聊天，有说有笑。店内偌大的一幅毛主席肖像，格外引人注目，于是下意识地按下了快门。同时，突然蹦出了灵感：如果能将全国各民族群众家里挂有毛主席像的实景拍下来，汇集成册，记录下这一生长在各族人民心中的生生不息的真实情怀，不正是全国各族人民怀念毛主席，心向共产党，吃水不忘挖井人的真实写照吗？不正是中华民族大团结的真实缩影吗？因此，他决定，以《毛主席是我们家里人》为题，创作完成“全国各族人民与领袖毛泽东纪实摄影专题”，让镜头直面历史事实，用影像记录时代生活。

他带着这份激情，凭借着插队时练就的不怕艰苦、顽强拼搏的作风，翻山越岭，起早摸黑，风餐露宿。走过一个个民族山寨，走进一户户民族家庭，拍摄挂在不同家庭、风格神态各异的毛主席画像，感受各族人民对共和国领袖的热爱，对共产党的深情，记录下所拍摄家庭的日常生活。经过半年时间，他走访了大半个云南，完成了对云南居住的26个民族的拍摄工作。6月22日，这组图片被《人民摄影报》选编了一个整版发表，在社会上产生了良好的反响。

2011年12月，“毛主席是我们家里人”在云南民族博物馆举办了大型展览，后又在云南各个高校巡展了一年，反响强烈。

2011年是建党90周年，他拍摄了云南的26个民族。2013年，是毛主席诞辰120周年，他决定，用自己的镜头记录全国56个民族对毛主席独特的情感，力争在2013年10月以前完成这个摄影主题，这是他想做又喜欢做的、特别有意义的一件事情。他依靠自己的力量和社会资源，事先做好调查研究和各种预案，面向全国做一次真实的寻找和社会调查，来表现现实存在的社会现象，并将它留给后人、留给历史。在众多热心人、好心人的支持、帮助下，

2013 年 8 月 5 日，他在新疆清河县顺利结束了第 56 个民族——塔塔尔族的拍摄工作，终于完成了这个社会纪实摄影创作工程，实现了他美好的心愿。

拍摄过程中的工作照

他说，回想整个拍摄创作过程，它就好像是一本写不完的书，唱不厌的歌，有讲不完的故事，说不尽的话题。这些照片是朴实的、自然的，在每一幅的背后，都有一个真实感人的故事。反映了人民群众对党和领袖的信赖，对国家富强、民族兴旺的期望，这既是发自内心的本能表现，也是一种深层次的精神需求，是民心民意的流露和表达，是我们心中难忘的情怀和永远的激情。正如一位浙江的大学生看完他的云南 26 个民族的展览后所说："云南是边疆，属于落后贫困地区，这些少数民族的生活也并不富裕，但他们却笑得很灿烂，看来，有信仰的人是幸福的！"什么是中国梦？全体中国人民都幸福就是中国梦。"有信仰的人是幸福的！"这是对已经历生活的总结和对未来的憧憬。大虹始终认为，有归属感的人会觉得自己是幸福的，幸福的人才会产生爱和感恩的情感。有信念的人是意志坚定、行动始终如一的。时间是无形的，而记忆是有轨迹的。他在拍摄这个专题的过程中，努力地寻找着，纯净地拍摄着，真实地感悟着，幸福地坚持着，找到了自己心灵的归属，这既是他自身情感的一种表达，又是他对自己父母那一代人情感的维系和传承。

应该说，《毛主席是我们家里人——中国 56 个民族人文情怀影像纪实》是凝聚着他心血和情感的作品。从某种意义上讲，它也是用影像记录的人类社会学作品，因为它记录了普通老百姓虽然文化不同、习俗各异，却不约而同地以同一种方式表达的情感和习惯——毛主席是我们家里人，这是值得我们记录探寻的。大虹用镜头展现 56 个民族普通老百姓的日常生活，并且形成一个展览来和观众分享，充分地表明：创造历史的人民，在用行动评价历史，表达对伟人的崇敬！

小老同学

孟繁卿

我和郇中建是初中的老同学，都是北京育英中学 1967 届毕业生。上学时，他是我们班最小的，有时会很淘气。

我们是一批到夏县插队的，我们班到夏县插队的共有 11 人，不过插队的头几年，我在山上，他在山下。直到我在大庙公社入党，1972 年 2 月调到山下任夏县水头公社妇联主任期间，与山下的同学们才多了些来往，但没见过他，只知道他在村里每日辛劳，连赶集都很少，尽管水头每逢农历三、九都有集。我在公社下面的大队驻村，碰不见他，也就不足为奇了。我们的重逢，是 1998 年 10 月在母校的校庆上，那时，我们已分别 30 年了。此后，我们班的同学每年都聚会，直到现在。在同学中间，他有时还会像当年那样无所顾忌，那样率性而为，我感觉，还是当年的那个小弟弟。

到夏县插队时，他还不到 16 岁。度过了将近 10 年的插队生活，直到 1977 年 12 月参加高考。他是夏县那年唯一考取北京大学的考生，一个没读完初中的知青，近 10 年的插队生涯，其中的坚持和艰辛可想而知。对于这段经历，他在《五味青春：一个知青的自述》中敞开心扉，做了真实的叙述，他说过："人可以说错话，但不能说假话。"我也是通过这本书了解到他的插队生活，而对于他以后的情况，书中没有多说，我也是在同他的交谈中，逐渐有所了解。

1978 年 2 月底，他到北大报到。在他的同学中有不少插过队的、去兵团的知青，他说，和这些同学在一起，看到了自身的不足，认定唯有努力认真，别无他途。1982 年 2 月，他以优异的成绩毕业，到北京的一所高校当了近 3 年的教师。意识到自己的不足，1984 年 10 月又考回北大，攻读硕士研究生，得到导师的悉心指导。1987 年 7 月毕业，到人民出版社从事编辑工作，直到退休。

郇中建主要从事马列经典著作的编辑工作。他进人民出版社，工作就非常清楚。编辑室的老主任对他很关心，要求也很严格，老人在退休之前，对他说："我希望你不要离开马列编辑室。"郇中建答应了。直到 2014 年退休，他终于松了一口气，说："答应老主任的话我做到了。"这是对老人的一个交代和告慰。他所在的马列编辑室，是全国唯一一个以"马列"命名的出版马列经典著作的专业编辑室。这个编辑室编辑的马恩选集、列宁选集、单行本、汇编本，一些国外的翻译著作以及俗称"灰皮书"的内部发行的图书，他在插队时就读过一些。他说，那些书，是他在那段岁月中的精神支柱和精神食粮，"没想到，我会成为这个集体中的一员"。

《列宁全集》中文第二版是1984年10月出版的1—4卷，当时，他正好回到北大攻读研究生。他毕业到出版社工作时，全集正在继续编辑出版中。在老编辑的指导下，他很快独立承担《列宁全集》责任编辑的职责。他担任责任编辑的第一本书就是《列宁全集》第18卷，即《唯物主义和经验批判主义》，到1990年12月，按期完成了《列宁全集》中文第二版的出版工作。在3年多的时间里，他担任其中20多卷的责任编辑，并完成了其他卷次中尚待完成的工作，这使他得到了很大的锻炼。马列经典著作的编辑是一项极为细致和严谨的工作，每句话、每个词，甚至一个标点符号，直到设计、印制、装订，都不能懈怠，这也培养了他严谨细致的工作作风。

从1992年6月开始，郇中建开始负责经典著作的编辑出版工作，包括马列著作的新版单行本、1995年版的《马克思恩格斯选集》《列宁选集》和一些新的专题汇编本等，并开始了《马克思恩格斯全集》第二版的编辑出版。

《列宁全集》中文第二版出齐后，根据新发现的资料，在使用中，特别是印刷技术和工艺的发展中发现的一些问题，从90年代中期，他就开始思考如何解决，其间同中央编译局的专家多次交换意见，计划修订《列宁全集》第二版。经过多年的努力，2009年终于确定出版《列宁全集》中文第二版增订版，并获得国家出版基金的支持，他又担任了一些卷次的责任编辑，比如第18卷《唯物主义和经验批判主义》、第55卷《哲学笔记》等。他说，他的编辑工作是从《列宁全集》开始的，也是在《列宁全集》告一段落的。2009年，他和出版社的同志们一起完成了《马克思恩格斯文集》《列宁专题文集》的出版。其间的艰辛和欢乐，郇中建没多说过，只是从他偶尔的言谈中，可以体会到几分。

尽管马列编辑室是马列著作编辑出版的专业编辑室，但这只是他们工作的基本任务，此外还有其他学术著作和翻译著作的编辑出版工作。随着这些年出版的改革、学术理论研究的发展和图书市场的变化，除了马列著作外，郇中建还组织和策划了一批学术著作、翻译著作、教材和普及读物，也发现和见证了一批学术专家的成长。这些图书中不乏填补学术空白之作，有些则是相关领域的开创之作。他所策划和编辑的图书，获得过中国图书奖、“五个一工程”奖、国家图书奖、中华优秀出版物奖图书奖、中国出版政府奖，此外还有多项省部级奖项。他自己也被评为全国优秀中青年编辑，享受国务院政府特殊津贴。

说到插队，他始终认为插队是他一生的财富。他说，是插队让他开始了对社会的认识，尽管五味俱全。他在知青同学和老乡们的帮助下，学会了自立，学会了面对和坚持，这为以后的成长打下了坚实的基础，是自己立身立业的根本。他说，插队让他学会了感恩，他忘不了插队时同学对他的照顾、帮助和鼓励；忘不了乡亲们在困难中对他的扶助；特别是忘不了父母的教诲、养育之恩，尤其是他们在被迫害遭受非人对待的困境中依然无微不至地关心爱护他和对他人生道路的指引。说到后来的工作，他始终感恩老师的教导、导师的指导，感恩编辑前辈的教诲和同事的支持。

孟繁卿　北京育英中学1967届初中毕业，1968年12月至1970年6月在夏县大庙公社后西落村插队。1970年6月至1972年2月在大庙公社帮忙并入党，1972年2月至1977年7月任夏县水头公社妇联主任，1977年7月至1991年6月在内蒙古包头第一制造厂子弟四中做财务工作，1991年6月回京。

千磨万击还坚劲

刘金凤

我叫刘金凤，在埝掌公社郭牛大队插队。2015年9月，我和同学们一起回到第二故乡郭牛村。得知我们几个人要回村，乡亲们都很高兴。院子的大圆桌上，摆满了新鲜的水果，有苹果、桃和枣。乡亲们说，他们现在的生活非常好，都有自家的果园，这些水果都是从自家果园摘来的。为了招待我们，乡亲们腾出一个四合院，晚上吃过晚饭，不断有人来看望我们，院子里满是人。说起以前的糗事，笑声不断，有人还给我们煮了好多鸡蛋。村干部也来了，说代表全体乡亲请我们吃饭，并且和他们一起合影，留念。我们在村里住了三天，就像回到了久别的家。是啊，从 17 岁到 25 岁，我在这里度过了八年的岁月，真是终生难忘。

最难忘的是 1971 年的一场大雨。那天半夜，队里的钟响了，敲得那么急，一阵急过一阵。我赶紧穿好衣服，跑出去一看，是水库跑水，民兵紧急集合去水库。夜里本来就看不清，再加上我是夜盲，只能拽着别人，深一脚浅一脚地和大家一起往水库跑。那儿已经有很多人了，都在忙活，可水还是没有堵住。这时，就听见民兵连长赵九宾大声喊："民兵全都给我跳下去挡水！"没有人犹豫，手挽着手，直直地站在齐腰深的水里。水的冲劲很大，像要把我们一起冲走似的。大家死死地摽在一起，抵抗着肆虐的大水。那夜的情景，现在回想起来，仍然心惊肉跳，松开怎么办？就被冲走了！当时只有一个念头，就是：保住水库，保住村庄！至于自己，早就忘了。

1992 年，我的父亲和母亲先后去世，女儿在北京没人照顾，我和爱人不得不回来照顾孩子。户口落上了，可都没有工作。我爱人是模型木工，技术非常好，1982 年技术大比武，他在大同机车厂是全厂第一名。随后在北京长辛店二七车辆厂参加铁道部华北九厂的技术比武，又荣获第一名。那天，我和女儿正在家里吃晚饭，工厂的喜报已经送到家了，在我家楼下敲锣打鼓，热闹极了！铁道部给前三名每人升了一级工资。回到大同，工厂又给他升了一级工资。在我们一万多人的大同机车厂，他的技术是拔尖儿的。北京地铁一号线的模拟沙盘，就是他领着一班人不分昼夜赶制出来的。

到北京，没有了工作，他的情绪很低落，借酒浇愁，生活没有一点儿来源。我干过临时工、清洁工、服务员，还摆过地摊，由于没有固定的摊位，每天让城管追着跑。正巧听人说岳各庄水产大厅在招商，我赶紧去了，想租一个柜台。可是他们就是不租给我，说我没有货源，一个负责人上下打量着我说：

“你能卖肉？你吃把生米给我看看，卖肉的人都是能吃生米的人。”我哭了，我告诉他：“我和我爱人都是插队的，刚从山西回到北京，家里什么都没有，两个人都没有工作，孩子还要上学。你能租给我一个摊位，就是救了我一个家。”他终于答应了。岳各庄水产大厅148号就是我刘金凤的了！

整个水产大厅，就我一个北京人，就我一个人没有货源，别人都是一条龙，在村里有杀牛的，送肉的，卖肉的。而我必须自己去牛街拉肉，每天夜里3点钟起床，骑上三轮车，去牛街上货，每次只能拉250斤到300斤，再多我就骑不动了。那时候正在修西客站，路特别不好走。尤其是六里桥那儿，有一个大坡，每次骑上来都是一身汗，碰上冬天刮大风，刚骑上坡又被吹回去。等骑到水产大厅，我都要在三轮车上待一会儿才能下来，两条腿就像两根棍子，硬硬的打不过弯儿来。到了夏天也不好过，3点多钟出去的时候还是满天星星，可是到了六七点钟又哗哗哗地下起大雨。有一次正赶上自己来月经，血水和雨水顺着裤腿往下流，淋个落汤鸡不说，还没地方换衣服，就在身上溻干。在水产大厅，我曾经被评上五好个体户和再就业明星，丰台区副区长赵世民给我颁过奖。

爱人的身体非常不好，经常有病住院。1997年他脑出血，下了病危通知书，医生说就是能救活，也是痴呆或者是植物人。婆婆哭着说：“别救了，别再瞎花钱了！”可是我女儿哭着说：“奶奶说不救我爸爸，她还有两个儿子；叔叔说不救我爸爸，他还有他的家；咱们不救我爸，我就没爸爸了！”我和女儿决不放弃！这是一笔不小的治疗费，东家一千，西家两千，东拼西凑借到了两万块钱，我都用日记本记着。爱人住院需要人照顾，摊位费我已经交不起，大厅把摊位收回。

我每天白天照顾爱人，晚上女儿值班照顾，那年她正上高三。人家的孩子都在为高考拼搏，我女儿却夜夜值班，在医院守护爸爸。她小学五年级转学到北京永定路小学，初中在首师大附中上，那年高考，她考到首都经贸大学。经过我和女儿无微不至的照顾，爱人终于醒了，我们这个家没有垮掉。我感谢女儿，也感谢自己，我们的选择是正确的！

1999年，北京市刚刚有报亭，街道照顾我，给了我一个，我又重新开始卖报的生活。每天早上 6 点钟取来《北京晨报》和《参考消息》，晚上卖完《北京晚报》才能回家。邮局配送晚报是定量配送的，我的位置是 200 份的任务，报纸四角五分给我们，五角卖出，每份报纸挣五分钱，一份报纸没卖出去，就损失四角五分。如果剩下 20 份，其他的 180 份就白卖了，所以卖不完我是绝不会回家的。为了早点卖完，我抱着晚报到车站、超市、家属区里面，哪儿人多去哪儿卖。那时候女儿上大学，每到星期六、星期天，她一定会在报亭帮我卖报纸。困难的生活帮我培养出一个优秀懂事的女儿。

回想回城生活，虽颇多艰辛，却也算丰富多彩。就如同郭牛水库的那次抢险，认准目标，绝不放弃！

刘金凤 1951 年出生，北京市翠微中学 1967 届初中毕业，1968 年至 1975 年在山西省夏县埝掌公社郭牛大队插队。1975 年至 1977 年在山西永济电机厂工作，1977 年至 1993 年在山西大同机车厂工作。1993 年调回北京，从事个体行业经营，至 2001 年后退休。

细水长流

王钟津

当年，我们选择了山西，这也是和这片土地的缘分。

去山西夏县插队有两个误区：父亲说运城地区是产麦区，吃得好；学校报告会说夏县冬天不冷。结果，我们去的地方几乎没有麦子，记忆中一年一个人分了 27 斤麦粒，一年到头吃玉米；冬天不是不冷，而是非常冷，每天早上在灶屋做饭，寒气顺脚底板往上走，是记忆里最冷的地方。

现在，50 年过去了，回想起来，那苦那累，那彷徨、那迷茫，那对家的留恋，对亲情的追求，没有让自己颓废，也没有沮丧。我们经历了坎坷和磨炼，到老的时候，回头看看自己的路，发现，短短的 4 年插队的生活，却是自己不可忘怀的过去，是自己付出最深感情的一段时期，是自己人生路上的奠基石。现在看，艰苦的环境锻炼了自己，吃苦受累就成为一般般；独自一人多次来往于北京、河南、夏县、太原，让自己面对陌生环境的胆量非常大，处理一些意想不到的事情有了经验，在以后的工作生活中受益匪浅。

到村里最先遇到的就是吃饭问题，队里安排人给做饭，让我们有人管理，大家推举我管灶，做饭的是大师傅，管灶的我就是小师傅。

那时候的我还特别厉害，第一件事情就是安排大家磨面。先说我们东交口村不大，人口不过百，一条沟里一片地，坐落十几户，一条小河日夜不停地流淌，除了吃水，最主要的功能就是磨面。一个水磨，让村民不用毛驴不用人力。可是磨面一个人不能操作，一般 2 人。我自作主张地给他们乱点“鸳鸯谱”：本着男女搭配干活不累的原则（其实我那时候不懂这些，革命化的脑袋没有那么龌龊哦！就是想着男生可以担粮食），一男一女组成磨面小组，至于后来我们村的知青有 3 对喜结良缘，应该没有我的功劳。

打柴，也要自己打。第一次打柴，队里派了一个半大的男娃叫铁牛，领着我们爬村子对面的山。上山好走，就是气喘吁吁，下山就费劲了，女生几乎是手脚并用。打的柴就是一根树干，小的哦！也不会扛，人还下不来呢，把柴顺坡往下推。结果，村里人看我们笑话，铁牛还说：“就是日本人进村了，砍树。”后来很长时间后，我们才知道，村民是不让砍树的，打柴是砍树枝的。这也是保护山林。

后来，打柴成为生活中的一部分，我们分灶以后，女生点自己打柴，男女生混合点打柴就是男生的事情。我在村里 2 年，只有前 4 个月去打过柴，现在想想也偷笑呢！

每天和村里的老乡一起下地干活，春天耕地、施肥、点种，夏天锄地，秋天收获，冬天回家！一年又一年，周而复始地生活。我们是山区，农家肥都要一担一担地挑到地里，常规是女人装筐男人担。我不喜欢装筐，因为手没有力气，用铁锹费劲，天天和男人们一起担担子，反而感觉不累。因此，我是唯二中之一的女知青，一天给记 8 工分的，另一个是李桂香。10 分才是一个工，还要是男壮劳力，自己也不错了。队里的男女老少都说：钟津这个女娃吃得下苦。

插队的日子在细水长流中度过，有酸甜苦辣，也偶尔有些起伏。

1972 年分配工作后，和大家一样，工作，上学，成家，立业，退休，养老。生活幸福美满，无欲无求。

退休后没有事情，不会唱歌不会跳舞，大把的时间没有地方打发，我和老伴出门去旅游。

其实早在 2000 年左右，我们就在北京附近走户外，背大包带帐篷，在山里穿越，徒步，露营，寻找那种大自然的美，体验辛苦后的刺激。陆陆续续几年，北京周边的山、太行大峡谷、梅里雪山、虎跳峡、西藏、新疆等地方我们都走过了。

2007 年在云南的虎跳峡徒步穿越的时候，遇到几个老外，他们不会中文，靠一本旅游指南在中国偏僻的地方旅行。他们的行为给我们启发，我们用一年的时间准备，学外语，看历史书，做攻略。从 2008 年开始，背包自助游，走出国门，到世界各地旅游。

到现在为止，我们已经走过七大洲 80 多个国家，最南到南极，最北进入北极圈，最高到珠峰大本营，海拔 5200 米，最低到 – 420 米海拔的死海游泳。

在许多国家，到当地人家拜访，在各国的青年旅舍与世界各地的游客聊天；在路上与老外一起组小团旅游；在美国、加拿大、澳大利亚、新西兰和英国自驾；在亚马逊流域坐当地人的慢船逆流而上千余公里，睡吊床 6 天 6 夜；在南极挖一个雪坑睡一夜；在澳大利亚的荒原点篝火过夜，只有我们两个人；在秘鲁安第斯山因高原反应感冒，差点把老命交代，住进急救中心，输氧输液 3 天；在西奈半岛因为周日，工作人员不在岗位，滞留 8 个小时（没有人懂英语）；在俄罗斯小镇的汽车站遇到几位苏联老人，和我们一起唱《莫斯科—北京》；看教堂进清真寺访宗教圣地，了解各个宗教的不同与差异；看各国的自然风光，名胜古迹；参观博物馆，了解各国的历史；在加拿大多伦多看西方人法院开庭；在美国亚特兰大市政府溜达；去各国墓地看他们的墓地文化；吃各国美食逛大大小小的集市；在某国海关和抢我们钱的官员吵架（就是用中国话大声喊）；和许多国家的小商小贩斗智斗勇，捍卫自己的钱包。

因为插队的经历，喜欢看各国农村的生活现状，在阿尔卑斯山里徒步，看到他们的羊只用一根小绳拦着，惊讶地和老公讨论他们的羊是怎么调教的；看到伊朗的水资源博物馆对水的利用，想到的是这是我们新疆的坎井；看到秘鲁集市上出售的十几种土豆，才知道传播到我们国家的少了许多；坐火车进北极圈的时候，看到寂寞的乡村小站，想起水头火车站的寂寞，告诉老伴，幸亏没有到这里插队。

这样的行走第一需要时间，第二需要金钱，第三需要好身体，第四需要胆量和应变能力。退休有的是时间，钱有一些，都是平时节省下来的，好身体是锻炼出来的，和当年插队走山路有很大关系，胆量和应变能力也是插队的时候培养的。所以说：没有插队的经历，就没有自己周游世界的能力。

因为我们一直坚持在网上写旅游见闻，被媒体发现，传播出去，被许许多多的中国人认识，成为旅游达人。为此，我们写了三本书，上了无数次电视节目，最自豪的是：在2012年伦敦奥运会时期，我们的头像在伦敦双层巴士上挂了一个月，用以展示中国老百姓的运动方式（西方人认为背包行走是一种运动）。

我们用行动实现了自己的理想：周游世界，抓住生命的尾巴，让自己精彩地活一把，绝不在自己家门口的小花园里度过余生。

这只是自己生活一辈子中一朵小小的浪花，和在村里一样细水长流的日子才是王道。

王钟津　原北京122中学（现北京海淀实验中学）1967届初中毕业。1968年12月到山西夏县曹家庄公社东交口大队插队，1971年12月转插到太原，1972年12月分配工作在太原。1998年因病提前退休，1999年回京至今。

情深似海

刘树杰

西阴村的知青部落，是一个团结友爱的集体，又是一个充满亲情、温馨的大家庭。我作为这个大家庭的一员，深深地感受到家庭的温暖，体会到亲情的可贵。

我是2007年退的休。2010年9月，退休人员按惯例进行体检时，发现我血液检查有一项指标异常。这项指标关系到我是否得了癌症，我很紧张。我把我的顾虑和担心向前来看望的知青朋友说了，大家都劝我多到几家医院看看，千万别误诊。不是癌症更好，要是就早点治，抓紧治。经病理检验，确诊为前列腺癌。大家听说后，纷纷到家里来，安慰我，鼓励我，关心地问我有什么困难，有什么要求千万别客气。在我住进医院的当天晚上，饶仁楠、芦小明、王慧筠、王淑贤、王淑惠等同学来到我们家，安慰我爱人千万别着急，有什么困难就和大伙说。“你们家的事就是我们大家的事。”王淑贤、王淑惠姐俩当时拿出钱来对我爱人说：“这是我们的一点心意，无论如何你要收下。”我爱人手捧着钱，望着家境并不富裕的姐妹俩，深情地说了声：“谢谢啦！”

为了鼓励我战胜疾病，手术的前一天，西阴村的知青朋友们纷纷来到医院，饶仁楠、芦小明、王慧筠、矫宁、汪正崇、段凯荣、吕先智、薛景兰、王淑贤、王淑惠、徐铁月、张惠云、孙志娟陆续赶来。小小的病房里充满了友情和爱，恰似一股暖流流遍我全身。我望着王慧筠、矫宁、汪正崇、段凯荣慷慨解囊送我的钱，看着送来的水果、点心、营养品，望着那一张张亲切而又熟悉的面孔，倾听着发自内心的问候，我的眼睛潮湿了……就连协和医院的专家们看到这动人的场景，也对我伸出了大拇指，一再说：“太感人了，太感人了。”

手术后我每天输液、打针，浑身插满了管子，躺在病床上只能翻翻身。西阴的知青朋友们一直惦记着我，饶仁楠、芦小明送来了冬虫夏草，王淑贤、王淑惠姐俩买来了营养品，王慧筠拎来了水果，点心。他们仔细地了解我的治疗情况，身体恢复情况，叮嘱我要有信心、有决心战胜疾病。癌症并不可怕，怕的是叫病吓破了胆。我听着感人肺腑的话语，看着那亲切的身影，只是一个劲地说：“请大家放心，我一定保持乐观，积极治疗，战胜疾病。”汪正崇同学看我病得不轻，我爱人身体又不好，这里离不开人，主动提出要来医院看护我，晚上值班照顾我。我紧紧地握住他的手，告诉他已经找了护工，他才放心地离开医院。

在知青朋友的关怀下，经过医务人员的精心治疗，我终于出院了。坐在回家的汽车上，望着车窗外掠过的街景，又想起了在医院的那些日日夜夜，医生的身影，病友的目光，知青朋友亲切的话语…… 一幕幕又浮现在眼前，我的眼睛模糊了……

俗话说，黄鼠狼单咬病鸭子。前列腺癌刚治好，新的麻烦又来了。2017 年

9 月末的一天，我正在家里做饭，突然脑袋一阵眩晕，我赶紧扶住桌子，努力不摔倒。紧接着又是一阵眩晕，我急忙叫我爱人，扶我坐在沙发上。大家惊恐地看着我，我想说没什么事，可舌头不听使唤，张嘴说不出话来。血压一下蹿到 180，我爱人急忙给我吃降压药，同时打电话叫来救护车。经过医生检查和照核磁共振，我得的是脑梗。幸亏抢救及时，否则太危险了。

紧接着是化验、检查、输液、打针、吃药，一连串的治疗。当病情稍有点缓解时，我和爱人商量了，以前每次住院都麻烦这些知青哥们、姐们，这回不告诉他们了。可住院的第二天一早，饶仁楠、芦小明又是第一时间到医院看我。远在福建泉州照顾孙子的王淑惠，一连几天每天打电话询问病情，王慧筠自己当时生病，也打电话慰问我。老同学徐铁月当时正忙着装修房子，抽晚上时间拎着水果来看我。王淑贤知道我病了，想到医院饭菜不可口，从很远的玉泉路来到广安门，当她端出香喷喷的饺子放到桌上，叫我吃时，看到她急于赶路流着汗水的脸，我只有多吃几个才是对她的安慰。亲爱的知青朋友们，摆在我面前哪只是几个饺子啊，那是知青朋友的一片心意呀！作为我，哪能不有所触动呢？俗话说："滴水之恩当涌泉相报。"在我生病的时候，在我最需要人照顾的时候，是我亲爱的知青朋友们向我伸出了援助之手，帮助我走出困境。不是亲人，胜似亲人。借此机会，我衷心地说上一句，谢谢大家了！

几十年来，我们西阴知青部落，之所以越来越团结，感觉越来越温暖，是因为我们有一个共同的经历，共同的思想，我们有情又有缘。我们心连心，情相连，正是这种真挚的知青情，使我们西阴知青部落的知青们亲如兄弟姐妹，无论谁在工作上、生活上有什么困难，都会伸出援助之手。正是这种真挚的知青情，使我们西阴部落知青们的三年插队生活，说了几十年也没说完。正是这种真挚的知青情，使我们西阴部落的知青们几十年来坚持聚会聊天、演节目、唱歌、跳舞……

西阴知青部落是一个大家庭，她孕育了人与人之间真挚的情感。这种情感随着岁月的推移，得到升华。丰富了她的内涵，提高了她的境界。她是纯洁的，更是真挚的。她情深深，意切切，她情深似海。

刘树杰 1947年6月出生，北京市第五十七中学1967届高中毕业。1968年12月至1972年1月在山西省夏县尉郭公社西阴大队插队。2007年6月退休，退休前在龙源电力集团股份有限公司工作，任主管会计。

火的洗礼

黄展

1974年9月，我从插队6年的夏县山村办理“困退”回到北京，分配到北京大学校办制药厂，由一名知青变为青工。1975年7月30日下午，像往常一样，我在有机车间上常白班，和上早班的杨师傅一起帮上中班的余师傅把一大铁桶环己烷原料和3坛硫酸、3坛发烟硫酸，从库房抬到车间，抽进反应罐里。大铁桶、硫酸坛子一个人弄不动，我们把这一切弄好，余师傅在班上只要看着反应罐搅拌做记录就行了，到3点我就该下班了。我正在收拾真空泵的皮管，杨师傅站在操作台下和操作台上反应罐边上的余师傅说话，余师傅开启反应罐搅拌器的开关。3点10分，只见反应罐视窗冒出一个大火球，“砰”的一声巨响，我顿时感到脸、脖子和双肩剧痛，眼睛也有点睁不开。

当时的猜想是，反应罐爆了，刚抽进反应罐的硫酸喷到我身上了，不知发生了什么事情。

只听见杨师傅大喊：“着火了！”冲出车间大门，我才反应过来，跟着也往外跑。刚跑了几步，就被爆燃产生的巨大冲击波推倒，我摔在地上，感觉怎么好像趴在门上，这才知道车间大门已被强大的冲击波推倒。车间里已是烟雾弥漫，双眼更看不清东西了。当时我年轻力壮，“噌”的爬起来，奋力跑出着火车间，奔向大厂房（大车间），这个小车间没有通向外面的大门。跑进大厂房有两个工友跑过来扶住我，把我送到厂医务室。在医务室，只觉得厂医周大夫要给我打针，后听周大夫说，打了一半，领导让赶快送校医院，就没打完。我戴的工作白帽一洗就碎了，被爆燃产生的高温灼烤酥了。后来听工友说，我左手背的皮都秃噜下来了，烧伤严重的部位已不知疼了，烧得浅反而疼痛严重，我左手是3度烧伤。只记得有机车间主任赵师傅蹬着一辆平板三轮，我和杨师傅被人扶着，半坐躺在三轮车上，急往校医院送。后来听赵师傅说，车上人多又着急猛蹬，累得够呛。路上听到拉着警报的救火车呼啸而过，奔向出事的药厂，后来好一阵，我听到救火车的声音就紧张得很。

大厂房（大车间）的一部分

严重的伤情

送到校医院后，我和杨师傅就分开了，我一人在一病房，这时我想着余师傅，她在反应罐旁不知情况如何，但没有人来告诉我。这时有校卫队两人来了解情况，问我当时发生了什么情况。我把过程讲了一下，并和他们说：“可能硫酸喷我身上，所以特别痛。”实际是空气爆燃，产生的高温灼烤烧伤的。他们走后大夫来了。大夫围着我讨论，听他们说脸上要做植皮手术，手上又要怎么怎么。那时不懂烧伤，更不知道植皮后还会留下难看的疤痕，只是一个劲地问大夫：“我几天能好？一个星期能好吗？哪天能回家？”大夫只说别着急很快就好。大夫会诊讨论半天，校医院没治过烧伤，要转北医三院，后来因只有一个床位，把杨师傅先转过去。厂领导来问我要家庭地址和我爸工作单位电话，说要接家长来，当时我还不想让我妈来，我妈身体不好常年有病，怕她着急。爸妈来了，我安慰爸妈别着急，没什么事儿过几天就出院了，还嘱咐他们别向厂里提什么要求。晚上，护士长来了，说怕感染必须把工作服脱掉，小腿打着点滴，只好把工作裤剪开。接着又拿来刮胡刀对我说：“你的头发要剪掉，还要剃光，否则怕面部感染。”为治疗同意剪发剃头，但刮胡刀要刮头发很费劲，感觉是连剪带刮还带拽总算弄完，护士长直道歉。已经很晚了，有一工友师傅陪床，我问余师傅怎么样，被告知她已转到积水潭医院。我在疼痛中迷迷糊糊睡着了。醒来发现眼睛睁不开，喝水时也很费劲，后来才知道整个脑袋都肿了，满脸大水泡，眼睛肿得封上了，嘴唇也肿得翻着，难怪吃喝费劲。

主治是外科孙大夫，他非常认真仔细负责。要求来探视每次只能一人进，站在远离病床的门口，还要套上白大褂，戴口罩、帽子，我也不让穿衣服，怕伤口感染。治疗时，除了打点滴，还给我脸上、身上和双手喷上校医院自配的中药液，深褐色药液喷在变形的脸上，当时的样子别提多恐怖了，就像来自地狱的怪物。多年后孙大夫还笑称："当时你那个样子没有拍下来留个纪念，有点儿遗憾。"随着消肿，眼睛能睁开看见东西了。但感到脸上老在流汗，后来才知道实际是脸上大泡的渗出液在流。由于双手受伤，腿上打着点滴，需要人护理，被人伺候的滋味并不好受。

烧伤第三天，男朋友出现在门口，穿着白大褂，戴着口罩帽子，但我一下就认出了他，很是惊喜，可他看我肿胀的脸好像没反应，还问了句："你知道我是谁吗？"

我说："你是晏山平。"

他在"邯钢"工作，正巧回京探亲（他曾和我一起插队6年，后转插招工进厂），得知我烧伤就赶来看我，并请假延迟回去，只要能探视就来陪我，让我感动并得到安慰。几天过去了，北医三院还没有床位，后通过化学系周老师联系，要转到积水潭医院烧伤科。我不想转院，孙大夫安慰我："不是你的伤严重了，是你的手需要手术，校医院做不了。积水潭医院的病人烧伤都很严重，样子有些可怕，但你不严重，别害怕。"并陪同一起，在8月4日送我转到积水潭医院。

办完住院手续我被安排住进两人的小病房，第一眼看到病友，感到惊恐和疑惑，光头刚长出的短茬，变形的脸和全身都覆盖着暗红的伤疤，只有一条腿，心想怎么和男病人住一个病房？后来听她讲，她也奇怪把男病人安排进来。就因为面目全非又是光头和刚长了点短发，都把对方当成男的。我一住进病房，门口来了好些病友观望，当时给我的感觉是，我一下来到了人间地狱，个个面目狰狞，有发红的有发黑的。我深深体会到烧伤带给人的痛苦是彻底毁容，让人丧失尊严。由于环境特殊，护理我的青工（同时分进厂）换成两个师傅。到这里来我是轻伤，没有了校医院的特殊护理和重视，大夫来看过之后，就是等待手术。永远忘不了植皮手术。8月6日上午9点左右，我被推进手术室，是本院张大夫和一名进修大夫主刀。在左肩处扎了一根针并通上电，调整电压，电压一高胳膊就抽在一起，调好电压，诱导时间不长就开始了手术。这时一切感知还在，虽然看不见，但知道他们用一个刷子沾着什么液体使劲刷烧伤的左手，要把创面清理干净，感觉一会儿温水冲一会儿凉水冲。几遍清洗完，开始用手术刀清理，把烧伤的死肉清理掉。清洗已经非常疼痛，现在用刀一削，那叫一个疼！疼得我“哎哟”直叫唤，但还极尽努力忍着不大声叫，疼得我胡说八道：“长这么大我也没受过这疼这苦，怎么这么疼啊！……”我尽力忍着疼，但还是忍不住小声地哼哼。削肉清创终于结束，要从大腿取皮。还是针刺麻醉，在将要取皮部位扎了 4 根针，通电调好电压。给大腿消毒时，消毒液流进针眼也很疼。我说：“疼、疼……”

大夫说：“还没取皮呢！”

“是消毒水流进针眼儿里疼。”张大夫举着一个长布卷给我看，“这是新取皮刀，很快，不痛。”

取皮的确很快，感觉把刀摁在腿上往前一滚皮就取下来了，好似烙铁烙在腿上火辣辣地疼。疼了两次取了两块皮。为了手的功能恢复，取的都是带肉的厚皮。大腿至今留有一大块瘢痕，瘢痕处感觉一直都迟钝。取下的皮要补在手背上，每缝一针都是钻心的疼痛，我忍不住又小声地哼哼。缝到还余 1/5 时，左手终于没有了知觉，并感觉一直举着胳膊在做手术，举得好累啊！左手终于做完手术，右手感觉没清理就完了，双手都让半握拳包成两个球，两个小时手术结束。大夫夸我手术表现勇敢。我不好意思地说：“我还直叫唤呢。”

在医院就是等待手术植上的皮存活，暴露的伤口愈合结痂脱落，大腿取皮处长好。术后没几天就从小病房转入大病房，晚上没有人陪床了。偏巧这天夜里流鼻血，想扯张纸擦鼻血都非常困难，好不容易才够过来一卷纸。当年的卫生纸可不像现在这么精细柔软，双手包成球状，加上疼痛没法用力扯，想法用双腿夹着纸卷，用双肘夹着纸，好不容易才扯下纸来擦鼻血，但血已经流到衣服上。当时是又疼又难受，真想大哭一场。烧伤恢复期，不仅要战胜疼痛，还要克服瘙痒，痒痒的滋味儿不亚于疼痛，大夫一再警告不能抓挠，尤其脸上更不能抓，但痒得忍不住还是用包着纱布的双手在脸上按，这痒痒太难受。由于大腿取了皮受了伤，不让下地，十多天后可以下地了，我兴奋地从床上下来，脚刚一踩地却差点摔了，“怎么两腿发软，撑不住身子？”

赶快扶住床，双腿哆哆嗦嗦直颤抖，原来十多天卧床不动，肌肉很快就萎缩了，只能扶着东西，慢慢地锻炼，先站后走。当我第一次一人慢慢走到露天走廊上，呼吸到大自然的气息时，心情很是激动，我终于又活了！这时我很想看看自己到底成了什么模样，但是没有镜子，我也听说过，有人看到自己恐怖的样子吓晕过去，我心里也直打鼓。但我还是下决心要看看，因为现在不是刚烧的样子，我拿着不锈钢勺代替镜子，缓缓举到眼前，眼睛慢慢睁开，看清了自己的样子：脸上有深咖啡色的痂，有掉了痂露着粉红色的嫩肉，还有些翻翘着的白皮，总之就是满脸花，但不至于吓着自己了。一天陪床师傅对我说：“明天我有事来不了，晏山平来替我值班。”

我当然没意见，我还希望他来陪我。后来聊天时师傅说漏嘴，说明天要参加追悼会，一问才知道余师傅当时就去世了，大家怕我着急害怕，所以就瞒着没对我说实话。余师傅才 39 岁，还有 4 个孩子，就这样撒手人寰，化工事故猛于虎啊！当时爆燃中心温度极高，冲击波很大，余师傅的一只鞋随着气浪，被打上车间屋顶天窗，也幸亏有这个天窗，分流了冲击波力，因为墙那边是生化车间，墙下正有一排工人在擦安瓿瓶，随着巨响墙体晃了晃，如没有屋顶天窗，说不好这面墙可能震塌，伤亡就会更加惨重。在积水潭医院住了一个多月（37 天），尽管伤口都没好，因床位紧张，让回家养着。9 月 10 日我转回校医院，后来杨师傅也转回来，我们同住一间病房。大腿取皮处反复感染化脓，老也不能愈合，让人着急。后来换了王大夫，因大腿上粗下细不好包扎伤口，她就改进包扎材料，还查资料，最后选了一种中药膏涂抹伤口，终于见到好转，溃烂的创面伤口开始慢慢地愈合。1976 年 7 月 28 日唐山大地震，校医院把病人都搬迁出来。大夫动员能动的病人出院回家，王大夫对我说：“你先出院，等安定了你再回来。”我只好中止治疗出院了，好在我的大腿伤处是慢慢走向好的趋势。

痛苦的后续治疗

烧伤后双手留下很多又硬又厚失去弹性的瘢痕，影响手的活动。听说积水潭医院有用高压电烧瘢痕去薄术，正在试验中，我和杨师傅去过两三次。具体操作是，先往瘢痕里面注射麻药，进针很费劲，推进的麻药大部分又顺针眼流出来，瘢痕组织太硬。在疤上扎一根针通上电，通过高压产生局部高热烧瘢痕，说白了就是把瘢痕烧伤，让它起泡结痂掉痂来消减瘢痕。去了两三次觉得太痛苦太受罪，效果也不明显，就放弃了这种治疗。后又打听到，北医三院有用液氮冷冻治疗瘢痕的方法，当时还是属于新生事物，液氮用量、冷冻时间处在摸索阶段，我又成了试验人了。有一次冷冻时间长面积大了，疼得我整夜没合眼，吃了几次止疼片，也不管用，真是刻骨钻心的疼痛，直想喊叫，可又担心妈妈听见着急，咬着牙忍着。冻伤和烧伤同样痛苦，为了治疗忍受了多少次疼痛。用冻伤来治疗烧伤，总算还有效果，瘢痕变薄了。烧伤留下的瘢痕，取皮留下的疤和植皮处都没有汗腺，总像是贴着厚厚的胶布，感觉迟钝难受伴随终身。

1975 年 10 月 11 日在北大未名湖畔

双耳伤势比较重，伤后的头几年都不能侧着睡觉，耳朵不能挤压；双手因烧伤瘢痕变形丑陋不堪。受尽疼痛折磨，但没有残废；虽然满脸有疤，但没有毁容，让我像正常人一样生活在这个世上。想当年别人劝我，我应该庆幸没有被烧残废没有毁容，我听了很不高兴，我都这样倒霉，难道还要庆幸是捡了大便宜？！随着时间的推移，现在心态也变得平和了，事事都要往好的方面想，忘掉不幸才能快乐地生活。

黄展　北航附中 1966 届初中毕业，1968 年 12 月到大庙公社窑头大队插队。1974 年困退回京，分到北大校办制药厂，1975 年 7 月 31 日车间发生事故被烧伤。1978 年因药厂解散，分到北大生物系（现名北大生命科学学院），2005 年退休在家。

远去的岁月

佟红光

1968年11月11日，我们告别父母兄弟，离开熟悉的学校和城市，从天津站坐火车到北京中转慢车，13号到山西夏县水头公社。有马车来接我们，带着行李坐上马车到达东张村，受到了当地村民的欢迎。

我们一行20人，开始全在七队，第二天有社员带领我们参加了劳动，11月天气冷，只干拉肥、平整土地等活儿。

为了照顾我们生活，队里派一位村民负责做饭。几天之后，我们被分到各队，我和郭双喜、刘新振、田淑琴分到一队。上下工时村民们有自行车代步，回到家里，有人早就做好饭等他们了。我们要自己做饭，在家里不会做饭，在这里要自己做饭。从地里走到家时间本来就不多，经常饭没熟，上工的钟声就响了。

春天，种棉花。犁地、撒籽，虽然累，还是期盼着棉苗出土。刚长出四片小叶就要开始间苗，每隔7—8公分留一苗。开始我们蹲着间苗，时间长了，就跪在地上，一边爬一边间苗。两垄到头腰都伸不直了。在老乡的帮助下，我们学会了怎样给长高的棉花打药，因为天旱，害虫来势凶猛，如间隔几天不打药棉花就不行了。把棉花地的杂草锄掉，给棉花剥芽、打顶，这样才能使棉花顺利成长。

秋天是个收获的季节，玉米、高粱、谷子、红薯都喜获丰收。棉花开了，白花花的一片，这时女同学更加辛苦。天不亮起床出工，每人两垄，腰上系上一个大布袋，摘棉花。棉枝干了划在脸上，扎在手上，手破流血是常事，这些谁都不会在意，觉得很正常。看着白花花的棉花堆成一座“小山”，一切付出值了。

劳动，锻炼了自己，磨炼了自己，历练了自己。我们把自己最美好的青春献给了夏县的土地，那里的每一寸土地里都有我们知青洒下的汗水和泪水。

1975年我被选调到纺织厂工作。我们一家三口分三个地方生活。为了能一家三口相聚一起生活，我孤身一人去太原，只有一个心愿，就是能和刘新振一起工作一同生活。为了这个目标，我独自坐火车，步行5公里的坑洼路，住太原的大车店，历经千辛万苦、受尽别人的刁难，最终，我调到了太原北车辆段，成为一名铁路工人。

我被分配到原平列检所当检车工。原平地处偏僻冬天很冷，尤其是下雪天，雪有五六寸厚，天寒地冻，道路难行，持续很长时间，只有等到天气晴朗了才能解脱。这给我们工作带来困难，虽然发了皮大衣、皮帽子、皮手套全副武装，还是抵挡不住严寒。保证旅客的安全，是我们首要职责，不管天寒地冻、刮风下雨，我都尽职尽责干好本职工作。

在原平列检所工作到第七个年头，国家放宽知青返城和子女随迁的政策，孩子的户口迁到天津。天津有四位老人，他们年纪大了，身边需要有人照顾。我们又从太原北车辆段调到天津车辆段。1989年，我们调回天津，和父母团聚，既方便照顾又能合家团聚。

调回天津第四个年头，2002年11月，刘新振在北站现场发生意外工伤事故，造成双下肢截肢，抢救了7天，昏迷不醒47天，经过医生认真负责的不断努力，加上刘新振自身的坚强意志、求生的意愿，终于闯过鬼门关，坚强地活过来。三年的恢复期，接上假肢，经过康复锻炼，终于又能站起来了。可是身体的残缺还需自己面对，自己去战胜，时刻告诫自己要努力、坚强，走好自己的人生路。

我们这些知青弱冠而去，而立才归，当年的靓男美女如今已经是步入古稀，往日面如桃花的脸上已经纹路四起，双鬓斑白，儿孙绕膝。

知青——我的兄弟姐妹，都经此历练。吃的苦、受的累、流的血、遭的罪，不在其中难解其味，身在其中无怨无悔。我们将满腔热忱献给祖国山河。想当年，我们拼搏，我们努力，我们奉献，我们无怨；看今朝，我们难忘，我们自豪，我们骄傲。

佟红光 1947年12月出生，天津南仓中学1966届高中毕业，1968年11月至1975年6月在夏县水头公社东张大队插队。

我的自白

张宝贵

二十年插队山西 三十一年昌平做雕塑
五十一年过去 弹指一挥间
晋南京北 就读了“我的大学”
和农民一起
完成了钓鱼台 历史博物馆
国家大剧院 首都机场
拉萨火车站 一百多个梦幻回首的项目

本来是求生存
没想搞起了艺术
在交往中 隐约摸到一扇门
有感觉 不破解
逆着想 顺着走

老子、庄子、孙子放在一起“老庄孙子”
非粗口
很久以前的事 放在今天一咂摸仍有味道

我不会 A 管理 B 管理 由着性子来
无序的点
插队 建材 艺术 哲学
农民 环保 经济 等等
纵横交错 构筑了
自然而然的空间

无奈 无为
忽而模糊 忽而清楚
干活儿 吃饭
所有的事儿和理儿
是果壳 再大也是壳
是宇宙 再小也是宇宙
几十年 一瞬间
似乎明了
金屋也罢 美景也好
可以进 可以出
进出自如
五十一年做了很多
又好像什么都没做
耳闻目睹
农民顺其自然的耕耘 工人默默无闻的工作
并非设计 并非道理
和他们在一起 打开了一扇门
大楼起来了 留下了建筑师的名字
雕塑落成了 记住了创作者的形象
一群老百姓 吃尽人间苦
完成上千座雕塑 帮我实现梦想
成功了 他们喜悦
失败了 他们焦虑
终不能忘
混为一体 有荣有辱
有欢乐 有忧愁
有相知相信 也有猜疑和龃龉
像扭大秧歌 进三步退两步

不在乎得失 顾不上章法
顺应本能 在局限中一路前行
感谢苍天
一个北京知青
在乡下五十一年
至今还在
当初无路可走
今天有路不走

有人喜欢玉石 有人喜欢功夫
我喜欢顺其自然
有人批评我不会管理
我自以为尊重是最好的管理 不想把人管成工具
哪怕“自由”产生混乱
能在自己的领地实践
畅快淋漓

非目的 非学问 非艺术
三十一年没挣到钱 这样很傻
面对以怨报德 忍与容伴我过关
这样很痴很狂很被误解
拿财富衡量 让我尴尬
三十一年和农民
在村儿里 在简陋的环境里
创造了一个又一个奇迹
应该鼓掌
不然 我也会逃跑
太难了 还好 坚持下来了

为建筑服务 借建筑说话
借景 借气 借场
我和农民的作品 用水泥做的
成为环境中有灵性的一个部分
山东曲阜孔子研究院的凤
奥运场馆的雕塑
国家大剧院音乐厅吊顶
一个又一个让人兴奋的项目
一次又一次交流的机会
一回又一回的好梦成真

世间本无废物
废与不废
不在物 在于人
人之初 住石屋
石雕、铜雕成了记忆
如果废料可以成为原料
很久以后 环保也会习以为常
除了吃的
其他都可以用替代的材料
黄金的高贵在自然 人的高贵在创造

心在天而行于地
上天入地 一瞬间
始于创而成于恒
上帝常把灵动撒向人间
实现难 难在坚持
三十一年一根筋

用水泥石粉做雕塑 做墙板
喜欢这件事 就有感觉
指导的声音不断
好心人告诉我 要注意现实
另外一种声音更强
“顺着意志走 另一扇门为你打开”
嫦娥要奔月 织女要下凡
上天落地表达了不同的愿望

我喜欢命运的安排
吃了很多苦
自以为在路上
终究没有挣到钱
少有资本去标榜
不是我的错 真的高兴足矣
最美好那天 迟早会来
能不能看到不重要
愿为她铺路
小时候大人说 要听话 做个好人
老师讲 要用心学习
还听过很多童话
至今没忘
给大学生讲经历 进入了童话王国
她们哭了
童话不属于现实 不服务于目的
虽然也是编的
她让人心动 让人归于平淡

艺术可以炫耀 可以实现目的
艺术可以自娱自乐 可以释放 激活 可以改变
艺术在于真
真不仅仅是形式的 也不仅仅是权利的
真是一种能力 一种创造的能力
童话与现实
耕耘与收获
喜欢什么顺理成章
在于对应 在于选择

如果把艺术比喻为树
夸张树冠 忽略树根
树会倒
三十一年来
事无巨细 亲力亲为
这是生活 这是享受
不习惯定位
所干的 都是小事
树向上长 根向下扎
一天一天长大
中国日报记者许怀楠
多年前写了一篇和我有关系的文章 叫“拒绝成功”
拒绝收获 并非刻意
只是不愿意收获时把什么都扔了
我喜欢自己的环境
像一只狗 窝在畜苍屯
她收留了我 我依恋于她
土肥水种 密保管工

“八字宪法”六十年前的说法
仍然喜欢

文化是活的 文化是长起来的
“揠苗助长”“渔夫和金鱼”
是寓言 是故事
今天仍然还在
在现实中 也在你我他心中

文化创意 归根结底是精神的
心血来潮 智慧和能力
变成了作品 变成了活动
再好的作品和活动
也不过是精神的物化和外延
过分张扬形式 也许会南辕北辙
精气神找到载体 会借尸还魂
科学在于发现 技术在于创新
五十一年有如居无定所的幽灵
飘忽不定
虽有家园 终不愿守
侃山与财富孰轻孰重
不假思索进入了畅快
成功离我而去
常有梦在 进入了迷茫
命运之神光顾时
“有种无收”“艰难曲折”
与之结缘 包容、博爱、智慧
笑谈可以

苍天吝啬 不轻易给予
碰上了 要懂得珍惜

有人说我喜欢名不喜欢钱
天大的误会
钱不理我 理她无用 何必理她
与“名”为伍 倍感富有
五十一年 有如荒野探险
一路坎坷
一路莺歌燕舞 一路潺潺流水
本不知草和面包 哪个更有营养
吃了再说
上万年或更久远的进化
生命非一日之成
相信她 相信天地之造化
看似感性 不知传达了多少思考与记忆
神来之笔神在哪儿 也许就在我们身上
妙不可言的遗传功能
留不留得住
不在神 在自己
许多农民兄弟姐妹 帮我完成艺术创作
他们无知 无欲 无邪
三十一年很乱
“乱云飞渡仍从容”
与众不同的状态 感谢苍天的摆渡
高楼林立在城市 在雅鲁藏布江有小木屋
美无所不在
少一点束缚 多一点创造

少一点目标 多一点想象

少一点奴役 多一点自由

也许 我们为此来到世间

一位大学生说：你是不是把企业当艺术来搞

有如天使在点拨 豁然开朗

三十一年

穿着艺术外衣 吃着企业的饭 说着自己的话

试图把梦实现

看似虚 实则实

虚实之间 自由自在

把美好传递人间

不亦乐乎！

（2018年4月）

忆我的先生——书画艺术家胡弘

丘星影

有朋友说，我的先生胡弘本身就是一件艺术品：高大伟岸、儒雅谦逊！我说：还英俊帅气，才华横溢！我的外甥李传韵常常说："自己的缺点自己抓，自己的优点别人夸"。所以，本来我是不想这样夸我先生的，然而又一想，我也是"别人"在夸他的优点嘛！

当然，说到先生胡弘的优点，其实最重要的一条就是：有坚韧的毅力！做事百折不挠，定要成功！而我从半生的经历总结出：这才是一个人能够成功的最重要的因素！

胡弘从小就养成了勤奋好学的习惯。自幼师从其祖父（袁世凯的文官）学习书法艺术，自始至终，五六十年，几乎每天临帖，不管好条件、坏环境，包

胡弘 2016 年 1 月在与德国 Miele 公司合作的晚宴上

括在山西夏县插队时都从未间断过！那时他在夏县的一个村庄里教小学，因为学校小，不分班，各年级的学生他都要教。这样，他就要花许多时间来备不同年级的教案，教不同的年级。每天教学之后，天色已晚，可是他却仍然在煤油灯下苦读诗书研习书法，六七个年头，从未间断过！这就是毅力！正因为如此，他才赢得了世界和平文化大奖——宝鼎和平勋章。而且，他的书法作品被全世界政要收藏，也被中南海、人民大会堂、钓鱼台国宾馆收藏。

然而，以胡弘那敢于创新的性格，绝不会仅仅满足于在书法界的成功！所以，他在经历了他的书法艺术的繁华之后，就开始了自己的现代抒情抽象画的创新旅程。胡弘的现代抒情抽象画的跨界创作，20 多年来走过了一段非常艰苦曲折的历程。

20 世纪 80 年代的一个时期，北京乃至全国都出现过现代书法风、少字数书法的表现形式，此时他也大胆地尝试过将中国的甲骨文以及篆书经过一番变形然后再涂上颜色，即成了当时的一种时尚作品——现代书法。也好像成了当时的一种现代抽象艺术的先锋。但是很快胡弘就意识到了这样的跟风创作、这样的变革，并不是他内心想要的。于是他就设法寻求用他多年来学习书法的这些技艺，使它在现代绘画中产生作用！即要充分利用草书的抒情特性与点线面的结合，并且彻底脱离中国汉字的

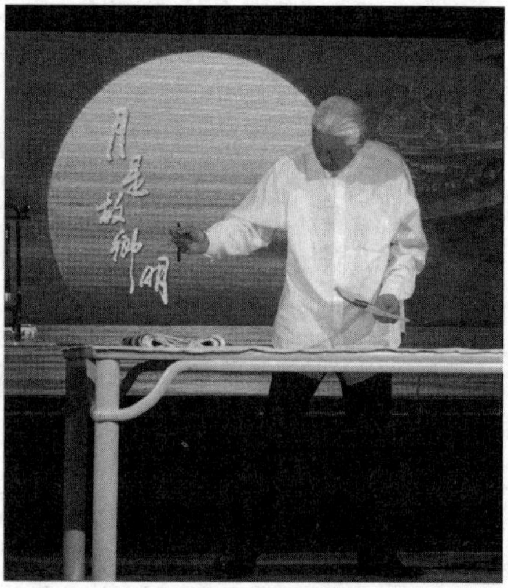

胡弘在中央电视台节目中表演书法艺术

束缚和它的形态表现。为此，他做出了很多的尝试与探索。当时，他从网络上发现了印度克拉久霍神庙的雕塑，那是一千多年前表现性爱的不朽作品。这使他兴奋不已，并有奇妙的想创新的感觉。他拿起笔来疯狂地临摹这些雕塑作品！没想到的是，他练就了几十年的草书的功力和那些在狂草中才能表现得出来的点、线、面，在这里得到了充分的发挥！骨力苍劲的笔道跃然纸上，表现出来的不是日常惯写的草书，而是有着生命力的、并且不失雕塑神韵的水墨作品……看着成功的作品，他当时的那种兴奋、那种抑制不住的激动，是无法用语言表达的！陡然间好像他在面对大师、和大师在对话！这种感觉持续良久，难以平复！正因为有了这种神奇而又令人享受的感觉，他才开始了创作而一发不可收拾！ 在这个基础上，他又运用了金色丙烯、银色丙烯在黑色的卡纸上来表现那些千年不朽的雕塑，这样更增添了它的魅力。看上去既有原雕塑作品的形象，又注入了中国文化元素。黑金、黑银的对比，加上毛笔和自创的工具，使得原本的东西发生了质的变化，胡弘的抽象画作因此而变得更立体化了！ 胡弘认为：现代绘画作品的具象与抽象之间的关系，即是作品观感中似与不似之间的关系。当作品气韵生动之时，也就是其具象和抽象和谐之时。也只有这样的现代绘画作品才是成功的！他还认为：虽然美术是属于视觉艺术，但其形式规律的分析与人们对音乐的赏析是一样的，即将附着在物象本身的美抽出来，这些元素脱离了物象变成了抽象物，但它们却是来自物象的。如果将抽象和物象之间变为和谐统一，那就是美的绘画作品了！ 胡弘在创新的过程中还发现：抽象艺术往往具有一种倾向，就是倾向于极简或者极少。怎样在抽象艺术的极简当中仍然保持丰富的内涵？他认为这首先一定需要专业的训练和专业的知识，更需要作者有丰富的想象力！其次，抽象艺术比具象艺术更需要批评家、理论家的介入和解读！他们的批评和解读无疑可使画家进步，并引领观者更清楚地了解抽象画作的含义，从而引起双方的共鸣！有一个事件的发生证实了胡弘的观点。那是 2016 年 4 月，胡弘邂逅社科院研究员安先生，经过他们相互真挚的交谈、交流后，在很短时间内，安先生的长篇评论胡弘作品的文章就出炉了。这无疑大大地鼓舞了胡弘！文章同时也使观画者更清晰地理解了胡弘的抽象画作的含义，从而带领大众更加喜爱胡弘的抽象绘画作品！

胡弘在其书画展中留影

2015 年 5 月，胡弘夫妇在纽约的画展上

在将近 30 年的探索中，胡弘摸索总结了一些非常宝贵的实践经验，找到一些奇妙的方法和前人未曾用过的绘画手段。在绘画工具的改造与发明、绘画材料的革新与应用等方面，都创造性地做了大胆的尝试，并取得了显著的成功！他的抽象美学与具体技法都是既富有东方神韵，又符合西方审美的标准。胡弘对现代绘画的研究与创作，引起美术界的广泛关注。他的作品证实了中国水墨是一种足以超越传统技法，具有现代表现能力的媒材。评论界称他的作品为“从草书中裂变出来的现代绘画”。

虽然胡弘在跨界专研绘制抽象艺术作品，可是他从没忘记祖传国宝的书法艺术！他一直要把书法技艺广泛地应用于其他艺术领域中。而胡弘的大鸟绘画系列，就是他用娴熟的书法技艺绘画而成的！一次偶然的机会，胡弘在电视上看到了“动物世界”节目。节目中奔跑的鸵鸟，有种自由奔放的特性。它们集体无意识的欢愉，以及那种生命的律动，顿时让他热血沸腾！他按捺不住激动，一连几天不能平静，只想提笔将电视中奔跑的鸵鸟记录下来。于是，他像在写草书一样来描绘鸵鸟的形态，他凭借自己几十年书写草书的功力，随心所欲地享受着创造！在他笔下，一件件栩栩如生的鸵鸟作品诞生了，就如完成一件件草书作品一样。这种创意使他痛快淋漓！于是他又一发不可收地开始了千姿百态的鸵鸟的创作！ 此后，当我们一同去南美的巴哈马并亲眼看到火红艳丽又高傲挺拔的火烈鸟之后，他又用同样的书写草书的方法，创作了火烈鸟系列，及之后的丹顶鹤系列等等。他在创作每一种大鸟系列之前，都要极其细微地观察它们的特点。这样，使不同的大鸟在他的笔下呈现出不同的、独有的特征！使人过目难忘！业内人士称其大鸟系列作品为“水墨延伸的里程碑”，并给予了高度赞誉！ 继此之后，胡弘又创作了彩笔小绘。因用笔轻巧灵动，使画风更显飘逸潇洒！

以美国前总统尼克松的女婿——纽约州参议院主席考斯特为首的各界贵宾参加胡弘的纽约现代绘画展

综合胡弘的各种创新作品（除书法之外），可分为五类：（一）水墨绘画。（二）黑金黑银半水墨半丙烯绘画。（三）现代抒情抽象丙烯绘画。（四）狂草书法式水墨及丙烯大鸟绘画。（五）彩笔小绘。

“生命不止，创新不断！”这就是我的先生胡弘！他在66年的生命历程中，从不间断地学习、创新！他将其一生的才华与智慧，甚至全部生命，都贡献给他疯狂热爱的书法及绘画事业。现在，他虽然离开了我们，但却将他那些用心血创新、创作的美丽艺术作品留给了我们！他在中国乃至世界美术史上取得的非凡成就，也将传之后人，流传千古！

以下为胡弘先生的艺术生涯大事件：

1989年，荣获文化部书法大奖赛金奖。

1992年，参加日本东京当代书道展荣获金奖。

1994年，书法作品荣获世界和平文华大奖——宝鼎和平勋章。

2007年，赴美国进行学术交流，在纽约曼哈顿亚洲艺术中心举办“胡弘现代绘画展”。

2007年6月，美国弗吉尼亚理工大学图书馆收藏了胡弘作品《魂兮归来》。

2008年，香港艺术状态出版社出版《二十一世纪中国当代新水墨艺术家作品集·胡弘作品》。

2008年8月，参加当代水墨大展。

2008年11月，参加京津当代艺术交流展。

2009年9月，参加纽约当代抽象绘画大展。

2010年7月，参加北美现代绘画展。

2011年10月，在北京举办了“相聚天鹅堡——胡弘现代绘画展”。

2012年4月，参加美国西雅图“春之使者”中美艺术家联合书画展。

2012年4月，出版了《胡弘现代绘画》大型画册。

2012年5月，在北京举办了胡弘现代绘画展及大型画册签赠仪式。

2012年11月，参加日本九州岛华侨华人艺术家书画大展并荣获“中国驻福冈总领事馆赏”。

2013年5月，在北京举办“绘声绘色——胡弘当代艺术作品展”。

2013年9月，荣获美中传统文化促进会颁发的“文化大使奖”。

2013年10月，在日本福冈亚洲美术馆举办胡弘现代绘画展。

2015年5月，在纽约孔子大厦举办胡弘中国现代绘画展。

2016年1月，在北京与德国著名家电公司Miele携手成功地举办了胡弘作品欣赏艺术晚宴，所有作品都被来宾收藏。

2016年11月，综合画集《灵魂的恣意——胡弘现代抽象绘画》由香港中华书局出版发行并举行新闻发布会。

源远流长

《大清一统志》称："西有华岳，东接太行，此山居中，且狭而长，故名中条"。中条清泉，蜿蜒而下，涓涓流淌，汇入黄河，千年不息。此河名清亮河，又称涑水河。于是，这片土地有了传世的灵性。如同塞纳河之于巴黎，泰晤士河之于伦敦，涅瓦河之于圣彼得堡。一山一河，可谓山灵水秀，清源濬邈，源远流长。

关于夏县文化的几点思考

安育中

夏县，是中华民族第一朝——夏朝的国都，是华夏文明重要发祥地，历史悠久，文化灿烂。夏县文化不仅是夏县的光荣和骄傲，而且是中华民族的宝贵财富。当前，有必要深化对夏县文化的研究，这对夏县人文资源的开发，提升夏县、运城城市竞争力是必要的。同时，对于弘扬民族文化、推进我国文化创新也有着重要意义。

对夏县文化的评价，要放到中华文明的进程中去考察，放到中国传统文化的大格局中去认识。我认为夏县对中华文明有六个方面的重要贡献。

一是文明社会的原始构想。上古时代，炎帝族、黄帝族、九黎族为三大部落。炎帝提倡农耕文化，种植谷物，饲养家畜，改变了人们游猎生活的习惯。炎帝和黄帝结盟后，从农耕文明社会进入到政体文明社会。黄帝不仅是军事家，而且是政治家、发明家，制定了历法，制造了车船，创造了象形文字，全面提升了社会文明程度。氏族社会晚期，尧舜禅让贤人被传为美谈。尧没有将王位传予儿子丹朱，舜没有将王位传予儿子商均，而是唯贤是举。尧让位于舜，舜让位于禹。《史记》记载："天下明德，皆自虞舜始。"从而，中国上古时代的文明又提升到一个新高度——道德文明、精神文明阶段。禹时代恰逢洪水泛滥，晋南又处于黄河要塞，禹以百姓利益为重，举全力治水，被传为佳话。社会文明又提升了一步，进入以百姓利益为重的社会文明初始阶段。至此，炎帝的农耕文明、黄帝的政体文明、舜帝的道德文明、禹帝的社会文明，成为中华民族文明进程中的四个里程碑，也形成了对文明社会的原始构想。

二是爱国主义思想的源泉。中国第一个奴隶制国家夏朝始于夏县。国家代替部落联盟，标志着人类社会进入了阶级社会。国家利益成为政治、经济、文化、社会的集中体现，爱国主义思想应运而生。"国事为大""精忠报国"成为占主导地位的伦理道德。爱国主义思想、社稷理念，在这里有着深厚的根基和传统。爱国，作为一种美德，被世代延续下来，这也是当下社会主义核心价值观的重要内容。

三是以人为本思想的萌芽。以人为本的思想始于舜而成于禹。舜提倡道德文化，他的《南风歌》世代流传："南风之薰兮，可以解吾民之愠兮；南风之时兮，可以阜吾民之财兮。"意思是：南风啊，和煦地吹，可以解除老百姓的忧愁和烦恼。南风啊，应时而发，可以增加老百姓的财富。可见"解愠""阜财"就蕴含了早期以人为本的思想。到了禹时期，更加突显了以人为本的理念。为民解愠而治水，为民阜财而理政，也为孟子后来形成"民为贵、社稷次之、君为轻"的思想打下了基础。韩非子说："禹之王天下也，身执耒锸以为民先"。当然，夏朝灭亡的教训更为深刻。"生于忧患，毁于安乐"的文化警示也源于夏。禹的儿子启、孙子太康贪图安乐享受，丢失政权。中兴以后，夏桀荒淫暴虐，最终葬送夏王朝。为后人讲述了一个真理："得民心者得天下，失民心者失天下。"以民为本的理念是中华民族5000年文明史验证的真理，是和谐社会的本质要求，也是今天治国理政的根本。

四是敬业精神的光辉典范。在中国历史上体现敬业精神的典范，首推大禹治水。大禹为民治水，三过家门而不入被传为佳话。《论语》记载："卑宫室而尽力乎沟洫”。大禹亲力亲为率先垂范的精神世世相传。司马光著《资治通鉴》用时 19 年，体现了强烈的事业心和矢志不移的敬业精神。当下，敬业和爱国一并成为社会主义核心价值观的核心理念。

五是对人类社会进步的贡献。上古时期，氏族部落结束了游牧生活，进入了农耕时代，夏县承载了这一历史性变迁。黄帝娶夏县西阴女嫘祖为妻，嫘祖发明了养蚕缫丝技术，中国第一架纺车也出自夏县。夏县开创了养蚕、缫丝、纺织的先河，成为当时先进生产力的代表。夏王朝重视天象，在政权组织结构很简单的情况下，仍设有观察天象、四时的官吏“羲氏”“和氏”。他们制定了夏小正的历法，即最原始的夏历，是中国科技进步的开端。据《逸周书·大聚解》记载：“禹之禁，春三月，山林不登斧”，“夏三月，川泽不网罟”。开启了敬畏自然、尊重规律、保护环境的初始环保意识。

六是对中国思想史的贡献。司马光是中国史著文化的代表人物。“一部《论语》治天下，两册史书安民生”。历朝历代执政者都从《资治通鉴》中汲取了治国理政的经验教训。介子推精神更体现了“天下兴亡、匹夫有责”的爱国主义精神和“不图权贵、不求回报”的奉献精神。

一个县，承载了这么多历史内涵，在全国是不多见的。夏县在华夏文明史上，在中国传统文化史上具有重要话语权。发挥文化优势打造现代化名城，是加快夏县发展的战略选择。为此，提出几点建议：

第一，叫响禹文化，明确文化定位。文化定位是城市定位的重要内容，也是城市区别的标识。邯郸明确为赵文化，沧州明确为武术文化，吴桥明确为杂技文化，承德明确为山庄文化，秦皇岛明确为海洋文化，廊坊明确为京畿文化。都是从历史文化、地域文化的角度，形成个性化城市解读，对现代经济社会发展起到积极作用。夏县历史文化内涵丰富，但择其轻重，“禹文化”应居首位。上述六个方面的历史贡献，都和禹文化密切相关，也可以说是禹文化的具体展现。禹文化是夏县无可替代、无可争议、无可复制的城市特性和城市名片。

第二，走出文化自满，坚持文化创新。中国历史上政治、经济、文化中心的转移经历了四次变迁。尧舜禹时代，晋南是全国政治、经济、文化的中心。商周时代，中心开始向中原转移。直到秦、汉、唐时代形成了以长安为中心的新格局。宋时期中心回归中原，东京成为全国政治、经济、文化中心。元、明、清时代，中心北上，北京成为稳定的中心城市。这四次大转移历时近 5000 年。夏县早在 4000 多年前就退出了领跑地位，脱离了政治经济文化中心，历史作用自然被削弱，文化的局限性、滞后性也就突显了。另外，夏文化处于农耕文明阶段，生产力相对落后，随着生产力和科学技术的发展，夏文化淡出了先进文化行列。同时，中国长期处于封建社会，特别是元明清以后，实行闭关锁国政策，中国文化在全球化过程中落伍了。中国文化整体的封闭性、落后性也在夏县反映出来。再加上夏县地处非沿海地域，也存在地域文化的局限性。文化先发，原本是地域文化的优势，但满足于文化资源丰厚，也会产生文化的惰性，优势转化为劣势。往日的文化辉煌，不能替代文化的与时俱进。要立足于创新，把文化创新和观念创新、科技创新、产业创新、制度创新结合起来，把夏县建成为新时代创新驱动城市。

第三，思想观念先行，转变发展思路。实施文化发展战略，首先要转变思想观念。在指导思想上要实现“四个转变”，即：由“文化搭台、经济唱戏”向经济文化一体化转变；由发现资源、挖掘资源向开发、整合资源转变；由做大文化产业向做强、做长文化产业转变；由实现经济强县目标，向实现经济强县、文化强县双目标转变。要把文化生产力作为核心竞争力，把夏县文化作为第一城市品牌。

第四，突出城市特色，搞好产业衔接。在发展举措上要打好五张牌。

一是历史名城牌。首先要对夏县历史文化做科学、准确、全面的评估。组织国内外、省内外、县内外专家学者做详细论证，提供更多有力的史证。尽管在夏都的认定上，有“高密说”“阳城说”等，但“安邑说”更具说服力。因为夏县地处尧都平阳和舜都蒲板之间，相距不足百里，又有大禹治水的话语权。在嫘祖故里上，尽管有“西平说”“盐亭说”，但夏县“西阴说”也有充分依据。这些都需要进一步论证，在国内外获得更高的公认度。

二是精神文化牌。夏县历史名人众多，恰都具有公认的精神品格。如“三过家门而不入”的大禹精神、“国家兴亡、匹夫有责”的介子推精神、“母仪天下、母爱如丝”的嫘祖精神以及司马光、卫夫人的敬业精神等，由精神传承人手，弘扬民族文化。

三是文化产业牌。要以旅游业为突破口，积极发展影视、戏剧、动漫、书法、绘画、网络创意等多种文化产业，打造文化名城。例如，利用嫘祖资源，打造丝绸刺绣名城，开发丝制品、轻纺品、多种工艺品为主的产业链。同时，把夏县纳入“一带一路”国际战略。利用卫夫人书法先师的资源，打造中国书法名城。利用司马光资源，在夏县召开全国《资治通鉴》研讨会。利用全国雕塑大师、夏县知青张宝贵及宇达集团资源，在夏县建设全国低碳环保雕塑基地。利用夏县知青人脉资源，组织科技下乡、医疗下乡、文化下乡。建立夏县知青博物馆，建成青少年爱国主义教育基地。利用乔明甫、孙雨亭、嘉康杰、张洪博等红色文化资源，打造老区文化特色旅游等等。鉴于全国房地产开发商注意力正从一、二线城市向三、四线城市转移，再加上夏县地处运城市郊，拥有温泉资源、人文资源、生态农业资源、旅游资源等，开发以休闲、观光、体验、养老为特色的文化旅游业大有可为。要加大招商力度，吸引全国知名房地产开发商入驻夏县，走“资本 + 土地 + 文化”新的发展路子，力争形成夏县产业新高地。

四是生态文化牌。充分利用夏县从 20 世纪 50 年代起就是全国绿化先进县的优势，在“绿”字上做文章，打造全国平原森林城市。

五是城市形象牌。城市雕塑是城市文化的集中体现，建议将城市雕塑纳入城市总体规划。在城市出入口、主要干道、重点景区，设置有历史文化内涵、有时代气息、符合现代审美观念的城市雕塑。将嫘祖、大禹、司马光、介子推、卫夫人等夏县名人，用人物雕塑展现出来。还可以考虑建立夏县名人园，对夏县历史文化做集中展示，使城市雕塑成为夏县城市特色。

探寻夏都先民的遗迹

卫陵彦

我是郭道公社陈村的回乡知识青年。从 1969 年 3 月初回乡算起，在夏县这块历史文化积淀丰厚的土地上劳动生活了五年半的时间。这期间曾发现远古先民的生产生活用具，观察了暴露于地表的先民们生活的遗迹，并结合田野发现学习了相关的考古学知识。

一

1971年12月3日那天，在村东大队油坊干了一天活。收工后，在油坊附近刚平整过的土地上，我发现露出地表的一个陶罐的口沿，好奇心驱使我挖了下去。虽然罐子破碎了，但在罐子里却藏有一件打磨得非常光滑且刃部锋利的石器。根据已有的历史知识，我判定这是一件远古先民制作且尚未使用过的石斧。

生活照

几天后，在离油坊不远的一块地里进行农田基本建设，整修“大寨田”时，一个社员挖出一个红色的小陶罐，顺手扔在一边。劳动休息时，我拿起这个小罐仔细端详，罐子虽然已经残损，但根据它的形状和颜色，我判断这绝非现代的东西，而是古人的生活用品。估计这地方还会有其他东西，于是我用钢锨挖了下去。果然，没挖几下就挖出了不少碎陶片，还挖出了两件石器和几件骨器，此外，还夹杂着许多灰烬。这时一起在地里干活的社员围了上来，他们看到这些东西感到很奇怪，问长问短。我依据自己的一些关于原始社会的历史知识，给大家做了介绍。

晚上，在昏暗的灯光下，我仔细观察从地里带回来的这些东西。两件石器中一件尚完整，另一件已经残缺，看来应该是石斧。陶罐是红色的，陶片有红色的，也有灰色的。红色陶片中有泥质红陶和夹砂红陶两种，有素面的，也有画有花纹的；灰色陶片亦有泥质灰陶和夹砂灰陶两种，灰陶表面拍印有网纹、绳纹等纹饰。骨器看起来是经过加工的，但不知是做什么用的。

后来，当我有了一些陶器知识后才知道，夹砂陶器是在陶土中羼入一定比例的砂粒或蚌末等制作而成，这样在加热时不易爆裂，类似现在的砂锅。所以通常泥质灰陶一般用作饮器、食器等，而夹砂灰陶则多用作炊器。

二

1972年9月15日，趁到县城办事的机会，我顺便带上了那些石器、陶器和陶片等，去县文化馆登门求教。县文化馆的老刘同志热情接待了我。他领我观看了文化馆的馆藏文物，并结合馆藏的石器、陶器等，给我介绍了相关的专业知识。他还借给我一本《考古学基础》。此后我还多次到县文化馆，向老刘同志讨教有关考古和文物方面的知识。

1973年春节期间，我利用回北京探亲的机会，多次到北京图书馆阅览考古和文物方面的书刊，由此对原始社会晚期的仰韶文化、龙山文化等有了进一步的了解。仰韶文化是因1921年首先在河南省渑池县的仰韶村发现而得名，根据一些遗址测定，该文化为公元前5000年至公元前3000年。由于仰韶文化遗址中的陶器以表面是红色而又带有彩色花纹的为最多，所以仰韶文化又称“彩陶文化”。龙山文化是因该文化首次发现于山东省济南市历城县龙山镇（今属章丘）而得名，该文化为公元前2500年至公元前2000年。龙山文化以黑陶为主，故又称“黑陶文化”。

春节后我回到村里，对出土石斧和陶罐、陶片的地点附近进行了仔细观察。根据以往的考古发掘报告，仰韶文化时期的遗址都是在靠近河流且向阳的台地上。由于当时人们还不会凿井（传说是协助大禹治水的伯益发明了凿井），所以必须生活在靠近水源的地方，而且他们聚居的地点常常是靠近现代村落的地方。我发现石器和陶器、陶片的地点，是在村子的东头向阳的坡地上，附近的地下有大量的细沙和鹅卵石，这说明这里很早以前曾经有一条河流。又据以往的考古报告说，当时的文化遗址一般范围都比较大，有的甚至达几十万平方米。于是我扩大了观察的范围。果然，在离这一地点东南方向一百多米远的地方，在社员盖房挖出的地基土中，也发现了同样的陶片。我还找了两三个每天放学后割猪草的学生娃，帮我寻找类似的陶片。没几天他们就送来了几块。这些陶片大多是灰陶，但也有一个是红色尖状的陶器的残部。根据这个陶器残部的形状，我判断这是当时先民们汲水用的尖底瓶的底部。因为底部尖，瓶子才容易沉入水中。经询问，发现这个尖底瓶残部的地点，在我发现石器和陶罐、陶片地点的西南一百多米远的地方。后来在这一范围内我还多次发现各类陶片。由此我估计，这个原始社会晚期遗址至少有几万平方米。此外，我还到尉郭公社西阴村、庙前公社史庄村等有仰韶文化遗址的地方去观察。

1973年4月下旬的一天，县文化馆的老刘同志来陈村考察。我带他到村东曾发现石器和陶罐、陶片的那片地方进行了踏勘，寻找到了一些陶片。不久之后，我看到县文化馆油印的一份“夏县仰韶文化遗址分布图”，图上将陈村也列为仰韶文化遗址的一个点。

三

1973年11月下旬至1974年5月下旬，我参加了由县委组织的社会主义教育运动宣传队，进驻郭道公社的韩家后生产大队开展工作。在宣传队工作期间，我在驻点的韩家后大队以及附近的李家坪大队等地，也发现了石器和陶片。

韩家后大队地处中条山南麓的前山沿地带。该大队有8个自然村，分布在东西走向的一条山梁上。大队部所在地为韩家后村，该村离山下约有10里。韩家后村分为两部分，分别坐落在被当地群众称为“担水沟”的阳坡和背坡两侧。沟里终年流水不断，是山下洞崖河的源头之一。1973年年底，我在这条沟的沟底与群众一起垒坝造地时，发现多块绳纹灰陶陶片。我判断沟的两侧高崖上，一定存在古代先民的生活遗址。后来我在参加劳动和进行生产情况检查时，经常留心观察。

1974年3月下旬，在检查小麦生长情况时，我发现在离韩家后村1里左右的刘家池村的东面500米远的地里，散布着许多陶片，以及残石斧和显然是经过加工的石块。这是由于多年来修梯田、平整土地和水土流失等原因，使石器和陶片暴露于地表。后来我又多次到这块地里观察，先后采集了比较完整的石器5件和若干陶片。经过仔细观察，在这片地边缘的断崖处还发现有褐色土层及红烧土，估计是先民们生活的遗迹。我把这些石器、陶片拿回驻地窑洞后放在窗台上。有社员看我对这些东西有兴趣，告诉我在韩家后村村西附近的地里也有许多这样的陶片。于是我在社员告诉我的这块地里，也采集了两件石器和若干陶片。此外，在这里还发现因社员打窑洞而暴露于地表的疑似灶坑的遗迹。

1974年5月2日和3日两天，我参加了公社组织的山上片的生产大检查。我所在的检查组走了十来个村子。在检查过程中，我一边看庄稼的长势，一边观察地里有无石器、陶片。虽说是走马观花，但在李家坪大队的李家坪村西发现了石器和陶片，以及灰土层一处。在该大队吕家村附近攀登河旁边的坡地上发现了一些陶片。此外，在公社农场龙沟沟底的修地垫土中发现有大量的褐色土和夹杂于其中的许多陶片，这些土是从沟上面掀下来的。另外，在邻近大庙公社的肖家沟村的地里也发现不少陶片。

总起来看，发现石器和陶片的地方，都是处于沟壑旁边的阳坡上，坡缓，且地势开阔。此外，沟里水流不断。我想，这样的地方有利于先民的生产生活。估计在中条山前山沿一带，凡是地势比较开阔的阳坡，且邻近水源的地方，一般都会有先民生产生活的遗迹。

在山上工作期间，共收集石器11件，其中有石斧、石刀、石犁、石磨盘、石磨棒、石环等；陶片若干，均为轮制，其中彩陶片有红底黑彩和红底紫彩两种，但数量很少，绝大多数是泥质灰陶和夹砂灰陶，能看得出来的器形有陶罐、陶钵、尖底瓶等。从发现的石器和陶片来看，中条山前山沿这一带远古先民的遗迹，应该是属于仰韶文化的晚期及其之后的一个历史时期。

四

为什么远古先民要在生活条件远比山下艰苦的山上生活？是山下已经人满为患，还是受到传说中大洪水的逼迫？此外，在山上发现的这些石器、陶器残片，是哪个时期的先民曾经使用过的？直到下乡插队结束以后的很长时间，这些问题还时时在我头脑中盘旋。

20世纪90年代初，一些学者从古气候学、古环境学、古天文学及考古学证据证实，至少在北半球，气候系统在公元前2200年至前2000年发生了突变。由于多种因素的作用，导致黄河南北改道，以及黄河、长江下游洪水泛滥。当时，除了鲧、禹及后稷的氏族部落本来就在黄河中游的河南嵩山、陕西关中和晋南一带之外，为躲避洪水，尧、舜及商的先祖契等氏族部落，都从东方及东北方迁徙到黄河中游的豫西、晋南和陕东一带。后来尧在临汾、舜在永济、禹在夏县先后建都。从尧舜禹先后在晋南地区建都来推断，当初为躲避洪水而陆续迁徙到晋南地区的先民应该相对多一些。在晋南人口密度大大增加的情况下，必然会有一些人向中条山上迁居，当然这之前就已经有人在山上生活了。由此看来，至少在公元前2200年以后的尧舜时代，会有更多的远古先民迁居到中条山上生活。可以说，这也是因大洪水而间接导致的结果。

从20世纪六七十年代开始，历史教科书在讲到原始社会晚期的仰韶文化和龙山文化时，都是持一元发展说，也就是说，仰韶文化之后紧接着的是龙山文化，龙山文化叠压在仰韶文化之上。实际上，龙山文化起源于东部，它与仰韶文化是完全不同的两个系统，两者有着根本区别。龙山文化的遗址大部分在山东半岛的海岱地区。公元前2500年之后，龙山文化由东向西发展，但它只是覆盖了仰韶文化区的一部分地区。中条山前山沿发现的陶片，除极少量是彩陶外，大量的是泥质灰陶和夹砂灰陶，并无黑陶。所以中条山前山沿的原始先民的遗迹，没有龙山文化的特点，它仍应属于仰韶文化的晚期，并由此过渡到了公元前2200年以后的尧舜时期，也就是上面说到的大洪水大迁居的年代。

现在学术界一般认为河南省偃师县的二里头文化是夏文化，而同属二里头文化但类型不同的夏县东下冯遗址也是夏文化。二里头文化早期及东下冯遗址早期的陶器，都是以泥质灰陶和夹砂灰陶为最多，且纹饰为绳纹的约占一半。这与中条山上的先民遗留的灰色陶片类型基本一样，由此来看，中条山上的先民，或许也曾是公元前2070年开始的夏王朝的子民亦未可知。当然，要确切知道中条山前坡沿远古先民遗址的年代，就必须由专业考古工作者用科学方法去发掘和断代。

卫陵彦　原名卫凌燕，原郭道公社陈村大队回乡知青（1968年9月6日赴内蒙古莫力达瓦达斡尔族自治旗下乡插队，1969年3月初转回原籍），北京市第21中学1967届高中毕业。1977年7月毕业于中山大学哲学系，先后在中央民族学院、中共中央党史研究室、国务院港澳事务办公室（曾任社会文化司司长、机关党委常务副书记）工作。2008年11月退休。

无字的书

葛元仁

插队前我就觉得“夏县”的名字很奇怪，因为全国没有任何一个县是拿季节来命名的。唯一可能有联系的，就只能是历史朝代了。那么是否与历史上的夏朝有关呢？尤其是“禹王”两个字，不能不让人联想到古代治水的大禹。原来，这里确实是我国奴隶社会第一个王朝——夏朝的国都。是舜传位给禹后，禹建都城于安邑（即夏县），禹的都城。战国时期，魏国也曾在此建都，因此夏县号称“华夏第一都”。原来，这里是中华文明的发祥地！一夜跨越中国历史 4500 年，而且，是在现今社会主义的国都与过去奴隶社会的国都之间，这简直就是“时光倒流”，太神奇了。

从禹都往东往西都是一马平川，往南直到中条山脚下，也是平川。而其北面的第一道屏障，就是我们插队的西其里、中其里和史庄一线所在的峨嵋岭。在西其里大队的五六队的岭上，当时还保留着一段几百米长、不到一米高的人工夯实的土埂。这个土埂很硬，用镢头都刨不动。老乡告诉我，那就是古代城墙的根基。我们村所在的峨嵋岭北坡下，原是古汾河的河道，至今仍然被称为“水头”。现在古汾河水已经退去，成了平原。地理上的称谓是“汾河谷地”。

火车到达我们的目的地——夏县水头车站后，我们十几个被分配到西其里大队插队的知青，把行李放到了大队来接我们的马车上，翻过峨嵋岭，晚上点灯时分才到达 8 里路外的西其里村。

路上和赶车的乡亲攀谈才知道：在火车站通往县城的公路上有一个村子叫“司马村”。是宋朝丞相——编写《资治通鉴》的司马光的老家，现在还有司马光的墓和祠堂。

《资治通鉴》是一部纵贯 1360 多年的编年史，和司马迁的《史记》一样，是彪炳千秋的历史巨作，中华民族的文化瑰宝。司马光和司马迁被毛主席誉为“千古文章两司马”，而且古代就有“一部论语治天下、两册史书安民生”

的说法。

一年后，在专案调查过程中，我借机会去看了一趟。

那时的司马光墓地，一片颓败。墓显得非常简陋，墓碑是宋哲宗立的，苏轼撰的文，名为“忠清粹德之碑”。碑文很长，字迹已经被风雨侵蚀，模糊不清了。祠堂的门前有一块政务院立的“第一批国家重点文物保护单位”的石碑。门上有一副对联，上联是“忠清发越秀峨嵋”，下联是“粹德辉煌流涑水”，横批“圣世泰斗”。祠堂的门被用木条封了。我透过门缝，看到了里面落满灰尘的牌位和塑像。2005 年，离开农村 30 年后，我又去了一趟。司马光的墓地和祠堂修缮一新，门前广场非常气派，祠堂前的院子被朱红的围墙围了起来。里面的甬道两侧，松柏成行，很是幽静，已经被开发为旅游景点。

大禹治水和司马光写《资治通鉴》，都为人所熟知，而嫘祖教民养蚕于夏县，解决了人类穿衣问题，知道的人就不多了。

在村里时经常听说，西阴村的女儿家善于纺线、织布、做衣裳。后来一个老乡家里娶了西阴村的儿媳妇，他挺自豪的，逢人便说。我在和这个老乡聊天时，他告诉我，是西阴村的“先蚕娘娘”教会世人植桑养蚕，捻线织布，发明了梭子，使得人类穿上了衣服。当时我不知道他说的“先蚕娘娘”是谁，很长时间后，我在查一本资料时，才看到“先蚕娘娘”是传说中黄帝的正妃嫘祖，又名西陵氏，夏县西阴村人，生于 4600 年前。据《史记 · 五帝本纪》记载：“黄帝居轩辕之丘，而取于西陵之女，是为嫘祖，嫘祖为黄帝正妃”。当时西阴村一带桑林茂密，人们还不会织布、做衣服，只好夏缠树叶冬披兽皮。嫘祖想解决人们的穿衣问题，开始用草捻线，失败了。又用树皮捻线，还是一捻就断。后来她发现在桑树上生长的野生蚕，所吐的丝又细又结实，于是就把这些野蚕抓回家来养。她把蚕茧煮熟后套在木棍上，用手撕着捻线，所捻出的线，就是我们说的丝线。她受到蜘蛛网的启发，把丝织成帛，成为我们说的绸。她又受到河里梭鱼的启发，做成缠丝的工具，也就是后人使用的梭。从此，人们开始穿上了衣裳，结束了以树叶、兽皮为衣的时代。可能因为她是最先养蚕的，所以老百姓称她为“先蚕娘娘”。1926 年，我国考古专家就曾经在西阴村发掘出半个蚕茧壳，壳上有平整的人工切割痕迹。经鉴定那半个蚕茧确实是一种家蚕的茧，证明了西阴村的人在史前新石器时代已经懂得养蚕了。看来史书的记载不是空穴来风。

夏县县情

夏县，地处河东大地，古称安邑，因奴隶社会第一个王朝夏朝在此建都而得名，被称为“华夏第一都”。面积1352.6平方公里，辖6镇5乡257个行政村，36万人，64万亩耕地。

文化底蕴深厚，人才辈出。黄帝元妃嫘祖植桑养蚕，泽被后世；大禹治水“三过家门而不入”，德行高远；巫咸及其子兴商贤相巫贤医卜济世，长存瑶台；晋国名臣介子推“割股奉君”，忠义相传；东晋书圣王羲之的老师卫夫人创建《笔阵图》，“醮墨吃馍”留下佳话；北宋名相、史学家司马光撰写《资治通鉴》，彪炳史册。夏县有国保单位9处、省6处、市4处、县280处，人文传承生息繁衍，5000年华夏文明在这里沉淀，文化底蕴非常深厚。

地理位置优越，交通便利。夏县位于晋、陕、豫三省交界处的金三角地带，交通运输便利，209国道、大西高铁、南同蒲铁路、大运高速、运三高速穿境而过，从水头到运城机场不足15分钟，到高铁站30分钟，再加上夏县与运城同城化发展，区位优势明显，物流通达和信息交流十分便利。

生态绿化良好，风光秀丽。习近平总书记说过，绿水青山就是金山银山。夏县森林覆盖率43.5%，山区达到85%以上，被评为“全国绿化模范县”“中国绿色名县”和“山西省林业生态县”。夏县新农村建设走在全省乃至全国前列，有“中国美丽田园”兴南村，还有西村、大吕、北大里等省级美丽宜居示范村，泗交、埝掌等省级园林镇。

农业特色鲜明，产品优质。夏县地形概貌为“七山二川一丘陵”，是一个典型的传统农业大县。农耕文明是夏县的优秀历史传承，这里农业特色鲜明，具有独特的自然地理环境，沙绵土质、雨水适中、无霜期长、日照时间长、昼夜温差大，几乎所有北方的果蔬都适宜在这里生长，且产出的水果蔬菜品质上乘，夏县经认证的无公害农产品生产基地达到20万亩。

旅游资源丰富，定位独特。人文历史方面，嫘祖、大禹、巫咸、巫贤、介子推、卫夫人，司马光、薛嵩；文物古迹方面，禹王城、堆云洞、西阴遗址、银洞沟、瑶台山；生态资源方面，温泉、天然氧吧、金楼山、双山、黑龙潭；特色资源方面，宇达、格瑞特、蚕桑、红枣、西瓜、茶叶、钙果，等等，这些资源许多都具有特色。现在夏县正围绕核心资源，打造四个片区。第一个以司马温公祠、堆云洞、宇达、格瑞特为主的文化产业园区；第二个区域是以裴介蚕桑研究院、百年枣园、介子推墓、钙果园为主的嫘祖丝绸文化观光园；第三个区域是泗交、祁家河生态旅游区，全方位打造中国第一个田园水镇，建设黄河金三角区域独具特色的风景区；第四个区域是温泉小镇、瑶台山森林公园、白沙河湿地公园、奥体中心、博物馆等产城融合、文旅融合的温泉疗养养生区，我们按照全域旅游的标准去设计、打造。

养生元素众多，宜养圣地。夏县境内的水、空气、气候、生态、文化、医药等都具有养生功效。水，一个是优质温泉水，对皮肤病、关节炎等很多疾病有良好疗效，被誉为“华夏第一药汤”，含 36 种对人体有益的微量元素；一个是甘甜山泉水，夏县投资 2 个多亿从泗交深山把泉水引到县城，现在夏县县城和运城市区的一部分可以喝到纯正的山泉。空气，到温泉不足 30 分钟的泗交镇，是天然氧吧，负氧离子含量丰富，空气清洁洗肺。经过科学测量，县城负氧离子含量达到 400，泗交山区能达到 6000 到 10000。气候方面，四季分明，土壤肥沃，无霜期长。特别是泗交镇夏季平均气温比运城低 9—11 摄氏度，是风景怡人的避暑胜地。生态方面，夏县自古以来就有植树栽树的传统，生态保持非常好。文化上，养生文化丰富。堆云洞不仅是红色革命教育基地，也是一个道观，有最原始的窑洞，道教养生食谱。瑶台山又叫巫咸山，巫咸、巫贤长住在此，他们是鼓和傩戏的发明者，瑶台也是傩戏的发源地。瑶台山上太虚观，也是道观。医药方面，夏县目前有北京华润双鹤和四川好医生两个药厂，正在建设中药材种植基地、中华大蟾蜍养殖基地和世界老慢支康疗中心项目，以及新引进的加工灵芝粉的瑞芝生物科技有限公司，形成生物医药园区，打造养生基地。将来的夏县县城将建设成宜居宜业宜商宜游宜养的“五宜”城市，成为人们生态养生、康体休闲的乐园。

夏县发展设想

一是突出地域特色，构建高质量高速度发展新板块。根据全市“一区五带”发展布局，结合我县实际，科学制定“一区三带”发展规划，使县域经济特色优势更加鲜明、产业聚集度显著提高、主体功能区优势充分发挥：（一）是以县城、瑶峰、裴介、庙前为主的核心区，重点发展城郊农业、康养基地、文化旅游，构建“特色突出、支撑明显、带动力强、开放包容”的产城融合示范区；（二）是以祁家河乡为主的黄河经济带，发展黄河文化旅游、自然生态、特色农副产品加工，构建“绿色生态、现代高效、融合发展、百姓增收”的田园旅游示范区；（三）是以泗交为主，辐射庙前、瑶峰、南大里、埝掌的中条山经济带，发展健康养生、生态旅游、高效林果、功能食品、中药材种植、新能源产业，构建“业态先进、绿色低碳、优质高效、协调融合”的生态养生示范区；（四）是以水头工业园为主，辐射水头、胡张、埝掌、尉郭、禹王的涑水河经济带，发展装备制造、农副产品加工、畜牧养殖，构建“主业鲜明、提质增效、扩规增量、互动并进”的产业转型示范区。

二是突出融合发展，培育高质量高速度发展新业态。坚持以生态打基础、产业作支撑、文化为潜力，打融合牌、走融合路，构建“农业 +”“工业 +”“旅游 +”新业态，推进休闲农业、文化创意、工业艺术、乡村旅游等一、二、三产业融合发展。依托司马温公祠、嫘祖文化产业园，建设集观光、采摘、休闲、餐饮、农耕体验为一体的城郊农业，发展乡村旅游系列品牌，打造乡村旅游示范村；培育温泉养生、泗交避暑、老慢支康疗等相关康养产业，大力推介青铜雕塑、葡萄美酒、高山绿茶、精品果蔬等具有鲜明地域特色的优势产品，建设特色产业旅游村。

三是推进开发区改革。整合水头工业园和瑶峰轻工业园，组建夏县经济技术开发区，积极争取省级经济技术开发区，将园区面积由现在的 2 平方公里扩展到 10 平方公里。科学规划园区布局，完善基础设施、机构设置、人员配置、项目熟地供应等功能要素，增强经济发展后劲。

四是提升七大特色产业板块。稳定粮食生产，坚持“藏粮于地、藏粮于技”，重点实施省部级 3.3 万亩小麦绿色高产高效创建项目，稳定和提高粮食生产能力；提升蔬菜产业，以南大里设施蔬菜、庙前露地蔬菜为重点，实施设施蔬菜更新换代、提质增效和标准园区创建示范工程，建成南大里乡蔬菜交易市场；打造精品林果，重点实施 4.5 万亩林果园区和 1.6 万亩干果经济林提质增效工程，打造精品林果；发展中药材等林下种植，重点建设瑶峰、庙前、泗交 3 万亩中药材种植园区、泗交野生药材管理区，发展泗交、祁家河木耳、香菇种植；规范畜牧养殖，以新大象、牧原、晋星牧业为重点，大力开展规模养殖场示范创建活动，全面提升畜牧业的规模化、标准化、产业化水平，启动德盛养殖粪污无害化处理项目；拓展高山绿茶。以泗交王家河 500 亩茶叶园区为重点，进一步推进茶产业、茶文化、茶旅游融合发展；打造观光农业，发展嫘祖文化产业园、中医药康养基地、德兰度假村“农业 + 文化”“农业 + 康养”“农业 + 旅游”等多重功能的城郊型现代农业综合体。

五是大力推进“三个发展计划”深入实施。全力推进工业“三五十”转型发展计划（“龙腾虎跃”转型发展计划），紧盯“龙虎榜”培育企业，实施好企业家、好企业、好产业、好环境“四好”培育工程，实现全县“龙榜培育企业”中有 1 家销售收入超 5 亿元；“虎榜培育企业”中至少 2 家销售收入达到 2 亿—5 亿元；规模以上工业增加值达到 5.5 亿元以上。全力推进“五小企业”创新创业计划（“群星灿烂”育苗计划），实施“平台孵化、技术培训、项目支持、资金扶持、政策倾斜”五大帮扶工程，大力支持绿色小食品企业、传统小工艺企业、精细小制造企业、名优小作坊企业和新兴小电商为主的服务性企业。全力推进外出务工人员关心关爱计划（“凤还巢”计划），开展“暖心、舒心、放心”行动，实施“劳务品牌引领”“外出人员安心”“在外人士回归”三大工程。狠抓扩大转移外出就业、健全服务保障体系、吸引返乡创业兴业三大任务，建立覆盖城乡的劳动力资源、劳动力输出、就业分类、劳务需求四个信息平台。

六是以全域旅游为目标，挖掘资源优势，全力建成文化旅游名县。我们要坚持“山水”为基、“人文”为魂，实施融合发展、创新发展、精品发展、市场发展和全域旅游“五大发展战略”，带动旅游、文化、体育、健康、养老

"五大幸福产业"，全力打造文化旅游战略性支柱产业。

七是以重点项目为支撑，狠抓招商引资，全力促进经济转型升级。项目是转型发展的基石，投资决定着未来的产出。我们围绕农副产品加工、生物医药、装备制造、新能源四大主攻产业，以高端产业和产业高端为主攻方向，在产业链横向配套和纵向延伸上重点发力，准确把握投资重点和产业政策，瞄准重点区域、主攻产业和主攻方向，实施专业招商、以商招商、以企招商、以情招商、小分队招商，编制招商地图，推进委托招商、中介招商等多种模式招商，引好项目、上大项目，为夏县发展厚植新的增长点。

八是以绿色发展为方向，加大环境保护，全力建成生态文明强县。我们要坚持"生态产业化、产业生态化、生态产业一体化"发展思路，坚决打赢三大污染防治攻坚战，继续加大城乡环境整治力度，把夏县的底色清扫出来，绿色丰富起来，特色彰显出来，景色美丽起来。

九是以建管并重为路径，改善城市面貌，全力打造"大运城新花园"。我们要牢固树立"规划至上、生态宜居、精致建设、特色鲜明、片区开发、管理提档"的理念，突出规划引领、功能完善、品质提升和精细管理，推进"六城同创"，全力做好撤县设区的相关工作，营造浓厚氛围，加快推进步伐，主动融入"盐临夏"一体化建设。

围绕上述发展设想，我们将努力把夏县打造成崇德尚文、开放包容、山川秀美、宜居宜业、人民幸福的"大运城新花园"。

夏县重点项目

夏县以农副产品加工、生物医药、装备制造、新能源为四大主攻产业，以高端产业和产业高端为主攻方向，策划包装重点项目 7 个。

一、春燕山温泉小镇

春燕山温泉小镇是夏县新城建设的一个重要组成部分。

1. 总体定位：山西经典、中国一流。全国温泉主题休闲度假旅游目的地

（康体运动养生地、精品温泉休闲地、四季山水度假地）。

2. 发展思路：以特色小镇打造为契机，以夏县已有温泉旅游设施为基础，升级建设温泉酒店群，联动春燕山地、南山底村、北山底村、白沙河水库、瑶台山景区、森林公园、湿地公园，通过温泉产业与旅游产业的融合，全面促进文旅产业、体育休闲产业、农业与绿色加工业等相关产业融合，实施“旅游 +”“温泉 +”的融合开发路径，构建以温泉度假为核心、康养休闲与生态游憩为支撑的全国温泉主题休闲度假旅游目的地，打造城乡互动、居游共享的温泉生活方式。

3. 开发建设内容：

（1）原有温泉酒店、疗养院、洗浴中心地块整理、开发；

（2）温泉小镇新拓展地块开发；

（3）白沙河及上游湿地公园适宜用地开发；

（4）夏县新城森林公园等地块开发。

二、祁家河景区开发

祁家河景区开发是在山西省打造黄河、长城、太行三大旅游品牌东风中，在落实全市“一区五带”机遇中孕育而生的项目。

1. 总体定位：黄河金三角区唯一的山水依托型、目的地型田园水镇。

2. 发展思路：以“两山一河”“三大片区”为开发空间，致力于打造“山地心灵度假领地”“北方田园水镇”“国内最壮观的黄河观景台”。

3. 开发建设内容：金楼山片区、祁家河片区、双山片区。

三、泗交中医药特色小镇

泗交镇是山西省国土面积最大的一个乡镇，区域内药用植物种类丰富、品质优良，现有漂流两处、滑雪一处，茶庄一处。

1. 总体定位：国家级中医药健康特色小镇。

2. 发展思路：基于泗交镇良好的山水生态环境，以山地度假为主题，以中医药养生为重点，以峡谷漂流为特色，以冬季滑雪为补充。

3. 开发建设内容：泗交养生度假村、北界茶乡度假村、泗交滑雪度假区、大自然星期八野营公园、唐回漂流景区。

四、司马光研学小镇

司马光是北宋政治家、史学家，四朝为相。现有占地 150 余亩的司马光温公祠。

1. 总体定位：以“360 度全方位文化圣地”为核心吸引力，以祠堂、书院、石碑、墓地、农田等资源为依托，打造集文化朝圣、文化度假、国学教育、会议论坛、田园休闲、民俗体验等功能于一体的文化休闲旅游目的地。

2. 发展思路：国内首个以德政文化、史学文化、工业艺术美学和葡萄酒文化为主的全方位文化研学小镇，山西最具国际影响力的司马光人文旅游景区。

3. 开发建设内容：司马光国际人文旅游区、格瑞特葡萄酒庄园、宇达青铜文化园。

五、夏县国家农业公园

夏县国家农业公园位于省道太三线旁，项目涉及禹王、瑶峰、尉郭，占地 3 万余亩，青龙河横贯其中，区域内现有国家文物保护单位禹王城遗址。

1. 总体定位：打造传统东方田园休闲的博览园和中国田园综合体度假示范园，实现生活与产业共建、庄园与旅游互通、居民与游客共享。搭建农业文创产业发展平台，构造田园文化价值链体系，形成主题庄园集群。

2. 发展思路：延伸特色农业产业链，提高功能农业附加值，培育休闲农业项目群，打造多个庄园经济体，融合种植、养殖、加工、展销、交易、旅游、仓储、乡创等现代农业功能，延伸产业链条，积极申报国家农业公园，带动夏县农业与旅游的充分融合发展。

3. 开发建设内容：一条农业走廊（夏县休闲农业走廊）；一个农业综合体（禹王现代农业综合体）；三大农业产业示范基地（苗圃种植基地、禹王滩农业示范园、枣树种植基地）；五大休闲庄园（花卉庄园、葡萄庄园、红枣庄园、中医药养生庄园、夏乐西瓜庄园）。

六、裴介嫘祖文化产业园

裴介村是介子推的故里，忠孝文化是基本支撑。区域内现有蚕桑文化研究院、百亩钙果、千年枣林、万亩枣园基地，省级非物质文化遗产鲁因挂面位于其中。

1. 总体定位：桑蚕研究特色环境 + 中医养生绿色体验，打造“生态宜居，杏养容娇”休闲居所，服务以运城为核心的周边地区的田园休闲养生，成为山西省以田园养生文化为主题的景点。

2. 发展思路：主打养生养老基地，联动周边介子推故里、钙果园、鲁因挂面、千年枣林等文化及乡村旅游项目。

3. 开发建设内容：新建嫘祖蚕桑文化展示区（文化苑 + 农园）、游客观光区（农业休闲项目）和养老社区（中医药养生农场、老人康复研究所、中医药疗养中心、杏林养生馆）三大功能区。

七、堆云洞景区

堆云洞以奇特道家建筑、红色革命文化教育基地而闻名，现为省级文物保护单位，区域内现有窑洞百余孔。

1. 总体定位：以道教养生文化为支撑，对景区在现有基础上进行延伸扩张，丰富度假产品；联动周边乡村资源、铜瓦沟窑洞资源，打造以“道养”为核心的旅游度假目的地。

2. 发展思路：中国最具格调的道文化体验旅游区！（古韵传承、浪漫色彩、现代气息）

3. 开发建设内容：堆云洞道教文化游览区；红色文化纪念地；道教养生基地；铜瓦沟道教文化苑。

沧海拾贝

你是夏都里走出的知青
中条的脊梁
铸就了你人格的风骨
涑水的清泉
洗礼了你灵魂的高尚
饱蘸了禹都大地的深情
才成就了你艺术上的辉煌

胡弘书法绘画作品

胡弘，1951年生于北京。曾任纽约哥伦比亚文创公司艺术总监、美中传统文化促进会会长。自幼随祖父学习书法诗文，从颜入手，上追二王。1994年书法作品《造万物而无心，处五浊而清冷》荣获世界和平文化大奖——宝鼎和平勋章。80年代很多书法作品被日本政界、金融界收藏。90年代很多出色的书法作品被中南海、钓鱼台国宾馆、人民大会堂收藏。

90年代初开始转到现代绘画的研究与创作。从抽象的美学到具体的技法、媒材都作了大胆的尝试。作为一个艺术家，胡弘以他的作品证实了中国水墨是一种足以超越传统笔墨技法，具有现代转化能力的表现媒材。富有东方神韵又符合西方人审美标准的胡弘现代绘画一经问世，就受到广泛关注，评论界称他的作品为“从草书中裂变出来的现代绘画”。主要作品有《魂兮归来》《鸵鸟系列》《黑金系列》《红与黑系列》《狩猎》等。

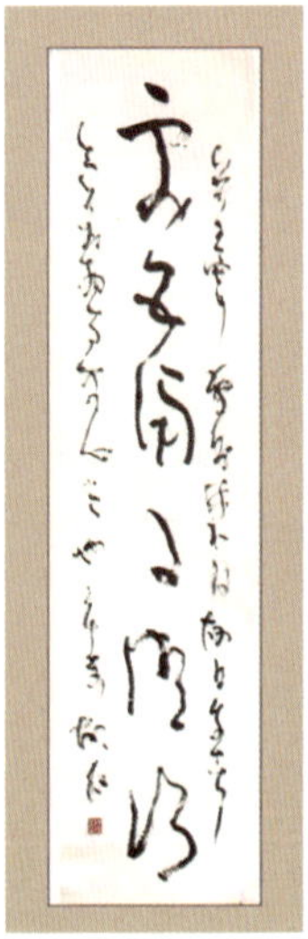

下联：处五浊而清冷
墨汁宣纸 1990

上联：造万物而无心
墨汁 宣纸 1990

狩猎 墨汁 宣纸
30—60 2015

江南细雨　丙烯　哑粉纸　28—68　2012

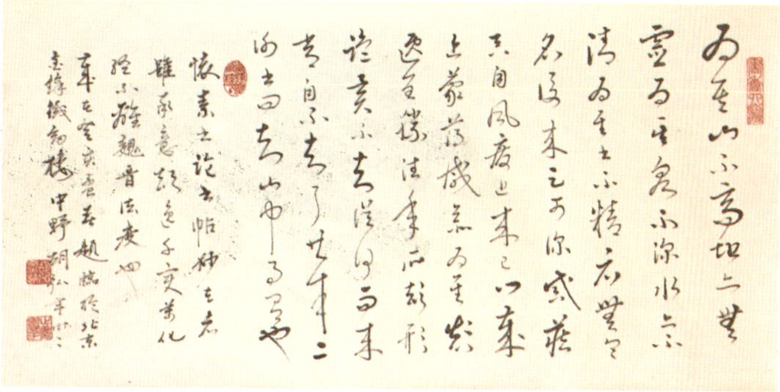

书法

印度克拉久霍神庙的黑金系列之一

至尊　墨汁　宣纸　30–39　2009

灵鸟系列之三　丙烯　宣纸　50–100　2016

鲤鱼跳龙门　丙烯　水粉纸　30–45　2010

快乐精灵之一　丙烯　宣纸
33–126　2015

春之声　丙烯　水粉纸　38—53　2011

书法

美丽的夏威夷　丙烯　泥金纸板　60—108　2013

生机盎然　丙烯　纸板　30—30　2012

野荷

泥金山水之十三　丙烯　泥金纸　31—58　2013

宝贵的艺术　低碳的艺术——张宝贵艺术作品

张宝贵，中国亚洲经济发展协会公共艺术委员会会长，中国雕塑企业工作委员会主任，北京工艺美术大师。1968年12月赴山西运城临猗县插队，后安置到山西夏县石英厂工作。1995年在中央美院举办个展，1996年在中国美术馆举办个展。有的作品被中国美术馆、北京国际雕塑公园和世界银行收藏。先后为北京钓鱼台国宾馆、中国历史博物馆、首都机场T3航站楼、国家大剧院、北京奥运会、上海世博会等创作或完成雕塑作品。张宝贵30年来始终坚持以变废为宝的方法研究雕塑，2017年和著名雕塑家朱尚熹一起在北京举办了“北京低碳雕塑园”，受到了雕塑界的关注。

钓鱼台国宾馆十七号楼

钓鱼台国宾馆十七号楼

北京国际雕塑园

中国历史博物馆奴隶社会馆

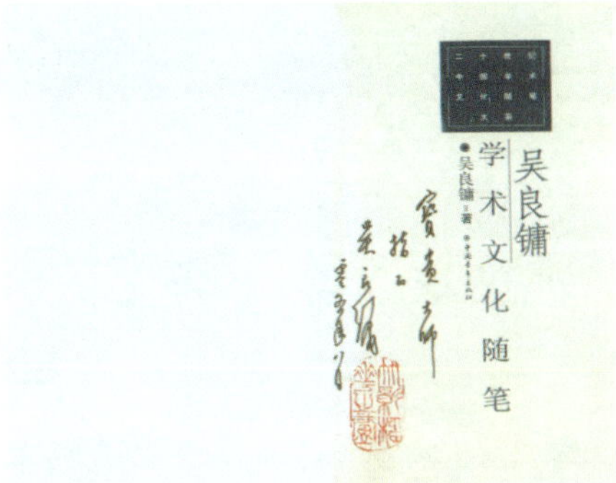

北京低碳雕塑园

和吴良镛教授、张锦秋院士在孔子研究院工地

自然状态

奠基

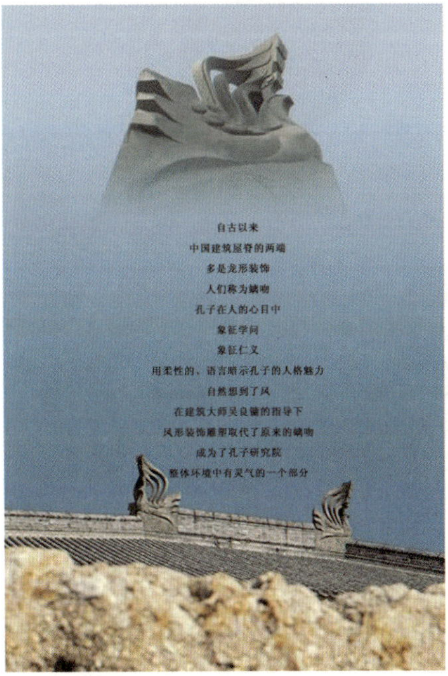

首都机场T3航站楼

当代万国城

国家大剧院音乐厅吊顶

置于航天桥下的作品

原作中国美术馆收藏

北京有色金属研究总院

晋南麦收

四川成都浮雕

旋涡
时空隧道
一千多万人在这里寻找
一晃儿
这拨人走过了半个多世纪
请不要讲过多的梦想和不平
也不要仅仅为了回首而相逢
感谢自然
感谢生命
我们曾是老三届

老三届

刘军篆刻书法作品

刘军，1951年11月生，辽宁沈阳人，北京师院附中1966届初中毕业，1968年夏县插队。1980年毕业于中央党校。中国作家协会会员，云南省收藏家协会副会长，北京泮庐文化艺术品投资公司总经理，澳门传媒集团副总裁。研习书法篆刻50年，书法篆刻熔为一炉，书法以篆刻为宗，左手反书，秦汉印碑为格，自成一体。已经发表小说、散文、诗歌等900万字。

至真

MERITORIOUS WIZARDS OF
ARTISTIC PERFORMANCE

功勳奇才藝術雜家

王金华收藏珍品

王金华，出生于北京，1968年12月20日到山西省夏县埝掌公社郭牛大队插队。王金华小时候就对古建筑有着浓厚的兴趣，经常一个人跑去看故宫、登城墙、看古建筑。插队落户的山西夏县，文化底蕴深广。王金华农闲时常骑车前去观看这里的名胜古迹，劳动之余孜孜不倦地研读地方志史书，收集民间传统艺术品。经过几十年的历练积淀，王金华已经成为中国传统服饰著名的收藏家和研究专家，尤其在明清服饰和银饰的研究方面成就显著。30年间撰写了20多部书，为学术界、博物馆和高校师生提供了宝贵的资料。历年来出版的著作有：《图说清代吉祥佩饰》《图说清代女子服饰》《民间银饰》《中国传统首饰》上下册，被当作大学金工教材。《中国传统首饰·簪钗冠》获第五届中华优秀出版物奖图书提名奖，《中国传统首饰·手镯戒指耳饰》《中国传统首饰·长命锁》《中国传统服饰·清代服装》《中国清代服饰·绣荷包》《中国传统服饰·儿童服装》《中国传统服饰·云肩肚兜》等六部书均获中国纺织工业联合会优秀出版物奖一等奖。

黄地织锦龙袍。清代早期，衣长135厘米，通袖长185厘米，下摆112厘米。这件龙袍和一般的满族皇家服装不一样，是西藏某王府用当年皇帝赏赐的袍料，按照当地服式制作的，时间应该在清乾隆晚期或嘉庆初期。这种龙袍在大清正典中可能未列其中，但在西藏、内蒙古地区多有发现。没有皇帝的亲赏，这种来自江南织造的黄地锦料是不能擅自穿用的

紫红缎地龙纹女袍（右图）。清代晚期，衣长 112 厘米，通袖长 168 厘米，下摆 106 厘米。这是官家夫人穿用的汉式女龙袍。清代无论是汉族还是满族，只要是朝廷命官，包括官家夫人都可以穿龙纹袍，但称为蟒袍。汉族女子袍，行内人也叫女蟒袍，上面的龙纹为四爪

浅绿缎地牡丹八团花卉纹女袍（左图）。清代中期，衣长 140 厘米，通袖长 190 厘米，下摆 110 厘米。中国宫廷服装，尤其是女装，高贵无比，色彩都是五彩缤纷的，工艺极为精湛。这类服装，无论质料、色彩、图案式样，还是饰品都以尊贵奢华为主调。件件精细、完美、规整，以此显示着地位和威严。但同时也因归属、地位、级别和身份的不同而各有区别。清代的等级制度非常复杂，不同阶层的人员，要配穿不同的颜色、不同纹样的袍服。能穿上八团花卉的是镇国公夫人和相当品级的女子

如意柳叶式花卉福寿纹云肩（右图）。清代，产地河南，直径 88 厘米。图中云肩来自河南郑州地区，造型华美铺张，玲珑剔透，极具喜庆热烈气氛。图中的花卉纹，鸟禽纹，鲤鱼跳龙门，连生贵子寿桃纹都是最吉祥的纹样。尤其是六个大寿桃极为突出。中国人把桃作为长寿的象征。桃成为中国最具文化特色的瓜果，在民俗观念、宗教观念、审美观念中都占有极其重要的位置，是祝人寿诞最吉祥的礼物

如意式盘金包花绣花卉纹云肩（左图）。年代清末民初，产地河南，直径68厘米。包花绣是刺锈针法之一，纹样高凸叠摞，浮雕立体感极强。制作用绸缎、绢、罗等丝织品剪裁成形，包裹棉花，缝缀而成。边沿多用钉线或盘金线处理，主要以素白丝绢为材料，包裹缝缀之后，再涂染颜色。此云肩外形呈圆形，在民俗生活中具有圆圆满满的含义

银鎏金全家福长命锁（右图）。清代中期，产地山西，全长42厘米，186克，直径88厘米

银书卷形长命锁（左图）。晚清，产地浙江，全长36厘米，重68克。将书卷的形状制成饰物，佩挂在身上，表达出旧时书香门第家庭“学而优则仕，唯有读书高”的观念，希望孩子从小好好读书，长大了才有出息，因为读书一直被中国人作为改变命运的阶梯，也是世道太平的象征，更是一些文人雅士学识修养的对应物

二式珐琅彩长命锁。民国初，河南，长 6、4.5 厘米，重 18、12 克

银点翠珐琅彩头饰（右图）。清代，产地山西，一套 15 件。清代贵妇的头部装饰十分讲究，讲究的标志一是头饰的贵重程度，二是佩戴的件数。这是一套保存比较完整的清代成套银珐琅彩头饰

银蝴蝶簪（左图）。民国初期，产地山东，长 16 厘米，重 28 克。蝴蝶总是和春天、情志相联系的，唐代著名诗人杜甫的《江畔独步寻花》云："黄四娘家花满蹊，千朵万朵压枝低。留连戏蝶时时舞，自在娇莺恰恰啼。"就恰如其分地描写到春暖花开时，花枝丛中飞舞游戏的美丽蝶影

王文波摄影作品

王文波，1947年3月出生，初中北京男四中，北京男十三中1966届高中毕业。1968年12月赴山西省夏县大庙公社沟东大队杨家川小队插队。1972年4月离开夏县转到河北省保定市郊区南齐大队插队。1973年12月，特招入伍，进38军112师宣传队政治部文化科。1976年参加唐山抗震救灾荣立三等功，火线加入中国共产党。1979年1月至退休，任职北京市旅游委，为国际市场开发处调研员。中国摄影家协会会员，北京摄影家协会会员。中国摄协中国摄影金像奖获得者。中国摄影家协会德艺双馨优秀会员。北京两次申办奥运会，均被奥申委宣传部特聘为“申奥报告”北京图片执行编辑。已出版的摄影作品有《胡同的记忆》《四合院情思》。

雾绕仙境　天子山张家界　2002年

山西芮城永乐宫元代壁画

国庆之夜
摄于长安街　1999 年

鸟巢之夜绽礼花
2008 年

火树银花除夕夜
摄于北京饭店顶　1993 年

塞外冬雪古长城　摄于箭扣长城　2001 年

斯图尔急流　摄于瑞典北极圈　1993 年

布达拉宫之晨 1986 年

香港之夜

安塞腰鼓 摄于黄河壶口 1996 年

吸引
摄于夏县神头岭村蓝天希望小学
2006 年

胡同探戈
摄于北京西城区藕芽胡同
2004 年

看到一个新世界
摄于故宫
1994 年

奇妙的声音　摄于八达岭　1998 年

傲慢与偏见　1981 年

东单街头等车的人们　1981 年

三高音乐唱响午门　2011 年

孙大虹摄影作品

孙大虹摄影作品

《毛主席是我们家里人》选片

《毛主席是我们家里人》孙大虹纪实摄影作品共56幅，记录了全国56个民族老百姓崇敬开国领袖毛泽东的朴实情怀，是56个民族日常生活的真实写照，这里只展示了其中的10幅作品。

维吾尔族（库尔班大叔的后人——四世同堂）

瑶族

壮族

藏族

俄罗斯族

朝鲜族

景颇族

塔塔尔族

傣族

黄河　黄山　长城　长江

孙大虹摄影作品
《祖国在我心中》组照

四季如春

孙大虹摄影作品

《七彩云南》选片

春

夏

秋

冬

孙大虹摄影作品

《警威九界》选片

ROYAL
CANADIAN
POLICE

神秘的中东——孙小虹摄影作品

孙小虹，1951年1月出生于重庆，云南省昆明第一中学1966届初中毕业，1969年回老家山西夏县大侯村插队。1975年加入中国共产党。1984年西南政法学院法律大专毕业，1989年中国人民大学研究生院（法律）毕业。分别于1983年、2000年在中央党校学习。曾任昆明市中级人民法院院长、云南省高级人民法院院长、云南省国际贸易委员会会长、云南省外经贸厅厅长、云南省商务厅厅长、中共云南省委委员、云南省人大常委会委员及财经委员会主任委员。2014年退休。在做对外经济工作期间对摄影有较大的兴趣和爱好。

神秘中东

伊朗　2009

沙特　2009

以色列 2009

伊朗 2009

以色列 2009

伊朗 2009

爱情之光

坦桑尼亚　2012

智利　2004

墨西哥　2010

英国　2008

阿根廷　2004

美国　2006

王海河摄影作品

王海河，1948年11月出生，北京航空学院附属中学1967届高中毕业，1968年12月赴山西夏县郭道公社陈村大队插队。1972年12月离开夏县，进入山西维尼纶厂，工人。1977年回京，就职中航工业集团，曾任研究室副主任，航空航天学会电子专业委员会委员。中德合资公司副总工程师及中国航发集团所属单位信息中心主任，高级工程师，2008年11月退休。摄影系业余爱好，作品曾多次获得全国及市区级奖项。

残荷　2016年12月23日摄于北京颐和园

云海长城 2017年7月22日摄于河北涞源

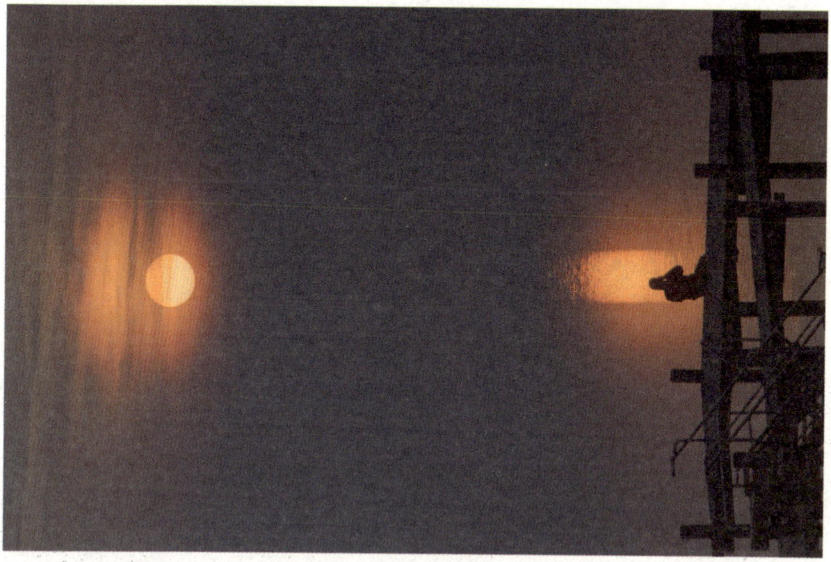

基姆湖的日出　2010 年摄于德国巴伐利亚

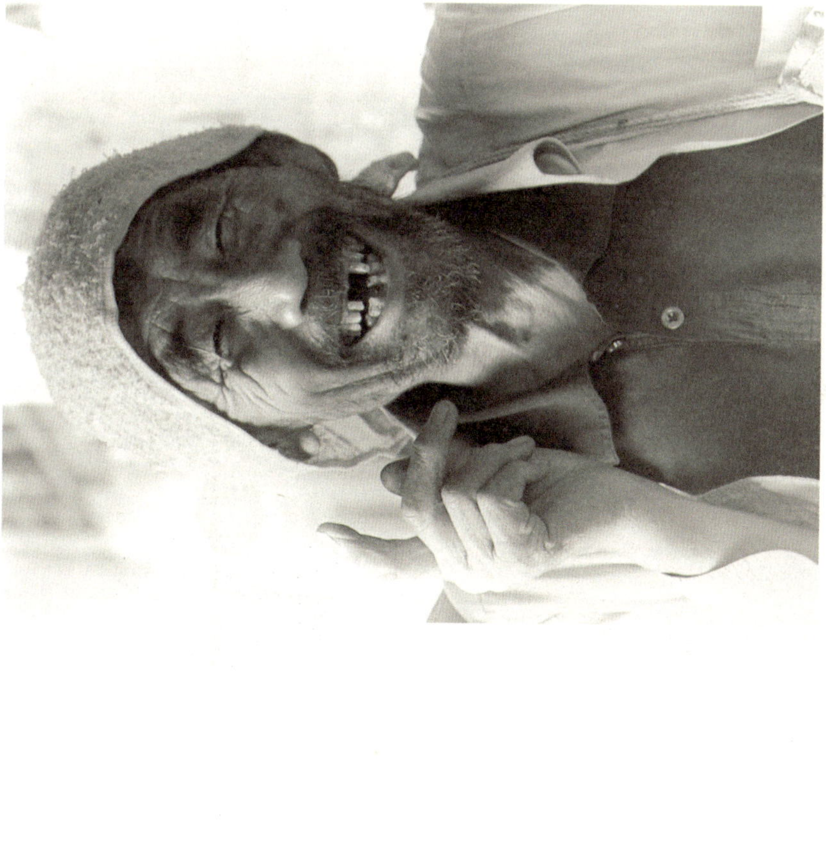

亲　2010 年 9 月摄于山西碛口

夕阳无限好，不惧近黄昏　2017 年 9 月 20 日摄于瑞士沃韦日内瓦湖东岸

渔歌　2012 年 5 月 4 日摄于福建霞浦

刘宝玲摄影作品

刘宝玲，现年68岁，北京122中毕业，1968年12月到山西夏县大吕公社陈乔大队插队，1973年到运城师范读书，1975年在夏县教书，1977年从夏县调到四川省成都市，在中学任教至退休。中国女摄影家协会会员。

展翅 2014年摄于山西平陆

吻 2015年12月摄于毛里求斯

腰鼓　2016 年 7 月摄于陕西

秋色　2015 年 10 月摄

小桥流水 2017年7月摄于乌镇

展翅 2014年摄于山西平陆

水晶球里的灯光　2016 年 5 月摄于四川

花韵　2017 年 5 月摄

后　记

在全县知青的共同努力下，经过五个多月的紧张工作，《夏都知青》已编选完成。该书是夏县知青怀念青春岁月的集体记忆，也是知青口述历史的珍贵史料。

编选出版《夏都知青》，是全县广大知青的共同愿望。自 2018 年 1 月征稿以来，先后收到各类稿件百余篇，图片上千张。经过慎重斟酌，采用了 60 多篇，图片 140 余张，涉及作者 56 人、2 个知青集体，来自 13 个乡镇、30 余个知青村，具有广泛的群众性、代表性。

在编选《夏都知青》中，力求把握四个原则：一是真实性。真实地记录夏县知青的生活经历和心路历程，记录夏县知青辛勤耕耘、开山造田、兴修水利、科学试验的生动过往，再现难忘的知青岁月。二是客观性。在历史回顾和反思中，力求真实、客观地再现知识青年上山下乡。尊重每个知青的个人感悟，尊重历史的真实。着重体现一代知青积极、向上、务实、奉献的思想境界，体现与时代相符的价值观和精神追求。三是可读性。力求内容丰富，叙事生动。既有艰苦劳动、生活的记载，又有丰富多彩文化生活的回忆。既有坎坷经历的回顾，又有深厚百姓情感的表达。特别是对夏县古老文化、风土人情、民俗民风的追忆，使全书具有生动性、趣味性、可读性。四是艺术性。全书分为《岁月留痕》《砥砺前行》上下两篇、九个章节，都加了题记，体现了诗性回忆的特点。在《沧海拾贝》栏目中，选编了胡弘、张宝贵、刘军等多名知青艺术家的书法、绘画、雕塑、摄影作品。

出版《夏都知青》和知青返县活动，得到夏县县委、县政府的高度重视。县主要领导亲自率团赴京洽谈，在夏县接待了知青考察团，把这次活动纳入夏县“凤还巢”工作部署，并在资金上给予大力支持。在此，代表全县广大知青对夏县县委、县政府及夏县人民表示衷心的感谢。本书中还收录了夏县基本情况、夏县发展思路及重点项目介绍。希望广大知青关注、助力夏县发展。

出版《夏都知青》得到夏县知青刘会远、张宝贵、刘军、王金华、乔丹阳的资金支持，在此一并表示感谢！

东方出版社对出版《夏都知青》给予大力支持，在此表示诚挚的谢意！